2020秋冬卷

陈思和　王德威 主编

复旦大学出版社

图书在版编目(CIP)数据

文学. 2020. 秋冬卷/陈思和,王德威主编. —上海:复旦大学出版社,2022.10
ISBN 978-7-309-16378-0

Ⅰ.①文… Ⅱ.①陈… ②王… Ⅲ.①中国文学-现代文学-文学研究-文集②中国文学-当代文学-文学研究-文集　Ⅳ.①I206.6-53

中国版本图书馆 CIP 数据核字(2022)第 153871 号

文学. 2020. 秋冬卷
陈思和　王德威　主编
责任编辑/杜怡顺

复旦大学出版社有限公司出版发行
上海市国权路 579 号　邮编:200433
网址:fupnet@fudanpress.com　http://www.fudanpress.com
门市零售:86-21-65102580　团体订购:86-21-65104505
出版部电话:86-21-65642845
常熟市华顺印刷有限公司

开本 787×1092　1/16　印张 17.25　字数 309 千
2022 年 10 月第 1 版
2022 年 10 月第 1 版第 1 次印刷

ISBN 978-7-309-16378-0/I·1328
定价:72.00 元

如有印装质量问题,请向复旦大学出版社有限公司出版部调换。
版权所有　侵权必究

目录

声音
文学与公共生活　主持/何平　金理　…3
真相,记录,为了生者与死者　文/陈年喜　…5
个人困扰如何对接公共经验　文/黄灯　…8
不被夺走的时间　文/郭爽　…13
非虚构文学大众化道路的一种探索　文/雷磊　…16
敢于叙述的说故事者:来自社会学的反思　文/严飞　…21
公共生活与"冒犯的文学"　文/周立民　…25

对话
我的中国现代文学研究年代记　对话/山口守　孙若圣　…36
巴金及中国无政府主义者的思想转变　对话/山口守　吴天舟　…51

评论
政治审查与抗战文艺
　　——论叶灵凤主编香港《立报·言林》及《红翼东飞》的翻译　文/邝可怡　…65
通识教育中的远东诗歌　文/肯尼斯·雷克斯罗斯(Kenneth Rexroth)　译/黄雨洁
　　　　…86

心路
我和中央音乐学院四十二年的情缘　文/王次炤　…93

谈艺录

理查三世：莎剧中一个凶残嗜血的坏国王！　文/傅光明　　…127

著述

《老子》古本校读释·《德经》1—7 章
　　——《老子》古本阅读笔记之一　文/刘志荣　　…181
论科学　文/西蒙娜·薇依（Simone Weil）　译/吴雅凌　　…202

书评与回应

芭蕾舞与新中国：评《足尖上的意志：芭蕾舞剧〈红色娘子军〉的表演实践与
　　当代言说（1964—2014）》　文/张霖　　…245
艺术的再驯化：评《足尖上的意志：芭蕾舞剧〈红色娘子军〉的表演实践与
　　当代言说（1964—2014）》　文/刘梦璐　　…250
追逐意志的幽灵：评《足尖上的意志：芭蕾舞剧〈红色娘子军〉的表演实践与
　　当代言说（1964—2014）》　文/许瑶　　…254
他山之石以攻玉：对书评的回应　文/刘柳　　…260

声音

文学与公共生活

真相，记录，为了生者与死者

个人困扰如何对接公共经验

不被夺走的时间

非虚构文学大众化道路的一种探索

敢于叙述的说故事者：来自社会学的反思

公共生活与"冒犯的文学"

文学与公共生活

■ 主持/何平　金理

【主持人语】

2017年,南京师范大学何平和复旦大学金理共同发起了"上海-南京双城文学工作坊"。工作坊以"青年性、跨越边境和拓殖可能性"为主旨,邀请青年作家、诗人、艺术家、翻译家、出版人和艺术策展人等,与沪宁两地的青年批评家共同交流前沿性文学艺术话题。前四期的主题分别为"青年写作和文学的冒犯""被观看和展示的城市""世界文学和青年写作""中国非虚构和非虚构中国"。2021年10月16日,第五期工作坊以"文学与公共生活"为主题,由复旦大学中文系与《探索与争鸣》杂志联合主办。我们先行选取几位师友的发言,作为专辑刊发。

对于公共生活的隔膜缺乏有效介入,似乎已经成为当下中国文学的一种焦虑甚至原罪,近几年伴随着非虚构写作的兴盛,情况似乎有所变化,但同时也暴露出新的问题。这也是本期工作坊设定的问题意识。因为特殊工作经历,诗人陈年喜近年来备受瞩目。他的文章保留了现场发言的痕迹,似乎同时还带出他在会议现场时不时的咳嗽声(职业病后遗症)。让人印象深刻的是他对中国文学"江湖传统"的眷念,以及对非虚构写作"原生自由"的召唤。黄灯以复盘个人写作经历为据,探讨一种夹杂着个人困扰的非虚构作品如何获得公共性。而郭爽对非虚构写作伦理的提醒非常及时,"当你把录音笔关闭,就是把这个人的东西拿走了",那么,"他人东西是否能直接为你所用?你真的了解他吗?""真实故事计划"创始人雷磊讲述作为非虚构写作平台的"真实故事计划"的使命与运作,以及如何在与其他产业的合作中搭建自身传播网络。在严肃文学之外,类似"真实故事计划"这样的机构越来越成为介入非虚构写作的、让人无法忽视甚或将左右未来格局的一股力量。社会学家严飞结合专业背景与工作案例来介绍社会学如何讲故事。文学评论家周立民重申了文学所应担当的"冒犯性",并根据自身工作岗位(巴金故居、《杨树浦文艺》),观察处于"落地"状态中的文学。

真相,记录,为了生者与死者

■ 文/陈年喜

到 2015 年春天为止,我做过 16 年矿山爆破工。中国从南到北,从东到西,所有有矿山的地方我几乎都到过。我得了很严重的职业病,现在不停地咳嗽,也是没有办法的事情。我的人生很跌宕,生活很江湖,我的写作也是。不过,文学本身一直就很江湖,所有的古典文学也几乎是一本江湖史,比如伟大的《史记》。虽然庙堂文学一直都在,但其中也有江湖的成分。我们中国古代的文人和诗人一直以来的写作和生活比较江湖化,从来所谓的作家诗人,该打仗的打仗,该游荡江湖的游荡江湖,文学的出发也是江湖。我这里说的江湖,其实就是社会和时代。所谓大道在野。

我认为的公共生活,不是热点生活,每个人都有自己的公共生活,那就是他生活的场域。比如你是南方人还是北方人,关注焦点、生活场景就会很不同,你经历的、参与的生活就是你的公共生活。我们可以写出自己在场的、自己知道的、自己经历的那一部分,它也是这个世界重要组成的一部分。写作者将各自自己生活历练的那一部分表达出来,它们整个就组成了一个时代的景象,这是文学非常需要的方面。文学应该参与当下与时代,而不是回避。

我的写作分为两方面:诗歌、非虚构。现在诗人非常自信,但是把当代诗歌放在整个历史当中或者放在整个时代格局当中,我觉得是相当弱的,这包括回应问题的力度、文本的深广度。从古典诗歌当中,从最早的风雅颂里,从风的部分,我们可以看到,那个久远的时代,那个时代的爱恨情愁,那个时代的生活。风是诗三百里成就最高的部分。从杜甫的写作中,可以看到安史之乱,整个社会的凋敝、中唐整个时代的样貌,以及后来时代很多诗歌作品也有记录呈现的功能。我国被称为伟大的诗歌国度,因为我们对历史或者时代的认识,是从诗歌作品开始的。一般人很难接触到很严肃的、很系统的史料,很多人认识历史、认识很多东西就是从诗歌作品、文学作品开始。这是文学记录的力量,认识的力量。

回过头来看看我们当下的诗歌,优秀的也挺多,创作手法也在不断丰富。但是从内容上来看,还是比较弱。从很多作品中回看这个时代,时代的东西看不到,我们看到的东西是秋天来了,春天来了,和生活不是太相关的景象描写。诗歌也需要一个时代的氛围,也需要一些尺度的开放。

非虚构写作,我动笔很晚,从 2017 年开始写非虚构,那时候我到贵州的一家旅游单位做文案,上班时间很长,每天 8 小时坐班,我的工作就是写各种软文。工作量不大,两三天有一篇,大部分时间坐着很无聊,那个时候就开始写非虚构作品。一方面是因为时间和生活方面有了条件,另一方面则是觉得我的人生经历应该写出来,让人们知道这个世界有这样一个时代,有这样一群人,有这样的生活在发生。生活和时代一直有两个面,A 面与 B 面,光亮的一面与暗淡的一面,人人看到的一面已被大量书写,而暗淡的一面很少被看到。文学不宣泄苦难,但也不回避问题,这是文学立身的勇气。另外,我考虑的是收入问题,我在那儿的工资很低,全年 5 万块,生活压力很大。从那个时期一直写到现在。四五年时间写了这么多作品。本雅明墓碑上刻着一段话:历史的建构,是献给无名者的记忆。我写下的文字,就是献给生者与死者记忆的。

我本人读书非常杂,我没有条件系统地读一些文学作品。但有两个东西我记忆特别深,一个是 1980 年代大兴安岭发生火灾,《中国青年报》有一篇很长的通讯,叫《透过大兴安岭的浓烟和烈火》。现在我也给媒体写很多稿,比较深入的呈现还是很难,有人说新闻已死,这也不是耸听,这个很复杂。还有一本是《唐山大地震》,宏大的场景、细微的材料、精确的数据,是很多报告文学、纪实文学不具备的。报告文学、纪实文学很难自由纯粹了,有主动招安的,也有被动招安的,被资本招安,被流量招安,被意识形态招安,总之,很难坚守使命。这个也同样复杂。非虚构写作在中国,我知道有十年的历史,可能也不一定准。当然在国外可能比较久也比较受重视,比如白俄罗斯那位获得 2015 年诺奖的女作家的作品就是非虚构类的。中国的非虚构写作时间很短,所以它有一股生猛之气,一股原生的自由。在很长一段时间中,我们很难从纯文学中读到世事真相、读到时代的世道人心,所以非虚构写作的兴起有这样一个时代原因在里面,有一个机缘在里面。如果你稍留心,你会发现文学和艺术都在遵循这样的流变命运,野生—规范—精致—雅驯—死亡。所以非虚构是充满生命力的。我不太相信事物的改良,只有新生才是出路。

我觉得一个人很难做一些超越自己能力或者超越自己经历之外的事情,我自己写的作品大部分就是自己的生活、工友的生活、家乡发生的一些事情,它们是我所熟悉的,可以吃透和把握的。我根据时间线或人物线来写,大概我只会写这样的作品。目前完成的大部分是平台约稿、刊物约稿,所以约稿的痕迹很重,比如篇幅的长短、细节的避讳、故事的弱化。总的来说,还是写得很弱,但是我有挺多想法,写作理想很多。能不能写出来是另外一回事。

我就说这些,还是希望这个时代的方方面面给非虚构文学一些场地,让它们有更多空间成长,也希望所有的艺术和思想都是如此。

个人困扰如何对接公共经验

■ 文/黄灯

我现在任教于深圳职业技术学院,已经调离广东 F 学院。尽管不少人将我称为作家,但我更希望别人叫我学者,毕竟到目前为止,我的主要精力都用在写论文上,非虚构创作只是我近几年论文写作以外的副产品,因此要我领受作家的身份,心里始终不踏实。有时想想,自己走上创作这条路,就是一个偶然,是一种无意识行为,甚至可以说完全是因为和新媒体的一次偶然遭遇,使得我写作的路向有了很大调整,我很难设想,如果没有《乡村图景》①这篇文章热传,我是否会像今天这样,更安心去写作非虚构作品。

至于为什么会无意识写作?想起来,还是和自己当初的困惑有关,和自己在现实和学院的对撞中,内心所淤积的个人困扰有关。在自己多年的求学中,我感受到了很多问题,想了很多问题,但感觉没有办法用自己熟悉的学术语言表达出来,但我又渴望能够说出自己一些观察和思考,于是从 2003 年开始,在写论文累了和烦了的时候,忍不住采用了所谓的"思想随笔"的方式,其实也就是现在被命名的"非虚构",写了一些文字。只是当初我也不知道到底怎样命名这些文字,除了《天涯》

---

① 文章全名为《一个农村儿媳眼中的乡村图景》,2016 年 1 月 27 日于上海大学文化研究系公众号"当代文化研究网"刊发,该公号阅读量超过 230 万次,转发人次超过 15 万,累计阅读量过千万,引发 2016 年春节期间全国乡村话题大讨论。中央电视台《新闻调查》栏目据此拍摄《家在丰三村》,于 2016 年 4 月 2 日播出。该文和王磊光 2015 年的《一个博士生的返乡笔记:近"年"情更怯,春节回家看什么》成为"返乡书写"的代表性文本。

杂志的《民间语文》，全国也没有适合的栏目容纳这些东西。回过头看，凭直觉，当初我写了，但不知道写了什么，今天明白，就是路内眼中的公共非虚构。

我承认，因为生活的同质化，现在每一个人的生活半径都特小，受制于有限的精力，每个人更多只能拘泥于自己的日常生活。我曾和同学木叶聊天，他说你刚好找到一个点，有一个底层的视角。我说也没有刻意去找，我的生活就是这样，我出生在农村，家里好多农村的穷亲戚，我结婚后，进入丈夫的原生家庭，看到了他哥哥和其他姐妹的状况，这就是我的家庭生活。工作上，我在一所普通二本任教，我面对的就是二本学生，他们就在你的身边，在你的附近。有一次在北京开会，别人说你真会选IP，我当时听了好生气，我从来没有IP的概念，感觉他们也太小看那种主动的写作者了，这种轻薄的语调，习惯性地将策划设定为写作的动力，完全忽视掉了那种来自内驱力触动写作的不同质地。事实上，写作非虚构，我还真不抱有什么功利目的，在我的工作考核中，这些东西进入不了任何评价体系，但我和环境有内在的紧张感、对抗性，就是感觉有话说，非说不可，尽管我知道这种触及事实和真相的文字，某些时候会给我带来麻烦。

文学与公共生活，潜藏着很多根本的议题。结合我的写作经历，我想复盘一下，夹杂我个人困扰的非虚构作品如何获得公共性，这其实有迹可循。在2012年左右，我的思想斗争到了最激烈的阶段，那个时候我的年龄已经不小，所处的学校又没有太多的学科平台，如果做学术，我都不知道如何聚焦到一个可以承载思考焦点的问题范畴。更重要的是，我对当下的学术环境不太满意，我感觉到多年的学术训练，越来越让自己丧失说话的能力，我2002年进入中山大学念博士，正是西方理论术语满天飞的时候，离开了现代性、后现代性、民族国家、殖民主义、女性主义、叙事学等词汇，感觉无法开口说话，在理论术语里泡了几年，还是无法驯服自己，感性和直觉的东西不断往外冒，但用理论又说不清，自己的生命，处于一种挂空状态；更重要的是，我感到学术KPI的考核方式越来越坚硬，越来越斩钉截铁，整个学术圈在这种考核和排序下，人文学科的模糊性和柔韧性被愈发削弱，认同的人以最快的姿势迎合这种趋势，没有任何犹疑地投入到这场资源分配的嘉年华中，我感觉这中间出了很大问题，更重要的是，作为其中的一分子，我还必须置身其中，甚至连稍稍反抗的余地都没有。这种真实的情绪我在《破碎的图景：时代巨轮下的卑微叙事》和《知识界的底线何在》中有所流露，那几年我始终处于挣扎中。

直到2016年《乡村图景》一文出来后，我感觉必须直面如何转型的问题。在意识到学术这条路基本被堵死后，非虚构写作成为我的一种现实选择。但转型写作，对我而言，面临的问题是，如何唤醒、面对和审视自己？怎么抵达最真实的自己？

我感觉必须毫不留情将自己规训多年的、伪装的东西剥得干干净净。如果剥得不干净，就没有办法进入真正的写作，对我而言，这是一个很激烈的思想斗争。这个问题想明白以后，我告诉自己要做一个老老实实的人，选定非虚构写作，对我而言是一种承诺，我会将读者和作者之间的信任关系，看得非常重，我从不认为非虚构仅仅是一种文体，一种表达形式，它更多的是一种个体的精神选择，一种尽力抵达真相并且敢于亮出立场的写作姿态。这样，我的作品除了写作伦理要求的一些信息，诸如人名、地名可能要处理，其他的人、事必须来自真凭实据，就算所获得的信息并不能满足我对写作的期待，我宁愿作品偏颇、不完美，宁愿承受由此导致的读者或网友的诟病，也会充分尊重个人视角基础上的观察和素材。我不否认，对我这种性格的写作者来说，非虚构的选择多少有点道义感。我不太适合当一个小说家，一写那些东西就心里发虚，但我又特别喜欢好的小说，这些作品建构了一个很好的东西，让我想要无限接近那个东西，并帮助我看到和理解别的生活，我内心特别敬重这样的作品。

　　回到《乡村图景》那篇文章。这篇文章怎么出来的？2015年年底，上海大学文化研究系要召开"热风学术"论坛，邀请我参会，但参会需要有论文才有参加资格，我说写文章可以，但我要写一篇跟学术论文不一样的东西，他们说可以，我就写了。原发的公众号"当代文化研究网"是一个很小众的学术号，2016年1月27日我的文章发了以后，公众号涨了3万粉。这篇文章出来后，有出版社找我约稿，《大地上的亲人》就是我和理想国签订合同后，在人大图书馆一楼左手边38号桌子上完成的，初稿写了40多天。我意识到个人经验和公共经验的对接，是在《农村儿媳》那篇文章发表前，我给丈夫写邮件。我想这篇文章写的是他家里的事，好歹要经过当事人同意，他一个星期没有回复我，既没有赞同也没有反对，根据我对他的了解，这就相当于默认。后来我问他，这种事情很多人很忌讳，尤其男人，一个女人将丈夫家里事情写出来，多少让人不自在，他说你不是写我家里的事情，农村很多家庭都这样，农村很多老人都过得很艰难。我突然理解到个人经验怎样和公共经验对接上，理解了那篇文章发表出来以后网友的反应。

　　以我这几年和网友打交道的亲身经历，尽管也承受了一些网友的质疑和批评，但我对他们并无成见，《乡村图景》一文被《网易新闻》转载后，留言有两万多条，让我惊讶的是，留言并无一边倒的情绪化宣泄，而更多的是共鸣下的耐心诉说，我读到他们反馈的意见，内心很沉重，觉得网友也会透露脆弱的一面，意识到他们有很多话要说。这种时候，我不觉得他们是网友，不是坐在屏幕后面的人，感觉他们就是我身边的人，所以网友在我眼中并无特别的属性。他们怎么骂，我不反驳，这是他们的自由。写出来的东西，一旦进入公共领域传播，就是公共产品，作者不能只想得到网友认同的好处,而不想承担进入公众传播的代价。网友赋权把你推成网红,但是他们有可能通过骂人的方式表达意见,个人进入公共传播,一定得有这个心理准备。说到底,个人困扰如何和公共经验对接,对接的点在哪里,主要取决于个人困扰,是仅仅囿于一些特别私人化的问题,还是个人困扰本身有生发性,能够和某个群体或某个阶层的共同困扰,获得内在沟通。

我以自己的作品为例。我感觉《乡村图景》一文和《我的二本学生》,恰好都能通过个体困扰和背后更为广阔的群体对接,这应该是作品获得公共讨论属性的原因,我在写作的时候,就清晰意识到我在处理一个很重要的问题,我始终记得导师程文超先生在世时,和我说过的一句话,判断一篇论文能否立足,就看能不能用一句话把问题说清楚。这句话我牢牢记在心上,哪怕我写作的是非虚构作品,我都会问自己,你能一句话把想要表达的东西说清楚吗?不管是《大地上的亲人》还是《我的二本学生》,我一定等到想清楚了才开始动笔。我不否认我非虚构写作背后,问题意识特别明显,尽管我知道这是双刃剑,很大程度上会影响作品的文学特质,这也许就是我受过学术训练在创作上留下的后遗症。表现在作品上,就是我特别喜欢写作前言,总是企图在前言中将自己的思考和观点做一个整体的观照和梳理。事实上,某种程度上,从问题意识的角度而言,《我的二本学生》和《大地上的亲人》有内在的关联。在完成《大地上的亲人》后,我脑海里一直萦绕一个问题,那些我书中涉及的没有念大学的年轻人,诸如我的堂弟、侄子,他们如果考上了大学会怎么样?从年龄层次而言,他们多是"80后""90后",比我小十几二十岁。有一天,我突然意识到,他们就算考上大学,拼尽全力,最多也只能上个二本大学,这样,我感觉我从事的工作恰好回答了这个问题。我经常有一种感觉,如果我有足够多的社会学积累,懂得社会学的方法论,受过严格社会学的学术训练,我的非虚构作品,完全可以处理成为社会学的论著。

我所有的写作,表达的都是来自个体经验的观察和思考。"70后"这批人,可以说,完整见证了中国改革开放的历程,他们的成长和社会的转型几乎完全同步,见证了社会的巨大变化,任何改革措施,都会落在个体身上,比如我就经历了高考改革、国企改革、住房改革等。外部一直处于变动中,没有太多的确定性,作为个体除了承受现实,并没有太多办法逃避这种变动不居的状态。从这个层面而言,任何个体的事情都可能是公共的事情,因为我们所处的时代,个人和时代之间恰好是完全同构的关系,任何个体,都不可避免地卷入了这种现代化进程。"真实故事计划"为什么办得这么好,很多非虚构平台为什么能够火起来,恰好都是因为任何一个普通个体的普通故事,身上也会夹杂很多公共因素。社会的任何一粒尘埃,都会在一个个人身上打下烙印,这就是我们所处的社会现实。

我再说说田野调查的事情。因为很多人会问我怎么做田野调查,事实上,我并没有特别明晰的田野概念,也不知道具体的田野调查方法,我写的东西,都是日常生活中最普通的东西,素材也来自日常的观察和积累,我感觉自己并没有刻意去做什么田野调查,倒是有时候因为工作的便捷,学生会主动告诉我很多必须通过调查才能获得的东西,学生需要倾诉,我有时候会被他们当作情绪的"垃圾桶"。事实上,《我的二本学生》里面写到的学生案例,还没有我掌握情况的十分之一多。我从教十四五年,教了四五千个学生,交往多的学生都有上百个。对一个非虚构写作者而言,怎么找到一种真正在场的状态,特别重要。

我尽管赞成文学介入现实,但我不喜欢生硬地介入现实,不喜欢那种动不动就提倡的体验生活,让人感觉特别怪异,每个人的日常都是生活,从文学表达的角度而言,任何一种生活都有表达的价值,并不需要刻意去体验别人的日子,那种强行要求去体验生活所导致的创作行为,有种被绑架的感觉。

最后说一下自己的写作困惑,对我来说,非虚构有点类似医生给患者写病历。如果把社会比作一个不幸患有疑难杂症的病人,可以说,在全球化发展到今天的当下,社会的症候已经愈发复杂,一个专科医生,已经越来越显示出医术的局限。作为写作者,如何理解社会症候,对人的思考能力、穿透力、理解力的要求越来越高。非虚构写作因为它天然的特质,其实具有很大的局限性,个体经验庞杂缠绕,公共生活的边界也越来越不清晰,每一次进入写作,都是一场硬仗,写作的难度摆在那儿,在信息高度繁殖的时代,根本没有办法提升产出。到目前为止,我只写了两本书,就算想多写一点,也快不起来。以我的经验,仅仅是完成一部非虚构作品,从处理材料,到想明白,到落笔,周期最少都是三年,这还不包括前期漫长的孕育阶段。对我而言,还有一个实际的挑战是,因我笔下的对象都是身边的人,"附近"的人,我不可能像记者一样,因为职业的要求,收起录音笔就转身而去。现实是,哪怕完成作品后,我的生活依然和笔下的对象缠绕在一起,我必须在日常生活中和自己的亲人、学生去共同面对和承受一些东西,我不可能在写完他们的故事和经历后,就心安理得地认为只要做到记录,就已完成写作者的使命,内心深处,我更渴望成为一个行动者,成为一个穿过文字抵达行动的实践者,能够始终和笔下的人物去分担和承受一些东西,但在现实层面,我的能力又如此有限,很难从根本上去解决一些困境,这种情感的纠葛和愧疚,总是会让自己陷入沮丧的泥坑中,这是我内心深处最大的折磨和困惑。

不被夺走的时间

■ 文/郭爽

我在写小说之前有过十年工作经验。今天谈公共生活,我觉得其实每个人对公共生活的理解、参与方式与表达方式跟他的职业背景密切相关。对一个作者,尤其小说作者来说,更具有决定性的是他的童年经验、他的家庭故事和其他一些更私人化的东西。如果谈职业经验,对我来说就是二十到三十岁之间的经历,只是一种背景。何平老师邀请我来的时候,我其实是充满困惑的,但可能我还是乐观的悲观主义者,相信如果大家坦诚交流,是可以交流,而且可以给到彼此一些东西,能有所得的。

首先,我需要说一下我对谈论公共生活与文学关系的困惑或者忐忑从何而来,然后切实分享一些我经历过的细节。

如果我还相信写作可以直接介入或者干预公共生活的话,那我现在应该会跟雷磊老师一样从事类似的工作,创建一个平台,去传播关注社会议题、切入当下公共生活的文章。虽然新闻的载体、传播渠道变了,仍然可以继续做更广义的新闻工作啊,但是为什么没有?

一方面,像雷磊老师说的,让素人用第一人称进行非虚构写作,绝大部分人是进行个人表达,写自己的故事,大多数是写亲情。在我的经验也是这样,我也教过非虚构写作。为什么年轻人几乎被父辈的阴影覆盖?历史是个问题,历史始终没有解决,历史的东西被遮盖,所以年轻一辈被压得喘不过气,才会写跟父辈有关的东西,并不是中国传统伦理的东西在作祟。需要思考这背后真的只是亲情伦理问题吗?

另一方面,我没有继续做新闻工作,也跟不满足有关系。按照新闻的规律,作者要写事实,但当你发现到达现实的边界,孜孜求真,想要努力拼出一个全图时,却没有办法真正地去表达。作者被限制在条条框框之下,被你的发表渠道规训,被公众意志左右,很难坚持独立的表达和声音。我尝试写小说,是想通过虚构重建一些东西,那些在现实中无法通过非虚构写作去完成的突破,或许只有在小说中才能实现。

另外,如果选择小说这种写作方式,会发现小说家的工作,是可以描画出一个事件或者对象的,幸运的话你能够令所描画的对象——也就是人物——活过来。这个对象有公共生活,你的小说就有公共性,而不在于你要从公共生活中选择议题、主题先行写小说。如果为了公众而靠近,那你要靠近什么样的公众?我不相信这种靠近是有价值的。

奥登在他非常年轻的时候曾经被公认为左翼,后来他到美国之后,有信仰等一系列变化,他爸爸给他写信,说你要成为这个时代的诗人。奥登态度还是很坚决的,他以丁尼生为例子,他说丁尼生在为一个具体的东西而痛苦的时候,他写出了《悼念集》,他成为时代的诗人。而当他去写国王的时候,他已经不是一个诗人了。在我的个人审美趣味或者判断上,我是怀疑这种所谓的为公众而写作的。尤其是在一些大的问题上,文学并不如新闻报道或者其他直接可以进行干预、引起反应的文类对社会有作用。

还有,我想提出一个写作伦理和道德的问题。其实我长期从事新闻采写工作,也算是非虚构。我们那时候普遍流行一句残忍的话:转过身去就忘记。当你把录音笔关闭,就是把这个人的东西拿走了,这个里面有非常微妙的道德准则——你怎么去选择?你怎么去判断?他人东西是否能直接为你所用?你真的了解他吗?如果你不了解,你就是在利用他。我说真的了解是一种切身的、感同身受的了解。

分享一个小故事,我表弟 1987 年出生,考上外省重点大学,大学毕业,他回到贵州,去贵州贫困县当了一个基层的公务员。我们家人的态度是,你干什么样事情不会太受干涉,他就去了。很多年里,我们只有在过年时候偶尔见面。我大概知道他在贫困县的乡镇不会过什么太好的生活。很直接的,因为水质的原因,他肾结石很严重,做过手术。他以前滴酒不沾,为了在乡镇开展工作,变成一个海量的人等这样的改变。

后来我去看他,进到他那个小房子里,他学工科,却在房间一个墙角摆了一个长条板凳,放了很多书,很多小说。我还挺吃惊的,他的阅读量那么大。我觉得他大部分时间可能也是被所谓的资本或者娱乐占据了，打手机游戏啊看短视频啊，没有想到他是那么勤奋的阅读者。因为工作很忙，我在那儿的时候，他安排比他更小的"90后"年轻人带我骑摩托车转转。

那些小青年基本是初中文化水平或者更低，一般都是靠打散工或者做生意过活。他们带我出去玩的时候，知道了我是"文化人"。有一个弟弟有一天突然问我，他说，姐，你有没有看过《大象席地而坐》？我说没有看过。我问他，你看了？他说我看了，我看第一遍看不懂，一共看了三遍。我说，你什么感觉？他说，我觉得很厉害。我不知道怎么形容我当时非常震惊的感觉。大家讨论文学与公共性的时候可能忽略一点了，文学不是需要仰视，也不是需要拯救的东西，文学就存在于很多日常角落里面的日常性之中，是每个人生活里很平常的一种东西，但占据着他们的时间。

今天本来准备讲的一个主题叫"不被夺走的时间"，跟游戏公司、资本有关的。为什么有这个概念？像我刚才说的，乡镇的年轻人在主流生活、在糊口和娱乐之外，有一个很珍贵的小时间，对他们来说是阅读，他们可能从来不会用文学或者小说这样的词，但是这些存在于他们的生活当中。我认识一些不同行业的人，其中有一些互联网行业的成功人士，不像我们的父辈那样做实业起来的，而是科技新贵，"80后""90后"，从非常好的大学少年班出来，身家多少亿这种。这种人有时候试图向我解释他们在做什么事情，会非常直接地说，你以为我们在赚钱，我们只是在夺取所有人的时间，当你们没有时间看书、看电影的时候，你们的全部时间被游戏或者抖音给占据了，所有以用户为目标的互联网的产品都是在以时间来考量。你们作家还考量卖一本书两万本五万本就算了不起，对我们来说，中国14亿人不够用，我们要把用户倒来倒去。我说去你的，有些时间是不能被你夺走的，也不会被你夺走。可能这时候，我想起了乡镇上的年轻人，那些没有人会真的了解、在暗处默默存在的人。也许我永远不会写他们，但是我觉得真正的写，要了解，我说的了解是这种了解。

非虚构文学大众化道路的一种探索

■ 文/雷磊

我是一个媒体人,勉强可算是文学的边缘人。我在这里提供一个圈外视角,跟大家聊一聊"真实故事计划"在5年时间当中运用新媒体方法,挖掘大众的非虚构写作和运作实践方面的一些经验,或者说是一些教训。

一个媒体人跨界到文学,做一些和文学有关的事情,这个决定和我个人经历有关系。大学毕业后,我进入《南方周末》做调查记者和特稿记者。其实,新闻报道和文学有一个交叉的部分,就是特稿,它的选题、视角和它关注的意义层面都是媒体的,但是它的语言、呈现方式是高度接近文学文本的。在这样一个契机中,我逐步成为一个创作者。

前几年,传统媒体相比于文学,可能遭遇到一些问题。其实新闻传媒行业遭受到的冲击,无论是互联网科技带来的冲击,还是政策监管带来的冲击,都非常大。非常多人被迫进入其他行业,很多非常优秀的特稿记者转型走了,要么做媒体内容相关创业,要么进入互联网大厂做公关方面工作。媒体人在时代当中被推着走。

当整个行业消失的时候,特稿记者,或者希望写出有品质的新闻报道这样一批人,他们在这个行业里面位置比较尴尬。因为过去的话,特稿记者的职业身份更多是寄身在媒体机构,一直在机构里写,在机构里发。突然机构消失或者市场化媒体消失之后,大家不知道该去哪。行业下行,整个行业的人才从行业里流动出来。

那个时候我们发现,过去特稿或者媒体人的圈子当中爱好文学的非常少,必须要到圈外寻找生存。在2014年、2015年的时候,大量媒体人出来,创立一些内容机构或者非虚构写作项目,像腾讯作为大厂当时成立一个项目叫"谷雨",网易成立一个非虚构项目叫"人间"。我们在2016年底成立"真实故事计划"(以下简称"真故"),开始在媒体领域推广非虚构写作和非虚构文学。

我在这个过程中发现,非虚构文学概念在当时非常火,但是写的人是极少的。文学圈的人也分不清报告文学、非虚构文学究竟有什么区别,很少人有尝试。所以非虚构内容最初的一批从业者,大量是从媒体转过去的,圈子受到局限。这个过程中,大量内容性平台会选择直接把人招过去,在大厂内部做项目,背后有大厂支撑,作者和编辑衣食无忧。但是互联网大厂对非虚构内容的发展或者运营并没有太深远的设计,把这样的人圈在平台内做内容创作,作为既有内容产品的补充,项目很难破圈发展。没有跨圈层形成价值上的网络。非虚构文学概念虽然在社会热议下越来越火,但是出现优质作品不多,整体上内容水平也处在一个基层文学的状况。

我们成立"真故"这个项目,最大一个初衷,就是希望能够把非虚构文学从小圈层,从媒体人的小众爱好推向大众,能够让更多人阅读、喜爱非虚构文学。通过对非虚构文本的阅读,让读者群体关注个人或者公共的议题。和当时很多内容机构的追求不一样,"真故"希望可以完成非虚构文学价值网络的搭建,将这样一个新的文学方式或者文本方式推向大众:有更多人去写,有更多人去读。

在这个基础上,我们做了一些实践。项目成立之初,我们选择的路径就不是面向作家群体,而是面向社会大众,这是我们在定位上的一个跳脱。我们进行一个实验叫作第一人称叙述,就是希望凡是了解这个项目的所有人,都能够用第一人称方式写出自己比较在乎的故事,不限题材、议题、表达方式。我们发现很多普通人很喜欢写作,在各行各业都有,但是很少有人觉得自己写的东西应该被发表出来。而且,他们也不太懂文学写作规则或者范式。但当我们用第一人称形式,把表达难度降下来,就解绑或者触发很多普通人表达的热情。这一系列的操作,让"真故"收到了社会各界非常踊跃的投稿,写作者来自各种职业,医生、律师、法官,或者刑满出狱的人员,等等。项目成立最初三年,积攒了超过40万个文本。这些文本不是那种一二百字的线索,而是篇幅在二千字以上、有着完整结构和叙述内容的故事。其中大多数表达水平不是很高,需要我们从中筛选出精品或者好的文本。

今天会场上很多老师都提到了,现在社会大众层面和文学的关系越来越远。通过这个比较大的文本库,使得我们更加清晰认识当下中国人,特别是中国普通人,内心真正最关心或者最在乎的东西是什么。我们用关键词检索的方式对这40万个故事做了文本分析,发现其中有超过70%的文本是表达"亲情"这个议题的。这些民间写作者的写作意识或者内容范畴,高度局限在家庭空间里面。40万个故事里关于"友情""爱情"极少，只有15%。现实当中，当一个人决定要把自己生活当中最重要东西写下来，极少有人写爱情的，这可能和大家通常的理解不太一样。令人印象深刻的友情也是极少的，中国人在外非常强调友情、爱情，实际上，东方人或者中国人最在乎的还是亲情。其他的涉及公共议题表达也只占到15%。

大体量的文本库让我们发现，大多数写作爱好者或者普通人，他们更多时候写作会极端地围绕着个体生活经验进行表达，相对来说，在公共表达方面就极度缺乏经验，或者拥有的机会很少。在大众写作层面，很多人热情很高，但是大家写的文章篇幅比较小，比较适宜于新媒体上对这些文本做推荐。所以我们会在新媒体上看到许多非虚构文本，一个育儿嫂写自己生活和观察，可能会有非常爆款的传播。有一个北大毕业生送外卖体验生活，也有非常爆款的传播，但是整体上非虚构大众写作缺乏一个产品的形态，使得它的运营或者推广难度是极大的。在最初的状况，比文学的处境还要难。

这一切让我们意识到，多数来自素人的非虚构文学在产品形态上还不成熟。这一块要发展，首先要建立一个传播网络，使得更多的素人非虚构写作者、非虚构作家从这样一个平台上或者渠道上不停被推出来，走到大家面前，被更多人认识到。

现在，"真故"公众号有260万用户，每篇文章都是10万+。像非虚构作家袁凌在其他平台发布的非虚构文章可能阅读量有限，但是在"真故"渠道上发布一系列作品，基本上都是在30万左右的阅读。我们通过新媒体方式，可以在极短时间之内将非常有潜力或者值得被关注的非虚构作家以及作品直接推到大众面前，让大家能够接触到他们，关心作者的写作，并且关心作者所写作的议题。建立这样一个渠道，可以完成在新媒体层面，对普通人或者非虚构写作者进行内容上的示范，同时能够培养一些土壤，介绍更多作家和作品。

为了将非虚构文学推向大众，我们还举办了非虚构写作大赛，号召更多人、更多的作家能够参与到大赛过程中，让更多作者至少在非虚构方向上先写起来。

"真故"今年开始构建非虚构出版方向的事情。我们今年出版了非虚构作家袁凌的自传体作品集《在别处》、矿工诗人陈年喜先生的第一本非虚构故事集《活着就是冲天一喊》。特别是陈年喜先生这本书，是我们第一次在机构之内打造非虚构出版物，而且在3个月时间之内，实现了接近3万册的销售，进入今年文学类书籍的畅销榜单。之所以搭建非虚构出版业务，是因为我们发现市场化的出版机构极少做这块的尝试，他们不太确定没有太大的名气或者此前没有相关作品作为案例的作者，他们的市场号召力怎么样，或者他们对于读者有没有吸引力。"真故"

借助渠道的便利,刚好可以把这块补充起来,能给到非虚构作家一个比较大的曝光量,让他们的作品能够走向大众。

除了电子出版,"真故"还搭建了电子和有声读物的渠道。像在声音平台喜马拉雅,"真故"推出的作品非常多,很多都排到全站销量前十。这些内容,有些是合集,有些是作者单独的产品。在现在的文学传播过程中,很多人忽略了声音或者电子平台,其实这方面的传播力是非常大的。我之前跟中国出版集团一位数字版权负责人交流,他说刘慈欣的一个文本《三体》在中读平台上,可以获得每个月超过30万的分成。30万这个数字的背后,是数万付费用户读者,这些是很容易被文学界,特别是严肃文学界所忽略的渠道或者平台。

"真故"的愿景是搭建一个能够帮助作者创造价值的机构,能够让好的或者有品质的作家持续写下去。现在很多非虚构写作者没有体制内或者文学机构内的身份,他们很多时候还是要靠自己的写作去获取经济利益,供养自己的生活。他们的创作持续性非常成问题。对于整个行业来说,帮助作者创造价值,让他们能够持续写下去,这是一个非常关键的问题。

为推动非虚构文学发展,"真故"还做了一些行业上的连接,将好的作品推荐给影视行业,特别是电影行业。我们把很多素人的作品集结在一起制作 mook 系列,系列第一本叫《女性叙事》,书卖得还可以,现在版权也被拍摄《我的前半生》的沈严导演看中买下,电视剧会在近期上映。"真故"的一位作者夏龙,在非虚构写作大赛的获奖作品《穿婚纱的少女》,该作品改编的电影由张国立导演,韩三平监制,周冬雨和范伟共同出演,也会在不久的将来登上大荧幕。"真故"希望通过和多行业结合,不断扩展作者与作品的影响力,使得好的内容能够在多媒介、多渠道上得到流传,并且在传播过程当中创造更多价值。

"真故"这样一个机构的使命,也是在非虚构文学的生存和发展的问题上扮演一个桥梁的角色,能够搭建起非虚构文学的价值网络。在这样一个价值网络搭建过程中,挖掘作者与作品,推动更多普通人或者社会大众层面的人去写、去读非虚构的作品。我们发现,随着我们征召的写作者越来越多,普通写作者进入创作的案例也越来越多。

非虚构写作在公共价值之外,还包含写作者个人的价值。许多人开始非虚构写作,首先会写自己的生活经验或者自己生活里面值得被表达的部分。这样一个过程会推动很多人去思考自己是一个什么样的人,自己在社会上存在什么样的位置,我应该在这样一个世界创造什么故事。这些问题会推动一个写作者去认识自我,发现个人的生活意义。

"真故"在非虚构文学运作过程中,尤其注意选题的发掘与确立。好的选题,不仅是一个好的文本,还应该表达身处社会当中人的处境。我们希望通过选题,把写作者与读者之间的连接搭建得更加紧实。只有这样,非虚构写作才能摆脱自娱自乐困境,真正走向大众。比如说,"真故"今年非常着重地在推动少年抑郁症议题的写作,希望社会来关注这个议题。抑郁症的低龄化是整个社会竞争压力往下移的过程当中,必然会出现的社会疼痛,最近出了很多报告,中国青少年的抑郁症确诊率非常高。此外,今年"真故"和陈年喜先生合作了《活着就是冲天一喊》,在内容运作过程中,我们也与大爱清尘这样的公益慈善机构做一些联合行动,在书的发布、推广过程中,我们提出每买一本书,就向尘肺病家庭的孩子捐出一块钱。在99公益日,以"真故"名义推出尘肺病家庭孩子上学的资助计划,仅仅一天时间之内,就募集了十多万元的善款,帮助一百多位尘肺病家庭的孩子解决了学年的学费问题。

作为非虚构内容机构,"真故"一直试图连接个体或者公共议题,希望找到比较好的结合点,能够扩大公共的讨论,将非虚构文学推向社会大众,让更多人写,更多人读。相信在这样一个连接过程中,通过我们的努力,能够策动更多作者去表达。只要开始表达,他的发言朝着各个方向去出击,公共探讨的空间也会被一点一点撑大。

敢于叙述的说故事者：来自社会学的反思

■ 文/严飞

很高兴来参加这次的文学工作坊。我是学社会学出身的，我就从社会学的角度阐释一下如何面向公众做一个敢于叙述的社会学写作。

在我看来，社会学首先要做好一件事情，就是讲好社会学的故事。在社会学的传统讨论当中，到底是先讲故事还是先做理论，长期以来都有很大的争执。很多社会学家都觉得应该先有社会学理论框架，而且特别会用一个很大的理论框架来进行过度的包装，比如提到消费，就是凡勃伦的有闲阶级；提到社会不平等、社会阶层，就是布迪厄的区隔理论，而这些都是非常宏大的理论。而我的观点恰恰相反，社会学家首先应该是一个说故事的人，犹如本雅明的都市漫游者，就是在不断分叉的小径上去编织社会的途径，只有先讲清楚一个完整的好故事，在故事基础上再去生发出理论。当我们进入社会基层，面对田野里的被访谈者，我们常常会发现，这些被访者都是极好的叙述者，他们都非常渴望倾诉、渴望被听见，甚至他们希望通过这次叙述来获得一种生命意义的提升。换言之，生命即叙事。

同时，社会学家要不断深入田野之中，通过"在场"表达学者的关切。我们应该搁置先见，剥离自身与所研究群体的道德判断，通过打入内部的方式，切身观察他者生活，并通过让"自己成为自己的陌生人"，打破过往经验对自我认知方式的囚禁，以期获得对所研究群体的充分理解。在这点上，我特别认同芝加哥学派城市民族志研究的先驱前辈所明确提出的，我们要做实际的经验研究，就必须要深度地进入田野当中去，把自己裤子的屁股部分弄脏。

在和何平老师、叶祝弟老师一起在清华召开的一次有关非虚构写作和社会学的学科对话当中,我明确提出,社会学很重要的一点,就是要抛弃掉符号的共性、脸谱化的描述。在传统的社会学研究或者田野调查当中,我们最常出现的套路,是对被访者言论原封不动的呈现。但这样做就会丧失掉被访者的个性,呈现出来的是一种共性,一种脸谱化的描述。很多场景下,这些被访者都是具象有生命的人,我们希望看到在访谈过程中,他们和我们之间的互动,他的眼角湿润了,他的手心不断的在出汗,甚至他微微颤抖的口音所蕴含的一些情感。所以我们要去构建社会学场景,处理一些有趣的情感情绪。

我觉得社会学家有必要向文学家进行学习。余华在《文城》当中对于主人公的具象描绘,这样的具象描绘放在社会学田野调查当中也是适用的。想象一下我们访问一位基层保安、保洁阿姨,也会出现类似的场景,比如"他的嘴唇因为干裂像是翻起的土豆皮,他伸出的手冻裂以后布满了一条一条暗红的伤痕"。这种具象化的深描可以帮助我们在场景当中更好地理解这位被访者的世界,而不是简单地对被访者进行抽象的勾勒。

除了构建社会学的场景,我们还需要发挥社会学的抒情。抒情社会学会强调时空的开放性、非线性发展,同时写作的目的是唤起读者脑海中甚至心底相同的情感。芝加哥大学社会学系安德鲁·阿伯特教授明确提出,"作为研究者,我们发现社会生活不但是复杂的和有趣的,运转良好的和令人不安的,而且它的多样性和流动性也会令人惊叹、激动和快乐。我们的读者应当了解的不仅是社会的前因和后果,优点和缺点,也是它的美丽和忧伤"。

在社会学抒情当中,我们感受到自己经历的方式,通常是感性的、瞬间的,但是希望了解别人的经历带有一种感同身受的通感。社会学带入抒情的价值,在于通过构建场景和画面,唤起读者的道德直觉和共同的人性连接,避免鲜活的叙事过度陷入到宏大僵硬的社会结构当中。

除了抒情以外,社会学还提倡深描。深描最基础的点,是用一种在地的身份,用当地人的视角看世界。以文化人类学家克利福德·格尔茨(Clifford Geertz)的巴厘岛斗鸡研究为例,格尔茨以"大学教授"的身份来到巴厘岛想要进行观察和访谈,但当地人完全不理睬他。然而有一次在观察斗鸡的过程中,警察来驱赶,他就和当地人一起四下逃窜,并通过这样的方式和当地人结下深厚情感,从此以后他的人类学调查就畅通无阻。

通过抒情、深描,我们不仅仅是为了描绘具象的人,而是更多地帮助我们与陌生人建立起一种联系,再去观察联系背后所附带的文化含义和符号性意义。同时值得注意的,对具象人进行描绘时,我们不只是对当下的情景做一个切面的描绘,同时也要关注他的生平情境,在田野当中带入历史社会学的观察角度。每一个人都是孤单的,他的生命轨迹当中一定会穿插不同的公共事件的痕迹,具有历史性、社会性。从每个有名字的小人物当中,捕捉生命的颤抖,通过对被访者生命史的把握,进而探寻他们行动背后的原因和动机。这样才可以与整个社会的历史过程相对照,如此才可以更进一步揭开日常生活当中的隐秘意义。这是我自己对于社会学面向公众性的理论层面的一些反思。

下面再通过具体案例和大家交流。最近刚写完一本新书,结合人类学家项飙的"附近性"这样一个理论框架,去关注在日常生活当中,我们的附近、身边、周围出现的外来务工者。每一天,我们都会和这些城市里的外来务工人员有交集,但是我们不知道他们的故事、历史、家庭,甚至不知道他们的名字,这些普通的外来务工人员,他们就在我们身边出现,他们尽管没有社会学传统定量研究当中统计学意义上的代表性,但是他们的故事依旧值得我们去深度记录,并且通过深描和抒情把他们的故事写出来。

第一个故事,讲的是一位19岁正在北京装窗户的00后工人。在他17岁的时候,他父亲到我家帮我装窗户,安装完毕之后问我能不能加一个微信,让他的孩子和我联系。当时这个孩子正在高三,非常迷茫,对于未来完全不知道。他是在江西的一名留守儿童,当时高考模拟成绩只有365分,而江西的高考总分是750分。他就发微信问我:"家父外出创业,我是爷爷奶奶带大的,我想把书读好,找一份好工作,不让父母辛苦。"他有着非常明确的道德自觉和对于未来的期待,但是他的成绩非常低,因为他没有合适的学习方法。在学校里,老师们对他们这些留守儿童采用是一种完全放养式的题海战术,从早上6点到晚上10点,坐在教室里一直读书写作业做题,完全没有任何好的方法。作为一名留守儿童,他在过去的留守岁月当中,由于和父母长时段分离,所以特别渴望和父母待在一起。最后高考成绩500多分,本可以上江西一所一本学校,但他没有选择上这学校。正是因为和父母长时间分离,他做出选择,要去北京和父母待在一起。但是怎么去北京呢?他就在北京地图上用皮尺测量距离父母亲在北京居住地最近的一所学校,然后就找到了中国传媒大学。中国传媒大学的分数线很高,很自然的他就落榜。对于他们学校老师来讲,这些留守儿童高三毕业以后,或者选择复读,或者选择打工,都是非常正常的出路,所以对他的高考填志愿没有任何建议。所以最后,这位孩子在他18岁落榜以后就来到北京,现在在工地上和他父亲一起装窗户。我就问他最近在做什么。他说我最近特别喜欢读小说,在读加缪的《异乡人》。我问他为什么要读加缪的《异乡人》,他说我觉得自己就是异乡人,在北京这个大城市里文学给予了他一种温暖。

第二个故事,我们来到距离清华大学只有 20 分钟车程的一个特别豪华的小区,进入小区以后,会发现白色的孔雀就在小区内部的道路上悠闲自得地随意走动。我第一次见到白色孔雀,而且不是在动物园里看到。这位被访者是这个高档小区的保安,我们就和他聊了很多,聊天的时候,那些路边的孔雀就在我们的身边走来走去。这位保安同时也在写诗,他参加北京皮村的打工文学小组已经很长时间,写了很多诗,也特别喜欢读书和通过写作进入自己的世界当中去。我同样问他最近在读什么,他说最近正在读毛姆的《月亮与六便士》。我们访谈的时候,背景是孔雀的叫声,一抬头就是一轮月亮,非常魔幻现实主义。

还有新发地的菜贩红芹姐,同样给我们留下了极为深刻的印象。红芹姐的女儿 17 岁辍学,因为是留守儿童,在学校里受到霸凌,没有和老师、父母讲,辍学之后来到北京,和母亲一起卖菜。女儿的微信朋友圈完全封闭,不向她母亲打开,她说不知道究竟温柔懂事到什么程度才可以配得上母亲的爱意,甚至她觉得母亲在怀孕时候就应该把她打掉,不应该生出来。而母亲虽然对女儿有很多爱的表示,但又如同套娃一样,套住了女儿的自我选择,同时又对儿子表达出了更多的期待,在内心深处还根深蒂固地保留有教育期待上的性别差异。

我一共描写了在我的附近出现的 8 个真实的故事,通过这些故事进行社会学的反思。第一,社会学实际上应该面向公众,进行敢于叙述的社会学写作;第二,每一个人都有一个自己的"附近",在"附近"里发生了一个又一个小事件,都是我们身边的事件,我们需要看到这一些普通人真实的经历,记录下他们的声音。韦伯曾经说,人是悬挂在由他们自己编织的意义之网上的动物。从社会学角度出发,我们要敢于叙述,要面向公众。研究社会学的学者,作为"说故事的人"的一个基本职责,就是制造出更多空间,让不可见的事实真相变为可见的;同时在不可理解的背后,不断挖掘理解的可能性。

公共生活与"冒犯的文学"

■ 文/周立民

首先,我要说明一下,我谈论的这个"文学"究竟指什么,是什么样或哪一种文学。"文学"在当今是颇为暧昧的一个词,不同的人对它的预想或印象相差很大,它的内核也在不断地裂变,过去很多不在"文学"范畴的"文字"在新一代读者眼中,那就是文学。而我们对于以往知识和教育之外的那一部分"文学"的了解又实在有限,因此在今天想完整地描绘出一幅文学图谱很不容易,每一个人只能站在自己能够看得见的地方谈论文学。我目前能够谈论的、讨论的"文学",既可以说是我的长处,也有很明显的欠缺,那就是布鲁姆称之为"西方正典"的这样一种文学,或者是在这一传统和文学标准影响下的当代创作。布鲁姆称他们是"伟大的作家和不朽的作品",他特别强调他们的崇高性、经典性和不可替代的原创性。——我要谈论的"文学"正是这样一种,尽管我或我们既不是伟大作家,也没有写出不朽的作品,但是这是我们都追求的标杆和认同的价值。

在这样的前提下讨论今天这个话题,讨论文学与公共生活的关系,我还要强调:即便是在"西方正典"中,也不是所有的作品都必然或者必须直接与公共生活发生关系,文学是各式各样的,有相当一部分作品只能与公共生活保持着若即若离的关系,而且并不因为如此,它们的文学价值、历史价值就会降低。那么,我今天着重谈的是可能与公共生活发生密切关系、直接关系的这部分文学作品,有很多特点是专属于它们的,不必涵盖一切。

其次,如此看来,在公共生活中,最有活力的文学,我认为都是"冒犯的文学"。

这个"冒犯"至少有两方面的意思：一方面是文学对自我的冒犯，是文学自身的不断探索、否定和发展；另一方面是它对公共生活的冒犯和挑战。前者比方说当年普鲁斯特等人的作品，采用意识流等手法，这是对原来的文学写作规则和叙事方式的一种冒犯。后者可以拿乔伊斯一系列的作品为例。如《尤利西斯》，它曾被认为是最危险的书，甚至被告上法庭。除了对文学规则的冒犯，对社会意识的冒犯也是那么明显，哪怕在今天，它也仍然浑身是刺儿。有人回顾这本书的艰难出版过程时认为：文学史不是一幅风景画，而是一个战场。——"战场"，刀光剑影，这是多大的冒犯啊。

很多优秀的作家，在写作的伦理驱使下，不惜冒犯各种壁垒。帕慕克在2005年2月接受采访时谈到有一百万亚美尼亚人和三万库尔德人在土耳其惨遭杀害，他因此被告上法庭，也有人威胁他的人身安全，大概到现在身边还跟着保护他的警察。在演讲中，他说过这样的话："我生活的国家，总是很尊重高官、圣人和警察，但却拒绝尊重作家，除非这些作家打官司或坐牢多年。"（《别样的色彩》，上海人民出版社，2011年，第275页）他被告上法庭之后，有的朋友跟他开玩笑：你终于成为一个真正的土耳其作家了。——在这里，我们实际上能够看到公众对文学的认知、期待。换言之，这就是文学在公共生活之中的形象。在一篇名为《你为谁写作》的文章中，帕慕克讲到20世纪70年代中期，当时土耳其处在社会转型中，普通民众都不很富裕，所以人们认为："文学艺术是奢侈品，对于贫穷又想进入现代化时代的非西方国家而言，根本担当不起。"（《别样的色彩》第279页）在很多人眼里，"像你这样受过教育、有教养的人"当一个医生或者当修桥的工程师，可算是对国家有贡献，这还差不多，而写作是不配谈起的。而一个写作者，会不断地被问起：你为谁写作？如果说你为穷人写作，有人会认为你是给完全不识字的人写作，作品层次很低。如果说你为富人写作，那么你是在保护地主和资产阶级利益吗？而帕慕克的妈妈最关心的是：你靠写作能吃上饭吗？他的朋友们则用嘲笑的口吻谈到，你的这种作品有人看吗？……到后来，帕慕克出名了，他的作品被翻译成多种文字的时候，别人又在追问，问题背后有着强烈的民族意识，民族主义者甚至期待他的表态是用土耳其文写作，只为土耳其人写作……所有这些，也涉及我们讨论的话题，那就是不同时代、不同的群体，他们对作家作品有着不同的期待。那么，对于作家来说，是满足这些期待，还是违拗它们以致形成对其冒犯呢？这体现了作家的姿态、立场，进而也决定了他与公共生活的关系。我想这是值得我们认真探讨，而不是简单地做出结论的一个很重要的问题。

再次，具体到中国的当下，我们的文学在公共生活中有位置吗？它们究竟占据着什么位置？对此，我只能从自己观察到的几个层面给大家简单地报告一下，或许这也有窥一斑而知全豹的功效。

  一个层面是从作品的角度而言的，在各类文学作品中，经典文学正在被不断重读。这里说的"经典"是比较宽泛的，指公众影响力较大的作品。有些现象我一说大家都明白，从古典到现代的作品，从《诗经》到鲁迅的作品，被大量翻印、改编、谈论，也创造了大量的研究它们的资源，论文、专著源源不断，说是"铺天盖地"也不过分。同时，从各种国学班到各式的读书会、讲座等，也是一个接一个，每个周末在一个城市里都有很多热气腾腾的读书场面，它们所读的大部分都是经典作品。在这样的风潮带动下，作家的故居、纪念馆也处于建设的高潮中，而且参观人流远远超过前些年。由此而言，在中国当下的公共生活中，文学是有它的位置的，而且这个位置越来越显眼。巴金故居2012年刚刚开放的那时候，全年总参观人数是8万多人，到2019年，当年已有376 502人次来参观，对于这个占地只有1400平米的小院子来讲，真是超负荷在运转。据我了解，巴金的书一直保持着非常高的印量，品种也不少。其实，打上"经典"标签的作品都是这样的，对于很多家庭和读书人来讲，不管我看不看，它们就是必备书，家里得有这本书，有的还不止一个版本。

  经典文学，或者当下被打上标签的一些作家，比如莫言，他们不断地被重读，从传媒到读者都极度关注他们。像莫言的小说集《晚熟的人》，一年多的时间里，销量过百万了吧？余华的《文城》，有人说写得不如以前的作品，可是这并不妨碍它在一段时间里占据着文化新闻的头条和各大报纸的版面，而没有这种标签的青年作家即使有再好的作品也难以形成这样的公众影响力。大概接受过一点教育的人都知道巴金，一部分人读过他的作品，一部分没有读过，这没有关系，这并不妨碍他们饶有兴趣地来参观巴金故居。现在有一种网红现象叫"打卡"，名人故居和纪念馆正是非常重要的打卡地。这其中还有明星的扩散效应，比如某个明星穿着什么衣服来巴金故居打卡，紧接着就有他的粉丝穿同款的衣服，拿着他的那个公仔来这里打卡拍照。读书也在打卡，每年都有不少打卡书，包括很多外国引进的作品，遭到莫名热烈的追捧。对于这种网红打卡的现象，有人忧心忡忡，我倒觉得不必杞人忧天。它是网友们自发形成的，有盲目性也有一定的动因，到文化景观点打卡，是一种非功利的行为，是好事而不是坏事，关键看你怎么引导它。对于我们巴金故居而言，无论搞展览也好，整理资料也好，还有做各种活动，我的目的都是把公众注意力引到原典的阅读上，引导大家来读巴金和同时代人的作品上。你看看巴金的东西，哪怕一篇东西，看完以后，不喜欢，你可以转而去喜欢鲁迅等其他作家。你在谈论他的时候至少要看他的东西，有自己切身体会和认识，而不是凭传说或从传媒中接受到的一些二手信息来认识一个作家,对于一个作家来讲,阅读他的作品是根本。

第二个层面的状况,是从文学创作者的构成来讲的,金理把其中一部分人的作品命名为"基层文学",我一时间也想不出更好的命名,权且用它吧。从文学的本质和正常状况而言,写作者应当是不问出身的,作家靠的是作品,跟在"基层"还是"中央"没关系。然而中国的现实却造就文学写作者的等级,比如,我们还有专业作家制度,发表作品的文学刊物是分等级的,作家也便有了全国性的、省级的、县里的……影响力的确有差别,或者说是话语权的差别,它们还很难说就一定等同于作品的水准。当然,从更大的层面上讲,等级差别也与写作水平相吻合。这样,就形成了写作者的等级化,处在最底层的,就是我们在这里要讲的基层作者和基层文学吧。这个层面的写作者非常多,在地方作协组织架构中,它们是基本成员,在各自区域内的影响面还挺广泛。然而,它们常常被忽略,得不到所谓主流文学界的关注。与此形成反差的是,在一定范围内的"公共生活"中,他们却非常活跃。在基层,公众们接触到的文学作品是他们的作品,而不是莫言和余华的。他们的自我期许都很高,生活也很滋润,比如得过全国或地方的文学奖,社会上有某个重大事件和纪念日,代表文学方面来发言和表态的也是他们。这两天我在网上看到有个人的自我简介:中华文圣、当代伟大诗人、世界艺圣、诺贝尔文学奖候选人、四行诗歌的创立者、瑞典皇家画院名誉教授、中欧文化形象大使……一个人的自我命名就有这么多,似乎很可笑,但人家可是认真的。还有自我经典化,一个人没有写太多的作品,就已经开始编辑作品评论集。还有"全国名家说某某",里面很多稿子是他自己拉朋友们写的——现在有微信群,更方便了。这也是我们文学一部分的基本生态和现实状况。

还可以介绍一下我们这里的杨浦区作协的情况:它大概有一百多名会员,包括中国作协和上海作协在这个区的会员,会长是陈思和老师。在这些会员中,大概只有百分之十到二十的会员是活跃的写作者,其他的写作量都是不大的,这与另外一种情况有关系,就是会员的年龄偏大,有些老龄化。可是,这并不妨碍他们对文学的热情,那种终身热爱,如醉如痴的热爱。杨浦区作协有一份内刊,现在已经出了70期,每期印刷2 000份。这里面有相当比例的稿子是作协会员的,也有很大一部分是外面约来的稿子,否则,仅仅靠会员,无论从质到量都无法支撑起这个刊物。在本地的稿子中,毋庸讳言,有很大一部分表达方式陈旧,言之无物,还有一部分是放宽选稿尺度才选上来的。不错的作者也不是没有,比如一位叫施月波的女士,她写自己的经历和感想,用非常质朴的文字表达了真实的自我生存状态,而不是描写虚假的生活。我认为就很好,但很显然,她要是给外面投稿,恐怕很少有人会正眼看也可能很难发表,那么长期以来,她和他们就一直处于"基层",不被重视,甚至还被轻视。

　　文学存在着一个人自我释放、自娱自乐的功能,不是所有的写作者都要去承包文学史。出身于基层的很多人,他们的写作,于个人而言,自然有其价值和意义但对于文学史而言,可能价值就不大了。尽管有的人创作量会很大,已经写出了几百万字。可是,他们的作品让文学在公共生活中变得更虚空,让文学成为花瓶,成为点缀品,成为香粉……一定程度上拉低了文学的标准和独创性。但是,你不能忽略他们的存在,这不是指独创、创新意义上的存在,而是对于构成当下文学生态,他们可能发挥的作用。他们不是该被隔绝的人群,这些人跟最前沿的中国文学构成了什么关系值得注意。比如是某些作家的忠实的粉丝,也可能成为另外一些作家的强烈反对者,他们的认识直接影响了周边人群对文学的看法。他们对当代写作会不会构成影响,我还没有做过认真的研究。比如,很多公众能够接触到的作家,就是他们,阅读过的文学作品,也可能只有他们的作品,那么他们对公众文学趣味和修养的实际影响就不能小看了。从直观上看,不是有一个说法吗,最伟大的文学一定要有第一流的读者,这些身兼写作者的读者算第几流的读者呢?我们的第一流的作品不能仅限于我们这个圈子阅读,那肯定谈不上文学公共性,这样的文学只是高校性、精英性的。那么,它们怎样落地,又如何落到公共生活中呢?基层作者恐怕是一个很关键的落脚点。

　　第三个层面,就是活跃在各大文学杂志上的作家,出版社的宠儿,研讨会的主角,文学活动中熟悉的名字,从期待和预设中,他们代表着当下的"中国文学"的水准。对于这一部分作家和他们的作品,我们当然不能一概而论,但是,我可以肯定地说其中相当一部分(包括频频出现在某些排行榜单上、文学奖获名单上的作品),我认为是不具备我前面讲到的"冒犯性"的,它们和前面谈到的"基层文学"中的某些作品"异曲同工",同样是点缀性的、虚空化的、安慰剂般的。从题材上看,诗歌可能还具有某种敏锐性和前沿性,散文也有相当一部分表现了中国人真实的生存状态,这几年被青眼有加的"非虚构"写作,可能就是因为它们在一定程度上敏锐地触及中国人的关注点或忽略点,有一定的冒犯性。相比之下,最缺乏冒犯性的就是小说,它仿佛成为作家的梦呓,小说家用他的美学原则过滤掉公共性。这个问题,可以从另外一个角度来观察,比如近年来公共生活中最重要的事件,在小说里边,有多少得以呈现?好像越来越少。2020年以来的新冠疫情对全世界、整个人类历史影响如此巨大,但在小说表达中,仿佛不存在。帕慕克曾经说过:"小说是源自欧洲的最伟大的艺术成就之一……如果还有所谓本质的话,那么欧洲也正是通过它才创造、展现自身的本质……拿起一本小说来读,就等于迈进了欧洲的边境线。"(《别样的色彩》第270页)中国现在每年出版的小说成千上万,小说家们自我感觉都好极了,试问有哪一部作品可以展现当代中国的"本质",拿起它就等于迈进了中国的"边境线"?

第四个层面,要为这种颓靡的文学状况找一个原因的话,我认为那就是,在公共生活中文学正在被驯养。现在文学处于被资本控制的状态下,小说是最容易被当下的资本控制的一种体裁,因而小说的问题也最大。这么讲,可能很空,举一个具体例子:有一位朋友在图书馆主持讲座,要邀请一批名作家去演讲。他问我有没有联系方式,我说很容易,哪怕没有,我可以帮你找到。不过,我告诉他作家们可能不会去讲。他说是演讲费问题吗?我认为应当不是,那批作家不差那一点钱。他不相信,后来联系了一大圈,没有一个答应的,理由种种,都很客气,拒绝得也很坚决。这位朋友很委屈,他说,这些作家明明整天奔波于各个场子,怎么却告诉我说没有时间,或根本不外出活动。我说你注意到没有,他们出席的活动多半是出版社带着他们出去的,哪怕中国最偏远的地方,他们都去了。出版社,对作家来说,就代表着资本力量,要出他们的书,就相当于雇佣了他们的时间和身体。现在不仅出书、营销、宣传,比拼的不都是背后的资本力量吗?普通的没有资本的作家能够做到吗?资本的背景对文学控制得很厉害。资本是不会冒犯公共生活的,资本只会制造虚假的生活,以扩大资本和增值。被它所控制的文学,多半是最缺乏冒犯性的文学。

在公共生活中,我们的文学是被驯养的文学。人们驯它是要把它变成产品,规范化,符合市场需求,好推销。养,是拿它营利,不营利,绝对不养你,不光是普通作家,有名的作家的作品,出版社也首先判断它能不能营利。现在选题论证就是典型的规训,达不到基本期望值,干脆就排除。这样推出来的产品,示范性效应很强,对其他作品产生了新的规训。评奖也是一种规训,评委永远是那批人,获奖的也总是那么一批人。我们不用去联想更多,至少,这两批人气味相投,他们制造出来的文学趣味再去规范和引导其他的创作,文学创作就在这样的趣味圈里自我繁殖和自我腐烂,怎么还可能有生机和活力呢?从收编到驯养,周而复始。前些年觉得网络文学是野蛮生长之地,现在网络作家都可以评职称,跟其他作家也没有什么不同了,等于又一块可以野蛮生长的芜杂之地也被修剪整齐了。在这样的情况下,虚假的文学、粉饰的文学、平庸的文学、趣味趋同的文学、没有个性的文学也就招摇过市了。动物园的老虎被驯养久了,便很驯服,失去野性,也不想再重返野地。在这样的圈子混久了,作家的自我圈养、驯养意识也越来越明显。从行为,到思想,再到写作,作家就有了一个很难突破的圈子,它是外在的,也是作家自己画地为牢。作家能否突破这个圈养的境况,也直接决定这个时代的文学水准。比如,作家在公共生活中是否有主动的承担。他们每天可以关心《长津湖》,关心月球上的事情,而且特别踊跃,但是关系到每一个人切身利益的时候却一片沉默。我们还指望这样的一群人写出有冒犯性的文学作品来?好的文学作品需要一个承担主体出来,主体都在缺失,我们还在这里自作多情地谈什么呢?

对话

我的中国现代文学研究年代记

巴金及中国无政府主义者的思想转变

【编者按】山口守(Yamaguchi Mamoru)教授,1953年出生于日本长野,毕业于东京都立大学人文科学研究科中国文学专业,现任教于日本大学文理学部。他曾在复旦大学日语系担任外籍讲师,并随贾植芳先生进修中国现当代文学。他也曾多次赴台湾研究访问,曾任台湾大学文学院白先勇人文讲座客座教授等。他的教学研究以中国现当代文学为主,在巴金、阿来、台湾文学研究等领域有过杰出贡献,并长期致力于华语圈文学的日译工作。他同时也是本刊的编委。其主要著作包括《巴金とアナキズム:理想主義の光と影》(东京:中国文库,2019)、《黑暗之光:巴金的世纪守望》,上海:复旦大学出版社,2017)、《讲座台湾文学》(东京:国书刊行会,2003)等。

2019年7月5日和22日,东华大学日语系副教授孙若圣和复旦大学中文系博士生吴天舟分别于各自赴日研修期间同山口教授对谈。在与孙若圣的交流中,山口教授回顾了自己在东京都立大学和复旦大学期间的求学工作经历,这是他作为华语文学研究者的原点,与一般学者不同,山口教授是带着强烈的问题意识和实践经验投身于研究的,这一关怀也贯彻在其日后一系列的研究和翻译活动中。在华语文学的研究者里独树一帜的是,山口教授是从研究安那其主义开始走上学术道路的,安那其的信仰在很大程度上决定了其对研究对象和研究视角的选择。在与吴天舟的讨论中,山口教授以巴金及其安那其主义友人为中心,分享了自己对于安那其信仰的肺腑之言。两位访问者事先虽并不相识,但访问内容却多有可以互参之处,现将两篇对话编为一组,除了希望帮助学界进一步了解山口教授的研究关怀和研究路径外,同时也希望以此他山之石唤起学界对于研究同个人生命之间关系的反思。

我的中国现代文学研究年代记

■ 对话/山口守　孙若圣

孙若圣（以下简称"孙"）：山口老师您好,很荣幸能有机会采访您。

山口守（以下简称"山口"）：不客气,我非常乐意接受你的采访。我还不晓得你要提哪一些方面的问题,但是我首先要说一个前提,要不然无法展开讨论。这个前提就是,对我来说中国文学是一种外国文学,跟美国文学、法国文学、俄国文学一样,都是外国文学。不过我到中国国内去开会或者做演讲的时候,有这么一种困惑。一些中国学者往往忽视这一点,说不定是一种误解,也可能是无意识的误解。对于中国学者来说,中国现代文学是本国文学,和我的出发点两样。虽然研究对象一样,但是研究立场、方法论、视角、理论都不一样。比如说,日本有些学者研究莫言,中国也有不少学者研究莫言,但是外国文学研究和本国文学研究还是不一样。不过我发现有些中国学者往往没有意识到这一点,而这一点对我来说非常重要。

我有时候到中国以外的国家去开会,跟韩国、欧洲、美国、俄国学者做交流。我跟他们讨论中国现代文学的时候,能发现有很多共同点,虽然也有很多不同之处。当然日本文化跟韩国不一样,跟美国也不一样,跟欧洲也不一样,但是不同国家的研究中国文学的学者毕竟有一个共同点,即从事的都是外国文学研究。而我碰到的有些中国学者没有清楚地意识到自己研究的是本国文学,而国外学者却研究的是外国文学,两者之间会产生很大的分歧,甚至有时候无法进行讨论。找到一个比较合适的方法来讨论同一个对象实在不容易,这一点我希望中国国内的学者能够多多理解。今天我要讲的也是完全从一个外国人的立场来说的。这就是我要确认的大前提。

孙：谢谢您。我当然也准备了自己的问题。但是刚才您说的那个前提我特别地有兴趣,我确实一直没有意识到针对同一个对象站在不同的立场或者是从不同的学科的出发点来看,可能会无法形成交流这样一种情况。那么老师您刚才说了一个这么非常宏观的情况下,我想请问老师您有没有比较具体的例子。

山口：我可以举一个例子来说明。我和你一样,有时候进行翻译工作。你可能翻译日本文学作品或日本学术论文,而我翻译中国以及华语地区的作品。比如说北京作家史铁生,他是我的老朋友,我曾翻译过他的《插队的故事》等作品。碰到难解的中文词汇,我就可以直接问问他就是了。但还有另一个例子,又不一样。我也翻译过四川作家阿来的《空山》。当时我发现有很多词不好理解,尤其是涉及藏族或嘉绒文化的词汇。后来我经常写电邮问他。阿来可能觉得这个日本人为何总会问他这么基本的常识吧(笑)。举一个简单的例子,小说里出现他们四川康巴山区农民用的耕田工具,当然我可以查辞典,没有问题,不过我不能确定阿来的文章里面所说的是否跟汉族地区的一样。还有个人感觉,如他用词的感觉。我毕竟是外国人嘛,我翻译的时候往往免不了译错,或过度意译,就已没有原味了。目前很难解决误译或译不出原味来的问题,这毕竟是文化的不同。但是我们一定要跨越这种不同,不然我们永远生活在两个没有交流的、隔开的世界。所以我过去尽量找时间做一些翻译工作。现在我比较忙,没有很多时间坐下来进行翻译工作,很遗憾。

刚才提到的阿来《空山》,我其实翻译得非常高兴,这是一部非常有趣的小说。不过我经常碰到一般中国人不会碰到的很多小问题,翻译起来特别麻烦。大的问题或抽象的概念比较容易解决,因为哲理性、概念性的事物好像我们人类有共同理解,没有很多障碍。但是小细节部分有时候我翻译不了,所以当时一直向阿来请教。他可能觉得有点烦吧(笑)。但是因为我是一个外国人,汉语对我来是外语,有很多感觉上、感情上的问题,我还是解决不了。史铁生不太一样,他意识到我是一个外国人。虽然我对中国社会、文化有多多少少的了解,不过细节部分不那么容易理解。所以每次我向史铁生请教的时候,他非常耐心地给我回答解释,而且有时候我们就很小的问题来展开谈论,甚至谈了几个小时。他可能了解到我对中国某一些生活的、文化的细节比较陌生。

孙：似乎可以理解为,大家的视角或者说大家的背景知识之间存在着比较明显的区别。

山口：是的,所以翻译是一个非常好的交流方式,研究也是一个很好的交流方式。在中国学者面前我讲自己的见解,比如讲对巴金文学的见解,还聆听中国学者的不同见解,也是一个很好的交流方式。不过就中国全国人口来说,学者还是极少的一部分。中国有十几亿人口,相比来说,学者的人数很少。所以通过他们来理解中国文化的时候,我经常会意识到还有十几亿中国人的另一层面在另一方。当然我很希望跟中国学者做学术交流,不过我还想要了解得更全面些。所以翻译对我来说是非常好的一个机会。年轻的时候我做了不少翻译工作。当时我觉得我对中国文化的理解不够,根本不够,虽然我二十五到二十七岁在上海复旦大学学习了两年。我的体会比一般日本人应该多一些,不过两年的时间根本不够啦。我每年都有几次机会去中国,不过顶多呆了几天或几个礼拜就回来。反过来,翻译是永远不会消失的、可以认识异文化的好途径。个人的体会慢慢会消失,像今天我跟你谈话一样,个人跟个人之间的一种体会或者感觉,往往会消失。但是翻译文学作品的文字永远不会消失,永远留在我们的身边。所以阅读并翻译中国文学,对我来说是一个非常好的理解中国的渠道。

孙:在这样的情况下,您觉得您做文学作品的翻译是为了让您自己更了解中国,也就是说指向您内部的一个兴趣占主导的事情?还是说您想把这部作品翻译成日文之后让更多的日本的读者能够读到,让他们去了解这部作品或者了解这部作品里面所描绘的、您眼中的华语世界的情况?

山口:两方面都有,因为我感兴趣的中国现当代作家都跟我的思想状态、思维方式有共鸣之处。刚才我说到为什么我跟史铁生谈得来呢,他对人类的生存状态、内在精神,甚至生与死的感觉特别吸引我,因为我也经常思考这方面的问题,要寻找答案。和他谈论这些问题,对我来说实在高兴,实在重要。但很可惜,也很难过,他离开我们已好几年了。不过,史铁生是个极少的例外,我一般不会和中国作家有个人的交往,因为我是一个研究者,假如和某某作家关系特别熟悉,就不好做研究了(笑)。

我现在认识一些中国作家,阿来是其中的一位,我认识他已十几年了,而且喜欢看他的小说。目前我关注像他那样非汉族的汉语作家,包括万玛才旦的汉语小说。不过我对阿来的尊敬和对史铁生的不一样,不仅仅是阿来,我对所有的中国作家基本上都这样,彼此认识,相互尊敬,有点熟悉罢了。大概在中国作家里面我唯一的朋友算是史铁生。别的一些作家,我虽然很尊敬,很敬佩他们的文学活动,不过不采用交朋友那种交往方式。学者的话,可以做朋友,不过作家是我研究的对象,所以我有意识地保持一些距离。当然距离的长短很难掌握,有时候站在比较远一点做研究。民国时期的作家大部分已经过世,所以没有这个问题。研究当代文学,对我来说,比较大的难处是跟作家的距离。史铁生的话,我虽然翻译过他的作品,写过一些评论,但是我从来没有写过一篇像样的研究他的论文,也许是因为我跟史铁生的个人之间的距离吧。写起他作品的评论来,马上就想到个人的来往或个人之间的感情,不好做研究了。所以我喜欢他的作品,也会翻译他的作品,但是我不会写研究他的学术性论文。阿来的话,我尽量保持一种研究上的距离,所以可以翻译也可以写论文。当然我跟阿来聊得很高兴,和其他某些作家也这样。我的主要研究对象一直是巴金先生,我们见过五六次。他是我非常尊敬的伟大作家,不过我还是要通过他的作品来理解他。总的说,交往和研究,对我来说还是两码事。

那我对怎样的作家感兴趣呢?很简单,在政治立场上我是一个安那其主义者(采访者注:Anarchist),周围的人都知道我是一个安那其主义者。我反对所有的国家、政府、民族、宗教这些形而上的概念。我认为世界上的一切战争、矛盾等,都由国家、政府、民族、宗教之间的矛盾所导致的,所以我希望一切个人拥有自由和平等的权利,相互帮助。互助对安那其主义来说是一个相当重要的因素。自由、平等、互助这三个是我主要的立场。中国作家里面很难找到超越国家、政府、民族、宗教的作家,唯有巴金。读大学本科的时候,我参加了工人运动、农民运动。那是20世纪70年代嘛,60年代学生运动大潮基本上已经结束了。像我这个年龄的人在日本被叫作"しらけの世代",对于任何事情比较冷淡,不关心,连对政治也不关心,那是对60年代的学生运动的一种反抗,但是我个人对社会革命放弃不了期待。

孙:在我印象里参加学生运动的可能是您的老师那一辈,比如说松井博光老师、饭仓照平老师、岸阳子老师、井口晃老师,可能感觉他们那一辈的人会更加投入运动一些,因为他们直接受教于竹内好,可能耳濡目染了竹内好老师的一些方式。

山口:我和他们那一辈以及往下的60年代学生运动一辈不一样。他们整一代走过战后日本社会的改革和失败的道路,有可靠的圈子集体讨论文学或政治的议题。也许因为我是一个安那其主义者,当时是个非常孤独的学生。松井老师和饭仓老师他们都是竹内好的学生,他们在课堂上经常讲到竹内好,不过我觉得竹内好的某些想法存在着需要辩证的地方,尤其是他的民族主义观念,我就无法接受。我的思想状态在当时可能比较稀有。比如说,昨天日本举行了国会议员选举,其实我从来没有投过票。不是没有时间,其理由非常简单,我不能接受代表制民主主义。我不能选出代表我的议员来,因为像我这样连自己都代表不了的人怎么可以投票给他者。我希望实行直接民主主义,现在日本却实行间接民主主义。直接民主主义的话,我还可以考虑参与。

我读东京都立大学本科的时候,周围的人都非常崇拜竹内好。那时候我是一个非常特殊的怪人,因为对竹内好持批评的态度。我原来考东京都立大学的理由是它有竹内好主办的中文系,才对我有吸引力。竹内好战后一直反对以往的所谓传统汉学,办中文系的设计思路很独特,中国古代文学基本上不是必修课,这一点我非常感谢他。因为东京大学、京都大学还有别的大学中文系本科生一定要认真地学习中国古代文学。我不想吃读古代文学的苦,就考了东京都立大学。后来我还后悔了。我应该稍微学习中国古代文学才更好。我的古代文学底子非常薄的原因就是本科阶段没有好好学过中国古代文学,直接读了现代文学的缘故。

　　回想起来,当时日本国内教中文的教科书没有现在那么好,不过有一点好处,东京都立大学的老师们把文学作品拿来当教科书。我是通过文学作品来学 b、p、m、f 这样的汉语拼音发音。我还记得当时"文革"刚刚结束,日本国内还有一些"文革"留下来的影响。所以教材上有很多"文革"时期的文章,像《金光大道》那种。我们作为教材来念《金光大道》的。反正我平常在学校外面搞运动,不怎么上课,《金光大道》那种教材其实对我无用。后来有一位老师拿沈从文的《边城》当了中文教科书,还有许地山、丁玲、谢冰心、叶圣陶等很多作家的文学作品。我都作为基础中文的教材来念这些作家的作品。这大概是一个东京都立大学的比较独特的教学方式。

　　孙：那老师现在进行基础中文的教学时采用何种教学方法和教材呢?

　　山口：我已好多年没有教过基础中文,不了解现在的教学方式和教材。20世纪80年代刚调到日本大学中文系来的时候,我教了本科低年级的中文基础课,后来我不教这方面的课了。假如现在让我选教材,当然选文学作品。文学作品可以培养语言能力,相当不错。文学作品有一种营养,就是语言的营养。没有营养的语言就会死掉。现在我偶然看到一、二年级的中文教科书,就觉得为什么要学这种没意思的东西。课文上有很多没意思的内容,比如"明天我坐飞机去北京""喜欢吃北京烤鸭"等等,是连小孩子都不会产生兴趣的。好在我读大学本科的时候没有好的教科书,所以直接读文学作品,培养我的中文语言能力,同时我吸收了很多中国文学的营养。我觉得这样的教学方式相当不错,不过最近很少了。

　　另外,这样通过文学作品来学习中文的教学方式,刚开始的时候确实比较困难,因为学生念不出汉字来。在学中文的过程,日本学生最大的难处就是,汉字比较容易看得懂,不过念不出来。日语在历史上一直借用中国文字,就是汉字,所以学生可以猜得到基本意思,不过念起来实在困难。因此拿文学作品来当作教材有非常好的一面,也有非常难的另一面。我念大学本科的当时没有电子辞典,一定要带辞典上课或预习。那么厚的中日和日中两本,每天都放在书包里,上课实在太累。好在我天天都在外面搞运动而几乎不上课,没有这个麻烦。还有,东京都立大学和一般学校不一样,一年级没有专业。我考了人文学部,但没有专业,到了高年级,我们才要决定念哪一个专业。当时最红的专业大概是法国文学、心理学、人类学等,日本文学也相当不错。凭低年级的成绩来给老师们挑选。我观察到中国文学专业录取分数很低,几乎没有人报名,因为当时念中国文学感觉可能没有很多就业机会,除非你拿到高中教师资格证书,要不然你的中文相当好的话,可以当翻译,所以很少有人报中国文学专业。我当时几乎不上课,只有一个选择,就是报中文系啦。那年报中文系的学生特别少,除我以外只有一个同学。这样我们两个人就念中国文学系了。

当时除了日本老师拿文学作品来上课之外,教语言的中国老师基本上都是旗人。这是战后日本很特殊的情况。虽然日本和中国1972年恢复了邦交关系,不过中国老师直接到日本各个大学来教书不太容易。所以发音非常标准、有文化的老师就是大陆来的旗人。这里有各种原因,比如和战前伪满洲国的关系,还有战后,大概在解放战争的时候,有一些旗人逃难到日本来了。我上了三位中国老师的课,两男一女,其中两位是旗人。刚才我已经说了我只有一个同年级的同学,那自然上课往往只有我们两个人。中文系有十来个老师。我不上课,老师们一看就知道了。我的同年级同学是个女生,学习很认真的。我天天都在校外搞运动,不上课,顶多隔三四个月才来上那位旗人老师的课。我自然根本听不懂,老师也不会日语,没有办法沟通。所以有时候那个同学替我当翻译。那位中国老师非常生气,已经有几个月不上课的坏学生突然间出现在课堂上,似乎严厉批评我为什么不来上课,反正我听不懂。下了课,那个同学来找我警告,叫我以后不要来上课,以免老师生气。我就干脆不上课了。

孙:但是后来老师来上海的复旦大学做外教了,请问这是怎样的一个过程呢?

山口:我本科生的时候几乎不上课,连汉语拼音b、p、m、f都不行。我当然没有中文的会话能力,但是阅读中文还可以,因为我喜欢看小说,看了不少。我虽然在外面参加各种社会运动,不过有时间就坐下来看看鲁迅和巴金的小说。这是我个人的爱好,跟在学校上课没有关系。后来到了四年级,我要考虑以后的计划,要么毕业,要么离开学校参与工人运动,就像巴金《灭亡》里的杜大心那样。

当时和我一起搞运动的朋友,有的被捕,有的在监狱里面,有的离开运动到乡下去,搞起了另外一种比较温和的文化活动。大概是四年级的夏天,我发现周围几乎没有朋友,我一个人很孤立地在学校里。那时我需要有一段时间来好好考虑将来自己的人生道路,确实需要一段时间来让我做出这个决定。于是我就决定读研究生。我看这样就可以获得一个自由的时间,好好考虑将来我走哪条路。我花了半年的时间拼命读书,可能运气好,结果考上了研究所。那年跟我一起考上的还有从东京外国语大学来考的近藤直子。她后来研究当代文学,翻译并研究残雪很有名气,但很遗憾,几年前她病故了。

读硕士时候,我还是不怎么学习,但是得写硕士论文,最后决定要写巴金,题目为《抗战时期的巴金》。当时我主要的关心是帝国主义日本侵略中国和亚洲各个国家的历史和文学的关系。我写好了硕士论文,幸好还考上了博士生。我开始觉得读中国文学很有意思,不过自己的中文能力有限,应该锻炼语言能力,所以想到去中国学习,但是日中两国之间当时还没开始交换留学生。后来有一个东京都立大学的前辈来联络给我,他当时在黑龙江大学日语系教课,他自己也还在读博士三年级或四年级,比我大三四岁。他说黑龙江大学缺少一个日语老师,想找一个年轻一点的外籍教师,就来联络我。一听我就想象哈尔滨是个很寒冷的地方,不过一边锻炼身体,一边锻炼我的语言能力,很不错嘛。我 1972 年起念了本科,1976 年起念了硕士,1978 年考上了博士生,年纪轻轻,就答应了。之前,我从来没有到过中国,当时连护照都没有拿,我很好奇地查了查哈尔滨的气候。我出生在长野县的山区,滑雪滑冰非常普遍,自己也喜欢滑冰。我想到了去哈尔滨可以滑冰,就买了一双滑冰的鞋子。后来一切都差不多准备好的时候,突然间收到中国使馆的通知,人家说我太年轻,不能去黑龙江,像我这样年龄的人只能去两个地方,北京和上海。我猜想这样可能好管理吧。我只好答应他们的要求。恰好,上海复旦大学需要外籍日语教师,看了我的简历就要我赴那里教日语。我当然很高兴。哈尔滨是寒冷的地方,冬天大概降到零下十几度嘛。上海气候应该跟东京差不多,而且或许可以见到巴金先生。所以我就答应了去上海复旦大学日语系当两年日语教师,1979 年 3 月动身。日中两国开始交换留学生那个项目,1979 年下半年才开始。那年初,我已经跟复旦大学约好了赴那里当日语教师。所以我不能报像藤井省三那样日本政府文部省的交换留学生考试。

我到了上海以后,藤井作为交换学生来了复旦大学学习,不过我们的身份不一样。我的生活条件比较好,当老师嘛,两年我都住在锦江饭店,相当不错。不过另一方面有大问题。他们为什么让我们安排住在锦江饭店呢?就是政治原因。他们不希望我们外籍教师晚上留在学校里面。我们一下课,他们马上就派车送我们到宾馆。我们要留下来在校内跟学生们做一些交流,一定要事先申请,并且晚上 6 点以后不能留在校内。当时可能有"文革"遗留的影响吧。我们外国人被认为在思想上有问题,会污染到中国学生。所以我们一下课就被迫马上离开校园。这对我来说非常痛苦,连跟自己的学生交流都不行。我跟学生们的年龄接近,下课后我很想跟他们交流,不过学校不允许,算是隔离吧。有一次我晚上偷偷去施小炜他们的宿舍,不晓得有人监视或举报,复旦大学外办就来警告我,以后私下跟学生交流的话,就要赶我回国。其实我自己无所谓,只怕影响到学生们的安全。反正人家有人家的想法,我有我的。我不顾警告,还经常偷偷地跟施小炜他们进行交流。

孙:当时您在复旦大学担任日语系外籍教师,但是您本身是东京都立大学中文系从事现代文学研究的博士生,在复旦的经历不知道对老师的文学研究是否产生了一些影响?听说您在复旦的时候认识了贾植芳先生。

山口:是的,我和复旦大学签协议书的时候,提出来自己的希望,他们就答应了。就是外文系没课的时候可以去中文系旁听课,所以我在日语系乖乖当老师,剩下时间在中文系作为旁听生上课。当时贾植芳老师还没有平反。我想谈谈怎么认识贾老师。在我的一辈子里,我认识或做交流的中国人自然很多,不过贾植芳老师是一位很特别、很重要的人物。认识贾植芳老师好像决定了我以后的人生道路。

当时复旦大学中文系讲课的方式是老师一直讲,学生一直做笔记。我在东京都立大学读研究生的时候,基本上都是讨论课。我就觉得复旦大学那种方式太没意思。结果我经常跑到图书馆去借书,自己学习。有一天我发现院子里打扫的一位老先生,第二天出现在资料室,整理文献什么的。后来经由一位外文系老师——他也在反右时吃了很多苦,由那位日文系老师介绍认识了贾植芳老师。我经常去借书嘛,和贾老师慢慢熟悉起来。贾老师一开始就很坦率地对我讲了他个人历史,如他是一个胡风分子,还没有平反,以前教过书,现在在图书馆里面工作什么的。他马上就发现我的中文不怎么好,或许觉得可怜或需要鼓励,经常写出一张中文书的目录让我阅读。他那个山西话太浓,我几乎听不懂。他马上就写汉字,不过他写的汉字是草字啦,我认不出哪一个汉字来。他只好一个一个耐心地写给我。后来他事先预备一张目录,告诉我应该读哪一个作家的哪一篇作品。我按照名单一篇一篇读下去。如胡风的文章,我在日本的时候读过一些,尤其国防文学论战时期胡风的文章我读了不少,不过胡风早期的以及抗战时期的诗歌文学,我几乎没有读。贾老师把这些作品几乎一篇一篇都写下来。我按照那张贾老师设计的目录来学习,比上中文系的课有意思多了。贾老师的教学方式和一般老师不一样。先让我读很多文学作品,再过一个礼拜过去见面,他先让我说说自己的感想或见解,不管我的中文能力有没有那么好。每次最后贾老师给我解释我的见解里有何种问题,或有肯定的地方。这算我上贾老师的课啦。我们一对一谈话,每一次都是,后来我干脆不上中文系的课了,经常跑到图书馆去跟着贾老师学习。

没想到后来这造成了很大的问题。不晓得为何,复旦大学外办知道我一个外籍教师经常到图书馆去找还没有得到平反的胡风分子。那次的警告非常严厉,一定要跟他们誓约以后绝对不会跟贾先生交往。他们警告说,以后我继续跟贾植芳见面的话,就马上向什么部门汇报,同时跟日本大使馆联络,把我赶回国。那是1979年下半年的事情。我当然根本不管这一些,我装作听不懂,第二天我还到贾植芳老师那边去学习。

孙:从时间来看,您在两年合约期满后离开复旦时贾老师也还没平反,贾老师我记得是在1980年底的时候才平反的。这对你们的交往会不会有一定的影响,因为您前面也说了,您和贾先生交往受到了外办的警告。另外,当时正是新时期文学郁郁勃发之时,复旦中文系的一位本科生卢新华写了《伤痕》,命名了一个时代,老师当时在复旦对新时期文学的关注程度是怎样的呢?

山口:我跟贾老师交往的时候,他几乎还是受监视的状态,要不然外办不会知道我们的来往,因为我跟他两个人面谈而已。我不晓得什么人看到我们两个人在那边谈论,肯定有人监视或举报吧。当时贾老师自己处于那样的处境,还这么大胆地、热情地教导我,直到现在我都忘不了师恩。我非常感谢贾老师不仅在研究上而且在人生道路上无私无己地、热情关怀地教导我。他有时谈到他自己的遭遇,如50年代在胡风事件中被捕等详细的遭遇,跟我解释了很多,但30年代的事情几乎没有谈到。我回国之后才晓得,其实30年代贾老师到日本大学社会学科留学。抗战爆发之后,马上就回国投入抗战的活动,这一点我回国以后才晓得。我在复旦的时候以为他只是所谓的胡风分子,同时学问非常好的一位大学者而已。

后来我回忆起来,贾老师跟我笔谈的时候,偶然写些日语的假名字,我当时觉得有点奇怪,因为他的英文相当好的,或许留过西洋。那时我以为他可能自学的日语。后来才晓得了贾老师原来是留日学生,30年代贾老师读日本大学的时候,就在我们文理学部(采访者注:山口老师受采访时正任教于日本大学文理学部)社会学科。贾老师在复旦大学跟我面谈的时候没有谈到此事,回国以后我经常与贾老师有书信往来,逐渐了解这些。

所以我在复旦大学的时候,不那么读同时代的中国文学作品。一直在贾老师的指导之下,多读了民国时期的文学。回到东京都立大学继续念博士的时候,周围的人经常问我现在中国社会怎么样,中国文学怎么样?既然我呆了两年上海,什么都不知道有点说不过去,这样我就开始读当代作品了。

孙:很有意思,当时您的导师松井博光老师反倒是虽然可能人在日本,但是非常关注中国的当代文学,所以肯定会被问到的吧(笑)。观察老师之后在当代文学领域的研究业绩可以发现，其实老师除了史铁生之外，对非汉族作家，以及超越国境线的华语圈文学概念似乎存在着学术兴趣。

山口：松井老师是茅盾研究的大专家，经常跟中国学者有来往。有一次社科院的李存光老师到东京大学来开会，松井老师让我陪他，就认识了李老师。李存光老师是巴金研究的大学者，我也拜读过李老师的论文，不过认识李老师并不是研究巴金的需要，而松井老师让我去接待李老师的缘故。"文革"结束之后，松井老师经常接待中国学者和作家，所以我回到东京都立大学之后，见到很多中国学者和作家，几乎每几个月都有机会见到他们。这么频繁接待中国学者和作家，在日本所有大学里面都很少见。我看东京都立大学是一所比较开放性的学校，而且规模也没有那么大，灵活得很。学校规模很小也有好处。

我还是要说回刚才你提的第一个问题，我对中国当代文学的关心有两方面因素都存在，一是我个人的因素，二是外界的因素。当时日本跟中国之间的交流始于政治因素比较多。我刚才已经讲到我从安那其主义的立场来研究民国时期文学的话，我主要研究巴金，比如这本书（采访者注：山口老师拿出新作《巴金与安那其主义——理想主义的光与影》）。当代文学里面，我喜欢读一些跟国家主义民族主义有距离的作家作品，像史铁生，还有阿来和万玛才旦那样的非汉族作家。研究非汉族文学的时候需要一个参照系，像华语语系文学，待会儿我再谈谈这些。我打算把既有的中国文学这个观念要开放些。

我还记得大学本科的毕业论文答辩时，一个系里的前辈严肃地批评我说，我为何不写主流作家。我觉得太可笑了。对他来说，巴金不是主流作家。所谓主流作家在他看来是跟共产党有密切关系的作家才是。鲁迅是1936年去世的，稍微沾点边，除他之外应该写茅盾、郭沫若这一些作家才对。而巴金是比较边缘的一个作家。连当时在日本研究中国文学的人里面也有这种人。不晓得是"文革"的影响，还是他们自己的意识形态的问题。当时确实还有这样一个气氛，我非常讨厌。文学哪有什么主流非主流的，对我来说，这完全是一个无聊的观念。他们说的主流是意识形态的主流，要不然是政治环境的主流非主流。文学是一种永远具有开放性的文本，没有什么主流非主流的。

后来我写了硕士论文《抗战时期的巴金》。我要思考战争这个紧急状态之下作家怎样面对国家、民族、宗教等问题的，尤其像巴金这样的安那其主义者也参加抗战活动，是否已经接受了国家、民族等概念，在我看来不是这样的。我认为他不会接受国家概念、民族概念，社会这一概念稍微可以接受。尤其在国防文学论战上，他坚持反对国家主义的立场，认为文学应该有自立性和自主性。我看当代文学作品的时候，也从这样的角度来做评价。

孙：我记得看到您的第一部翻译作品应该是在1986年和1987年的时候，《现代中国文学选集》里第五册的张辛欣，不过这件事情有点意思，因为前面第三册是史铁生，但史铁生不是老师您来翻译的，史铁生好像是近藤直子老师翻译了其中的一篇。

山口：我自己喜欢读史铁生的作品，不过在松井老师眼里近藤直子是非常优秀的学生，我是太差的学生（笑），所以给我安排翻译难度不很高的作家。我就听了松井老师的指示，跟饭冢容一起翻译张辛欣。我们两个人都想翻译别的作家，不过还是要听我们老师安排。饭冢容是比我低一届的同学，也是松井老师的学生，他的成绩非常好。我猜想松井老师想让饭冢来照顾我，因为他对我的期待没有那么大，尤其对我的语言能力没有信心。松井老师读了我的《抗战时期的巴金》那篇论文，评价也不那么高。东京都立大学的老师们对我的评价永远不高。可能有很多原因，实际的原因就是我读大学时期的成绩确实很差，但我猜想还有其他原因，说不定我的观点和立场跟他们不一样也是其中之一。他们对我的最大不满也许是因为我批评竹内好的关系。我在东京都立大学读书时是一个比较孤独的人。其实我从竹内好的很多评论学得了很多。比如说，我念初中高中的时候，读过他主编的《中国》那本杂志。我很早就读过，而且我每一期都读了。不过我无法接受竹内好的一些言论，尤其是思想上的。

话要说回去，80年代我的翻译工作，基本上都是听了松井博光老师的安排，没有自己的主意。

孙：不过到1989年和1990年的时候，那是一个重要的转折的时刻，当时老师您和东京大学的藤井老师还有御茶水大学的宫尾老师，三位老师组织了一套现当代中国文学的翻译丛书《発見と冒険の中国文学》（《发现与冒险的中国文学》）。那时候实际上老师已经是可以自主策划翻译出版项目了。

山口：当时我已经正式当了大学教师，已自立了。我虽然尊敬松井老师，不过在学术上、研究上，跟他的立场不一样。他算是竹内好那个系统里的学者。你这次大概采访了一些东京都立大学出身的研究者吧。那你不可能找得到像我这样比较孤立的研究者。80年代后期我已经有了正式教职，也有了自己的活动范围，我经常和藤井省三和宫尾他们开读书会，讨论很多中国文学的问题。那时候有一个出版社向藤井省三联络，他们准备出一套翻译集，一共十几本，规划有点大。我们开了一个有点像编辑委员会的会议，在会上讨论了很多问题。然后我们三个人都负责了几本书，整个翻译集定为8本。藤井负责编莫言、郑义和张爱玲的，宫尾正树负责编茅盾和北岛的。我先自己将巴金从未被翻译过的短篇小说译出来编一本，然后编一本翻译台湾文学的。台湾文学对我来说一方面是重新思考中国大陆文学的一个参照，一方面是开拓我的文学研究的新领域，非常重要。我认为文学是一个实体，有作家、有读者、有作品就可以成立，与国家无关。把一批作家或作品概括在一个轮廓里面，这是后来学者或评论家根据自己的立场去做的一个分类而已。不管是中国大陆的还是中国台湾的，对我而言都是外国文学，作为一个外国文学研究者来说，不需要考虑这个文学属于哪个地区的文学。我被台湾文学的魅力给抓住，我一定要翻译台湾文学作品，但是当时我自己没有时间，我就请下村作次郎那几位研究台湾文学的专家来翻译。编扎西达娃和色波的非汉族的汉语文学的动机和目的也差不多。我自己没有时间和能力翻译这些作品，就找到早稻田大学牧田英二老师。牧田老师是中国少数民族文学这方面的权威。结果那个翻译系列里面我负责了三本，巴金、台湾文学和非汉族的汉语文学。

孙：事实上从一开始我就可以感觉到山口老师治学的一个路径，就是说很明显您并没有把这个中国文学限定在中国大陆，这是您从那个选集开始在我看来您和别的日本学者最大的不同，我读了您的作品之后觉得，您对 sinophone 的概念非常非常的重视，说实话 sinophone 的概念出来之前，您就先于这个概念提出了华语语系的概念。您在 80 年代末就有意识地把中国大陆、中国台湾、汉语写作的少数民族的文学，以及世界上其他国家使用汉语写作的文学全都统摄在一个框架里。

山口：你猜对了。我一开始研究巴金就意识到我的文学研究不会在既有的中国文学框架里能找到空间。后来我读到华语语系文学理论的时候非常高兴。其原因是，中国、美国、马来西亚、新加坡都有些跟我类似的视角来关心华语文学的学者。80 年代后期，我周围几乎没有人关心这一些。然后到 90 年代的时候，开始有一些出版社关心起这方面的议题，并邀请一些学者和译者来做这方面的翻译。于是，我们三个人在出版社的邀约下制定了这个计划，挺有意思。那个系列翻译集的总题目叫作"発見と冒険の中国文学"，意思是要摆脱意识形态的束缚，要更具开放性一点。

孙：这套选集可以说是独一无二的选集，因为我第一次在这套选集里面看到华语语系、华语圈文学的这样一种可能性，它是一套相当相当超前的选集。首先我个人觉得，它呼应了当时中国国内重写文学史的一个思潮，它把包括像张爱玲、茅盾、巴金和莫言都放在了一套文学选集里面，第二个就是老师您说的跨地域性。

山口：你说得对，因为我和藤井省三、跟陈思和、陈平原他们经常有交流，经常讨论我们该怎么处理民国时期一直到当代的很多文学现象。通过这些讨论，我们可以理解陈思和、陈平原他们要重写文学史的这样一个构思。那我们也有一种同时代的呼应,我个人觉得这很不错嘛。藤井他们也许还有另外一个想法。

我们出了选集之后,1995年到1996年我不在日本,先到中国,然后到美国去做研究,这前后我几乎耽误了我自己的工作。1996年回来之后,我又觉得应该进行翻译。我不像饭冢容那样一直关注中国当代文学的变化和现象,饭冢容的当代文学研究是很专门的,很仔细的,他观察得全面。我经常问他最近中国有没有好作家可以读,他马上就给我回答这个作品好、那个作品不好,我一直向他学习。我从90年代后期开始,有时候写一些中国当代文学作品的书评,尤其针对一些有日语翻译的作品。不过我个人对当代文学的兴趣越来越小。其原因可能由于中国当代文学有了一种变化,商业性越大,反而越没有突破性或前卫性。到了21世纪这一点更明显。我觉得80年代是一个转换期,到了90年代,商业化、市场化的文学作品有很多,但是我个人不关心这些没有自立性、批评性的作品。因此我总问饭冢容有没有能推荐的好作品,别的我一般不看。不过有一些个别的作品我感兴趣,特别是余华,他是目前我最喜欢的中国作家。还有莫言、阎连科都是很不错的作家。

孙: 我作为一个只能通过阅读老师的业绩来理解老师的思想的读者,在我看来老师有一条80年代到90年代对史铁生,史铁生之后是对阿来感兴趣的脉络。在我感觉就是老师对这两个人实际上是倾注了非常多的关心,也进行了非常多的翻译实践。

山口: 我关注史铁生比近藤直子晚一点,不过我却喜欢史铁生的后期作品,尤其是有哲理性的小说。关于思考某一种东西的深度,我觉得别的作家根本比不上史铁生。我经常跟他讨论一些很抽象的问题,像有没有超越我们人类智慧的存在,或宗教对人类到底有没有意义等。我是一个无神论者,史铁生却不一样,他还是相信有超越我们人类智慧的另外一个存在。有时候有人称之为神,不过对他来说神不是耶稣或者释迦牟尼,而是没有具象的。看他的人生道路,似乎命运决定了他的人生道路的各种遭遇。那我们就得思考命运到底是什么,我们的宿命是什么,他经常让我思考这些问题。依我的观察,史铁生思考这些问题的深度,实在很深。

还有我在他家里跟他讨论文学的时候,有几次忽然觉得他生活空间那么小,就是几个房间而已。他有时候自己坐轮椅到外面去,不过不能走很长路,大概顶多是附近几公里而已。所以他一直在房间里面过日子。不过他的想象力宏大,跟宇宙一样大的想象空间,看这一点我就觉得是一个非常有魅力的作家。而且他的作品基本上对社会、对人类有一种批评性,非常尖锐的批评性,虽然讲述的故事本身是比较简单的,没有复杂性。有一次我跟他开玩笑,我近视得很厉害,我看不清楚较远的地方,所以我只能相信我周围的五米之内的世界而已,五米之外的所有都是通过各种信息来认识、判断。他就哈哈大笑说,他的生活圈不大,能看到五米,要不三米的范围才是可以相信的。我发现我们有很多共同点,像这样的世界观、价值观。生活方面也有一个类似点,我喜欢吃炸酱面,他经常让我吃他自己做的炸酱面。有一次我们两个人一起下厨。史铁生的爱人陈希米有出版社的工作,白天要上班。他爸爸去世之前照顾他,后来他爸爸去世之后他一个人在家,为了安全和生活的方便起见,雇了保姆。万一疾病发作就糟糕了。保姆有时候会出来,有时候去外面买东西,我去他家的时候,基本上只有我们两个人,要不然就是陈希米在场。那天我跟他聊天说,炸酱面的酱很难做,史铁生就带我一起下厨房,教我怎么做炸酱面的酱。他一边教我怎么做,一边说那个油的温度大概要控制到多高,是个非常有趣的体会。不过,他已经不在了。回忆起来,实在难过。

孙:对我而言很有趣的一点在于,实际上您和史铁生老师的交往是非常深的交往,但是正如您前面说的,您不对史铁生进行研究,哪怕在您翻译的《遥かなる大地》的后记中,实际上也并没有从一个研究者的角度特别深刻地去讨论史铁生,您只是从一个介绍者的角度对他的作品做了一个分类,第一时期,第二时期,这样一个情况。

山口:我和他的交往是非常个人的,虽然中间有文学这个共同的话题,但基本上我们是个人的来往。因为刚才我说到的那个原因,我不好写论文,一写起文章就会有感情出来,写不下去。他去世之后,有一次我想安慰陈希米,但我不敢到他们家里去,因为一到家里,我就想到很多史铁生生前的事情,所以我不想到那边去了。我就请她出来到宾馆里来。我们两个人很少说话,坐在对面,很长时间我们不说话。有时候沉默比语言更有表现力。陈希米的最后一句话给我留下了很深刻的印象。史铁生的朋友里面,我是唯一一个人的,别人都有很多身份,作家、导演、评论家,还有什么的。就我一个人没有什么身份,就是山口守。这句话实在难忘。

阿来的话还是我刚才说那样,那种对非汉族汉语作家的关心。还有他讲故事的那种叙事方式非常独特,就喜欢读他的小说,几年前我翻译过《空山》第一卷、第二卷。他的作品,假如没有人翻译,同时我自己有时间的话,我一定要翻译。我对余华也是,非常喜欢他的作品。不过饭冢容已经把余华承包了(笑)。没有问题,他翻译得非常好。史铁生和阿来之间不见得有你想象的脉络。我不能写史铁生的论文,但是可以写阿来的论文,尤其我要讨论华语语系文学的时候,一定要写阿来的长篇小说,有时候还要写万玛才旦的短篇小说。

时间不早了,我最后想谈一下我翻译的时候如何面临硬译和软译的难题。这个问题有很多想法啦。有不少人说我是硬译派,甚至有些我的日语表现让人接受不了。饭冢容的翻译非常熟练,读起来很舒服。反过来,我翻译的日语文章读起来有点费劲。这稍微是有点故意的。原作毕竟是外语,不是自己的母语,不能那么容易进行转换的。母语是带着感情的,比如我现在跟你说中文,不会带很多感情。所以我用中文讲课或讲演的时候几乎不紧张,因为不那么带感情,但是一换到日语就非常紧张,因为每一个词都带着自己的一种感情。翻译的时候,我会碰到类似的问题,有些词可以比较容易地直接翻译到日语,但后来重读译文就觉得原文所含的感情往哪里去?消失了。这是对我来说是一个难题,目前还没有找到合适的答案。像村上春树,他小说里的日语早期有些人批评他,有点像英语一样的日语,有点古怪。当时我觉得为什么不可以。语言是随时代变化的、发达的。你永远要固执始终不变的汉语吗?你永远要保留三千年前《诗经》的语法吗?不可能啦。

请允许我说个稍微远一点的话题。在我看来,21世纪有21世纪的日语。日本年纪大的人批评年轻人的语言表现,手机用的那些表情太多,已经写不了什么文章了,等等。我觉得一方面这关涉教育和媒体的问题,一方面其实无所谓。这是年轻人的日语嘛,是一个语言变化的过程。中文也是。像阿来那样非汉族作家参与中国文学创作,会改变汉语的很多表述方式,会推着中国文学往前面走。我研究台湾文学的时候,经常碰到有一些日本学者说以前有些台湾作家的日语作品,他们的日语有点怪,或者语法上有什么错误。我觉得这种说法本身就不对。台湾人不可能撰写跟当时的日本人一样的文章,那完全不可能。他们的思维方式,他们生活的感受都不一样啦。他们的文章会创造出新的日语来。也许你已经读过我写杨逵的论文《想象/创造出来的殖民地》。这篇论文里我写道,中国人或韩国人通过文学作品给创造出一个新的日语来,当时的日本人应该很高兴,要感谢他们。受当时日本舆论的环境所限,想得出这样视角的人很少。但是21世纪的今天,假如还有些人固守永远不变的语言这种神话,我们就似乎生活在跟20世纪20年代和30年代一样的社会环境里吧。这就是一个我关心华语语系文学的原因。

孙:谢谢您!您在东京都立大学及复旦大学学习生活经历的描述是中日同时代文学交流史上非常宝贵的资料。另外通过这次的访谈我也厘清了您基于自身信仰对中国现当代文学的考察,以及您对史铁生和阿来两位作家的个人感受。再次感谢老师拨冗接受我的采访!

山口:不用谢!

巴金及中国无政府主义者的思想转变

■ 对话/山口守　吴天舟

一、关于1949年巴金的选择

吴天舟（以下简称吴）：山口老师您好，很高兴今天能和您进行这个访谈。我想我们还是先从巴金在1949年上海解放前后的选择问题开始谈起。这个问题在您的中文专著《黑暗之光：巴金的世纪守望》里也有比较详细的讨论，新出的日文版里又增补了一些材料。我所感兴趣同时也感到困惑的是，为什么在那个时间点上，巴金的一些无政府主义者朋友选择跟随国民党迁台，而巴金却选择留在上海，和新生的人民政府展开合作？我们也知道，20世纪20年代巴金和马克思主义之间的关系是比较糟糕的，他是如何在自己的思想内部将马克思主义这个他者给容纳下来的？其中，是不是抗战时期所兴起的民族主义发挥了比较强的中介作用？

山口守（以下简称山口）：1949年以后，巴金确实没有像其他那些无政府主义者一样到台湾去，而是留在大陆，甚至还当了官，他当过中国作协主席，或政协副主席。那么为什么像巴金这样过去尖锐地批评过马克思主义的无政府主义者，会留在上海，这是一个非常大的难题。我可以说说我的见解，但你在提出这个问题的时候自己有没有什么想法？

吴：我想首先还是因为他能够从共产党那里看到一些他所希望看到的东西，这让他看到了可以合作的可能。而且站在那个时间点上，在国民党和共产党之间选择一个,大部分有良知的作家应该还是会选择共产党。何况巴金虽然以前对共产主义运动有很多批评,他对国民党的批评也非常多,他又不像他的一些朋友那样有着和国民党非常紧密的人事关系。此外,巴金除了他的无政府主义的圈子,他还是一个作家,有其他的社会关系,这也许也会对他产生影响。再加上他那时候也四十多岁了,又有家庭有孩子,这些生活上的事项恐怕也要考虑。

山口:20世纪20年代中期还没有当作家之前,巴金写了一系列的文章批评苏俄共产主义,还跟郭沫若他们的创造社以及钱杏邨他们的太阳社进行过小规模的论战。到了1936年国防文学论战时,巴金受到徐懋庸他们的攻击,他一方面站在鲁迅、胡风等人一边,坚持作家的自立性,希望通过抗战来实现中国人的自我解放。另一方面,他针对徐懋庸等人写了关于西班牙无政府主义运动的反驳文章,同时拥护福建、广东等地的中国无政府主义者。这样的立场延伸到抗战时期,巴金积极参与抗战,目的是要实现中国社会的现代化,也就是作为现代人的自我解放。后来在抗战时期,巴金看到国民党的腐败,他对社会的批评性也越来越尖锐。当时他已经意识到个人和群体之间的机制,慢慢接受"民族"这一概念可用在抗战的紧急状态。因此1945年抗战结束的时候,他应该认识到不仅仅个人的解放重要,而且群体的解放也重要,甚至可以认为他有时候意识到群体的解放更重要。这种态度会涉及现实社会的改造问题,具体地说,就是在解放战争进行的当时,你要站在哪一方,或者能不能站在第三方。我看巴金当时对共产党的期待较大,或许像你所说的那样认为可以和共产党合作,因为作为第三方的无政府主义革命暂时是无法实现的。这个看法有点像20年代巴金和高德曼讨论的所谓"国民党无政府主义者"的出现。但是问题在于这样的期待跟他的理想是否有冲突。

在研究巴金的时候,思考理想主义这一概念实在又必要又重要。刚才你说巴金会对共产党抱有可能实现自己理想的某些期待,或和共产党合作。问题是巴金对于共产党的期待或可以合作的具体内容是什么。我先举个例子来讲讲这个问题的历史背景。

我看了一些资料,巴金当时对国民党的批评比较厉害,对共产党则是稍微有所期待又稍微等着看的态度。你看,巴金1949年6月3日写给刘忠士的书信里说:"现在上海已经'解放'了。我很安全,一切都好。在上海战事的最后几天里国民党的反动军人和党棍好像发了狂似的残杀良民,活埋,枪杀,酷刑,监禁,无所不用,弄到人人自危。要是他们在上海多守半个月,恐怕连我也无法活下去了。'解放军'上月二十五日开始进城,上海战事到廿八日完结。现在秩序恢复了,并且有了新的气象。"在激烈批判国民党的同时,也透露出了对中国共产党的期待。这与巴金翻译德国无政府主义者洛克尔(Rudolf Rocker)《六人》时写的后记里说的"译稿发印以后我去北平住了一个多月。我过了四十天的痛快日子,看见了许多新气象"这一见解很相似。

但是巴金在1950年5月13日写给刘忠士的书信里还说:"一班负责干部都能苦干实干。但也有少数的人思想狭窄。不过困难还是很多。一般人的生活一时也未能改善多少。失业的现象也相当严重。"他也认识到了跟自己的理想不同的现实。比这早一点,巴金在1949年2月19日给鲍里斯·叶连斯基(Boris V. Yelensky)的书信里说:"中国的事情很复杂,也很奇怪,连我们中国人也无法理解。中国的情况与欧美不一样。连中国无政府主义者里面也有很多自称无政府主义者却拥护封建力量并敢做无政府主义责难之事情的人。这里有无政府主义银行家、无政府主义资本家、无政府主义政府官员、无政府主义民族主义者。他们给我们的理想招来耻辱。这便是我们中国无政府主义运动里的堕落原因。"

从这些资料来看,巴金未必就是二元对立式地在国民党和共产党中二者择一。对中华民国体制的批判和对中华人民共和国的期待复杂地交织纠缠,社会的状况有时甚至到了让他将批判和期待的对象对换的程度。所以假如要说他批判国民党而选择和共产党的合作,应该要好好研究理想主义的因素在这里如何起作用。

首先要看,对于共产党,巴金所抱有的理想主义到底是什么?这恐怕是一个比较关键的问题。我将巴金的思想状态理解为一个三角形的图式。在一个顶点上是巴金比较抽象的理想,或许不能说是主义,因为主义比较具体,而巴金那里的其实是像自由、平等、互助这样的一些概念。第二个顶点是他参加的社会运动,具体说就是无政府主义的活动。第三个顶点是文学,在文学方面,巴金一直是一个追求现代性的作家。在某一个具体的阶段,他可能在某一个顶点上的偏重会比较大一些。比如在1925年前后他还没有到法国去之前,他在运动方面的偏重就比较大,不过同时他已经有写一些政治性及文学性的小文章。而在30年代他成为一个作家以后,文章就基本侧重在文学方面,不过他也有写关于无政府主义的翻译,还有散文,而且有几次访问过福建、广东的农民运动基地。这个状况穿过30年代到40年代一直还有。所以可以说,这个三角形始终都在巴金的思想里。

那么,巴金的这个三角形和共产党的连接点在什么地方?如果他对共产党抱有期待的话,这个期待主要在哪一方面?从巴金的理念上来讲,在自由、平等、互助这几个概念里,哪一个的优先级更高,这又会成为一个比较大的问题。我觉得巴金可能在平等、互助方面,对共产党抱有某些的期待,认为可以和共产党合作。虽然这合作不一定成功,但巴金始终就是这样一个挫折者。他每次追求理想的实践,不管是文学或思想的,后来都遭遇挫折、失败。你看他的小说里满篇是挫折感和失败感。但我认为这就是巴金文学的魅力。因为理想永远不会达到才有光辉,努力能达到的不是理想,只是一个现实目标而已。巴金文学描绘的就是这样一个理想的根本问题。

  巴金留在上海,当然有像你刚才提到的那些现实原因。巴金1946年5月从重庆搬过来以后都生活在上海,上海有他的家,因此留在上海是一件很自然的事,相反,离开才需要一个比较明确的原因。除非他受到生命的威胁,或者受到很大的压迫,基本上我觉得还是留下来比较自然。尤其是巴金是一个写文章的人,不是专门搞革命的,离开上海重新建立一个家并安定下来,确保写作条件,对他来说并不是一件非常容易的事。

  吴:无政府主义者和国家的关系究竟应该怎么理解,我一直觉得比较困难,譬如按您讲的,通过国家的手段来实现平等互助,这在他们那里是可以被接受的一种作法吗?

  山口:无政府主义者和国家的关系确实比较棘手。其实所谓的无政府主义者,有一个共同点,别的方面因个人而主张都不大一样。那个共同点就是爱自由,所以他们一定要反对任何形式的权力对于自己和他人的压迫。这个说起来比较抽象,但这就是无政府主义者的共同点。无政府主义和马克思主义不一样,马克思主义是先有马克思在自己的著作里比较明确地提出了自己的见解,建立起自己的思想体系,然后后代的马克思主义者们再根据这些见解发展这个体系,让它越来越庞大起来。但是无政府主义其实可以没有所谓准确的定义或者说绝对理论的,它可以有各种各样的思想,在理论上也很自由。比如工团主义算是无政府主义,还有绝对个人主义也可以算是,甚至国民党无政府主义者,等等。当然国民党无政府主义者,看上去很奇怪,是一个彼此矛盾的说法。不过所谓无政府主义就是这样,它的思想核心就是自由、平等、互助这样一些理念。那什么是自由、平等、互助呢?可能每个人的理解都是不一样的,没有一个标准的理解方式,所以它不会形成一个体系,而是更像一种内在伦理。它也不仅是一种思考方式,而且有一种个人身体性。所以一些比较极端的个人主义的无政府主义者甚至都不讲爱自由要互助这样的一些话,因为自己是自己,对方是对方,一旦讲出来给对方听,结果一定影响到对方,在他们看来就是侵犯了对方的自由。

  吴:但是人总还是要和他人生活在一起,一和他人打交道就不得不面对群体的问题。

  山口:我们人类有几十亿人口生活在一个地球上,那当然是有群体。刚刚讲到抗战的问题。巴金很积极地参与抗战时期的一些活动,但他抗日的目的和很多那时候的知识分子提出的保卫国家这样主张不同,他是为了要保卫"民族"。从无政府主义的原理来说,这是很奇怪的一个思路。巴金一直反对国家形式,所以他1949年后开始讲爱国主义问题的时候,其实实在让我不解。不过,他抗战时期的意思不是这个。他可能想说,动物也好,昆虫也好,植物也好,某一个个体都是属于一个群体的,它不会独立地长出来,人类也是这样,那么这个群体应该叫作什么呢?巴金按自己的无政府主义原理只能把它叫作"民族",不能叫作"国家"。抗战时期巴金为何、如何使用"民族"概念,是一个目前我正在思考的大问题,希望我的思考成熟之后能写得出一篇像样的论文。

吴:可是从19世纪以来,民族和国家这二者几乎是没有办法割裂开来谈的,特别是在抗战的整个动员的气氛当中,这一点更明显。

山口:我想这是巴金在抗战时期所特有的见解或者说政治立场,在别的时候他不会这么说的。巴金在40年代有时候说"我们民族",但你假如仔细看巴金的文章就会发现,他很少说"我们"的,他一般是说"我""你""他"这样的单数词而不是复数词。我看这就是分析抗战时期的巴金思想状态的关键。

比如抗战初期,巴金曾给日本社会主义者山川均发表了公开信并批评山川对通州事件的态度,他说:"你一个社会主义者,对于一个即将崩溃的帝国的最后光荣,你还能够做什么呢?你等着举起反叛之旗的民众来揭发你的背叛的阴谋吗?山川均先生,我期待着你和你的同胞们的'反省'!"巴金以"你"这一声呼唤开头的公开信,又以对"你和你的同胞们"的呼唤为结束,并没有说"我们国家"或"你们国家"。不仅是给山川均的公开信,而且在第二年,即1938年,写给日本无政府主义者石川三四郎和友人武田武雄的公开信里面也基本上一样。从无政府主义原理来看,思想是个人的问题,巴金明确地把战争和法西斯主义看做日本社会这一群体的思想问题,并且以个人的立场向个人发送出这样信息。在抗战这一非常事态中如何思考民族问题,对无政府主义者巴金来说,虽然是一个难题,但是巴金始终采取了写给具体个人的书信形式,坚持站在个人立场上发表自己的主张。我看从中可以看得出来作为群体概念的"民族"使用方式,区别于"国家"。

抗战结束之后,尤其在1949年以后巴金如何接受国家这样的概念,我可以提出一个想法。我觉得中国式共产主义和儒家思想有些相似,它们都是一个"个人—家庭—社会—国家"的结构框架。个人属于家庭,家庭属于社会,社会属于国家,基本上是这样一个上下层次的结构。但是巴金的"个人—群体"概念不是上下层次的,他的有点像一个圆圈。圆圈的里面是一个一个独立存在的个人,他们可以连带,可以结合起来组成一个群体,那个群体战略上或许可以叫作"民族",但群体的外延始终还是"民族",不会扩大到"国家"。我个人并不支持这种观点,但看了巴金当时的文章,我猜想他说不定有这样的构想。

二、关于到1949年选择到台湾去的巴金的朋友们

吴:作为巴金的参照,接下来我们谈谈那些到台湾去的无政府主义者。巴金对于这些朋友始终抱有很深的感情,包括在《随想录》《再思录》里面也提到过好几位。可是对于他们,我们了解的并不多,能否先请您简单介绍一下他们的经历,以及他们各自到台湾去的原因。

山口:很巧,我也正在写巴金在台湾的文章,里面涉及为什么巴金的那么多朋友都到台湾去的问题。我的暂时结论是,当时巴金已经模糊地想象到即将到来的中国人民共和国体制,因此巴金1947年的台湾行,可算是向中华民国的象征性"告别歌",虽然只是一个月这么短促的访问。详细的论述,请你参照我那篇论文。(采访者注:该文已正式发表,参见山口守:《巴金在台湾》,《现代中国文化与文学》,2020年第2期)

我基本上认为在讨论这个问题的时候,首先还是要考虑到社会历史条件的限制。当时对他们这些既非国民党又非共产党的所谓"第三势力"而言,其实选择的空间是很小的,个人的因素也许起到了比较大的作用。巴金的朋友赴台湾的原因,基本上可以由无政府主义、陈仪、日语能力这三点来解释。

卫惠林去台湾的原因,除了待研究的他个人的思想问题以外,还有现实原因。毛一波曾回忆说卫惠林"到民国三十八年,以旧友何联奎之助来台,介绍进入台湾省文献会任编纂。专事山地同胞的调查研究,为时数年"。根据毛一波的这个回忆,卫惠林是由南京时代的旧友、民族学家何联奎的介绍,前来台湾的。但是我看其中他的日语能力也会起作用的。他1921—1925年赴日本早稻田大学攻读社会学和文化人类学。1925年回国以后在上海积极参与工团运动。1927年还赴法国留学,在巴黎大学攻读民族学和社会学,和巴金、吴克刚同住,也发表过一些无政府主义方面的文章。1929年获得硕士学位回国以后,直至1931年还和巴金他们一起积极参与无政府主义运动,但1932年以后都在中国各地的大学教授人类学。看他这样经历,可以推测他到台湾去的现实原因之一就是他是一个会日语的人类学者。人类学本身是一个帝国主义的产物,日据时期因为日本要统治异民族——既包括汉族还包括很多的原住民族——所以日据时期台湾的人类学相当发达,资料非常

丰富。但懂日文、能够整理这些日本人留下的资料的人类学者却非常的少。当然，台湾自己也培养过很多的人类学学者，但国民党对他们比较有顾虑，不接纳他们，还是希望能够任用从大陆过去的人，所以卫惠林就成为了一个相当珍贵的人才。

黎烈文和吴克刚的情况，和卫惠林不一样，他们基本上由于陈仪的关系去台湾。看了史料，我就发现吴克刚去台湾的时间和陈仪完全一致，陈仪是1945年10月坐飞机去的台湾。

黎烈文抗战后期都在福建，陈仪到台湾后，在福建的很多文人都跟着他到台湾去了，里面就有黎烈文。他1927年和巴金一样赴法国留学之前，1926—1927年曾赴日本留学，也翻译过日本文学，他的日语能力应该还不错。台师大许俊雅教授写过论文分析黎烈文为什么赴台湾，她说，黎烈文"来台担任当时台湾规模最大的报社《台湾新生报》副社长，正可发挥其文化人的理想，这或许也是他选择来台的因素之一"。先不管文化人的理想到底是什么，观察到抗战结束时的时局已经相当混乱，经济又不好，黎烈文1946年离开大陆赴台湾应该有个人现实生活的原因。黎烈文在台湾起初通过陈仪的关系当了《台湾新生报》的副社长，地位还不错，后来报社里有矛盾他就辞掉了，改去台大当了法国文学的教授，不过这样也不能说是安定了。他一方面一直被国民党特务监视，一方面受"二二八"事件的影响，当时外省人在台湾的处境比较微妙。所以上海和台北这两方面对他来说其实都有顾虑，回上海或者留在台北都不能说是一个很好的选择，只能挑一个相对适合他一点的。对于带着家属的黎烈文来说，按照过去的经验，可能留在已经当上教授的地方会稍微好一点点，不过这也只是推测而已。我们对于巴金朋友们的经历的解释的确非常不容易。

索非的情况又不一样，他没有陈仪的关系。巴金和索非的书简在全集里面收录得不多，以后待整理研究，我估计里面可能会有索非离开开明书店的原因。我个人的基本判断是，索非离开上海的开明书店到台湾去，实际上主要是为了谋生。巴金是1946年5月从重庆搬到上海的，他到上海的第二个月国共内战就爆发了，形势很混乱。尤其是到了11月，上海发生了饥饿的民众展开的抗议活动，然后马上传开到全国各地。也许索非是看到了这些情况，所以想要到其他城市去谋生，安定下来。这些生活方面的内容，在巴金和索非的书简里都稍微有所涉及。比如当时索非的儿子要考大学，假如在上海考的话，那就是在战争马上要开始的混乱的状态里读书。作为一个父亲，可能索非考虑到这一点，于是去了台湾，后来他的儿子考上了台湾大学。索非和巴金不一样，思想上的顾虑比较少，主要是生活上的考量。

毛一波和卫惠林一样，也可以说是一个文化人类学者，他在台湾还出过诗集，做过一些文化类的活动。不过从学术观点来说,还是卫惠林的水平高,卫是一个国际级的学者。我在台大和其他研究机构看过卫惠林的文章,虽然我是外行,但也能看出他的学术水平。我目前正在推动研究卫惠林,我觉得卫惠林在台湾的表现非常有趣,今年2月,我采访了卫惠林在台湾的最后一批学生。卫惠林退休之后,1973年就移居到美国去了。他的学生都说他是一个非常好的老师,对学生也很好,但也许是怕国民党抓他,无论是在课堂上还是在私人空间里,他都不会跟学生透露自己在大陆时期的活动,尤其是关于无政府主义的活动。所以我采访的学生根本不了解卫惠林曾经是一个反对国民党的无政府主义者,连想都没有想过。在他们眼里,卫惠林从来不参与政治,就是一个伟大的人类学家,以前曾经在大陆的很多大学里当教授,后来来到台湾。不过,最后卫惠林是死在福建泉州,回大陆是他老人家的一个心愿,他一回大陆就过世了。卫惠林是山西人,如果抱着叶落归根的想法,那他应该回到山西去结束自己的人生,这样才比较符合传统。但他却选择回到泉州,这恐怕还是和无政府主义有关系吧。巴金、卫惠林他们一直到晚年都还是要支持泉州那边的有无政府主义背景的教育事业,说明他们的感情始终牵挂着那里。

吴:巴金的朋友们到台湾以后,彼此之间相互有联系吗?

山口:我以前问过吴克刚,到了台湾以后有没有和卫惠林、毛一波他们来往或者是通信,他的回答是几乎没有。大家都很害怕国民党特务的监视,所以不敢写信或联络,但是我觉得个人之间的关怀不会消失,只是在戒严令之下不能公开地往来。他们和巴金恢复联系基本都要等到"文革"结束以及台湾"解严"以后。1985和1986年,吴克刚有几次委托我和巴金取得联系,到了1987年以后基本就可以直接写信联络了。

吴:那么是不是可以说这些人到了台湾以后就完全和无政府主义,和他们在大陆时期的思想立场基本绝缘了?

山口:黎烈文不是无政府主义者,他甚至不能说是左翼的,只是一个相对接近左翼的自由主义作家。不过因为他曾经和鲁迅这样一些人物有关系,所以国民党特务还是一直监视他。所以他到台湾来以后只能教书、做翻译。黎烈文在台湾发表过很多法国文学的翻译,在外国文学方面的贡献相当大。而且白先勇他们创刊《现代文学》的时候也受到过黎烈文的支持,他非常鼓励这些年轻人办杂志。白先勇回忆,看到黎烈文教授这样的大学者欣赏自己的创作,就非常能够安下心来。但是黎烈文本人却很寂寞,除了法语的教科书或翻译以外,他几乎不写别的东西了,而且为了家庭的负担,他还要到台中东海大学等其他的大学去兼课。在教书之外,黎烈文的活动非常少，几乎是处在一个孤独的状态，后来不到70岁就得癌症去世了。这一点和吴克刚完全不一样，吴克刚在台湾作为官员和合作经济学者非常活跃。从这个角度上讲，其实每一个人的遭遇很不公平，没有什么道理可言。

吴克刚是很早就不参加社会运动了。他在福建泉州的黎明中学当了校长以后，还去过河南乡下的一个师范学校当校长，有点类似过去无政府主义者们组织的办学事业，不过政治色彩没有过去那么明确了。抗战时期他在重庆当了国民党《扫荡报》的总编，就算完全离开运动了，除非承认国民党无政府主义者这一立场。他在福建的时候通过上海中国公学的导师、也是个无政府主义者的沈仲九认识到陈仪，抗战结束之后又到台湾去当了官。吴克刚在台湾连提都不能提无政府主义了。他在台湾的地位很高，在军队体系里高居中将。1985年我第一次见到吴克刚的时候，他非常小心，害怕国民党特务的监视，会让我被抓起来。他告诉我家里地址，要求我晚上8点以后到他淡水的房子里去找他。那个地方在小巷里面，非常难找，连灯也没有，要用手电筒看门牌，不过他见到我很高兴，以满脸的笑容来欢迎我。以后我几乎每年都去采访他。

1927年吴克刚、巴金和卫惠林先是在上海，后来在巴黎讨论了中国国内无政府主义者应该采取哪一条道路，三个人里面，卫惠林最反对国民党，巴金是相对中间派的，吴克刚则最靠近国民党。因此吴克刚可能原先就对国民党没有什么特别害怕的感觉，他比较容易接近所谓的国民党无政府主义者，他和沈仲九、李石曾的关系就相当不错。吴克刚是非常有趣的一个人，他最早在法国的时候很激进，回国以后也和巴金不一样，积极地参与教育等社会活动。但抗战以后他就完全离开了社会运动。不过他到台湾之后也找到了一个和无政府主义的理想稍微有一些共同点的领域，就是合作经济。他当了合作经济的专家，在这个领域工作的时候，尤其在教书的时候，他不会和国民党有什么大矛盾，国民党也可以利用他，所以在台湾他一直过着比较稳定的生活。

吴：他到底是陈仪带来的人，陈仪因为"通共"被杀了以后，他不感到害怕吗？

山口：陈仪活着的时候吴克刚的地位很高，是行政长官公署参议，还当过台湾省图书馆的馆长，台大经济系主任。陈仪因"二二八"事件下台，后来被处决，吴克刚就离开政界到大学教书去了。可能是因为他有一些害怕，在国民党里面，他已经没有可以依靠的势力了。他在台湾这样过后一半的人生，坦率地说，确实让我稍微难理解。吴克刚80年代后期通过我和巴金联络说想回大陆去巴金的身边生活。最后他找了个去印度学瑜伽的借口离开台湾，经过香港赴上海和巴金重聚。对我来说，吴克刚是一个很好的老先生，他对我研究巴金的帮助非常大，是他提供的很多信息使得我的巴金研究发展下去了,我非常感谢他。对于巴金,吴克刚一直都是非常尊重的,每当他回顾到20年代和巴金一起从事无政府主义活动的时候,他总是说巴金是一个永远的无政府主义者,永远的理想主义者。吴克刚本人其实经常出现在历史的大场面里,他曾经住在鲁迅、周作人的家里给爱罗先珂当翻译,上海劳动大学创办的时候他也和沈仲九一起做出了相当大的贡献。在台湾有很多人知道他作为合作经济学者的名字,不过他们所知道的吴克刚只不过先是一个和国民党关系很密切的大官,后来是大学教授而已,他过去做过无政府主义社会运动的事,大家都几乎不知道。

吴克刚是一个乐观主义者,可是他的晚年看起来也很孤独,不过好在他练瑜伽,所以他的周围有很多练瑜伽的年轻人帮助他,包括临终时,他的床边也有这样一批年轻人,他过世的消息也是他们通知我的。这些人根本不了解什么是无政府主义,对于他们来说,吴克刚恐怕只是一个练瑜伽的大师而已吧。我的手边还有采访吴克刚的录像,我自己也没有完全整理好。吴克刚一回忆到过去就讲得很长,而且他的记忆有些混乱,有时候讲讲20年代,然后一下子就跳到讲70年代、80年代的事请,没有办法,采访老人就是这样,一瞬间想起过去一瞬间想起现在,无法控制。所以他的回忆录也写得很乱,如果没有梳理并编辑好的话很难看懂。我最初的采访录像,里面还有一些内容是他的回忆录里所没有说到的,包括许寿裳遇害的具体场面等等,它算是不错的口述记录。我已把这些采访录像捐给上海巴金故居,希望以后研究巴金和吴克刚的人好好利用,因为这是吴克刚所留下的唯一录像资料。

三、关于对无政府主义精神的理解

吴:您对本质主义的批评我也同意,不过这种本质主义的思维方式,我更倾向于把它视作追求现代性时所导致的一个负面的副产物。从这个意义上讲,我觉得无政府主义的那种没有理论的特点反而因为其去中心,它才可以作为一种批判的批判,在现在依然具有生命力。但如果完全彻底地拒绝语言化的话,在把握上面也有麻烦,总觉得模模糊糊说不清。您能不能再稍微讲得具体一点,谈谈您个人作为一个无政府主义者对于无政府主义精神的见解?

山口:有些人以为所谓现代化是一个追求真理的过程,不管这真理的概念是否会因立场而有所不同。但我自己大概有点像法国福柯那样,并不认为追求真理是一个现代化的内涵,连目标都不是。追求真理只是一个姿态而已,如要把姿态当作目标就很糟糕,就会开始导致本质主义的压迫,因为目标有一个按某种标准来确定的明确概念或形象。中国的现代化不会这么简单,应该有各种各样的内涵、立场,或手段。我看现代化只是一个出发点而已。我刚才提到的现代人的自我解放就是这个意思。

对我来说,无政府主义不是一个思想的状态,而是一种生活的状态。无政府主义是一个内在的问题,不是一个外在的问题,只要你自己觉得生活在这样的状态里,那么就可以说是一个无政府主义者,它不是一种需要去寻找根据的信仰。

我举一个间接性的例子,几年前日本发生过小孩子杀小孩子的案件。我在课堂上有时候会和学生讨论到社会问题。有一个学生向我提问,为什么人不能杀人?请我解释理由给他们听。因为实际上我们都知道,人类的历史是杀人的历史,战争经常成为历史。我反对日本的死刑制度,因为法律上并没有完全禁止杀人。那么不能杀人的理由到底在哪里?我的答案很简单,这个提问的方式本身就有问题,不能杀人是我们人类做人的基本伦理,没有理由的,假如要去寻找理由,只能找到外在的理由,而没有办法去找到一个内在的理由。我觉得无政府主义也是这样,最好的无政府主义状态完全是一个内在问题。当然无政府主义有理想主义的理念,如自由、平等、博爱、互助,不过这些并不是外在规律来限制个人的精神或行动的一种社会秩序观念。为什么要相信无政府主义,要去追求无政府主义,我觉得这样的提问,对于一个无政府主义者来说就不合适,而应该去问你内在的无政府主义理念是什么。我自己的感受是,不必说有什么特别的原因走无政府主义道路,而是因我不愿意看到人间存在任何压迫、剥削、歧视,所以在我的内在,我已经是一个无政府主义者了。以前有一位美国学者采访刘忠士的时候他就回答,他生下来就是一个无政府主义者,我完全同意并同感刘忠士的说法和感觉,我自己也生下来就是一个无政府主义者,没有必要寻找我去相信它的理由或者理论。只是因为它对我来说是一个最好的人生状态而已。我再次重复地说,我根本不愿意看到任何人对人的压迫、剥削、歧视,而希望永远能站在弱者一方,跟强者或强权作对、战斗。这就是我作为无政府主义者的出发点。

吴:是不是有点类似于宗教信仰?

山口:宗教信仰都有原因,比方说相信基督教为什么一定要受洗,因为这是要去相信神的存在,相信拥有一个超越人类的存在。佛教也是这样,其他宗教都是,都是需要有一个前提,需要对于超越人类存在的承认。无政府主义和前提什么没有关系,或许有点像那种无前提的宗教,比如说日本到处都有地藏佛像,某一个老太太,没有什么特别的原因,就会去拜一拜,这是一种很自然的感情。而且相信一个地藏佛像不会伤害任何人,这个和有规律的基督教、佛教、伊斯兰教、道教都不一样,只是一个很自然的感情的表露而已。虽然我是一个无神论者,但看到这样的状态,我觉得它可能是一种真正的宗教的样子,我理解的无政府主义在某一方面比较接近这种状态。

吴: 非常感谢您今天的指点,帮助我理解了很多关于无政府主义的问题,不过有些方面还没办法来得及充分展开,我们以后有机会再讨论。

评论

政治审查与抗战文艺
——论叶灵凤主编香港《立报·言林》及《红翼东飞》的翻译

通识教育中的远东诗歌

政治审查与抗战文艺
——论叶灵凤主编香港《立报·言林》及《红翼东飞》的翻译

■ 文/邝可怡

一、以翻译作为"内在抵抗"

1937年日本发动全面侵华战争,不论是国际左翼文艺、欧洲反法西斯战争、苏联国防文学的"迻译",还是国内抗战文艺的"外译",均被视为至关重要的抗战文艺策略。① 近年学者重建国统区、解放区及沦陷区等不同政治势力主导的战时文化版图,在抗日时期大量文学翻译资料整理的基础上,借助西方的文化翻译理论进一步探讨战时文学翻译的翻译规范、国家想象、民族身份建构和意识操控,由此一

---

① 1938年3月27日"中华全国文艺界抗敌协会"正式成立,《宣言》清楚说明从理论、创作、评论、翻译四方面建立抗战文艺。1938年末,重庆《抗战文艺》周刊"每周论坛"同时发表四篇文章讨论中国抗战文艺外译策略;1939年2月"文协"之下再组织"国际文艺宣传委员会",计划系统地对外国译介中国抗战文艺。详见《中华全国文艺界抗敌协会宣言》,《文艺月刊》第9期(1938年4月1日),第1—2页;蓬:《翻译抗战文艺到外国去的重要性》、猛:《关于翻译作品到外国去》、权:《加紧介绍外国文艺作品的工作》、苏:《也还需要批评》,《抗战文艺》第3卷第3期(1938年12月17日),第34—35页;《致苏联文艺界书》,《抗战文艺》第7卷第1期(1941年1月1日),第56—57页;文天行:《中华全国文艺界抗敌协会大事记》,载《中华全国文艺界抗敌协会资料汇编》,四川省社会科学院出版社,1983年,第412—413页。

窥政治与文艺之间的角力。① 受西方帝国主义影响的不同地区,在抗战爆发后文艺翻译的发展情况则越加复杂。论者已指出上海"孤岛"时期被日军包围的公共租界和法租界的特殊政治处境,如何造就苏联文学和日本文学翻译异常兴盛的发展。但南来知识分子如何利用香港这一"偏安"的政局,通过翻译外国战争文学发展"内在抵抗"的策略,仍是鲜有关注。②

战争时期香港在地理、政治和文化上的特殊位置,早为中外政治家及国内左翼文人所洞悉。日本亚洲历史中心近年公开日本防卫省防卫研究所的文件《与南方作战并行占领地行政概要. 昭和 17.1—20.8 别册:香港军政概要》,便透露当时日军政府判断香港文化政策对南中国及东南亚一带的重要性,并关注七七事变后此地立即成为"抗日言论温床"的策略性位置。③ 茅盾忆述周恩来在皖南事变后建议他到香港开辟新阵线,亦曾明言:"香港所处的地位很重要,是我们向资本主义国家和海外华侨宣传中国共产党的政策,争取国际舆论的同情和爱国侨胞支持的窗口,又是内地与上海孤岛联系的桥梁。"④然而,沦陷以前香港正处于各国势力交锋、不同意识形态话语交叠的特殊位置。中日战争爆发初期,英国为免与正在谋求军事扩张的日本发生冲突,一直保持中立。广州沦陷前夕,港督罗富国(Geoffry Northcote,1881—1948)于 1938 年 9 月宣布香港为"中立"地区,强调港府不介入中日战事,并同时实施出版审查制度限制抗日言论,以期缓和局势。到底我们应如何理解这种在日本军国主义的威迫、英国政府的政治压力之下保有的言论空间?法律明文规定下,沦陷以前香港的报刊如何推进抗战文艺?又怎样通过翻译容纳各地不同意识形态的战争文学,让抗战文艺呈现复杂多元、众声喧哗的格局?

---

① 近十年来抗战时期的翻译研究发展迅速,可参考余金燕:《从翻译操纵理论看重庆抗战时期文学翻译》,《湖北科技学院学报》第 35 卷第 9 期(2015 年 9 月),第 97—99 页;廖七一、杨全红、高伟、罗天:《抗战时期重庆翻译研究》,南开大学出版社,2015 年;梁志芳:《翻译·民族·想象——论翻译在民族建构过程中的作用》,《外语与翻译》2017 年第 3 期(总第 94 期),第 13—18 页;熊辉:《抗战大后方翻译文学史论》,上海交通大学出版社,2018 年;熊辉:《抗战大后方社团翻译文学研究》,中国社会科学出版社,2018 年。

② 近年卢玮銮、郑树森主编的《沦陷时期香港文学作品选——叶灵凤、戴望舒合集》(天地图书,2013 年),虽然收入叶灵凤和戴望舒在抗战时期发表的文章,但有关翻译的部分都仅存篇目,没收录任何翻译著作。

③ Japanese Centre for Asian Historical Records:National Archives of Japan(https://www.jacar.go.jp/index.html)(浏览日期:2021 年 1 月 10 日)。

④ 茅盾:《我走过的道路》(下),人民文学出版社,1988 年,第 251 页。

作为本文研究案例的香港《立报·言林》①,正是上海沦陷以后几种来港复刊报章的著名文艺副刊之一,率先由茅盾主编。② 1938年4月1日,他在《立报》复刊首日发表的《献词》中指出:"'言林'不拘于一种战术:阵地战、运动战、游击战,凡属拿手好戏都请来表演。但'言林'并不就此化为单纯的'剑林';它有时也许是一支七弦琴,一支笛,奏出了大时代中民族内心的蕴积;它有时也许是一架显微镜,检视着社会人生的毒疮脓汁。"③《献词》充满革命战争的修辞,以笔为枪的意志反映了抗战全面爆发后不少知识分子的共同信念,但同时也说明抗战文艺本身的多元面向。茅盾主编《言林》八个月便离职前往新疆,1939年1月起由叶灵凤(1905—1975)接任主编,直至1941年6月接近两年半的时间。叶氏上任随即宣告文艺副刊将"保持茅盾先生留下的这一份光荣的传统"④,继续通过香港支援抗战文艺。过往论者讨论《立报》,多从新闻史和报业史的角度剖析报刊定位、资金来源、经营管理、编辑主导权,甚至比较它在沪港两地的发展⑤;又由于叶灵凤复杂的政治倾

---

① 《立报》由成舍我、萧同兹、程沧波等人合资,于1935年9月20日上海创刊,1937年11月22日在南京、上海相继沦陷后宣告停刊;1938年4月1日在香港复刊,至1941年12月因香港沦陷而关闭。参考萨空了:《我与〈立报〉》,《新闻研究资料》1984年第3期,第1—7页;1984年第Z1期,第55—73页;1984年第Z2期,第62—78页;1985年第1期,第28—38页;1985年第2期,第28—38页。香港《立报》的缩影资料现藏香港大学冯平山图书馆;此外,台湾世新大学成舍我纪念馆建立"成舍我报业数位典藏资料库"(http://newsmeta.shu.edu.tw/shewo/),收入沪港两地《立报》的数位资料,香港部分乃据香港大学冯平山图书馆所藏报刊缩影资料制作。

② 1937年不少文人避战南下,在香港创办或复刊大量报章,并聘请知名作家主编副刊以期支援抗战文艺。其中,茅盾主编的《立报·言林》和夏衍主编的《华商报·灯塔》较具政治格局,戴望舒主编的《星岛日报·星座》和萧乾主编的《大公报·文艺》则相对偏重文艺创作。参考陈智德《板荡时代的抒情:抗战时期的香港与文学》,中华书局(香港)有限公司,第67—72页;赵稀方:《报刊香港:历史语境与文学场域》,三联书店(香港)有限公司,2019年,第168—177页。

③ 茅盾:《献词》,《立报·言林》第二版,1938年4月1日。

④ 叶灵凤:《编者启示》,《立报·言林》第二版,1939年1月7日。

⑤ 李家园:《香港报业杂谈》,三联书店(香港)有限公司,1989年,第141—142页;胡明兵、辛美华:《论民国时期〈立报〉的大众化倾向》,《东南传播》2007年第7期,第107—108页;李时新:《上海〈立报〉史研究(1935—1937)》,暨南大学出版社,2012年;曹立新:《世界变了,何以立报——新闻史中的"成舍我方案"之研究》,《中华传播学刊》第21期(2012年6月),第155—179页;陈龙:《萨空了与〈立报〉的转向——兼论报人政治立场对于报刊发展的影响》,《暨南学报》2017年第3期,第123—128页;樊善标:《香港〈立报〉主导权问题重探》,《中国文化研究所学报》第65期(2017年7月),第311—334页。

向,且牵涉香港沦陷期间无法厘清的"附逆问题"①,促使他的文学翻译与左翼思想、个人与中共的关系均成为研究上的盲点。针对上述研究情况,本文将借助已公开的政府法律文件、报刊资料、时人评论以及回顾文章,重新审视20世纪30年代末香港在政治审查之下写作和出版未完全受制的"协商区域"(negotiating space)。② 其次,本文通过《立报·言林》刊载叶灵凤翻译的苏联共产主义作家巴甫连科(Pyotr Pavlenko, 1899—1951)的《红翼东飞》(*Red Planes Fly East*, 1937),探讨知识分子如何有效借助西方文学资源发展抗战文艺,并由此展现抗日战争语境下多元分化的意识形态。

二、"协商区域"之下的抗日言论空间

审查制度(censorship)的概念宽泛,战争语境下国家或极权政府的政治审查只属整个审查体制之中最极端的部分,其中写作、编辑、审查、出版、阅读与讯息传播之间,关系微妙而充满张力。美国汉学家麦金农(Stephen K. Mackinnon)探讨民国时期的中国出版史,便提及20世纪30年代国民党政府企图以合法形式专制监控

---

① 叶灵凤在香港沦陷时期(1941年12月25日至1945年8月15日,又称日占时期)发表亲日言论,又在日人管制的出版机构工作,长期被指为文化汉奸。但1981年北京人民文学出版社《鲁迅全集》删改了一则指叶灵凤为"汉奸文人"的旧注,学者开始推断中共中央改变了过往对叶氏的政治判断,也有学者利用逐步开放的史料文献,重新检视有关说法。不过叶灵凤的附逆问题紧扣着后来潘汉年被指"内奸"的复杂案件,并非单凭文学史料可以判断。相关讨论可参考丝韦(罗孚):《凤兮凤兮叶灵凤》、《叶灵凤的地下工作和坐牢》、《叶灵凤的下半生》,载叶灵凤著、丝韦编:《叶灵凤卷》,三联书店(香港)有限公司,1995年,第346—352页;胡汉辉:《四十年后话"中新"》,载广州、香港中国新闻学院校友会筹备会编辑:《历史·话旧·怀念——香港中国新闻学院纪念文集》,三联书店(香港)有限公司,1984年,第54—55页;姜德明:《夏衍为戴望舒、叶灵凤申辩》,《文艺报·副刊》,1988年9月24日,第8版;卢玮銮、郑树森、熊志琴:《沦陷时期香港文学及资料三人谈》,《沦陷时期香港文学及资料(1941—1945)》,天地图书,2017年,第11—14页;赵稀方:《视线之外的叶灵凤——叶灵凤"汉奸"问题辨疑》,《文学评论》2019年第3期,第83—91页。
② 本文参照法国社会学家布迪厄的理论框架提出"协商区域"的概念,强调战争语境之下文学艺术空间因不同政治势力的介入(如英国和日本的帝国主义者),造成文学场域内部显著的不稳定性,它与政治、经济等场域之间的关系除竞争以外亦显得更为复杂。特别在抗战早期的香港,文学场域虽受到外部势力干预甚至政治操控,但仍能保持场域的自主程度(l'autonomie du champ),甚至因对极权进行抵抗和斗争,从而获得读者和市场肯定性的激励。参考 Pierre Bourdieu, *Les règles de l'art: genèse et structure du champ littéraire*, Éditions du Seuil, 1998, pp. 360‑363。

出版而提出的《出版法》,并非完全受到当时知识分子所反对,相反他们更关注负责审查官员的背景以及审查制度的具体执行方法。① 专研中国沦陷区文学的美国汉学家耿德华(Edward M. Gunn)亦曾指出相较伪政权统治下的欧洲国家(例如二次大战德国占领时期的维希法国),日本政权对华北、华中等沦陷区的监控能力其实非常有限,审查仅限于删改那些毫不隐晦的抗日文章,甚至形成"文学上的无政府状态"(literary anarchy),产生多样性的沦陷区文学。② 相对而言,日本侵华战争全面爆发至香港沦陷以前这段特殊时期(1937年7月7日至1941年12月25日),香港主动审查华文报刊的抗日言论,但监控方法或隐或显,反而让抗战文艺得到短暂的发展。

(一) 沦陷前华文报刊的审查制度

早在20世纪20年代,香港一方面通过立法形式建立报刊杂志出版的登记制度,清晰界定"编辑"(editor)、"发行人"(publisher)、"注册机构"(registrar)等概念及其法律责任,另一方面要求注册的报刊杂志提交定额保证金,管制华文出版物。他们为报刊杂志出版登记、版权保护建立完善制度的做法,其实与自身的合法体制并不矛盾,但特别提高报刊杂志注册所需的保证金额,则是在合法体制下以资金的方式控制刊物的出版。著名编辑陆丹林便指出政府规定港币3000元的保证金额相当庞大(当时折合约国币11 100元),致使在香港创办华文刊物十分困难。③ 论者曾据通货膨胀比率将30年代的保证金额与80年代香港政府《本地报刊注册条例》规定注册费用港币785元加以比较,认为当时的保证金与80年代所要求的相差千倍,一般市民根本无能力办报,明显是以"寓禁于征"的方法限制言论。④ 然而必须

---

① Stephen R. MacKinnon, "Toward a History of the Chinese Press in the Republican Period"(《民国时期的中国出版史》), *Modern China*, Vol. 23, No. 1 (Jan, 1997), pp. 3 – 32. 学者根据有关观点,进一步讨论民国时期的政治审查与文学建构的关系,参考 Michel Hockx, "The Power of Writing: Censorship and the Establishment of Literary Value", *Questions of Style: Literary Societies and Literary Journals in Modern China, 1911 – 1937*, Brill, 2003, pp. 222 – 251.

② Edward M. Gunn, *Unwelcome Muse: Chinese Literature in Shanghai and Peking 1937 – 1945*, Columbia University Press, 1980, pp. 4 – 9.

③ 陆丹林认为在香港创办一种定期刊物,需要准备最少20 000元国币,相对国内只要与印刷公司商议,不费一文也能办定期刊物的情况,在香港办华文刊物其实相当困难。参考陆丹林:《在香港办刊物》,《黄河》第3期(1940年4月),第101—102页。

④ 李谷城:《香港报业百年沧桑》,明报出版社,2000年,第153—158页。其中误记抗战初期政府要求的保证金为港币2 000元。

指出,保证金港币3 000元的要求沿自1927年港府在"省港大罢工"以后对《承印人与出版人条例》(Printers and Publishers Ordinance)的修订,并非战时香港宣布为"中立"城市以后才特别提升金额。查1997年《报刊注册及发行规例》(Newspapers Registration and Distribution Regulations)注册费用仍为785元,每年另须缴付年费785元;2017年注册费用则改为1 140元,年费895元,两者维持至今。相比之下,可见30年代保证金的要求对出版刊物还是非常沉重的经济负担。①

至于抗战时期政府针对华文刊物出版的具体审查形式,基本沿用已有制度,既有出版前的预先审检,也有出版后的审查。所有定期刊物的图文稿件于出版前必须向新闻检查处送样两份,检定后才能付印;刊物出版首天,督印人另需在刊物签字送交新闻检查处存查,相关程序列入法律条文,属严格意义上的政治审查。二次大战爆发,日本驻港领事多番要求香港政府"取缔抗日文字",后者鉴于国际关系以及香港地缘政治的局势,华文出版的审查重点旋即转为抗日言论。② 然而,审查工作由政府指派的审查员负责,审查的原则和具体内容并没经过正式的法律程序,也没向公众说明。华民政务司(Secretary for Chinese Affairs)只通过非正式的途径,向各种刊物负责人分发印上删禁字眼的通知,声明"敌""倭奴""日寇""暴日"等

---

① "Printers and Publishers Ordinance, No. 25 of 1927"(承印人与出版人条例,1927年第25号),*Printer and Publishers*, p. 1720. The Historical Laws of Hong Kong Online. Retrieved from http://oelawhk.lib.hku.hk/archive/files/b0a1dc7580f92e380f54b7bd6d9e5b4e.pdf on January 10,2021;"Cap. 268B Newspapers Registration and Distribution Regulations"(第268章乙 报刊注册及发行规例)(1997. 7. 1),Hong Kong e-Legistration. Retrieved from https://www.elegislation.gov.hk/hk/cap268B!en@1997-07-01T00:00:00?INDEX_CS=N&xpid=ID_1438402912455_001 on January 10,2021;"Cap. 268B Newspapers Registration and Distribution Regulations"(第268章乙 报刊注册及发行规例)(2017. 3. 31),Hong Kong e-Legistration. Retrieved from https://www.elegislation.gov.hk/hk/cap268B!zh-Hant-HK@2017-03-31T00:00:00?INDEX_CS=N&xpid=ID_1438402912455_002 on January 10,2021。

② 有关抗战爆发前后香港华文报刊的审查制度,参考陈智德:《板荡时代的抒情:抗战时期的香港与文学》,第100—107页。其中提及1936年("七七事变"以前)华文政务司曾公开申明华文报刊应"避免刊登"的四项办法:"(甲)凡于效忠大英帝国之事而有所紊乱者,(乙)凡可损害英国对于中国或其他友邦之友谊者,(丙)所有宣传共产主义之文字,(丁)凡属挑拨文字以致扰乱治安者(原文照录)此外更有一项督宪未有言及,此项当然是淫秽文字,凡有违犯一九一四年第十五条,(防范印刷淫秽书画兼别项文字),必须删去"。参考《港督批示华报检查办法 华文政务司函覆华人代表》,《工商日报》第三张第一版,1936年10月3日,载香港公共图书馆"香港旧报纸数码馆藏"https://mmis.hkpl.gov.hk/web/guest/old-hk-collection?from_menu=Y&dummy=(浏览日期:2021年5月4日)。

字词不准使用。① 文章犯禁的字词会被审查员以符号"轩"或"X"取代,批评日军的文章更会被删除,空白位置印上"全文被检"。出版前具体可见的政治审查,必然引起编者和作者的自我审查,进一步限制抗日言论。② 事实上,叶灵凤主编《立报·言林》期间所载的文章常因犯禁字词而被删改,或遭全文删除。③ 茅盾忆述在港同期主编《文艺阵地》的情况,也曾批评:"一本鼓吹抗战的文艺刊物,却把所有抗敌的字眼换成'XX',在我是无论如何不能接受的,《文艺阵地》是面向全国的大型刊物,它不能受制于香港这弹丸小岛。"④《文艺阵地》虽于1938年8月随茅盾移至香港编辑,但仍留在上海付印。茅盾去新疆后改由楼适夷代行编务,刊物后来亦随楼适夷转至上海编辑出版,最终于1940年8月遭查禁。

(二) 香港《立报·言林》与抗战文艺

纵使香港报刊杂志在政治审查下必须隐去抗敌字词的做法,不为茅盾所接受,编辑、作者忆述政府监控抗日言论的情况也多感无力,但对当时不少留港的抗战文艺工作者而言,香港仍然提供了可供权力斡旋的空间。其一,政府对监控抗日言论的决心和能力有限,从业经删检出版的文章看来,编辑和作者勉力抵抗各方压力宣传抗日,甚至呼吁报刊保留文章被"全文删检"的空框,利用审查结果宣示对审查制度的不满。⑤ 其

---

① 陆丹林:《续谈香港》,《宇宙风》第11期(1939年8月),第502—503页;陆丹林:《香港的文艺界》,《黄河》创刊号(1940年2月),第19页;陆丹林:《在香港办刊物》,《黄河》第3期(1940年4月),第102页;茅盾:《我走过的道路》(下),第48页;萨空了:《香港沦陷日记》,第84、100页。
② 抗战时期曾在沪港两地主编《大公报·文艺》的萧乾指出,副刊主编的"魔难"除了代表官方的帝国主义或国民党外,还有报馆内部因应政治形势的自我审查和经济考量。茅盾也曾记述萨空了因政治考虑建议他修改抗日长篇小说《何去何从》的题目:"因为《立报》的老板看了《楔子》,认为这个题目太有点刺激性,怕惹起麻烦,说:'何必在题目上就摊牌呢?'建议改为《你往哪里跑》。"参考萧乾:《一本褪色的相册》,百花文艺出版社,1981年,第156—160页;茅盾:《我走过的道路》(下),第53页。
③ 例如1939年3月13日《立报·言林》刊载温功义《李逵》一文的下半部"被检"删除,1939年6月21日《立报·言林》则有"全文被检"的情况。又如王叔昂《谈主和奴》一文批评日本侵略中国,指日人尝试建立两国的主奴关系,以"东亚新秩序""日满支提携""和平反共建国""共存共荣"等说法美化其罪行。此文虽能避免"全文删检",但还是遭到大幅删节。见王叔昂:《谈主和奴》,《立报·言林》第二版,1940年3月22日。
④ 茅盾:《我走过的道路》(下),第56页。
⑤ 戴望舒:《十年前的星岛日报和星座》,《星岛日报·星座》,1948年8月1日;萧乾:《鱼饵·论坛·阵地——记〈大公报·文艺〉一九三五——九三九》,载《一本褪色的相册》,第159页。

二,由于审检形式和内容尚算清楚明了,报刊文章遂采用曲笔反讽、借古喻今等规避的方式继续宣传抗日。① 即使文章经审查后抗日字词遭符号替代,句子原意对读者而言还是易于猜度。因此,在既定的审查模式下编者、作者、检查员和读者得以建构共同接受的表述模式,抗战讯息依然被有效传递。

从《立报·言林》可见,文艺副刊坚持报导战时消息、文化情报以及中华全国文艺界抗敌协会(简称"文协")香港分会的会议资讯。② 它不仅公告附逆文人名单,直言副刊"第一个报导丁默邨附汪"、宣告穆时英"证实附逆,参加汪派汉奸的所谓'文化宣传'工作"③;也借先人先哲的纪念日,曲笔反讽日本侵华的情况。如在孙中山逝世十五周年刊载《发扬中山先生的革命精神》和《革命的圣地——中山在沦陷中》等文,劝告国民继承孙中山的民族革命事业④,又在黄花岗七十二烈士纪念日刊载《黄花节》,扬言"当汪记汉奸正准备'沐猴而冠',袍笏登场的今日",国民应"效法先烈的牺牲精神"。⑤ 其中,批评汪精卫附逆的言论不绝,文章直斥"好些民族渣滓……给他们的主子出尽了一切自作聪明的天才,进行着挑拨离间的破坏工作,大发反宣传的汉奸谬论,计划着种种愚民政策,播散失败主义的氛围",其

---

① 叶灵凤以至国内知识分子经常借用的两种古典文学典故,分别为西汉苏武"吞旃"持节不屈以及宋末元初诗人兼画家郑所南画"露根兰"的故事。见叶灵凤:《记郑所南》,《华侨日报·文艺周刊》,1945 年 3 月 18 日;韦叔裕:《郑所南》,《国风》第 19 期(1943 年 8 月 16 日),第 3—6 页;武之乱:《郑所南绘兰无土可栽》,《中华周报》第 2 卷第 18 期(1945 年 4 月 29 日),第 29 页;叶灵凤:《吞旃随笔》,《新东亚》月刊创刊号(1943 年 8 月),第 134 页;灵凤:《吞旃读史室劄记》,《大众周报》第 3 卷第 2 号 54 期增刊《南方文丛》(1944 年 4 月 8 日),第 1 页;曹聚仁:《李陵与苏武》,《抗战》,第 51 期(1938 年 3 月 6 日),第 11 页。另参看张咏梅:《"信非吾罪而弃逐兮。何日夜而忘之。"——谈〈华侨日报·文艺周刊〉(1944.01.30—1945.12.25)叶灵凤的作品》,《作家》总第 37 期(2005 年 7 月),第 17—22 页。
② 卢玮銮:《"中华全国文艺界抗敌协会香港分会"(一九三八——一九四一)组织及活动》,《香港文学》总第 23 期(1986 年 11 月),第 91—94 页;第 24 期(1986 年 12 月),第 85—85 页;第 25 期(1987 年 9 月),第 21—29 页。
③ 林:《穆时英附逆》,《立报·言林》第二版,1940 年 3 月 10 日;林丰:《加紧检点!》,《立报·言林》第二版,1940 年 4 月 5 日;《上海来信——报告汉奸文人活动情形》,《立报·言林》第二版,1940 年 5 月 22 日。
④ 罗布:《发扬中山先生的革命精神》、杨奇:《革命的圣地——中山在沦陷中》,《立报·言林》第二版,1940 年 3 月 12 日。两篇文章审查后均遭删节。
⑤ 杨文炎:《黄花节》,《立报·言林》第二版,1940 年 3 月 29 日。另参看罗布:《遥祭——纪念七十二烈士》、郁林:《我们要继续这样的精神——纪念黄花岗烈士》,《立报·言林》第二版,1940 年 3 月 29 日。

或批评"汪记之流"所上演的不过是"傀儡戏"而已,批判言辞毫不掩饰。①

除反日的政治言论,《立报·言林》同样积极介绍抗战文艺在文学、音乐、绘画、电影等不同艺术领域的发展。② 论者强调善用艺术形式可以争取正义,还广泛讨论抗战文艺的创作手法③,进而引用西方和国内的例子说明抗战文艺的具体作用。④ 文艺副刊同步刊载抗战文学创作,如著名诗人艾青的《死》展示奋勇抗敌的坚定意志:"我们也不惧死,/因为我们从最初有了信仰的日子,/就已注定自己的命运:/在斗争中生,/在斗争中死。"⑤ 又如《红绵》通过南国春天的红绵花写其正直轩昂、不甘屈辱的精神,或《永生》直接写中国军队与日本"皇军"战斗,在为国牺牲的狂风吼叫中仍有无数希望的呼喊。⑥ 慷慨之词众多,但也不乏《祝福》《广州湾散记》等表达因战乱去国怀乡的悲伤情怀。⑦ 总体而言,《立报·言林》刊载的评论和创作,均以抗日救亡为主调,但叶灵凤却通过翻译欧洲战争文学,开拓中日战争语境下抗战文艺的多样性。

三、俄中跨文化语境的《红翼东飞》与"抗日"主题

1939 年南京汪精卫政权推行亲日立场的"和平运动",宣扬和平、反共、与日本

---

① 郁林:《我们要继续这样的精神——纪念黄花岗烈士》,《立报·言林》第二版,1940 年 3 月 29 日;旁观者:《观傀儡戏有感》,《立报·言林》第二版,1940 年 4 月 10 日。
② 例如《立报·言林》载考伊明的《新型的民族英雄传记:"卫将军"》(1940 年 2 月 23 日)、健的《音乐作战在桂南》(1940 年 2 月 24 日)、丰(叶灵凤)的《真理报评中国画展》(1940 年 3 月 3 日)以及王健的《做一个撒谎的英雄!》(1940 年 3 月 13 日)。
③ 例如谏如流的《谈集体创作》(1940 年 3 月 1 日)、林莹聪的《关于通讯的"写实化"和"文艺化"》(1940 年 3 月 2 日)、李殊伦的《从"包得行"说到抗战剧作》(1940 年 5 月 28 日)以及袁钊的《我们需要大众化的歌曲》(1940 年 5 月 29 日)。
④ 例如蔡磊撰文详述东江游击区的抗战文艺活动,姚雪垠更评述时人如何利用大量的期刊、报刊作为文化武器保卫安徽,粉碎日人的政治进攻和麻醉政策。《立报·言林》又报导英国书业总会申述战时阅读如何有助维持民主思想那种种"必要的智能和理解"。见蔡磊的《东江游击区的文化活动》(1940 年 2 月 22 日)和《战时精神食粮》(1940 年 3 月 7 日),以及姚雪垠的《大别山中的文化堡垒》(1940 年 3 月 28 日)。
⑤ 艾青:《死》,《立报·言林》第二版,1939 年 7 月 16 日。
⑥ 大顿:《红绵》,《立报·言林》第二版,1940 年 3 月 9 日;梁锦荣:《永生》,《立报·言林》第二版,1940 年 3 月 13 日。
⑦ 柴米夫:《祝福》,《立报·言林》第二版,1940 年 3 月 11 日;杨桦:《广州湾散记》,《立报·言林》第二版,1940 年 3 月 2 日。《广州湾散记》一文经审查后被大幅删节。

合作建设"东亚新秩序",并利用香港《南华日报》的文艺副刊提倡"和平文艺"的理论和创作,配合宣传。正如学者指出,战事初期日人积极利诱或威迫中国本土作家参与创作认同他们政权的作品,但首次引起关注、背叛抗日方针的文艺活动,其实发生在当时不受日军控制的香港。① 与之抗衡的抗战文艺,亦同时在香港迅速发展。检视当时香港的抗战文学翻译,除针对侵略者的抗日主题、世界各地反法西斯及不同意识形态的战争文学翻译,还包括表面与战争无直接关联的不介入文学(littérature désengagée),与国内抗战文学翻译的情况相对应。②

(一) 叶灵凤的抗战文艺翻译

叶灵凤接任茅盾主编《立报·言林》以后,他率先译载苏联共产主义作家巴甫连科的《红翼东飞》,小说以30年代苏日边界冲突的历史为背景,描写红军顽强抵抗日本军阀入侵远东地区包括海参崴的战事。当中抗日、卫国战争的主题,均切合当时中国抗战的现实处境。此外,他既翻译"与战争无关"的苏联作家费雷尔曼(Ruvim Isayevich Fraerman, 1891—1972)的浪漫主义青少年儿童文学著作《早恋》(*The Dingo*: *A Story of First Love*, 1939)③,亦积极译介苏联、法国和意大利等地的反法西斯及战争小说。其中包括了意大利著名政治家兼文学家、意大利共产党创

---

① Edward M. Gunn, *Unwelcome Muse*: *Chinese Literature in Shanghai and Peking 1937–1945*, pp. 4–5.
② 20世纪中期法国思想家兼文学家萨特(Jean-Paul Sartre, 1905—1980)提出介入文学(littérature engagée)的理论概念,相对而言"不介入文学"或超脱文学(littérature désengagée)泛指不直接参与、力图回避社会政治现实的作品。战争时期,不介入文学直指刻意远离战事、超越现实的写作,中国国内也曾发生由时任《中央日报》副刊主编梁实秋引起的"与战争无关"论争。然而,耿德华指出华东、华中沦陷地区发表的大部分作品属不介入文学。参照二战期间德国控制之下欧洲国家的地下出版,可见作家坚持发表与战争无关的著作,在政治审查之下同样能展示对极权的抵抗。纳粹占领时期,巴黎的子夜出版社(Les Éditions de Minuit)的出版是著名例子。有关情况复杂,需另文再议。参考梁实秋:《编者的话》,《中央日报·平明》,1938年12月1日;Edward M. Gunn, *Unwelcome Muse Chinese Literature in Shanghai and Peking 1937–1945*, pp. 5–6; Adam A. Leff, "Les Editions de Minuit: Purveyors of Propaganda," *The French Review*, 74:10 (Mar 2001):712–727; Bernard Baillaud, "Un des premiersde l'quipe: Jean Paulhan", in Bruno Curatolo, François Marcot (dir), *Écrire sous l'Occupation*: *Du non-consentement à la Résistance*, *France-Belgique-Pologne 1940–1945* (Rennes: Presses Universitaires de Rennes, 2011), pp. 191–208.
③ [苏]费雷尔曼著、叶灵凤译:《早恋》(一至一五一),《立报·言林》第二版,1940年8月21日至1941年2月1日。叶灵凤《译者附记》指出:"费雷尔曼的这部小说[《早恋》],正如他所描写的这新土地上的一群少年一样,可说全然是一首新鲜活泼的散文诗。在倾向于风格朴素的苏联小说中,我们很少见到写得这么美丽的。"

始人之一西洛内(Ignazio Silone,1900—1978)的作品《狐》(*La Volpe*,1934)。小说以捕狐为喻,平行讲述农民如何在墨索里尼(Benito Mussolini,1883—1945)的独裁政权下计划刺杀渗入农村的间谍。然而计划失败,小说以反法西斯农民组织被大举搜捕作结。与其强调叶灵凤选译反法西斯的著作,更应留意译者推崇的其实是西洛内在无损作品艺术性的前提下"将反法西斯思想织入他的作品"的才能。① 相对而言,叶灵凤选译法国左翼著名作家巴比塞(Henri Barbusse,1873—1935)以一次大战参军经验撰写的反战小说《火线:一个步兵班的日记》(*Le Feu, journal d'une escouade*,1916),则主张通过国际共产主义无产阶级革命消灭特权阶级,从而终止帝国主义者发动国际间的战争,确立人民之间平等友爱的关系。②

相较同期叶灵凤在戴望舒主编的《星岛日报》副刊《星座》发表的文学、书信及评论翻译,均以抗战为主调。他曾发表印度诗人泰戈尔(Rabindranath Tagore,1861—1941)回复日本诗人野口米次郎(Yonejirō Noguchi,1875—1947)有关日本侵华事件的公开书信翻译,不仅痛斥野口将日本的侵略行径无耻地辩称为"在亚洲大陆建立新世界"无可避免的手段,还借此表达自身对抗战的决心和信念:"中国是不会被征服的,[……]她的民众的决绝的忠诚,空前的团结,已经给这国家创造了一个新的时代。"③文章被转载至《内外杂志》(重庆)、《政治旬刊》(江西)、《公

---

① 西洛内的《狐》收入1934年出版的小说集《巴黎之旅》(*Viaggio a Parigi*),后改写为著名小说《狐狸与山茶》(*La Volpe e le camelie*,1960)。《狐》的英文翻译曾于英国 *Penguin New Writing* 杂志刊载,推断叶灵凤据英文转译,往后马耳亦曾转译此篇作品,并连同另外两篇小说翻译结集出版西洛内的中译小说集《巴黎之旅》(开明书店,1943年)。参考叶灵凤《"狐"的介绍》,《立报·言林》第二版,1941年5月11日;[意]西龙著、林丰(叶灵凤)译:《狐》(一至十九),《立报·言林》第二版,1941年5月11—12、14—22、24—30日。

② [法]巴比塞著、叶灵凤译:《火线下》(一至一〇六),《立报·言林》第二版,1940年2月22日至6月17日。由于中日战争时期的政治需要,原为反战文学的《火线》被当时的中国知识分子刻意解读为鼓励民族抗战的作品。参考邝可怡:《跨越欧亚战争语境的左翼国际主义:论巴比塞《火线》及叶灵凤的中文翻译》,《中国文化研究所学报》第69期(2019年7月),第155—195页。

③ 野口米次郎为日本著名诗人,曾留学美国,后移居英国伦敦。20世纪30年代初访中国和印度,并与泰戈尔结为朋友。1938年他两次给泰戈尔发公开信,从爱国主义立场解释日本侵华的行动,却无法得到泰戈尔的认同。泰戈尔两封回覆信函叶灵凤均有翻译,参考[印]泰戈尔著、灵凤(叶灵凤)译:《"中国不会被征服的":复日本诗人野口米次郎书》(1938年9月1日),《星岛日报·星座》,1938年11月5日;[印]泰戈尔著、叶灵凤译:《再答野口米次郎书》(1938年10月),《星岛日报·星座》,1939年1月19日。两位诗人有关中日战争的公开书信原文参考 Rabindranath Tagore and Yonejirō Noguchi, "Poet to Poet", *Visva-Bharati Quarterly* 4, No. 3 (Nov 1938), reprinted under the title "Tagore and Noguchi" in *The English Writings of Rabindranath Tagore*, Vol. 3, A Miscellany, ed. Sisir Kumar Das, Sahitya Akademi, 1996, pp. 834–845.

余》(福建)、《学生杂志》(上海、香港)等多份杂志,宣传抗战。① 另一方面,他也译介欧洲作家有关战事的著作,例如亲赴战场的法国小说家夏姆逊(André Chamson, 1900—1973)的《一位战地联络官的手册》(Carnet d'un officier de liaison),阐述二次大战中必须支持军事战争作为保卫手段的原因;又翻译乌克兰作家斯特戈尼克(Vasyl Stefanyk, 1871—1936)的两个短篇《一个孩子的照顾》和《新闻》,描述当地农民受外来统治者及地主阶级双重压迫的苦况,更将他们比附为日军侵略之下中国"西北作家笔下两篇日后方的农村故事",从不同方向拓展抗战文艺的思想维度和艺术形式。②

(二)"苏共"与"中共"联合抗日的历史想象

《红翼东飞》为巴甫连科首部被译介至中国的战争小说,它进入中国知识分子视野的关键仍在于小说的"抗日"主题。③ 原著小说发表后,美国著名左翼作家辛克莱(Upton Sinclair, 1878—1968)曾于1938年向苏联国际革命作家联盟的刊物《国际文学》(Internatsionalnaya Literatura)编辑致公开信,表示希望跟苏联作家合作撰写长篇小说《赤金》——以美国和苏联为背景,描写社会主义和资本主义两种意识形态和制度之下黄金的意义和命运,故事人物从商业交易发展至情感和思想文化的交流。④ 其

---

① [印]泰戈尔著、灵凤译:《中国不会被征服的:复日本诗人野口米次郎书》,《内外杂志》第4卷第12期及第5卷第1期合刊"战时特刊"(1938年11月20日),第31—32页;[印]泰戈尔著、灵凤译:《中国不会被征服的:复日本诗人野口米次郎书》,《政治旬刊》第68期(1938年12月11日),第32—34页;[印]泰戈尔著、灵凤译:《中国不会被征服的》,《公余》复字第6期(1938年12月15日),第36—37、40页(文章最后列明转引自《星岛日报》);[印]泰戈尔著、灵凤译:《中国不会被征服的:复日本诗人野口米次郎书》,《学生杂志》第19卷第1号(1939年1月),第151—153页。《学生杂志》注明书信翻译转载自《星岛日报》,此文有所删节。

② [法]A.夏姆逊著、叶灵凤译:《一位战地联络官的手册》(上、下),《星岛日报·星座》,1940年6月23、24日;[乌克兰]斯特戈尼克著、灵凤译:《两个短篇》(《一个孩子的照顾》《新闻》),《星岛日报·星座》,1940年5月13日。

③ 茅锦泉:《"红翼东飞"》,《前线日报》第七版,1940年12月26日。

④ 辛克莱的公开信首先发表在苏联的《文艺报》,他和巴甫连科的信函曾被多次译成中文,小说名称亦分别译为《赤金》《红金》《红色的黄金》和《金卢布》。参考[美]U.辛克莱:《我愿和苏联作家合作——致"国际文学"编者书》,《星岛日报·星座》,1938年12月21日;[苏]P.拍夫朗诃著、唐锡如译:《我愿和辛克莱合作"红色的黄金"——答辛克莱书》,《星岛日报·星座》,1938年12月22日;[美]辛克莱、[苏]派夫伦柯著、俞荻译:《国际集体创作"金卢布"的写作经过——美·辛克莱与苏联·派夫伦柯合作》,《文艺》第2卷第6期(1939年1月15日),第141—143页;[美]U.辛克莱著、张郁廉译:《给苏联的作家们》,《抗战文艺》第3卷第12期(1939年3月1日),第190—192页。

时巴甫连科被俄罗斯无产阶级作家协会(RAPP)推荐为代表,他回复辛克莱的信函里强调:"'赤金'的主题必然将是反日的。直到今天,西伯利亚和远东,决不会忘记我们与白党和国外干涉者斗争的日子,日本军阀在其中所表现的恶行和残暴。"① 反日的政治立场在巴甫连科多部小说之中都非常鲜明,《红翼东飞》则犹为明显。

20 世纪 30 年代末中国读者通过阅读及翻译巴甫连科的小说,建构起中苏之间面对共同敌人、共同命运的历史想象。小说甚至代为表述了"此时此地"中国人民愤怒、慷慨激昂的情绪,投射他们对抗战胜利的渴望。叶灵凤介绍《红翼东飞》的连载时便直接道出:"在目前的抗战中,拍夫朗诃(今译巴甫连科)的这部小说分外地使我们感到兴奋。他的理想,其中有些部分可说已经实现,而且成功超过他的报X 了。在日苏关系日趋紧张的今日,他的小说有每一分钟成为事实的可能,我们正怀着愉悦的心情,先睹为快的读着这些不久就要传遍全世界的'新闻'。"② 小说随后结集出版,叶灵凤续指《红翼东飞》是一部"掺合史料和想象的小说",甚至认为巴甫连科有关苏军在远东战争得到中国义勇军和游击队协助的想象,"已经由我们加以实现,而且超越了他理想国的范围"。③

《红翼东飞》的抗日主题固然回应了中国抗战的现实处境,但小说对日本帝国主义暴行的批评、有关苏军与中、日、朝各地反军国主义的民众联合抗日的想象,都必须重置于中国抗日战争的历史语境下再作探讨。小说原著分为五部,叶灵凤选译了小说最后二部,于 1939 年 3 月至 11 月期间报章连载,共二百五十期。④ 及至翌年单行本出版,叶灵凤再作修订,并据原著章节结构重新将小说订定为上、下篇。⑤ 小说节译本的开首(原著第四部)从世界史的角度,追溯日本自丰臣秀吉

---

① 叶灵凤:《译者题记》,载[苏]拍夫朗诃著、叶灵凤译:《红翼东飞》(大时代书局,1940 年),第 2 页。
② 灵凤:《日苏战争与拍夫朗诃的"红翼东飞"》(下),《立报·言林》第二版,1939 年 2 月 28 日。
③ 叶灵凤:《译者题记》,载[苏]拍夫朗诃著、叶灵凤译:《红翼东飞》(大时代书局,1940 年),第 3 页。
④ [苏]拍夫朗诃著、叶灵凤译:《红翼东飞》(一至二四〇),《立报·言林》第二版,1939 年 3 月 1 日至 11 月 21 日。《红翼东飞》连载之中 1939 年 6 月 20 日第一一〇期,误植为一〇〇期,此后期数应往后十期推算,小说连载共计二百五十期。
⑤ 1939 年《红翼东飞》中译本的报刊连载以及 1940 年出版单行本,对原著均有删节,主要分别如下:一、小说中译的连载本删除了原著开首讲述日本丰臣秀吉准备入侵朝鲜和中国的文字,并将第一次世界大战的讨论重置在小说末,及至单行本出版回复了原著的小说结构;二、《红翼东飞》中译连载本第 111 至 196 期在单行本中被删除;三、小说中译在报刊连载时被审检删除的部分,在单行本中均被重新刊载。

(Toyotomi Hideyoshi,1537—1598)侵略朝鲜,至20世纪第一次大战以后"准备向世界任何地方作战"的野心①;随之描写30年代日苏两国在远东的军事冲突,包括日本对海参崴的攻击,亦详述苏联境内的空战、陆战和海战的策略。其中不仅想象苏军游击队英勇卫国,深入破坏"那帝国主义敌人的后方"——东京,还讲述中国民众加入苏军抵抗远东侵略者的战事,从而肯定中国人民的勇武和舍身精神。

尽管《红翼东飞》高举"国际主义"的旗帜,然而小说却集中描写"中共"和"苏共"的合作情况,强调中共的反战能力。小说赞扬中国全民积极备战:"中国的每一处地方也在准备战斗。她揭露了未来战事的轮廓,创造了一个战斗国家的典型。战争成了民众主要的任务。"②甚至将1934至1936年中央红军长征的历史与《旧约圣经》记载先知摩西引领以色列人逃离埃及的过程,加以比附:

> 在一九三四年冬天,在南京方面军队的历史之下,[江西]省站起身来向西北方面长征,向着一个面积和欧洲相等的省份四川前进。几十万人携带着他们的妻子儿女,以及先人们的棺木,抛弃了一个地方,转战到另一个地方。他们这迁徙的历史将成为这新世界历史初期的最伟大的史诗,在一世纪之后仍被人们紧紧的记在心头。
>
> 海水并不曾在他们的眼前分开,岩石也不曾迸出泉水,太阳也不曾在争斗的时候停留不动。这些人拖带着他们的孩子,拆散的工厂,医院和受伤的同志们一阵。他们前进,战斗着颁布着律法,他们的路程有二千五百公里长。横过广东,贵州,云南的山岭地带,他们又跨过湖南贵州交界地方的沼泽和林莽,经过西康的沙漠域,占据了四川。③

巴甫连科将摩西带领以色列人逃离埃及和中共二万五千里长征进行比对,纵然中央红军没有如《出埃及记》所载由先知摩西带领并用手杖分开红海逃出危难("海

---

① 参考 Piotr Pavlenko, *Red Planes Fly East*, trans. Stephen Garry, Routledge, 1938, pp. 333-354;[苏]拍夫朗诃著、叶灵凤译:《红翼东飞》(二三一至二三九),《立报·言林》第二版,1939年11月11—20日;[苏]拍夫朗诃著、叶灵凤译:《红翼东飞》,第1—21页。
② [苏]拍夫朗诃著、叶灵凤译:《红翼东飞》(二三七),《立报·言林》第二版,1939年11月17日;[苏]拍夫朗诃著、叶灵凤译:《红翼东飞》,第7页。
③ 叶灵凤据史实将小说原著提及的地点"山西"修订为"江西",并说明是原著作者对中国地名拼音上的笔误。见[苏]拍夫朗诃著、叶灵凤译:《红翼东飞》(二三七至二三八),《立报·言林》第二版,1939年11月17—18日;[苏]拍夫朗诃著、叶灵凤译:《红翼东飞》,第7页。

水并不曾在他们的眼前分开"),也没有用手杖击打岩石而涌出泉水救活民众("岩石也不曾涌出泉水"),但却"带着他们的孩子,拆散的工厂,医院和受伤的同志们",一起前进,"战斗着颁布着律法",如同上帝通过摩西向以色列民众颁布"十诫"。① 小说更颂扬中央红军不畏艰险奋勇战斗,认为他们长征的历史"将成为这新世界历史初期的最伟大的史诗"。

《红翼东飞》对中共及无产阶级人民的颂扬不限于单一事件,小说多处刻意塑造中国游击队和群众的正面形象。当日本突袭苏联边境的乔其埃夫卡城(Georgievka),在士兵乌沙科夫(Ushakov)带领之下"掮着枪的[游]击队和猎人,携着宣传标语的学生们,一个染着血的手里拿着斧头的中国人,都加入了这一群的行动"。② 又当日军入侵远东,与中国游击队在东北发生冲突,辽阳和吉林的"农民日夜都不放弃斗争,他们将遗弃的仓库里煤油倾出,移去车辆的零件,将车站毁成粉碎"。③ 哈尔滨抗日联盟首领更发起铁路罢工,清晰道出罢工的任务:"这是民众对于[日军]进攻苏联的抗议。我们的任务在于僵化日本满洲军事后方的活动。熄灭火车头上的炉火,除去货车上的开闸,移下路轨上的信号,交叉点都封钉起来,阻止各站之间的交通,桥梁都埋好炸药准备破坏。"④他们铁道战斗的战略,最终使日军在北部前线的后方整个毁掉。游击队以外,小说甚至描写被俘虏的中国苦力叛变以助苏军,利用广大群众的力量伴随着"车轮的轧轹声,坦克车引擎的吼声,齿轮带的震撼摩擦声,以及继续的人的呼喊声"进行抗争,导致日本突袭失败。日军的德国顾问如此向第二军指挥官中村(Nakamura)解说:"这就是你们不知名的死亡!就是这些中国人。"⑤

纵使《红翼东飞》多次强调远东抗日战事得到中国广大人民的帮助,但历史想

---

① 有关摩西用手杖分开红海带领以色列人逃出埃及的经过,见《圣经·出埃及记》14:1—31;摩西用手杖击打岩石涌出活水的事迹,见《圣经·出埃及记》7:1—7、《圣经·民数记》20:1—13;摩西向以色列民众颁布"十诫",见《圣经·出埃及记》20:1—17、《圣经·申命记》5:1—21。参考《中文圣经和合本修订版》,香港圣公会,2010年。
② [苏]拍夫朗诃著、叶灵凤译:《红翼东飞》(二二),《立报·言林》第二版,1939年3月22日;[苏]拍夫朗诃著、叶灵凤译:《红翼东飞》,第72页。
③ [苏]拍夫朗诃著、叶灵凤译:《红翼东飞》(一〇〇),《立报·言林》第二版,1939年6月10日;[苏]拍夫朗诃著、叶灵凤译:《红翼东飞》,第199页。
④ [苏]拍夫朗诃著、叶灵凤译:《红翼东飞》(一〇六),《立报·言林》第二版,1939年6月16日;[苏]拍夫朗诃著、叶灵凤译:《红翼东飞》,第205页。
⑤ [苏]拍夫朗诃著、叶灵凤译:《红翼东飞》(六二、六三),《立报·言林》第二版,1939年5月1—2日;[苏]拍夫朗诃著、叶灵凤译:《红翼东飞》,第140—142页。

象中这种超越国界的合作关系依然由苏军主导。小说第四部第五节以"中国民众加入战争"为副题,讲述故事人物陈(Cheng)、玉山(Yu Shan)和太平(Tai Ping)分别带领中国的游击队占领了日军的后方辽阳,迫使他们退向吉林,但转瞬间又被日军反围剿。在巴甫连科的叙述里,中国游击队之间依然充满着分歧,又战略经验不足且无法达致共识,而游击队本身的构成也少不了暴民及以自身利益为前提的农民。当中国游击队再次受到日军包围,小说描述了苏联布尔塞维克(Bolshevik)军队以跳伞的方式"从天而降",及时抵达吉林协助解围的情境:

> 天上突然充满了吼声,好像它将雷霆藏了好久,只等候预定的时刻将它们撒下地来,轰炸机疾旋而下。它们一架一架的着陆,立刻从机身里倾出穿大氅戴钢盔的人,蹒跚的坦克车和装有榴弹炮装甲车。将装载的东西卸完之后,飞机又立刻飞走了。
>
> 这些人都穿着精制的长筒皮靴和大氅,灰蓝色钢盔下面有着一张黝黑的坚强的生意人一样的脸。他们都带着面包和皮鞋油的气味。他们都是布尔维克的军队。陈还是生平第一次见到他们,他们的单纯和坚强使他怔住了。他咬紧牙关望着他们,因为眼泪并不能给人以快乐的表示,他有好一会站在那里忘记了移动,虽然他听到在田野的中央已经有什么事发生了。①

小说选取了中国游击队司令陈的视野,通过他面对"单纯和坚强"的苏军"怔住了""忘记了移动"等撼动的反应,侧面道出苏联红军的威严气势。苏军司令希尔舍分(Shershavin)初见陈,便直接批评:"第一集团军团司令同志,你的吉林的攻击进军发动得太早一点了。"苏军司令向陈确认他们合作关系之中的从属位置——行动应由中国游击队配合支持苏军的计划,这要较苏军配合支持中国游击队"安稳一点"。事实上,小说最后描述各地人民合力建设乌托邦想象的"片山潜城"(City of Sen Katayama),亦同样需要苏军作为主导才能成功发展。

(三)抗日战争与国际共产主义

《红翼东飞》出版以后被迅速译介至英语世界,30年代英国的马克思主义评论家威斯特(Alick West,1895—1972)认为巴甫连科的写作鼓舞人心而富于启迪,指

---

① [苏]拍夫朗诃著、叶灵凤译:《红翼东飞》(一〇二、一〇三),《立报·言林》第二版,1939年6月22—23日;[苏]拍夫朗诃著、叶灵凤译:《红翼东飞》,第212—213页。

他的小说阐述了无边界的社会能量(boundless social energy)如何让我们得以抵抗法西斯政权,并创造世界。① 这里所指"无边界的社会能量"正源自小说强调跨越国界的国际共产主义思想。《红翼东飞》表现的思想立场非常鲜明,清晰展示现实中反帝国主义的战事同是意识形态的争战,正如小说里苏军机师伊兹密洛夫(Izmirov)在预备出战突袭东京以前向其他出征者说明战争情势:"共产主义扫除了一切的国界![……]我们必须将这意见深深的印入我们的头脑,十分透彻十分严肃地。扫除一切!你也许诧异什么时候开始这扫除。现在就要动手了。在必须动手的时候就动手。这就是我对于目前情势的了解。"②

小说对于国际共产主义思想的宣扬,不仅体现在中苏两国人民联合抗日之上,它进一步想象驻留在海参崴的日本俘虏和民众因反对自身国家的军国主义而加入战争,进而描述中、苏两国负伤的游击队队员与伪满洲国军队的中国俘虏、朝鲜俘虏和日本俘虏在远东后方展开教育和建设工作。当海参崴受日军猛烈攻击后还未回复之时,俄国国家政治警察的首脑希利格尔(Semion Schlegel)便开始计划在该处郊外地区一个极为偏僻的地方,建立由战争产生的和平新城,且以日本共产党创始人之一片山潜(Sen Katayama, 1859—1933)的名字命名——片山潜城。他指示在日本共产党员大须田(Osuda)协助规划兴建,"在目前,我有一万五千名日本俘虏去着手动工;此外我有获自伪满军队六千名中国俘虏以及二千名朝鲜俘虏",我们"一定要使他们成为有用的人"。③ 这个社区乃由第四街的日本人、第五街的朝鲜人、第六街的中国人所构成。过往互不协调的游击队队员变得"亲如弟兄",又与原为敌人的日本俘虏成为朋友。巴甫连科通过小说投射的可说是共产主义的理想社会,他们各尽其职,共同讨论种植大豆的方法,选取合适土壤的蔬果品种,教授用电网捕鱼的技巧,讲解印刷技术和排版校对的工作。然而,这个颇具乌托邦色彩的新城,还是需要由苏维埃军队主导建设:

> 大须田(Osuda)发令在片山潜城的郊外建立一座苏维埃村,来不及等到它完成,就在木屋之间用篷帐驻下一营步兵,一队骑兵和一队坦克车。他们都是在海参崴惊震过甚调到后方来休养的。他们的乐队在黎明就将居民唤醒,从

---

① Alick West, "Three novels", *Left Review* 3. 16 (May 1938), p. 1016.
② [苏]拍夫朗诃著、叶灵凤译:《红翼东飞》(二八),《立报·言林》第二版,1939年3月28日;[苏]拍夫朗诃著、叶灵凤译:《红翼东飞》,第84页。
③ [苏]拍夫朗诃著、叶灵凤译:《红翼东飞》(一九九),《立报·言林》第二版,1939年10月5日;[苏]拍夫朗诃著、叶灵凤译:《红翼东飞》,第223页。

一清早,王生庭的受伤的游击队以及折坂将军(General Orisaka)近卫师团的日本兵,都跑来张大了眼睛望着苏维埃军事力量这单纯的神迹,好像他们本身从来不曾见过一座兵营,或者操练过作过报告一样。说实话,他们一生实在未见过这样的军事训练法。苏联的兵士耕种田地,编鱼网,讨论在这沃腴的土地上是适合种果品还是蔬菜,同时又忘命地踢足球,士兵和军官对垒。①

同样,《红翼东飞》借助中国游击队以及日本近卫军的视野,赞颂"苏维埃军事力量这单纯的神迹"。不论在军事训练还是日常生活,苏军都能作为中、日、韩人民的典范。至于整部小说对共产主义革命最大的颂扬,乃来自一场新城开幕典礼上的演说:

> "大须田!"他(玉山)用大声说,好像在前方一样。"你和我们在一处,为了满洲,为了中国,为了朝鲜,战斗了许多年了。现在我要报答你。"
>
> 路查(Luza)将他的话翻译成俄语,孙胜(Shuan Sheng)将它们译成朝鲜语。大须田又将他的话用日本话重述一遍,他们这样高声地响应玉山的话,有着一种特殊动人的效果。
>
> "使用我,驱使我至死为止,像我们曾经驱使你一般,"他这样说。他的这些话立刻被全桌所重述:"……驱使我至死为止,像我们曾经驱使你一般……"——路查向俄国人说,大须田向日本人说,孙胜向朝鲜人说,地米朵夫(Demidov)向尼利兹土人(Nenietz natives)说,希利格尔向蒙古人说。"我的祖国在哪里?就在这里;就是你,路查;也是你,陈。我的祖国是和我在一起的。我的手轻松,我的灵魂快乐。俄国的大地并不接受我进入他的[坟]墓,中国的大地将我给与朝鲜的大地,朝鲜的大地又为了你们的原故拒绝了我。我在作为一个中国人而说话,作为你们的弟兄;接受我,如果我死了,就在我倒下来的地方将我埋葬,将一根铁钉烧红,用这烧红的铁钉,在木头的纪念碑上写着:
>
> "生活为我们生下了他。他为一个自由的日本而死。"②

---

① [苏]拍夫朗诃著、叶灵凤译:《红翼东飞》(二〇一、二〇二),《立报·言林》第二版,1939年10月8—9日;[苏]拍夫朗诃著、叶灵凤译:《红翼东飞》,第225—226页。
② [苏]拍夫朗诃著、叶灵凤译:《红翼东飞》(二二八、二二九),《立报·言林》第二版,1939年11月8—9日;[苏]拍夫朗诃著、叶灵凤译:《红翼东飞》,第249—250页。

片山潜城的开市典礼上,不同民族国家的军官、士兵、游击队员、共产党员、平民和俘虏聚首商讨当前远东战线的情况。巴甫连科从语言层面想象的乌托邦新城是俄、中、日、朝四种语言并行,此外更设计了一场包括俄语中译、朝鲜语中译、日语中译、俄译蒙古语、俄译尼利兹土语的"多声道"演说和传译,从而制造"特殊动人的效果"。在这场高度象征性的典礼中,巴甫连科刻意让来自中国的故事人物——伪满洲国的反日游击队司令玉山——慷慨陈词,发表自我牺牲的宣言。在国际共产主义革命的共同理想之下,他甘愿为他国甚至敌国民族而战,"为一个自由的日本而死"。死亡被重新赋予价值,"将如太阳一般,将唤醒一根一根新苗的生命。[……]它将教导一个新的生命,将为今日还在婴孩时代的创造一个美丽和光荣的哲学"。①

苏日边界冲突的历史语境下,《红翼东飞》宣扬超越国界、反帝国主义的阶级革命思想,但与民族主义反日的主张高度重合。这与中国抗战语境下左翼文人主张阶级立场与民族主义立场统一的说法,遥遥呼应。②《红翼东飞》中译连载发表四个月后,根据巴甫连科另一部小说《在边境上》(*On the Frontier*,1938)改编而成的国防电影《苏日风云》在香港正式上映,触及日本占领中国东北的伪满洲国与苏联远东滨海边疆区哈桑斯基县交界处的军事冲突"张鼓峰事件"(1938年7月29日至8月11日)。③ 叶灵凤再次撰文,阐述国外的抗战文艺影片"对于激发爱国情绪,发扬捍卫国土精神,颇多助益"。④

四、抗日言论以外的政治审查

比对叶灵凤所据1938年斯蒂芬·加里(Stephen Garry)的《红翼东飞》英译本 *Red Planes Fly East*,可见小说在香港发表的中文翻译连载,除受到上文所述之政府对抗日言论的政治审查外,还受制于另外两种政治力量而遭删改。其一,叶灵凤考

---

① [苏]拍夫朗诃著、叶灵凤译:《红翼东飞》(二二九),《立报·言林》第二版,1939年11月9日;[苏]拍夫朗诃著、叶灵凤译:《红翼东飞》,第250页。
② 《红翼东飞》报刊连载最后一期便与《论阶级立场与民族立场的一致》一书的评介并置刊载。参考施展:《新书介绍:〈论阶级立场与民族立场的一致〉》,《立报·言林》,1939年11月21日;洛浦(张天闻):《论阶级立场与民族立场的一致》,重庆:新华日报馆,1939。
③ 参考国泰戏院《苏日风云》电影广告,《立报·言林》第二版,1939年6月11日;任寅:《苏日风云》,《立报·电影城》第八版,1939年6月14日;蛮:《反纳粹和苏日风云》,《立报·电影城》第八版,1939年7月16日。
④ 《拍夫朗诃名作在港开映》,《立报·言林》,1939年6月12日。

虑到当时国共第二次合作联合抗日的背景,刻意删除原著小说有关国民党的两处论述①,分别为(一)小说对蒋介石出卖中国人民予外国商家的狡诈政策的直接批评②,以及(二)国民军追击下"共产中国"的红军从西南至东发展路线的描述。③ 两处删节其实对读者理解小说情节的影响轻微,但基于译者对当下政治背景的研判,"认为在今日的情势下实在没有译出的必要"。④

其二,政府针对报刊有关英国评论的审查,导致《红翼东飞》的翻译连载被大幅删节:

原著小说批评一次大战以降英国作为帝国主义者的代表,利用与德、法、美、日、苏等国之间的关系操控国际局势,直指"英国想用德国去削弱法国,用日本去削弱美国,同时用美国和苏联去约束日本",又指责英国"将日本当作她的同盟国,[……]在亚洲西北部的活动中帮助她军火和钱",此等言论在政治审查之下被一并删除(见图1)。⑤ 由此可见,抗日战争时期针对香港华文报刊的审查制度,立场复杂,既顾虑她与正在急速扩充军事势力的日本之间的关系,致力维持香港

---

① 《红翼东飞》两处删节同时保留在报刊连载和单行本。见[苏]拍夫朗诃著、叶灵凤译:《红翼东飞》(九九),《立报·言林》第二版,1939年6月9日;《红翼东飞》(二三八),《立报·言林》第二版,1939年11月18日;[苏]拍夫朗诃著、叶灵凤译:《红翼东飞》,第8、196页。

② Piotr Pavlenko, *Red Planes Fly East*, p. 338: "The policy pursued by Chiang Kai Shek, who had delivered China into slavery to the Japanese shopkeepers and manufacturers and was promising China to the British shopkeepers and German manufacturers, was too complex and cunning for the simple people."

③ Piotr Pavlenko, *Red Planes Fly East*, p. 467: "The province of Szechuan, where in 1935 the Chinese Red Armies had begun the second creation of a Chinese State, now lay for to the rear of the war. The war had passed from it to the east, to the ocean, down the rivers. The rivers of China were partisan, insurgent, Soviet. The caravan routes, and the towns and countries on those routes, had become insurgent and Soviet. The ports, and even from this out-of-date map one could see how the area of Red China and grown from the south-west to the east."

④ 《红翼东飞》在报刊连载时已标示删节的地方,单行本出版时于《译者题记》详细解释删节原因:"书中有两处地方,提到'国共'的内战旧事,有短短的两段,译者认为在今日的情势下实在没有译出的必要,特地略去了,并在略去的地方加以注明。拍夫朗诃这部小说是在我们抗战以前完成的,对于这略去的两小段,在今日,我想他当也是赞同的。"见叶灵凤:《译者题记》,载[苏]拍夫朗诃著、叶灵凤译:《红翼东飞》,第3页。

⑤ 参考[苏]拍夫朗诃著、叶灵凤译:《红翼东飞》(二三五),《立报·言林》第二版,1939年11月15日;[苏]拍夫朗诃著、叶灵凤译:《红翼东飞》,第5—6页。此外,原著小说提及1932年世界各地发生的革命、动乱以至罢工的情况,其中有关"英国海军罢工一次"的记述同样被删除。见[苏]拍夫朗诃著、叶灵凤译:《红翼东飞》(二三三),《立报·言林》第二版,1939年11月13日。

在战争中政治中立,但更重视英国作为帝国主义者在亚洲的位置,关注其政治议题在亚洲所受到的批评。

叶灵凤主编《立报·言林》推进抗战文艺的发展,一方面回应国内抗战文艺的建立,另一方面为中日战争时期抗战文学翻译的研究,提供了相对国统区、解放区以至沦陷区等政治背景不尽相同的特殊案例,突显香港在日、英双重帝国主义的压力下所面对政治审查的复杂困局。抗战时期香港文学场域内各种政治势力的竞逐和相互操控,在《红翼东飞》的翻译和删改过程中留下了可见的痕迹。

图1　[苏]拍夫朗诃著、叶灵凤译:《红翼东飞》(二三五),《立报·言林》第二版,1939年11月15日。

通识教育中的远东诗歌①

■ 文/肯尼斯·雷克斯罗斯(Kenneth Rexroth)　译/黄雨洁

　　人文教育在我们这个时代如此盛行,但奇怪的是,纵观整个人文教育的课程设置,竟忽略了东方文学,更不必说东方抒情诗。我们自封的人文复兴,在诗歌方面似乎只承认戏剧诗和史诗。这与远东传统大相径庭,在那些国度里,诗歌在人的核心教养中历来占据首要地位。它与哲学、伦理学和社会学论著,共同构成了古典远东教育的基础。当然,现在的远东教育已经变了,老旧的教学方式想必已被淘汰了,但即便是在"现代主义的"日本和"红色中国",诗歌教育的传统仍然影响巨大。我们常能看到日本举行大型诗歌比赛的报道,参赛者往往有皇室、将军、银行家和其他来自各行各业的人。不仅如此,中日两国最伟大的将军、外交官、政治家和皇室成员都跻身于国内主要诗人之列,我每次读中国诗和日本诗,总会提到这一点。中国诗歌的现代感性(sensibility)或许可以一直追溯到一位汉代皇帝。② 宋代以前的中国主要诗人几乎都不仅仅是乡绅或来自乡绅阶层,而且还是高等朝臣和官员。

---

① 本文的英文标题为"The Poetry of the Far East in a General Education"。作者系美国诗人、评论家肯尼斯·雷克斯罗斯(Kenneth Rexroth,笔名王红公),译自学术会议论文集:狄百瑞(Wm. Theodore de Bary)主编《通向东方经典的路径:通识教育中的亚洲文学和思想》(*Approaches to the Oriental Classics*: *Asian Literature and Thought in General Education*, Columbia University Press, 1959)。由于会议期间,雷克斯罗斯身在法国无法出席,故以录音形式发言,这篇文章根据他的录音整理而成。
② 这里可能指的是创作《大风歌》的汉高祖刘邦。

这并不是说他们仅仅是挂名的闲差而已,恰恰相反,他们大多非常实干,而且有些官员几乎可谓通才,比如王维,既会吟诗作画,又是业余科学家,让人联想到达·芬奇。

我们得承认,美国的整个教育体制(决定我们会成为什么样的人)一直饱受批评——我们没能培养出全面完整的人。而诗歌恰恰能弥补这个不足,因为它本身就是对生命的思索,在对生命的思索方面,诗歌在深度、广度和强度上都更有优势。这并不是说诗歌能让人变成一个好人,毕竟,是否成为一个好人取决于个人自身。我想说的是,如果我们熟读诗歌,那么,遇到生活中的种种难题,面对不同的人、事、物,我们都会以更普世的方式对待之,会更充分地发挥我们的潜能。大家都知道,人脑运作时,有个脑叶相对不那么活跃。这就好比报纸上关于各色新思想的一条虚假宣传:"你是否意识到自己有一半的大脑没在工作呢?"就算如此,可是,一般来说,一个完整的人在品读诗歌的时候,会更充分地被调动起来参与其中,这会让你对人生做出更完整的反应。

在我看来,中国文化敏锐地意识到这个事实或假说,所以中国诗歌尤其适合产生这种积极的调动效果。当然,无论从客观来看,还是从经验来看,暂不考虑史诗和戏剧诗,中日两国的诗歌,特别是中国诗歌,都称得上是最好的诗歌。拿杜甫来说,哪怕是像萨福这样杰出的古希腊诗人,也无法与之比肩。这位中国诗人胸襟开阔,富有同情心,极具洞察力,暂不考虑史诗诗人和戏剧诗人的话,他可以说是有史以来最伟大的诗人。正如我在杜甫译诗的注释中所说,他确实让我变成了一个更好的人,尽管这并非诗人的职责。

当然,随着世界联系日渐紧密,我们对其他民族或地区的文化有了越来越多的了解,这个事实也会影响到东方诗歌在美国教育中的位置。我们可以借助一个民族最伟大的艺术作品,特别是诗歌,来深入了解其思想文化,这是毋庸置疑的。比方说,若想了解罗马人的思想的最理想化的形态,我们就读维吉尔;若想了解罗马上层阶级中的普通人,了解他们的成见、自我放纵和智慧等,我们就读贺拉斯。同理,鉴赏日本诗歌或广义的远东诗歌,能帮助我们更好地与相对陌生的民族产生认同感。

但凡读过东方诗歌,就不难发现,东方人中的大多数和我们是同类。日本人特别喜欢以诗歌再现他们对如此多样的基本生活场景的反应,往往是自发的而又是老套的,那些诗歌短小精炼,在我看来,堪称格言警句,虽然不是现代式的,而更像是希腊式的。或许,可以称之为感性的格言(epigrams of the sensibility)。我想这一类诗歌很适合作为入门的教育读物。孩子们,尤其是那些小孩子,格外中意日本诗歌。我小女儿最先读写的就是一首日文诗："松山里无一片落叶，鹿儿知道秋天来了，只因他在鸣叫。"到现在，这仍是她最喜欢的一首。当然，我女儿小时候在山里住了很久，不然也很难体会诗中的意境。还有很多好诗，主题多种多样，都特别适合基础教育。

尽管日本诗歌在主题和风格上都是高度形式化的，达到难以置信的程度，但我并不认为阅读远东诗歌，形式特别重要。因为形式在翻译中显然大都消失了。日本诗歌的艺术有赖于精微的细节：元音的音效、相对音高的使用（我并不是说日语是声调语言，我的意思是谐音之类的效果）以及辅音的变化（类似语言演化中发生的变化），比如 p 和 b、v 和 f、r 和 l、m 和 n 等。这种辅音的效果比我们的头韵之类更加微妙得多。然而，一经翻译，它们即刻消失了。唯一得以保留的形式是短小、感性的而非机智的格言。因此，最有形式感的日本诗歌，在我们的语言里就不再如此了，其形式不再是一种障碍或困难。

中国诗歌的诗体韵律极其复杂，涉及大量的规则，而这些规则大多与汉语自身的特性相关，比方说，中国诗歌的音乐性在很大程度上依赖于汉语声调。我们知道，汉语和爱尔兰语、瑞典语一样，都是声调语言，会有上下起伏。中国诗人写诗会自然而然地运用这一特点。但是，英语没有对应的声调，无法保留汉语诗歌的韵律特点，这正是译者遇到的一大难题，借助中国诗歌的一批重要译者的努力，比如亚瑟·韦利（Arthur Waley）、埃兹拉·庞德（Ezra Pound）、艾米·洛厄尔（Amy Lowell）、弗洛伦斯·艾思珂（Florence Ayscough）、威特·宾纳（Witter Bynner）等，你读到的是一种客观的，极其客观的，客观主义的，几乎不讲究修辞的诗歌，蕴含丰富多样而又深沉的人性智慧，如果有重音的话，那就是对这些智慧的回应。

那么，经过翻译，诗歌究竟损失了多少？我想，既可以说原诗荡然无存，也可以说恰恰相反。毕竟，中国和日本诗歌中有太多部分难以翻译，我们作为西方诗人在翻译实践中只能尽力而为。它清除了我们西方诗歌中的诸多弊端，一举完成了20世纪诗歌革命的各种设想——如果你想让你的中国诗歌译作至少恰当得体的话，你就必须践行意象主义和客观主义等诗学的各项主张。

最后我想说，翻译中日诗歌对译者产生的影响和价值，一旦推广开来，将在世界人文教育中发挥重要作用。日本诗歌大多是感性诗，翻译时不能掉以轻心，因为稍有不慎就会把它降格为无病呻吟的感伤诗。因此，它要求译者必须时刻保持精神上的警觉。大家可能知道，詹姆斯·乔伊斯[在小说《尤利西斯》中]有一封著名电报，上面写着："感伤主义者尽情享受却不愿负责。"换句话说，任何虚假的、伪造的或窃取而来的情感与精神满足，都会即刻显露。对人类动机的深刻洞察，在心理、道德、社会和精神文化层面上与宇宙生灵的认同,这是远东生活所传递的最根本的信息,诗歌更是如此。

这一点再次给译者带来积极的压力:如果不想译成单调乏味的伪意象派诗歌,译者就得回归本源,作为一个人类回归其本源,把自己看成宇宙生命的一部分,再以同样的基点理解他人。我们经常将自己与非生命的、非感觉的、学院派哲学家所说的"价值中立的"宇宙相对立。存在主义由此认为,个体灵魂作为孤独的造物,对抗其造物主(这是宗教存在主义者的看法)或者对抗虚无(按照让-保罗·萨特和他的追随者的看法)。正如弗朗西斯·雅姆①的诗歌几乎没有存在主义的困境,杜甫的诗歌也是如此。人生在世,即在家园。不过,人类的活动让我们过于忙碌,让我们的星球越发不像一个家园了。只要能创造家园感,缩减人与人、人与世界的疏离,任何入门教育都具有不可估量的价值。在我看来,当今世界迫切需要这种道德观和美学。

我想不出会有什么比远东诗歌更容易被欣然吸收,更能赢得学生的青睐,更能产生深远的影响。远东诗歌极为适合广泛而迅速地引入到我们的通识课程之中,当然,不是作为单独的学科引入,而是作为文学和文明课程中的一部分。而且,既然埃兹拉·庞德、艾米·洛厄尔和威特·宾纳等诗人翻译的诗歌甚至比他们自创的诗歌还要好,而且这些译作已跻身最优秀的20世纪美国诗歌之列,那么,这部分远东诗歌也可以当作我们自己的文学来读。

---

① 弗朗西斯·雅姆(Francis Jammes,1868—1938),法国抒情诗人,天主教徒,长期隐居乡村,歌咏简朴的乡村生活,后期诗歌带有浓重的宗教因素。

心路

我和中央音乐学院四十二年的情缘

我和中央音乐学院四十二年的情缘

■ 文/王次炤

人生的转折点往往落在一次机遇上。假如你抓住了它,就会改变一生的命运。假如面对机遇,你犹豫了,畏惧了,退缩了,那就会永远失去你所向往的前程。1976年"文革"结束,1977年恢复高考。这对每一个想改变知青命运的人来说,都是一次难得的机遇。那时候我28岁,已经超过了招生通知上的报名年龄,面对等待了十年终于到来的高考,只能望洋兴叹。后来,听说我当时下乡所在的浙江生产建设兵团,有几位熟人考上了大学,其中竟然还有30岁高龄的兵团战友,不免产生了明年去试一试的念头。尽管中学时代我的文化课成绩很好,但在兵团的十二年我潜心学习音乐,酷爱作曲。于是,就把考大学的目标定在音乐学院。第二年,也就是1978年春天,我带着一线希望来到上海,报考了上海音乐学院作曲系和在上海音乐学院设考区的中央音乐学院音乐理论系(现在的音乐学系)。我并不了解音乐理论系要考什么内容,只是因为当年中央音乐学院不招作曲学生,只招音乐理论的学生,为了能多一个机会,也就报了名。没想到考试如此顺利,两所学校都进入了三试。考完上音作曲系各门课后,当时的主考官桑桐老师把我叫到办公室,说我考得不错,但可惜不会键盘(后来才知道上音作曲系很注重学生的钢琴水平),而且又是高龄考生,学习西方作曲可能会有些困难。他问我是否愿意学习民乐作曲。这个问题对我来说无需思考,我欣然同意,并感谢桑桐老师的建议和帮助。后来,中央音乐学院音乐理论系也录取我了。也不知道什么原因,冥冥之中我选择了中央音乐学院,从杭州千里迢迢来到北京,开始了我与这所学校四十二年的情缘。

最初的学习和留校任教

1978年9月,我来到北京中央音乐学院,开始了为期五年的大学生活。77届的同学虽然4月份就入学,但正式的学期依旧是9月份开始。所以,通常把这两级学生看作同一级的同学,统称77、78级是有道理的。那时的中央音乐学院只有一栋用作教学的大楼,也就是目前还存留一半的红楼一号楼。与其说是教学楼,不如说是集上课、练琴、办公、学生住宿为一体的综合楼。我们的宿舍住十几个人,一年以后才调整为6人一间。由于中断了十年的教育,教师的教学积极性和责任心都极强。担任我们专业课教学的老师,都是最权威的顶级教师。冯文慈(中国古代音乐史)、汪毓和(中国近现代音乐史)、梁茂春(中国当代音乐)、于润洋(西方音乐史)、钟子林(西方现代音乐)、张前(音乐美学基础)、何乾三(西方音乐美学史)、蔡仲德(中国音乐美学史)、耿生廉(民歌)、袁静芳(民族器乐)、蒋菁、罗映辉(戏曲)、张鸿懿(说唱),等等。这些老师不仅学识渊博,而且上课极为认真。我们班共有21名同学,其中14名来自北京,他们大多从小学习音乐,还有三人上过学校的附中或附小。另外7名同学分别来自上海、浙江杭州、江苏泰兴和福建南平,相对三分之二的北京同学来说,音乐基础比较差,但他们大多有业余宣传队的实践经验。我们的第一位班主任是徐士家老师,他是中国近现代音乐史的教师,后来担任学校的党委副书记、党委书记。他任班主任的时间不长,却是我们来到这个陌生学校的第一个亲人。记得我到北京报到的第一天,徐老师帮助我们打扫宿舍卫生,整理床铺,向我们介绍学校的情况和学习、生活的环境。在以后的日子里,凡是遇到什么困难或想要解决什么问题,第一时间都是找徐老师商量,他真可谓我们的知心人。因为工作关系,第二学期班主任更换为罗映辉老师,她是民族音乐教研室的教师,主要从事戏曲音乐研究和教学。罗老师伴随着我们班四年半,直到毕业。罗映辉老师不仅专业能力很强,还是一位人格高尚和心地善良的长者。她对我们每个人都关怀备至,数年来和21名学生建立了深厚的感情。四十多年后的今天,依然和大家保持着十分亲密的关系。2018年,音乐学系78级的学生,在我和徐小平的组织下,从美国、欧洲、澳大利亚等世界各地汇集北京,举行40周年班庆。这是中央音乐学院77、78级唯一的40周年班庆活动。可见,在罗映辉老师的带领下,我们全班同学的凝聚力和集体荣誉感是多么强大啊!

回想五年的学习,不仅受益于老师们的关心和精心培养,也得益于同学之间的相互促进。音乐学系的多门专业课,都以开卷写文章作为修毕考试的方式,一直延续到现在。就目前的学生来说,一门课的修毕文章大约3 000字左右,四五千字那是撑死了。我们那时,同学们写的修毕文章都是长篇大论,少则七八千,多则上万。记得我写的第一篇修毕文章,是中国古代音乐史的修毕考试。还清楚记得,写的是从出土文物乐器的音律,看中国远古时代的音乐思维。为了写这篇文章,我花了很多时间查阅资料,以至于拖到寒假才完成。那时候写文章都是用格子纸手写的,记得400字一张的格子纸我写了三十多页。最终的成绩并不重要,自然是5分,重要的是,冯文慈老师在我的文章上做了十分认真的批改,使我从中学到了许多东西,也使我开始明白如何写学术论文,以及学术论文的规范和基本要求。冯老师用红笔,在文章的每一页上都做了十分细致的批改。这篇珍贵的批文我一直保留着,将来可以作为文物留给院史资料馆。

在音乐学系各门专业课当中,我受益最多、印象最深的课要数于润洋老师的西方音乐史。这门课对我来说是比较困难的,因为进校前这方面的积累比较少,虽然学过小提琴,拉过一些曲目,也听过几首交响乐,但在浩瀚的西方音乐文库中,这只是沧海一粟。所以,对我来说,学习西方音乐史只能说是一个白丁。这门课当时是上三个学期,每周三课时,应该是分量最重的一门专业课。由于基础差,每次上课我都极其认真。三个学期下来,密密麻麻记了两大本笔记。笔记中,既有于老师的讲课内容,也有我听课时萌发的想法,也就是我的听课思考。学习音乐史依靠阅读是不够的,还需要熟悉音乐作品;单纯注重乐谱分析也是不够的,还需要聆听实际的音响。于老师要求学生尽可能多地掌握实际音响,希望学生多听音乐。20世纪70年代末到80年代初,学校的教学条件还是比较差。教师上课主要靠笨重的601录音机,播放开盘录音带给学生听音乐。为了有更多的音响积累,我从系办公室借来一台闲置的601录音机放在琴房,每隔一两天到图书馆借几盘开盘录音带来听。通过这种方式,把课堂上要求听的作品都反复听几遍,以此弥补自己的不足。于老师的课之所以吸引我,主要是因为在他的历史讲解中,始终贯穿着哲学、美学和社会学的理论。这正是他后来一直强调的历史与逻辑相统一的音乐学研究方法,也是和上世纪90年代以来欧美音乐学所强调的跨学科研究相一致。于老师的课也同样是每学期写一篇文章,在下学期开学的第一次课中,他都会对上学期同学们的考试文章做讲评。除了总体评价以外,他都会选出几篇比较好的文章做重点评价。没想到,我写的三篇文章,在于老师的三次讲评中都被选中。这极大地增强了我学习西方音乐的信心。三年级下学期,系里要求学生选择专业和论文指导教师。其实,我考入中央音乐学院音乐学系时的愿望,是从事民族音乐理论研究。当年入学考试时,还交了几篇关于浙江民歌和戏曲音乐思考的小文章。经过三年的学习,虽然遇到的各门专业课任课老师都非常优秀,但从各方面考虑,我还是觉得应该选择于润洋老师。于是,我带着几分担忧向于老师表达了我愿望,没想到于老师欣然答应。从此,我们就开始了三十五年的师生生涯,直至2015年于老师离开人世。也正是在于润洋老师的指导和指引下,我在专业领域和后来从事的管理工作上,都取得了一些成绩。这个经历使我得出一个结论:与其选专业,不如选老师。我也经常把这个切身体会,告诉年轻的学生们。

1983年7月,我面临人生的又一次选择:毕业后回南方工作还是留在学校？在完成毕业论文答辩后的第二天,于润洋老师找我谈话。那时候,他是音乐学系副主任,分管教学和科研。于老师告诉我,目前系里正在筹建音乐美学教研室,从学科后备队伍建设考虑,希望我能留在筹建中的音乐美学教研室工作。虽然,在学期间,我听过张洪岛、于润洋、何乾三、张前、蔡仲德等老师开设的音乐美学讲座课,对这个专业方向也有浓厚的兴趣,但从研究的角度来说,当时我还是音乐美学的门外汉。无论如何,这对我来说是一个难得的机遇,从一名知青到中国最高音乐学府的教师,这是一个何等遥远的跨越啊！我别无选择,在家庭的支持下,我留在中央音乐学院音乐学系任教。

一个难忘的集体

音乐美学教研室是在原文艺理论教研室基础上组建的。当时的教研室主任和副主任分别是何乾三老师和潘必新老师,成员有于润洋、张前、李大士、蔡仲德、杨洸、叶琼芳、李起敏等老师。当时教研室成员的分工是,张前老师和我负责"音乐美学基础"课程的建设和研究,何乾三老师负责"西方音乐美学史"的课程建设和研究,于润洋老师负责"现代西方音乐哲学"的课程建设和研究,蔡仲德老师负责"中国音乐美学史"的课程建设和研究。潘必新和李起敏两位老师负责"艺术概论"和"音乐与各门艺术比较研究"的课程建设和研究外,潘老师还负责"马克思主义美学"的课程建设和研究。当时的音乐美学教学集体还有两位兼职的翻译家,一位是编制在音乐研究所编译室的杨洸老师,主要从事音乐美学领域的俄文翻译,他的代表译作为罗曼·英伽尔顿《音乐作品及其同一性》和康斯坦丁诺夫等《音乐美学原理》。另一位是编制在附中的叶琼芳老师,主要从事音乐美学领域的英文翻译,她的代表译作是玛克思·格拉夫《从贝多芬到肖斯塔科维奇——论作曲心理过程》和《肖斯塔科维奇传》。李大士老师身体不好,长期病假,但他是我们这个集体的精神领袖和集体活动的组织者,他的家也是我们教研室聚会的主要地点。我们聚会的另一个地点是蔡仲德老师的家,蔡老师是冯友兰先生的女婿,冯宗璞老师是他的妻子,他们的家在北京大学燕南园。我们的聚会往往是一整天,中午在聚会点吃完饭后,大家继续畅谈。畅谈的内容不仅丰富多彩,还时不时地总会回到教研室的学术建设,和教学工作的话题上来。这是一个难忘的集体。在这里大家可以敞开思想、互相包容、互相帮助。没有丝毫文人相轻,只有关心、爱护、激励和祝福。我是这个集体中最年少的一员,自然得到更多的关爱。

1985年,第三次全国音乐美学学术会议在福建漳州召开,教研室的老师鼓励我参加会议并提交论文。那时,我正在结合音乐美学问题研究价值哲学。于是,花了一个月时间,撰写了《价值论的音乐美学探讨》一文。文章初稿出来后,我请于润洋、何乾三、张前老师阅读指正,三位老师都给了我很好的修改意见,这些意见对提高论文质量起到很重要的作用。那时候我还是助教,按学校的规定讲师以上出差才能乘飞机,为了能和诸位老师同行,何乾三老师专门向学校申请为我购买机票,以保证我能顺利与会。会议开得很成功,我的发言也得到了李业道、茅原等前辈的充分肯定。李业道老师时任《音乐研究》主编,在何乾三老师的引荐下,我把这篇论文递交给李老师,这是我第一次向《音乐研究》投稿。该文发表在该刊1986年第三期。后来,经学校推荐,荣获第2届北京市哲学社会科学优秀成果中青年成果奖。这是我获得的第一个科研成果奖。回想起来,没有教研室老师们的鼓励和帮助,也不会有这个成果。

1986年,何乾三老师任音乐学系支部书记兼副系主任。音乐美学教研室主任的工作由潘必新老师担任,没想到大家都选我担任教研室副主任。好在我们这个集体,从来没有谁领导谁的说法。我才留校任教三年,就稀里糊涂地当上了副主任。同年,何乾三老师赴美国,随宾夕法尼亚大学教授伦纳德·迈尔进修音乐美学。之前,张前老师也作为访问学者,赴日本东京音乐大学做学术交流。两位老师高龄出国,完全是出于音乐美学学科建设的需要。留下的问题是,当时音乐学系已开设了"音乐美学基础"和"西方音乐美学史"两门专业课,前者是我和张前老师合开的,后者是何乾三老师开的。两位老师的暂时离开,如何保证课程能继续开设?张前老师在临行前托付我承担"音乐美学基础"全部课程,并把他的讲稿提供给我。何乾三老师委托我和北京大学闫国忠老师共同开设"西方音乐美学史"课程,也同样把讲稿提供给我。于是,我就同时承担起了两门专业课的教学。在这期间,于润洋、潘必新、杨洸等老师都给我提供上课所需的资料,潘必新老师还为我安排备课办公室。回想起来,假如没有教研室老师们的信任和帮助,我也许很长时间都得不到开设这些课程的机会。

张前老师从日本回国后,受人民音乐出版社委约编写《音乐美学基础》教材。无论从知识储备和写作能力上,还是从教学经验和学术地位上来说,张前老师完全可以独立完成这本教材。但张老师并没有这样做,而是邀请我共同撰写这本教材,这无疑是对一位年轻教师莫大的提携。教材的基础内容,是我们几年来在教学中积累的讲稿,经过二人研究和整理,集合成一本 8 章 27 节的教材。1992 年人民音乐出版社出版了《音乐美学基础》,这本教材很快就成为全国各大院校音乐美学课程的通用教材。自第一次印刷以来,连续二十九年都在印刷,印数多达 14 万册。该教材 1995 年被评为文化部优秀教材。假如没有当年张前老师的提携,我也不可能成为这本教材的作者之一。1993 年,中央音乐学院音乐美学教学集体的六名成员,于润洋、何乾三、张前、蔡仲德、潘必新和我,被评为第二届全国优秀教学成果国家级一等奖。

三次出国机会和走上领导岗位

　　1986 年,文化部中法文化交流项目,要选派部属艺术院校青年教师去法国留学。时任中央音乐学院副院长于润洋老师希望我能入选这个项目,到法国去学习法国音乐美学,正好弥补我们这个教学集体无人精通法文的不足。我当然非常希望能有这个机会去法国学习,还没等得及接到正式通知,就开始突击学习法文了。遗憾的是,正当我满腔热情,为赴法学习做准备的时候,却接到一个通知,告知今年暂时不安排我赴法学习,两年后的中法文化交流项目再作安排。后来我才知道,因为其他院领导坚持要派他的学生,于老师顾全大局,就把我从名单中撤了下来。虽然出国不成,但却促使我坚持学习法文,为两年后的赴法做准备。

　　文化部的中法文化交流项目是两年一次的,但不知何故,苦苦等了两年的 1988 年交流项目,由于中法关系变故取消了。于是我萌发了一个念头,准备自费赴法留学。其实,留学法国的准备工作,我从未停止过,一直在物色学校和教授。选学校的前提,一定是先选教授。我从《新格罗夫音乐和音乐家词典》的条目中,查到弗朗索瓦·贝尔纳·马什的名字和他的介绍。马什 1935 年生于诺曼底的克莱蒙费朗,是法国当代具有国际影响力的作曲家和音乐学家。早年曾在巴黎国家音乐学科中心(CNSM)随梅西安学习,他也曾追随梅西安研究鸟类的声音。他的著述颇多,有《瓦雷兹二十年后》《音乐、神话、自然》《鸟的声音》等,1960 年获得音乐哲学奖。马什那时在法国第四大学任教,于是,我就把赴法留学的目标,定在法国第四大学和马什教授。马什教授非常热心,他不但接受了我的求学愿望,还帮助我安排有关入学的各种事务。同时,我也顺利通过了法国使馆的面签,万事俱备只欠东风。但俗话说"天有不测风云,人有旦夕祸福",十拿九稳的事,也会在突如其来的意外之中丢失。法国签证在通过使馆面签之后,需要返回法国外交部正式签证,期间需要三个月。我正好利用这三个月的时间,做一些出国准备工作。正当我满怀信心整装待发之时,突然接到法国外交部的来信,告知我被拒签。我当即给法国使馆电话,接电话的人正好是当时负责面签的签证官,她说她记得我的情况,那天上午有13人去面签,只有我一个人通过,应该不会有问题。她认为,这一定是外交部搞错了,并说他们的外交部很官僚,经常出错。这通电话似乎给我吃了定心丸。但好景不长,下午我又接到使馆打来的电话,还是那位签证官,她告诉我确实被拒签了。原因是法国外交部发布通令,拒绝所有中国赴法留学的签证。马什教授也觉得很意外、很遗憾。这是一起政治事件,它又一次剥夺了我赴法留学的机会。1990年12月,学校得知我被拒签的消息后,任命我为音乐学系副主任。此时,于润洋老师已是院长,宣布任命后他找我谈话,希望我安心工作,只要有机会,学校一定会考虑我出国深造的愿望。

  1992年初,命运之神似乎又在向我召唤。我接到院长办公室主任奚署瑶老师的电话,他告诉我,中法文化交流项目又恢复了,学校正在积极和文化部联系,希望能尽快促成我赴法留学一事。这个消息又燃起了我的希望,似乎觉得我命中该去法国学习。尽管经历了两次失败,这不又给了我第三次机会?我们杭州人有句谚语,"一二不过三",意思是说只要有第三次机会,就一定会成功。我积极配合学校和文化部外联局的工作,及时向他们提供所需要的材料。同时,我也联系马什教授,还是希望能到巴黎第四大学跟随他学习。我把这个想法告诉学校和文化部,都得到支持。奚署瑶老师告诉我一切都很顺利,外联局正在准备为我办理公务签证。6月20日上午,我接到院长办公室的电话,说是文化部教科司陶纯孝司长来学校,要我立即去院长办公室见她。我想,这分明是出国前的谈话,带着十二万分的高兴奔向院办。走进院办会议室,让我吃惊的是里面坐了许多人,包括全体院领导还有几位老师和文化部的其他干部。这是干什么?出国前的谈话也不需要这么隆重吧?还没等我想明白,陶司长就开始讲话了,她说,受文化部党组的委托,由她来宣布中央音乐学院新领导班子的任命书。天哪!我被任命为副院长,主管教学科研。我一句假话都不说,这之前我从未得到任何关于担任院领导的消息。我在懵懵懂懂中接受了任命书……这时,我还沉浸在出国留学的喜悦里,这个任命简直像是一盆凉水洒在我身上。宣布任命对我来说丝毫没有兴奋感,我贸然请求是否先让我出国,回来后再就任。这个请求自然被否定。刘霖院长也安慰我说,先上任工作再说,一两年后有机会还可以出去,到时候他可以替我管理教学,这是他上届的本行。刘霖院长的许诺不但没有实现,而且他还因为身体原因而病休。1994年6月,文化部党组下达文件由我主持学校行政工作。

艰难的"211工程"之路

1992年,中央音乐学院新领导班子共五人,分别是党委书记徐士家、院长刘霖、副书记副院长左因、教学副院长王次炤和后勤副院长孔庆先。受刘霖院长委托,我分管教学、科研和学科建设。新班子刚上任,面临的第一项重大工作是"211工程"的立项。所谓"211工程"指的是21世纪重点建设100所大学。这意味着进入"211工程"建设的学校,不仅学科地位明显提高,而且国家将重点投入进行建设。

学校新领导班子十分重视这个项目的立项。学校党委和刘霖院长委托我负责联系教育部"211工程"办公室,了解该工程的进展情况及申报程序。我很快从教育部索取全部关于"211工程"的材料,并和"211工程"办公室的郭新立处长建立联系。其实,1992年教育部还未正式启动这个项目,中央音乐学院着手"211工程"项目的申报,应该是比较超前的。

我从"211工程"办公室了解到,首批启动该工程的学校是当时的全国重点大学。中央音乐学院于1960年被列为全国36所重点大学之一,因此,我院进入"211工程"应该是确定无疑的。但"211工程"建设项目必须要教育部、财政部和主管部委同时立项才能实施。当时的中央音乐学院隶属文化部,所以,文化部首先要立项,之后才能向教育部提出申报。无论如何,中央音乐学院必须搭乘上"211工程"的列车。

1993年初,中央音乐学院召开了关于申报"211工程"建设项目的全院动员大会。刘霖院长作动员报告,我作为主管副院长将近期了解到的关于"211工程"建设项目的具体内容和申报条件作了补充说明。这次大会是中央音乐学院教职员工第一次了解到这个关系到21世纪国家高等教育发展战略的重大举措。刘霖院长作了工作部署,宣布成立"中央音乐学院'211工程'建设项目"领导小组和工作班子。刘院长任领导小组组长,我任副组长兼工作组组长。这次动员大会预示着我院的申报工作正式启动。

1994年初,学校的领导班子发生变故。工作了两年的领导班子,由于内部不团结而严重影响学校各项工作的进程。任职以来一直尽心尽意为学校工作的刘霖院长已心力交瘁,身体不支。6月16日,文化部副部长潘震宙和教科司司长陶纯孝来学校宣布:刘霖院长因身体情况暂时病休,病休期间由副院长王次炤主持全院行政工作。原以为几个月后刘院长可以恢复工作,没想到他的病休一直延续到1996年中央音乐学院领导班子换届。

1994年至1996年,学校的中心工作依然是"211工程"建设项目的立项,这也是刘霖院长委托我的重任。这项工作是学校第五届领导班子任期目标的重中之重。刘院长虽然病休,依然惦记着这件事。我作为当时学校行政工作的负责人,深感责任重大。刘院长病休后,院领导班子只剩四人,为了能更好地开展工作,我向徐士家书记提议是否可以增设几位院长助理。一方面可以缓解目前学校的工作压力,另一方面也可以作为考察干部的方式,为今后的领导班子物色人选。我建议将研究所所长戴嘉枋、教务处处长余逊明和作曲系主任刘康华作为院长助理补充到原领导班子中来。这个建议得到徐士家书记的支持,也经党委会讨论通过。此时,教育部"211工程"已经正式启动,申报工作也陆续开始。为了能使申报准备工作顺利进行,学校成立了申报材料编写小组,由院长助理戴嘉枋任组长并执笔起草。经过几个月的努力,申办材料顺利完成,戴嘉枋为申报工作立下汗马功劳。申报材料经我修改后提交党政联席会和党委会审议通过后,中央音乐学院正式向教育部和文化部递交"211工程"立项报告书。

中央音乐学院当时隶属文化部,从申报程序来说,"211工程"建设项目必须首先在文化部立项,然后再报送教育部会同财政部会签后再报国务院审定。但文化部迟迟不立项,我们数次到部里催促,也都无济于事。教育部找有关负责人也明确表示,中央音乐学院应该是计划中首批纳入"211工程"建设的学校,但最终是否立项取决于文化部。1996年初,学校面临领导班子换届,我希望能在换届前完成"211工程"立项工作,以完成刘霖院长交给我的任务。我数次去部里申请,但都未能成功。

1998年3月,正当新学年开学之际,我向文化部党组递交了辞职书。潘震宙副部长找我谈话,告知我部党组没有批准我的辞职请求,希望我以大局为重,继续主持学校的党政工作。我带着几分情绪住进了北大医院耳鼻喉科的病房,在那里做了鼻中隔和鼻息肉的手术。住院期间,部里领导来看我,并告知文化部已换届,孙家正同志任部长。没想到出院不久,家正部长就约我谈话。谈话从一开始,我就感觉到阵阵温暖。孙部长问我任副职主持工作四年是否有困难,问我有什么要求。我说我个人没有任何困难和要求,但学校有困难,也有要求。于是就滔滔不绝地向他讲述"211工程"的申报过程和最终结果。孙部长听得很认真,问我此事是否还有转机。我说中央领导已签批关闭"211工程"大门,恐怕比较难了。但我还是鼓起勇气向孙部长提出请求,希望文化部能立即立项,以此挽救似乎已成定局的情况。孙部长一口答应,并要求我尽快把有关材料再次报到文化部办公厅。回到学校,我立即把当时申报的材料再仔细审阅了一遍,马不停蹄,当天下午就把材料送到文化部。一周以后,文化部人事司来学校宣布任命,任命我为中央音乐学院党委书记、院长,继续负责学校全面工作。

尽管孙家正部长答应文化部立项,但此事涉及国务院的工作部署和教育部、财政部的工作计划。所以,要促成中央音乐学院进入"211工程"建设学校依然困难重重。一方面,我鼓起勇气向有关中央领导和教育部领导写信,反映中央音乐学院进入"211工程"建设项目的理由和迫切性;另一方面孙家正部长从文化人才培养的角度和艺术教育的大局出发,提请中央领导和国务院领导支持中央音乐学院的"211工程"立项。在此期间,孙部长数次约我商谈这项工作的推进情况,并告知中央音乐学院补充立项虽然艰难,但不是没有转机的可能性。部长的态度极大地增强了我的信心,我深深地感谢孙部长对中央音乐学院的关心和帮助,也把"坚韧不拔"四个字更深地印在我的心底。

1999年5月18日,正是北京春暖花开的时节,我突然接到文化部办公厅的电话,要我立即去部里,说是家正部长有事找我。当我上车的那一刻,看到两只喜鹊迎面飞来,似乎已经预感到喜事临门。果然,一见到孙部长,他就直入主题:中央音乐学院"211工程"的立项已经批下来了。我紧紧握住孙部长的手,热泪盈眶……孙部长很平静,要我尽快和教育部"211工程"办公室联系,并告知这边部里已经安排有关部门办理相关手续,希望学校密切配合。

立项手续比较复杂,因为要涉及三个部委之间的协调,最终还要报国务院审批。所以,中央音乐学院"211工程"的立项一直延续到11月初才尘埃落定。11月6日,我接到部办公厅的通知,要我携学校图书馆馆长一同到广州,参加在暨南大学举行的香港汉荣书局石汉基先生向全国"211工程"建设学校捐赠图书仪式。11月8日,我和时任图书馆长周海宏一同来到暨南大学。走进大学校门,一路挂满红色横幅标语,只见所有的标语上都把"100"改成了"101",横幅上明显存留着曾经粘贴过"0"字的痕迹。当我们走进会议大厅的时候,赠书仪式已经开始。场面很热闹,摆满了圆桌,大家正在举杯感谢石汉基先生。我们直奔主桌,主要是想和主持会议的韦钰副部长打个招呼。韦部长一见到我马上握住我的手,转身面向大家,大声说道:"这就是第101所211学校中央音乐学院的王院长,让我们大家向中央音乐学院表示祝贺!"顿时一阵热情的掌声包围了我们,还有无数祝福的目光……

历经八年努力,中央音乐学院终于进入"211工程"建设行列,成为全国艺术院校中唯一一所"211工程"建设学校。

内部体制改革和文明校园建设

1996年,全国高校卷起一波内部管理体制改革的热潮。文化部直属的9所艺术学院,必然是艺术教育领域改革的先行者。上海戏剧学院首当其冲,在《光明日报》等报刊发表长篇文章,宣传该校内部体制改革的成果。面对如此轰轰烈烈的改革局面,中央音乐学院的内部体制改革也提到了议事日程上。当时学校的领导班子是一个简洁高效的集体,班子共四人,我身兼党政两职主持工作,郭淑兰任党委副书记兼纪委书记,刘康华任教学副院长,李绩任行政副院长。人少思想好统一,再加上我是党政一体,我提出的改革思路很快得到大家共识。我们认为,改革不是轰轰烈烈的运动,而是扎扎实实的工作。教育改革必须在保持良好的传统之基础上,才能赋予其新的理念和新的内容。中央音乐学院在教育、教学改革上要始终保持谨慎态度,并坚持分步进行、小步快走,在不知不觉中向前迈进,保证学院各项工作长期稳定。中央音乐学院的内部管理体制改革,从科研体制改革开始,再进行人事制度和分配制度改革,最后进行后勤社会化改革。在这过程中,教学改革始终稳步进行,并确保正常的教学秩序和优良的教学质量。

在内部管理体制改革结束两年后,1998年,学校又面临文明校园建设的工作。这项工作看似简单,实际上极为艰难。当时的中央音乐学院,除了1986年落成的琴房楼、图书教学楼和办公楼以外,其余均为筒子楼及古建内里和周边的违建房。五栋红砖砌成的三层筒子楼,是50年代建成的留苏培训部。楼和楼之间的电线纵横交错,违建房七零八落,布满卫生死角。北京市文明校园建设委员会的负责人几度来学校检查,都只留下一个结论:中央音乐学院的文明校园建设距离要求太远了。文明校园建设,是当时全国高校校园建设的首要工作。我和负责后勤的李绩副院长商量,希望我校能参加这次文明校园的评审,以促进学校的校园建设。就当时学校的现状来说,这个要求确实太苛刻,但李院长还是答应了。我和李绩副院长共事十五年,他一直是我的副手,也是学校的大管家。十五年来,他从未对我说过一个"不"字,学校工作遇到再大的困难,他都想办法去解决。这次文明校园申报工作,的确给李绩副院长出了难题,但他依然勇往直前。我们向北京市教工委递交了文明校园申报书后,立即组织全校动员,并作具体的工作部署。经过一个多月的努力,学校的面貌有了很大的变化。我们邀请了教工委负责文明校园工作的数名专家来学校指导,检查的结果令我们大失所望。专家组给我们提出了一百多条需要改进的意见,并明确地说:中央音乐学院离文明校园的要求相差很远,你们就放弃这次评审吧!我的工作原则是,只要决定去做,一定要做成。于是,我们召开了领导班子会议,统一思想,全力以赴。这时候,离文明校园检查验收的日子只剩下两个礼拜。好在中央音乐学院有极强的凝聚力和集体荣誉感,当我们发出"奋斗两周,夺取文明"的动员令后,全校教职员工齐心协力,日以继夜地工作。我们把专家组提出的一百多个改进意见,分解到各个有关职能部门,逐一解决。在这里,我一定要赞扬几位同志,程源敏、雷蕾、顾歆、渝汲、任建、徐安林、白秀荣、刘克农等,他们为中央音乐学院的文明校园建设立下了汗马功劳!验收的日子到了,验收组组长恰好是两周前我们请来的专家。验收进行了一整天,在召开反馈会之前,组长单独来到我办公室,神秘地对我说:"王院长,这两周你是否都没让大家睡觉?"这的确是个奇迹,短短的两周时间,我们完成了一百多项整改。中央音乐学院终于被授予"北京市高校文明校园"称号。

四次教学改革和创建社会音乐教育机制

1985年,中央音乐学院在全国艺术院校中,率先实行学年学分制教学方案。当时,由于该方案在试行阶段,必修课和选修课的比例还处在不平衡的状态。方案中也明确提到,该方案经过试行后,逐步调整必修课与选修课的数量,以达到七比三的比例。1992年,我担任副院长主管教学和科研时,就开始注意到这个问题。时隔两年,1994年,我向刘霖院长汇报,进行新一轮学分制改革的设想,得到刘院长的支持。与此同时,我拜访了当年学分制的制定者老院长于润洋教授,向他请教有关学分制改革的问题。遗憾的是,刘林院长因病休息,学校行政工作的重担落在了我的身上。这样,我就无法专心推行学分制改革工作。这项改革,拖到1995年下半年才正式开始。这次教学改革,是对执行了十年的学年学分制教学方案进行修订。主要内容是加大选修课的比例,进一步体现学分制的优越性。这看起来并不是一件复杂的事,但做起来很艰难,难就难在如何把目前的必修课课时削减下来。在修订之前,我先分析了方案的现状和听取教授们的意见。在此基础上召开教学改革工作会议,向各系提出一个原则性的修订意见,由各系主任组织全系讨论研究。这项工作阻力很大,主要是教学观念不同引起的问题。传统填鸭式的教学方法,和各自为政的专业课教学,导致每一门课的任课教师都坚持本课程原来的课时量。经过反复研究和商讨,在各系负责人的协调下,最终基本达到共识,把必修课和选修课的比例,调整到七比三的比例,完成了方案的修订工作。在这次教学改革中,作曲系主任刘康华、音乐学系主任袁静芳、指挥系主任徐新、民乐系主任李真贵、钢琴系主任杨峻、管弦系主任柏林、声歌系主任黎信昌等各领域的著名教授给予了极大的支持,没有他们的协调和努力,这次教学改革是难以推进的。在此,向他们及全体教师表示衷心的感谢!

1998年9月,在新修订的教学方案实施两年后的总结会上,教务处长俞人豪提出一个重要问题。根据他在教学管理工作中对选修课质量的观察,认为目前在选修课比例增大的情况下,提高选修课的质量刻不容缓。我非常赞同俞人豪教授的意见,于是组织了我任职以来的第二次教学改革。这次教学改革,主要围绕选修课整顿和教学大纲修订。我们成立了选修课审核委员会,请音乐学系前系主任钟子林老师担任主任。在审核委员会的指导下,教务处和各系主任都抓得比较紧,年底以前,完成了全部选修课的审核和教学大纲的修订。选修课的完善意味着学分制教学方案的完善,这项工作看起来只是一个局部的环节,但对提高教学质量起到很重要的作用。

此后,2003年和2007年又进行了两次教学改革。每次教学改革,都是在充分保持学校优良教学传统的基础上,做一些微调。这是我一贯坚持的关于教学改革的观念。2003年初,随着多媒体教学手段的普及,我院各类大课授课方法的改进,也提到议事日程上来。虽然,多媒体手段已在部分教师的课堂上应用,但作为全院性教学方法的改革,还未正式开始。时任院长助理兼图书馆长的周海宏精通电脑,也是较早运用多媒体教学手段的教师之一,我把推行多媒体教学的工作交给他负责。教务处、财务处、总务处(物资科)和开设大课较多的教学部门,如作曲系、音乐学系、基础部等教学部门密切配合。这项工作需要有硬件和软件两方面的准备。相对来说,硬件比较容易,只要有足够的资金就能解决,软件准备显然是落在教师身上。周海宏利用图书馆网络人员的资源,对全校开设大课的教师作了培训。经过数个月的努力,这一轮教学改革顺利完成。从此,多媒体教学成为我校普遍的教学手段,并纳入教学管理的常规工作。

2007年9月,随着学校对外交流的频繁开展,了解到国外著名音乐学院在教学上的某些长处。其中特别值得我们学习的是,对实践教学的重视。中央音乐学院虽然也有实践课,但缺乏综合运作机制,只限于部分学生参与,也未将其纳入学分计算。因此,教师和学生都不够重视,这对作曲、表演等实践性专业的学生来说,无疑缺少了在学期间实践能力的培养。我认为音乐实践的概念应该更宽泛一些,除了创作和表演外,研究评价也应该纳入其中。于是提出了创作、表演和接受评价融为一体的实践体系。要求作曲系的学生为表演系的学生创作新作品,表演系的学生演奏和演唱作曲系学生的新作,音乐学系和教育学院的学生要为作曲系学生的作品和表演系学生的演出撰写评论文章。这样,每个专业的在校生都可以找到实践对象和实践内容,以此促进学校教学工作在实践领域的良性循环。此外,我们把原有的乐队课、室内乐课、合唱课、歌剧排练课等表演领域的实践课,都纳入学分管理,使这些实践课具有更多的实效性,以此提高学生的实践能力。

1996年,在新领导班子的任期目标中,我们提出了一个新的办学理念:中央音乐学院不仅要为国家培养高精尖的音乐人才,也要为国民音乐教育做出贡献。在原先创建考级委员会的基础上,我们又相继成立了社会音乐教育部和远程音乐教育中心,这两个部门后来相继改为社会音乐教育学院和远程音乐教育学院。除社会音乐教育学院外,其余两个部门的建立都有一个故事。

先谈考级委员会。这个机构成立于1993年。1992年,我任副院长的时候就发现,中国音乐家协会每年的考级,都租用学校的琴房楼和办公楼。同时,80%的考官都是学校的教师,甚至考级委员会主任也是我院的老院长赵沨。可以说,音协考级的资源完全来自中央音乐学院。钢琴系主任杨峻老师和校友郭姗老师找我商量,提出成立中央音乐学院考级委员会的建议。我觉得,从学校的利益出发应该成立。其实,早在1989年,我院就有新加坡和马来西亚的民乐考级,但只是民乐系少数教师和新马社会团体的合作,规模很小,学校也没有考级机构。所以,成立中央音乐学院考级委员会,由学校组织社会音乐考级,既是社会需求,也是学校提高办学效益的需要。我在院长办公会上提出这个意向,得到大家的支持。刘霖院长把筹建工作交给我,副书记、副院长左茵老师向我推荐小提琴教授赵维俭老师。我组建了一个六人筹备小组,除了杨峻、郭姗、赵维俭和我以外,又找了热心社会音乐教育的指挥系吴灵芬老师,和学校音像出版社的负责人黄河老师。为了使这项工作能得到北京市教委和国家教委(现教育部)的支持,吴灵芬老师联系到当时北京市教委负责艺术教育的副主任蓝宏生,我联系到当时国家教委基础教育司司长游铭钧。我们分别拜访了这两位领导,他们都很支持我们的想法。余下便是我们校内的工作了。考级的前期准备教材是关键,编写出版中央音乐学院的考级教材是考级工作的重中之重。我委托赵维俭老师负责教材编写工作,黄河老师负责教材出版工作。筹备工作都还顺利,但却遇到两个棘手的问题。第一,赵沨院长是音协考级委员会主任,假如成立中央音乐学院考级委员会岂不是与赵院长对立?第二,音协的考官80%是中央音乐学院的教师,如何使他们转向自己学校的考级工作?我想了一个对策:邀请赵沨院长也担任中央音乐学院考级委员会主任。我们都知道赵院长非常热爱学校,只要是中央音乐学院的事,他从来不会推脱。果然,当我们去拜访赵院长,请他出任学校考级委员会主任时,他一口答应,并表示支持学校成立考级委员会。第二个问题比较麻烦。我了解到音协的钢琴考级,主要依靠周广仁和凌远两位老师,小提琴的考级主要依靠赵薇老师。我分别找这几位老师商量,希望他们支持学校的考级工作。起初,他们都认为音协已有考级,学校不必再办。经过几次商谈后,他们开始理解学校的意图,也同意参加学校的考级,但不离开音协,理由是他们也都是音协会员。在这个问题上,我不能采取强制的行政手段,只能先说服这些老师参加学校的考级,以保证中央音乐学院考级委员会的工作能够开展起来。我相信,随着学校考级工作的完善和发展,支持学校考级的教师必然会越来越多。1993年10月,中央音乐学院考级委员会正式成立。虽然当年的考级只限于钢琴和小提琴,人数也只有数百人,但它向社会发出了一个信号:中央音乐学院将以强大的实力参与到社会音乐考级的行列之中。1996年,学校确定考级委员会为独立的处级编制,请赵维俭老师担任常务副主任兼秘书长,全面负责考级委员会工作。中央音乐学院考级委员会发展到今天,之所以成为全国最大规模、最有社会信誉的考级机构,赵维俭老师功不可没。

  20世纪末,网络教育作为崭新的教育手段在我国悄然兴起。音乐学系主任袁静芳教授首先注意到,网络教育可以在音乐教育领域产生新的效应。袁老师找我谈了她的想法,希望在中央音乐学院成立远程音乐教育机构。这样,可以通过网络教育,把中央音乐学院的优质资源转播到全国各地,甚至海外,可以让更多的年轻学子接受中央音乐学院的优质教育。我和其他院领导都赞同袁老师的提议,并请她来负责具体的申报工作。申报工作并不顺利。教育部有关部门认为音乐教育根本不需要借助网络,也无法通过网络授课。在他们的观念里音乐只是吹拉弹唱,当时的网络,根本无法准确传递现场演唱或演奏的声音。但袁静芳老师做事,有一股不获成功誓不罢休的精神,我积极配合她的行动。我们走访了教育部有关远程教育的各个部门,并邀请时任高教司长的张尧学教授来学校考察。与此同时,我又给陈至立部长写信,说明中央音乐学院成立远程教育的必要性和可行性。其实,1999年底学校已筹建远程教育中心,之所以要得到教育部审批,是为了借用教育部的远程教育系统。经过两年多的努力,2002年初,中央音乐学院现代远程教育中心终于被教育部正式批准为国内高等艺术院校中唯一的远程教育试点单位。同年9月,远程教育中心更名为远程教育学院,任命袁静芳为远程教育学院院长,次年任命苗建华为副院长。在袁静芳老师的领导下,中央音乐学院远程教育学院发展迅速,目前已设有音乐学、音乐教育、艺术管理、钢琴调律等专业。开设课程百余门,其中开发各类网络音乐教学课件 60 余门,包括多媒体网络课件、视频流课件等类型。在这些课程中,获国家级精品课程 10 门,市级精品课程 7 门,国家级网络精品课程 2 门。承担并完场教育部人文社会科学重点基地重大开放项目"中国古琴音乐文化数据库"和"中国新疆维吾尔木卡姆音乐数据库"、科技部"十一五"国家科技支撑计划"音乐数字化服务关键技术与示范应用"等重点科研项目。

艺术学学科建设和人文社会科学重点基地

2002 年,教育部成立全国高校艺术类专业教学指导委员会,聘请我为主任委员、戴嘉枋为副主任委员兼秘书长,秘书处随主任委员设在中央音乐学院。2005 年,国务院学位委员会成立全国艺术硕士专业学位教育指导委员会,聘请我为常务副主任(主任由文化部副部长兼任),秘书处随常务副主任也设在中央音乐学院,丁凡为秘书长。这两个秘书处的设定,无疑表明了中央音乐学院在整个艺术学学科的建设中所应担负的重任。从 2002 年到 2012 年这十年中,我担任两个教指委两届主任委员,在这期间,充分利用教指委和中央音乐学院两个重要平台,为艺术学学科建设做了几件重大的事情。

2003 年,正当国务院学位办在筹建高校专业学位管理机构的时候,时任艺术学学科评议组秘书的丁凡老师提出艺术学学科(当时是隶属文学门类之下的一级学科)也应该建立专业学位,该建议得到时任学科评议组召集人于润洋教授的支持,并建议把中央音乐学院作为试点单位,向国务院学位办提出申请。考虑到专业学位是以一级学科为单位设定的,而当时艺术学作为一级学科,下属音乐、舞蹈、美术、设计、戏剧、戏曲、影视等为二级学科。因此,我建议联合原文化部九所直属艺术院校,以及北京电影学院、清华大学美术学院、中国传媒大学等包括艺术学下属所有二级学科的 12 所具有代表性的艺术院校,共同向教育部提交申请。2004 年 6 月,中央音乐学院邀请这 12 所艺术院校的负责人召开会议,共同商讨设立艺术学专业学位事宜。经过充分讨论后取得共识,决定由中央音乐学院学位办起草申请报告,12 所学校联名向国务院学位办递交申请。之后,我和丁凡老师在学位办和各院校之间穿针引线,学位办也几度来学校调研。经过近一年的努力,国务院学位办正式批准设立艺术硕士专业学位,并把当时独立建制的 36 所艺术院校全部作为试点单位,于 2006 年开始正式招生。为了保证艺术硕士专业学位单独考试的质量,秘书处组织编写,全国艺术硕士专业学位单独考试复习大纲《艺术学基础知识》。我任主编,8 所艺术院校的专家撰写 8 个领域的知识内容,由中央音乐学院出版社出版。同时,教育部考试中心成立全国艺术硕士专业学位统一考试命题小组,我和北师大周星老师任组长,负责一年一度的命题工作。此项命题工作持续了十年,没有出现任何差错,得到考试中心的充分肯定。

随着我国学位制度和高校科研体制的不断完善,博士后流动站也在各大院校纷纷建起。艺术院校虽然从20世纪80年代开始就已经设立博士学位,但始终没有博士后流动站的概念。固然,博士后流动站不是学历教育,也不是博士学位后的再教育,但作为取得博士学位后的课题研究,无疑在准就业和深入研究方面是两全其美的事。对整个艺术教育来说,缺少博士后流动站,必然在学科的学术规格上低人一等。在这个问题上,中央音乐学院依然走在艺术院校的前列。我们意识到这个问题的重要性,并率先向教育部和其他有关部门提出申请。我和学位办主任丁凡老师,通过各种渠道,向有关上级部门游说,说明艺术高校建立博士后流动站的必要性。几经周折,教育部不但批准中央音乐学院建立博士后流动站,而且还同时允许中国艺术研究院、中央美术学院、中央戏剧学院等首批具有博士学位授予权的艺术院校建立博士后流动站。中央音乐学院的博士后流动站设在教育部人文社会科学重点研究基地——中央音乐学院音乐学研究所。说起这个研究所的建立,也有一段故事。

1999年,为了促进高校人文社会科学研究工作,教育部决定在全国高校建立人文社会科学重点研究基地。得知这个消息,我召集科研处和研究所的负责人,商讨中央音乐学院申报建立基地事宜,并委托院长助理周海宏具体负责申报工作。1999年底中央音乐学院向教育部递交了申请书,同时,我和周海宏走访了当时的教育部社科司科研处,但申请未能成功。不过,我们仍未放弃,经过多方奔走,多次协商,三个月后,2001年9月教育部人文社会科学重点研究基地——中央音乐学院音乐学研究所,终于得到批准,成为全国艺术学学科唯一的国家重点研究基地。至此,教育部在全国66所高等学校设立了151个人文社会科学重点研究基地。

长期以来,艺术作为一级学科依附于文学门类。这种归属和学科分类,无论从哪方面讲都是不合理的。从文化学的角度讲,文学作为语言艺术与听觉艺术音乐、视觉艺术绘画、肢体艺术舞蹈和舞台艺术戏剧是平等的艺术形式,它们都依附于艺术门下。从人类发展的历史来看,艺术与科学是并行的两个领域,它们共同创造了人类的精神文明和物质文明。李政道先生曾把艺术与科学比作一个钱币的两面,不可分割。目前的这种学科分类显然是不科学的,但要改变它却是难上加难。艺术教育界的许多专家曾多次呼吁,但都无济于事。

真正启动增设艺术学为学科门类工作,是2002年。当时,担任艺术学一级学科评议组召集人的于润洋教授,起草了一份关于艺术学上升学科门类的报告,递交给国务院学位办,请学位办提交到国务院学位委员会全体会议上讨论研究。当时,我正好在中央党校学习,学科评议组秘书丁凡老师联系我,问我是否熟悉学位委员会成员,请他们支持艺术学上升学科门类的申请。我任校长多年,和许多大学校长及院士们都比较熟悉,我分别联系了王大中、许智宏、吴启迪、杨芙清等十几名委员,他们都表示支持。但由于学位委员会的负责人,考虑到与其他学科的平衡,最终没有将这一申请提交到全体会议讨论。2003年,在第十届全国政协会议上,我第一次就艺术学上升学科门类提案;之后,在第十届和十一届全国政协历次会议上有多名艺术教育界的委员数次联名提案。2010年初,在政协十一届三次会议上我和数十名政协委员就艺术学上升学科门类再次联名提案,得到政协领导和政协教科文卫体委员会的支持,并组织有关专家在中央音乐学院召开座谈会,也邀请时任国务院副总理兼任国务院学位委员会主任刘延东参加。与此同时,为了配合学科门类增设工作,为国务院学位办提供更为有力的辅助材料,我作为项目负责人获得教育部人文社会科学研究项目"艺术学科门类增设研究"的立项,丁凡、曹意强、周星、戴嘉枋、宋慧文、王新华等作为课题组成员,以日以继夜的精神撰写材料。该课题通过结项后,荣获北京市第13届哲学社会科学优秀成果一等奖。2010年底,受全国政协教科文卫体委员会委托,我起草了一份关于艺术学上升学科门类的论证报告,经教科文卫体文员会审核定稿后提交到国务院学位委员会。2011年4月6日国务院学位委员会召开全体会议专题讨论艺术学上升学科门类的问题,经投票,以绝对优势通过。同年6月,国务院学位办组织专家研究一级学科的修订工作,我作为文科组唯一的一位艺术学领域的代表发表了艺术学作为新增学科门类一级学科的设定意见。原定艺术学只能下设4个一级学科,考虑到"艺术学理论"是在马克思主义文艺理论基础上发展起来的,具有中国特色的学科,必须保留。余下3个学科如何分配?我的意见是,美术与设计相互关联,戏剧(戏剧)与影视互相关联,音乐与舞蹈也两者联姻。大家都认为这样分类比较合理,得到与会专家一致赞同。后来,因设计领域涉及工业设计,个别中科院院士坚持要独立于美术。时任国务院学位办主任张尧学找我商量,希望我能组织艺术学领域的专家论证此事。论证会议在中央音乐学院召开,张尧学主任也到会说明情况。专家们的意见也很统一,同时也希望艺术学各领域都能设为独立的一级学科。艺术学升为学科门类已经十年,目前依然为5个一级学科。

校园规划和基本建设

中央音乐学院坐落在北京西城区鲍家街43号醇清王府院内。1958年从天津搬至鲍家街43号的时候,该院子里除了一座"古建"外,还有五栋筒子楼。1975年,经周恩来总理审批的中央音乐学院新校舍开始修建,十年后,建成一栋16层高的琴房楼和一栋7层高的综合楼(兼顾教学、图书馆和党政办公),于1986年启用。此后近20年,中央音乐学院的招生规模随着国家扩大高等教育的战略部署随之增加,从最初每年招收100名左右学生,逐渐扩大到300名左右;但教学环境没有得到改变,教学用房十分拥挤。2000年中央音乐学院划归教育部管辖,成为教育部直属高校。从学校未来发展考虑,中央音乐学院必须扩建校舍。为此,学校聘请了有关专家,制订了21世纪校园建设规划。我带着规划与当时的规划司司长纪宝成见面。司长很重视中央音乐学院的未来发展,他认为学校地处二环以内,土地面积难以扩大,建议迁移到北京近郊发展。高校迁移扩建是当时的一个趋势,但我考虑到中央音乐学院的办学性质和教学环境的需要,不宜到郊区办学,坚持在原地改造扩建。我给司长说了四个理由:第一,中央音乐学院的办学需要有较好的文化环境,目前的地理位置和周边的文化设施十分有利于学校办学;第二,中央音乐学院地处西长安街沿线,是全国高校离中南海和教育部最近的学校;第三,中央音乐学院地处金融街的前沿,高耸的琴房楼地标突出金融街沿线,远远望去像是金融街的龙头;第四,中央音乐学院是全国高校唯一拥有王府的学校,醇清王府给学校增添历史文化感。纪司长听了哈哈大笑,无可奈何地说:"那你们拿出规划来吧。"此话正中下怀,我顺手拿出准备好的规划图和规划文本递给司长,他看了看说:"等我们研究研究吧。"这一研究一晃就过去了一年,教育部似乎还坚持要学校迁移,但我依然坚持自己的意见,这也是学校党委和全院教职员工的意见。2001年底,萧友梅音乐教育促进会筹备庆贺顾毓琇诞辰100周年《顾毓琇作品音乐会》,了解到顾先生曾是几位中央领导的老师,我写信邀请他们参加音乐会。没想到此事惊动了中央办公厅,在中办的安排下,音乐会的地点改为人民大会堂小礼堂。中办秘书局局长给我电话,告知江泽民、朱镕基、李岚清等中央领导同志将出席这次音乐会,希望学校积极配合有关事项。得知此消息,我和吴祖强老师商量,是否能在音乐会上给江泽民同志一封信,请求中央领导帮助解决中央音乐学院的校舍建设。吴老师觉得可行,我随即起草了一封信,以名誉院长吴祖强和院长王次炤署名给江泽民同志报告中央音乐学院校舍的困难情况和我们的校园规划,希望中央领导能够帮助我们推进新教学楼的建造。音乐会开始之前,我给到会的领导同志们介绍音乐会的构想和作品内容。在这过程中吴祖强老师把这封信递交给江泽民同志。

时隔两天的傍晚,我在办公室接到李岚清同志秘书廖晓琪的电话,告知李岚清同志正在召集有关部委的负责人研究中央音乐学院的教学楼建造问题,并问询了有关情况。晚上我又接到教育部办公厅的电话,告知陈至立部长明天要来学校调研。第二天正好是周六,我召集了全体院领导和有关部门负责人接待陈部长一行。陈部长办事雷厉风行,一到学校就要我带她到现场看看学校的校舍情况。我把学校最困难的情况和最需要解决的问题向她回报,并且带她看了破旧的筒子楼和"古建"周边的"临建"。陈部长当即表示:中央音乐学院的教学楼应该解决。

两周后,在当时的国务院副秘书长徐荣凯主持下,教育部、国家计委(现发改委)、财政部等部委有关领导和我院主要领导在中央音乐学院召开《中央音乐学院教学楼建造》立项协调会议。会议确定了教学楼的建造规模、投资数额等重要事项。从此,中央音乐学院教学楼建造项目正式启动。根据校院规划,新教学楼的建造地址应该是原教工宿舍新3楼。这栋楼被称作"红眼楼",是学校历史上建造的第一栋单元宿舍,当时的教职工都期盼着从筒子楼搬到单元楼。看到新楼建成,各个都红了眼了。拆除"红眼楼"的计划是校园规划的一部分,为了能使拆除计划顺利,我们征用了与学校毗邻的3401军工厂宿舍占地。为了征用这块土地,我和郭淑兰书记、李续副院长以及有关职能部门的负责人可是费尽了心机。

3401工厂宿舍地处北京市电讯局和中央音乐学院之间。电讯局早有征用这块土地的想法,并提前花费5000万资金完成了居民的搬迁工作。照理说这块土地应该归属电讯局了。但我院早在两年前就想征用这块土地建造一栋教职工宿舍,并给李岚清副总理写信希望以此缓解教职工住房严重困难的局面。2000年前后,从国务院、教育部到地方政府都在积极采取措施解决教师住房问题。这是当时中央和地方政府的一项重要工作。我们的信得到岚清同志的重视,并委托时任分管城建的北京市副市长汪光焘帮助协调此事。人家电讯局已经花巨资把住户搬走了,我们却分文不给要征用这块土地,这看起来的确不讲理,但我们的理是在国家重视改善教师住房的政策。也正因为如此,才得到中央领导的关心和帮助。

3401工厂的土地终于征用过来了,教师公寓也很快建成了。按理说,一栋新楼迎接一栋旧楼的住户搬迁过来,没有周转而且以旧换新应该是皆大欢喜的事。但不可理解的是,"红眼楼"的住户坚决反对搬迁,包括一些知名教授。他们甚至集体跑到我家来"说理",要我表态取消"红眼楼"拆迁的决定。这怎么可以呢?新教学楼的立项已经审批下来,设计和招投标工作也在进行着,难道就这样任凭部分教职工住户的阻拦,就放弃这个计划了吗?这简直太荒唐了!面对这样的情况,我真有点哭笑不得,心想,学校这么为大家考虑,怎么连这点大局都不顾呢?这可不是中央音乐学院的传统啊!果然,中央音乐学院还是中央音乐学院。这时候,有一位老干部站了出来,她就是离休干部肖兵老师。那是一个令我永远忘不了的早晨,还不到8点,我去上班时看到肖兵老师站在办公室门口等我,还未等我开口她就握住我的手说:"王院长,你放心,我帮你做工作,保证大家如期搬迁!"我一时激动得说不出话来,多少个不眠之夜在为搬迁事宜担忧啊!肖兵老师接着说:"昨晚我们开了一个家庭会,一致表态要支持学校的工作。作为一名老共产党员、离休干部,我有责任帮助学校解忧排难。我和老伴会一起做好大家的工作,保证新教学楼的建造如期开工。"

肖兵老师说到做到,带头和学校签订搬迁协议,在她的带领下,"红眼楼"的中央音乐学院教职工全部和学校签订了搬迁协议。不久,他们都顺利地搬入了新建的18层高楼(新6楼)。我由衷地感谢肖兵老师和她的家人,要不是她站出来,搬迁工作不知要拖到何时。正当搬迁工作顺利进行的时候,又遇到了另一件棘手的事情:"红眼楼"还住着一位中国音乐学院的职工,他的已故父亲是我院职工,这房子是当年学校分给他父亲的。他竟然成为这次搬迁的"钉子户"。李续副院长作为主管领导通过各种方式和这位"钉子户"交涉,包括经济赔偿在内,但都被拒绝。无奈之下,只能走法律程序。法院需要中国音乐学院出具证明配合中央音乐学院对该职工的起诉。郭淑兰书记找了时任中国音乐学院的党委书记张雪,张书记是一位很正直且敢于担责的领导,她了解到真实情况以后,很快就开具了该职工已在中国音乐学院分配住房的证明。根据当时的住房政策,一户只能拥有一套住房。因此,法院很快就判定该住户应无条件把房子退还给中央音乐学院。历时近一年的拆迁工作终于尘埃落定,建造新教学楼的前期工作全部完成。建楼过程中还有许多故事,暂且不在这里说,但无论如何,我永远会记住在关键的时候帮助过我的肖兵老师和张雪书记。新教学楼于2009年正式启用,中央音乐学院的教学环境得到明显改善,尤其是高质量的装修博得国内外音乐学院同行的高度赞赏,也得到发改委和教育部领导的表扬。

2003年,当新教学楼的建造工作启动的同时,学校又在策划另一件重大的基本建设工作,这就是学生公寓的建造。根据学校当时校园的土地面积,要在院内建造一栋学生公寓是十分困难的,想在学校周边物色土地更是难上难。俗话说:天下无难事,只怕有心人。有一天,我突然想到是否可以把学校东门对面的铁路运输学校兼并过来,这样就能扩展校园并建造学生公寓了。我打听到铁运的办学正在萎缩,且近期要从铁道部划转到北京市。于是就写信把这个想法告诉刚刚退下来的李岚清副总理。李副总理一直以来对高校的建设和发展十分关心,他虽然离开了领导岗位,但依然把我的这个想法转告国务院有关领导,并托付他的原秘书时任商务部副部长廖晓琪进一步了解情况。几天后,廖部长一大早来学校找我,他刚去铁运看了现场,也了解到一些确切的情况。他很有信心地对我说:"这事有可能办成。"大约一周以后,我接到国务院办公厅的电话,告知高强副秘书长要来学校召开协调会,内容是铁运划归中央音乐学院事宜。这次协调会的规格很高,来了六位部长级的领导。除了高强副秘书长和教育部副部长张宝庆外,还有铁道部副部长、北京市副市长、发改委副主任、财政部副部长等。会议开得很顺利,最后达成协议:铁路运输学校划归中央音乐学院,中央音乐学院负责安置全部在职人员和接受全部离退休人员;铁路运输学校校舍全部拆除,原地修建中央音乐学院学生公寓和其他设施,教育部、发改委和财政部负责协调筹措建设资金。

根据国务院协调会议的精神,我们和铁路运输学校签订了接收协议,并通过教育部和北京市及相关部委制订了有关工作议程。同时,根据"铁运"用地面积的实际情况,重新规划学生公寓和其他设施。我们考虑到位于"古建"的音乐厅已经十分破旧,学校十分需要有一个拥有现代化设备的音乐厅。"铁运"的地理位置也比较适合对外开放,在这里建造一座音乐厅既有利于学校教学实践,也有利于首都音乐活动的开展。在教育部的支持下,我们对部分土地进行置换后,确定了新的规划方案,拟建近5万平方米的学生公寓、学生食堂和配套设施,以及一座近5千平方米的歌剧音乐厅。这项关系到学校整体发展的基本建设,于2015年全部完成。学生公寓提前竣工,2014年开始启用,成为全国高校最好的学生公寓之一。歌剧音乐厅于2016年正式启用。

2009年,新教学楼落成之际,学校就把建设花园式校园的规划提到议事日程上,这也是中央音乐学院"十二五"规划的一项工作。北京市园林设计院为校园作了全面的绿化设计并很快投入建设。不到一年,绿化布满了学校的每一个角落。我们还征用了新7楼以南的闲置地修建了玫瑰园,征用了演奏厅以北的闲置地修建了欧洲园林式的斯坦威花园(斯坦威公司赞助)。2013年中央音乐学院荣获北京市花园式校园奖。花园式校园建设工作延续到2015年,在我卸任之前全部完成。

人才队伍建设和国际化视野

1994年我受命主持学校行政工作。行政工作中对学校发展影响最大也最难把握的是人事工作。我到人事处了解到,当时学校党政机关和后勤事务的工作人员,大都没有受过高等教育,缺乏专业知识和专业训练。同时,又有一批考不上大学、找不到工作的职工子女,纷纷向学校求职。假如放开这个口子的话,就意味着学校未来三四十年,管理队伍的非职业化现象将会十分严重。这将严重影响学校管理水平的提高。我把了解到的情况向党委书记徐士家老师汇报,希望学校能作出行政人员人事冻结的决定。我的想法得到徐书记的支持,并很快在党委会上通过。1996年领导班子换届后,我提出了管理队伍专业化的人事规划,陆续从应届大学毕业生中吸收教务管理、财务管理、行政党务管理的专业人员,也从本校毕业的硕士研究生中物色优秀的学生干部,充实到学生管理和教学管理的队伍中。同时,又建立起现职行政人员的培训制度,通过成人教育的途径,为他们创造学习机会。1999年,学校成立继续教育部(后更名为继续教育学院),任命安平为首任院长。这个机构的职能除了服务社会以外,还担负起本院职工继续教育的重任;它与后来成立的远程教育学院一起,经过数年的努力,使原先无学历的行政人员,大都取得了成人教育的本科文凭。从某种程度上说,学校的管理水平也迈上了一个新的台阶。

教师队伍建设,无疑是学校人事工作的重中之重。1996年,领导班子换届后,我了解到学校各个专业的骨干教师,大部分都处在50—60岁之间,还有少部分已超过60岁。这意味着数年后,学校的专业教师将面临青黄不接的局面。为了弥补这种局面带来的损失,唯一的办法就是延长教师的退休年龄。我到文化部找了人事司长,司长说他解决不了。我又找到分管人事的艾青春副部长,艾部长很理解我的意图,但他认为,从部里的层面上解决这个问题比较困难。他告诉我,目前中央音乐学院延长退休的教师,已经是文化部直属高校中最多的了。我一连找了艾部长三次,给他分析了学校的教师现状,并且很坚定地说:"假如让60岁以上的教师全部退休的话,中央音乐学院就不成中央音乐学院了。"艾部长似乎被感动了,他对我说:"我还不曾见过一位校长能像你那样看问题,那样尊重和爱惜有成就的老教师。"艾部长给了我一个自主决定的权利,他说:"你自己根据学校需要来决定吧。"我理解艾部长的难处,也领会了他的话语。面对教师青黄不接的局面,根据学科发展的需要我毅然留下了一批老教授。用上海音乐学院已故老院长桑桐教授的话来说:"中央音乐学院之所以走在兄弟院校的前列,是因为他们保持了学术的连续性。"

我同时也向艾部长保证过,给我十年时间,一定调整好教师的年龄结构,尽快从国内外物色有成就的音乐家充实到教师队伍中,以保证学校的师资后继有人。

从 20 世纪 90 年代后期开始，学校先后引进美国大都会歌剧院和英国皇家歌剧院的第一主角张立萍、美国大都会歌剧院签约主角张建一、瑞士巴塞尔交响乐团大提琴首席朱一兵、著名小提琴家薛伟和柴亮、英国伦敦爱乐乐团中提琴副首席苏贞、旅美单簧管演奏家范磊、旅奥低音提琴演奏家陈子平、旅美长笛演奏家韩国良、旅美男中音歌唱家柴可夫斯基国际音乐比赛金奖获得者袁晨野、日本藤原歌剧团男低音歌唱家彭康亮、旅奥男高音歌唱家黑海涛等在国际上有影响的音乐家，充实到教师队伍中来。另一方面，积极培养青年教师，鼓励他们继续深造，并为他们创造条件。学校通过国家留学生基金委、文化部国际文化交流基金、梅塔音乐基金等国内外教育、文化和艺术基金派送大量青年教师出国留学，俞峰、秦文琛、贾国平、童卫东、马雯、居觐、谭小棠、王绍武、陈光、刘洋等，均取得硕士以上的学位后再回国任教。我制定了一个反常规且强制性的规定。其他学校规定公派留学逾期不归取消公职，我的规定是，公派出国留学可以延期回国，但必须取得学位后学校才能接纳。这个看似缺乏人情的强制性规定，却在无形中帮助了一大批青年教师，使他们的留学经历不至于付之东流，而是为自己今后的发展奠定了基础，同时也极大地提升了中央音乐学院青年教师的学历层次。

1996 年，在新领导班子的任期目标中，我提出了一个办学理念：开阔的学术视野和广泛的对外交流。这个理念的基本含义是，对内营造宽松的学术气氛，对外保持开放的学术胸怀。曾经有一位记者问我的治校方针是什么，我说可以用一句很朴素的话来概括：谁干事我支持谁，谁阻挠别人干事我就反对谁。学校需要营造宽松的人际关系和平等的学术气氛，在任何情况下都必须杜绝无事生非的现象。1998 年以来，学校先后创建了中央音乐学院音乐节、北京现代音乐节、北京国际电子音乐节、北京室内乐音乐节、中国民族音乐节、胡琴艺术节、弹拨乐艺术节、国际圆号艺术节、国际长号大号艺术节、北京巴松艺术节、国际单簧管艺术节、中国中提琴艺术节、国际长笛艺术节、中国国际铜管艺术节等。

1996 年以来，中央音乐学院先后与英国伦敦皇家音乐学院、奥地利维也纳国立音乐学院、法国巴黎音乐学院、美国茱莉亚音乐学院、耶鲁音乐学院、伊斯曼音乐学院、克利夫兰音乐学院、新英格兰音乐学院、澳大利亚悉尼音乐学院、意大利罗马音乐学院、米兰音乐学院、俄罗斯莫斯科音乐学院、波兰克拉科夫音乐学院、德国柏林音乐学院、汉诺威音乐学院、汉堡音乐学院、日本东京艺术大学、韩国首尔大学音乐学院等世界著名音乐学院签订校际交流协议，并开展广泛的交流活动。

1996 年中央音乐学院和英国伦敦皇家音乐学院在北京举办了隆重的交流活动和合作音乐会，1998 年中央音乐学院和法国巴黎音乐学院音乐学院分别在北京和巴黎举行学生新作品评选与演出交流活动,2000年中央音乐学院和美国茱莉亚音乐学院在北京举行两校师生交流活动。2008年我和耶鲁大学音乐学院院长罗伯特·布劳克发起并由两校共同主办"相约北京2008：世界顶级音乐学院音乐文化交流活动"。此项活动于7月8日至24日在中央音乐学院音乐厅及国家大剧院等音乐厅举行。参与此次活动的世界顶级音乐学院包括美国耶鲁大学音乐学院和纽约朱丽亚音乐学院、中国中央音乐学院和上海音乐学院、奥地利维也纳音乐与表演艺术大学和萨尔茨堡莫扎特音乐大学、芬兰赫尔辛基西贝柳斯音乐学院、英国伦敦皇家音乐学院、匈牙利布达佩斯李斯特音乐学院、韩国首尔国立艺术大学、澳大利亚悉尼音乐学院等。此次长达两周的音乐文化交流包括讲座、音乐会及大师班等系列活动,成为北京奥运会开幕前的一次文化盛事。

2012年,中央音乐学院成功举办了"第十二届梅纽因国际青少年小提琴比赛",这是我院历史上举办的最重要的音乐赛事。梅纽因是世界著名小提琴家、音乐教育家和音乐活动家,也是中央音乐学院的荣誉教授和老朋友。梅纽因国际青少年小提琴比赛,被誉为青少年小提琴比赛的奥林匹克。在校友胡坤的引荐下,该比赛的基金会主席邓肯和艺术总监戈登,于2010年4月来北京和我磋商比赛事宜。之后,双方经过多次会谈,于2010年11月达成协议,确定正式比赛的日程为2012年4月6—15日。之前的报名和初赛选拔由英方负责,决赛及决赛期间的各项活动由中方即中央音乐学院负责。文化部有关部门非常支持这项赛事,很快作出批复,同意中央音乐学院举办第15届梅纽因国际青少年小提琴比赛。这是这项比赛第一次在欧洲以外的地区举行,也是首次在亚洲城市进行。比赛的组织工作非常复杂,时间又很紧,原先负责该项工作的陶倩主任,由于生孩子请长假,校友会秘书长秦芝娴临危受命,担任本次赛事的行政总监,和英方行政总监苏珊娜密切配合,组织和协调赛事全过程的行政事务。管弦系小提琴教研室主任童卫东任中方音乐总监,和英方艺术总监戈登共同处理赛事过程中的学术问题。国际交流处主任刘红柱负责全部外事事务和翻译工作。本届比赛的评委会由9名国际著名小提琴家组成,包括英国前梅纽因大赛获奖者塔斯曼·利特尔(Tasmin Little)、俄罗斯著名小提琴家马克西姆·温格洛夫(Maxim Vengerov),美国著名小提琴家帕梅拉·弗兰克(Pamela Frank)、法国著名小提琴家奥利维·查理(Olivier Charlier)、日本著名小提琴家服部知二(Joji Hattori)、韩国著名小提琴家姜东锡(Dong-Suk Kang)、挪威著名小提琴家克拉格鲁德(Henning Kraggerud)以及中国著名小提琴家小提琴家胡坤(Kun Hu)和徐惟聆(Vera Tsu)等。评委会主席由美国小提琴大师帕米拉·弗兰克(Pamela Frank)担任。评审委员会从来自世界各地的报名者中,评选出42位入围选手,参加正式比赛。参赛选手分为少年组(16岁以下)和青年组(16—21岁)。比赛期间,在国家大剧院、北京音乐厅、中央音乐学院音乐厅举行包括开幕式音乐会、评委音乐会、历届获奖者音乐会、梅纽因天才儿童学校室内乐音乐会和颁奖音乐会等5场精彩演出。此外,每位评委在比赛期间都举办公益性的大师班。此次比赛获得空前成功,用艺术总监戈登的话来说,是历届梅纽因国际青少年小提琴比赛中最出色的一届,组织者的每一个环节都做得十分完美。2012年,英国举办伦敦奥运会,英国驻华大使馆与英国文化委员会,将该项赛事纳入在伦敦主办的享有盛誉的UK NOW艺术节,并大力支持此项赛事。

2014年,我和澳大利亚悉尼音乐学院院长卡尔·克雷默共同发起并创建了"太平洋地区顶级音乐学院联盟",并在悉尼音乐学院举行第一次峰会。2015年又在北京中央音乐学院举行第二次峰会。每年峰会都有一个主题,来自太平洋地区11所顶级音乐学院的院长共同讨大家所关注的办学问题。这11所地处亚太地区的音乐学院分别是中央音乐学院和上海音乐学院、悉尼音乐学院和奥克兰音乐学院、旧金山音乐学院和南加州大学桑顿音乐学院、奥克兰音乐学院、新加坡杨秀桃音乐学院、东京艺术大学、台北艺术大学和香港演艺学院。我在考虑重大国际交流活动时都会把上海音乐学院考虑在内,这是作为一名中国的大学校长应该具有的立场。

如何使中国交响乐走向世界,一直是中国音乐界关注的问题。90年代以来,花钱在国外租场地演出,给当地人送票看演出,似乎已成为一种风气。但实际上,这只是劳民伤财、自欺欺人的做法,不但没有引起国外对中国交响乐的关注,而且还一定程度助长了西方人对中国交响乐的鄙视。

2004年初,我接到德国波恩贝多芬音乐节组委会的访问函,他们准备两周后来北京访问中央音乐学院,并明确告知这次访问的主要目的是挑选交响乐团。此次贝多芬音乐节,将从全世界挑选一支青年交响乐团参加开幕式演出。得到此消息后,我邀请当时在上海的老同学胡咏言来北京帮助集中训练中央音乐学院中国青年交响乐团。这个乐团的名称是文化部命名的,它曾多次代表国家参加国际交流活动,包括1990年中国和印度尼西亚恢复外交关系后,作为中国音乐文化使者出访印尼,为增进两国人民的友谊起到积极的作用。经过两周的集中训练后,乐团接待了来自贝多芬音乐节的朋友。音乐节组委会最终从众多青年乐团中选中了中央音乐学院中国青年交响乐团。2004年9月我亲自带团赴德国,在胡咏言的指挥下,乐团分别在波恩贝多芬音乐厅和埃森爱乐大厅演出了贝多芬《第六"田园"交响乐》、与李云迪合作演出了李斯特《第一钢琴协奏曲》,以及我院作曲系教授秦文琛的委约新作《五月的圣途》。同时，还参加乐队训练营的排练和示范演出活动。在贝多芬的故乡演出贝多芬交响乐是一件十分不容易的事，但演出效果非常好，得到德国观众和贝多芬音乐节的专家以及媒体的广泛好评。这是中国的交响乐团第一次正式应邀参加国际重大音乐节的演出，并由组委会负责全部演出费用。在波恩演出结束的当晚，柏林青年古典音乐节组委会的负责人当即邀请中国青年交响乐团参加2005年在柏林举办的音乐节，并承担全部费用。组委会把中国青年交响乐团安排在为期20天的开幕式演出，与此对应的闭幕式演出是著名的柏林爱乐乐团。这两次音乐节的演出奠定了中国青年交响乐团在国际上的地位。

75周年校庆和回归教学

2015年，中央音乐学院迎来75周年校庆。按照中央音乐学院几十年来的传统习惯，校庆纪念日为1950年6月17日。但实际上，中央音乐学院的前身是20世纪20年代至40年代的各具特色的几所高等音乐院系。它们分别是建于1927年的燕京大学音乐系，建于1939年的华北大学文艺学院音乐系，建于1940年的南京国立音乐院，建于1946年的国立北平艺术专科学校音乐系，香港、上海的中华音乐院，以及建于1948年的东北鲁迅文艺学院音乐系，其主体是南京国立音乐院。由于燕京大学音乐系是"中央音乐学院"命名后于1952年并入，它虽然建于1927年，但严格地说不能算作中央音乐学院的前身；而华北大学文艺学院音乐系师生主要作为附设音乐工作团并入中央音乐学院。与中央音乐学院的教学一脉相承的建校最早的学校应该是南京国立音乐院，其前身为重庆青木关国立音乐院。所以，中央音乐学院的历史从1940年算起是符合历史的。2010年，学校党委正式确定把校庆日提前十年，以重庆青木关国立音乐院的建校开课日11月1日为校庆日，并举行了隆重的建校70周年庆典活动。2015年自然是中央音乐学院建校75周年。考虑到这次校庆庆典应该是本届领导班子主持的最后一次校庆活动。我和郭书记确定了这次庆典活动的宗旨是，以简洁、朴素、务实的方式全面展示学校建校以来的成果以及在国内外的学术地位和影响力。我们共同策划了这次活动，并确定以学术建设和教学成果为主线，通过校庆活动增强学校的凝聚力。

中央音乐学院75周年的庆典活动，包括庆典大会、庆典音乐会、学术讲坛、成果展览、各类大师班等。庆典大会可谓一次盛大的国际聚会，来自国内外近五十所音乐学院的院长和文化界的知名人士，以及来自世界各地的校友和75年来学校发展各个阶段的教师代表参加了会议。茱莉亚音乐学院院长约瑟夫·波利希、耶鲁音乐学院院长罗伯特·布洛克、巴黎音乐学院副院长格雷琴·阿姆森和奥地利维也纳音乐与表演艺术大学校长沃尔里科·赛驰代表国外音乐学院致贺词。他们高度赞扬中央音乐学院在75年的办学过程中所取得的成绩和为世界优秀音乐教育塑造了榜样。中国音乐学院院长赵塔里木、天津音乐学院院长徐昌俊代表国内兄弟院校致贺词。北京市教工委常务副书记张雪、中央音乐学院校友会会长徐小平、教师代表郭文景、学生代表王传越等分别致贺词和发表感言。庆典大会还举行隆重的荣誉授予仪式。荣誉名称和授予对象，都是我反复考虑和精心设计的。这里既有历史贡献的说服力，也有现实成就的说服力，每一位被授予者都应该是当之无愧的。我委托副院长周海宏主持荣誉授予仪式并为每一位被授予者写授奖词。庆典大会上授予张洪岛和黄飞立杰出元老奖，郭淑珍和郭文景杰出贡献奖，授予谭盾和周龙78届杰出校友奖，授予娃哈哈集团总裁宗庆后、汉能集团总裁和校友王森特别贡献奖，授予中国青年交响乐团杰出贡献团体奖，授予茱莉亚音乐学院院长波利希和国家大剧院院长陈平中央音乐学院荣誉院士。庆典大会上还为入校60周年、50周年和40周年的教职工颁发荣誉证书。

庆典活动还有三个亮点。第一个亮点是举办首届"北京21世纪音乐教育学术讲坛"。这是我特别设计的一种论坛方式，通过主讲、对话和听众交流的三边交流平台，对未来音乐教育表达学术展望。与会的近五十所中外音乐学院院长都以不同的角色参加了论坛。论坛持续了两天，整个过程始终充满着旺盛的活力，体现出很高的学术规格。第二个亮点是在王府南大殿和教学楼，举办中央音乐学院建院75周年教学成果展和艺术档案展。教学成果展在教学与学科建设、科学研究、对外交流、艺术实践、服务社会、文化传承这六个方面，集中展示了学校的教学和科研成果以及先进的教学模式和师生在国内外所获得的荣誉。艺术档案展是通过不同时期、不同专业领域的12位有代表性的杰出教授：吴祖强、于润洋、黄飞立、沈湘、林石城、郭淑珍、林耀基、周广仁、杜鸣心、杨儒怀、汪毓和、杨鸿年，通过文字、图片、音像和实物等资料，多方面呈现和展示他们在艺术创作、艺术表演、艺术研究、艺术教育、文化交流、社会活动等领域的贡献，充分体现出学校一直以来秉承的优良传统和教育理念。这12位教授的成果是学校75年来建设和发展的一个缩影，其中渗透着几代教职员工的辛勤劳动和不懈努力。

第三个亮点是三场庆典音乐会。第一场音乐会是在国家大剧院音乐厅举行的民族管弦乐专场。音乐会演出了两部民族管弦乐、五部民乐协奏曲，均为当前民乐创作领域最重要的作品，其中有六部作品的创作者是中央音乐学院的教授和校友。独奏者分别是王建华、戴亚、章红艳、郭雅志和于红梅，他们都是当今最有影响的民乐独奏家,也都是中央音乐学院的校友和教授。音乐会由校友王甫建和彭家鹏指挥。第二场音乐会是管弦乐专场,也是在国家大剧院举行。本场音乐会云集了中央音乐学院在校师生以及知名校友,他们是邵恩、李心草、杨洋、林涛、陈琳、夏小汤、郎朗、居觐、薛伟、吕思清、陈曦、张立萍、张建一、袁晨野、范磊、苏贞、鲁鑫等。参加演奏的乐团是中央音乐学院中国青年交响乐团,其中还特邀了历届管弦系毕业的知名校友。音乐会持续了三个半小时,获得巨大的反响。第三场音乐会是在北京音乐厅上演的音乐会版的《拉美莫尔的露琪亚》,这是意大利作曲家多尼采蒂创作的一部难度极大的歌剧。由著名歌唱家张立萍、张建一、袁晨野、彭康亮等担任主角,美国著名指挥家丹尼尔·利普顿担任指挥,意大利著名歌剧导演马里奥科拉迪担任导演。中央音乐学院中国青年交响乐团和青年合唱团担任乐队演奏和合唱。这三场庆典音乐会充分展示出中央音乐学院强大的实力。

正当75周年校庆活动画上圆满句号之时,我于2015年11月30日离开了学校的领导岗位。12月1日,我开始回归教学,以一个普通教师的身份继续为学校的教学和科研做出努力。记得那天,当我走进教学楼大厅的时候,学生夹道欢迎,热烈鼓掌;当我走进教室的时候,学生全体起立,又一次热烈鼓掌,感动之心难以言表……数月后,教育部和北京市委来学校宣布俞峰院长的任命,任命大会上,教育部副部长杜玉波、北京市教工委常务副书记张雪和中央音乐学院党委书记郭淑兰在发言中,都充分肯定和赞扬我对中央音乐学院的建设和发展所做出的贡献和取得的成绩,由此引起三次长时间的鼓掌。这份深情厚谊,是我一生中得到的最珍贵的礼物,它和学生们对我的爱一起,永远深藏在我的心底里。

中央音乐学院的退休年龄分为四档,四级教授以下的教师60岁退休,三级教授和二级教授分别为63岁和65岁退休,国家级专家70岁退休。2016年我离退休年龄70岁还有整整4年,这四年是我回归教学最珍贵的时间。2016年至2020年,我的教学工作量都在150%以上,而且是本科、硕士、博士各个层次的主课教学,以及音乐学系的专业大课、民乐系博士生的专业大课和全院的选修课。可以说,几乎囊括了中央音乐学院教学的各种类型课程。我的四名本科生、三名硕士生和六名博士生,在短短的4年中,他们共获得校内外24项学术奖、20项社会活动奖和奖学金;获得各种荣誉11项,发表学术论文十余篇。看到学生们不断进步是我最大的幸福。

这四年多的时间里,我作为项目负责人完成了三项国家级的科研项目。一项教育部人文社会科学重点基地项目"西方新音乐背景下的音乐美学",一项国家社科基金艺术类重点项目"中国传统音乐的美学研究",这两项成果分别以专著的形式由上海音乐学院出版社和人民音乐出版社出版。另一项国家社科基金学术期刊资助项目"改革开放四十年中国音乐理论研究回顾与展望"也已结题。受俞峰院长委托,我还承担两项重大科研项目的子课题负责人。一项是2016年教育部人文社会科学重点基地重大项目"中国专业音乐理论研究与应用未来发展研究"项目负责人;另一项是2019年度国家社科基金艺术学重大项目,"中国歌剧重大问题研究"中的子课题"中国歌剧的文化传承"课题负责人。前一项已在结项过程中,后一项正在进行中。此外,我还承担了中央音乐学院校史研究工作。作为该项研究的首席研究员,正在组织并撰写有关学校发展历史的回忆文章。这些回忆文章为撰写校史提供了重要的文献资料。

2016年至2019年,相继出版了我的4本书,分别是教材《音乐美学基本问题》(中央音乐学院出版社2016年版)、著作《音乐的结构与功能》(人民音乐出版社2017年版)、《中国传统音乐的美学研究》(主编并参与撰写,人民音乐出版社2019年版)和《西方新音乐背景下的音乐美学》(主编并参与撰写,上海音乐学院出版社2018年版)。2020年之前我还完成了三本书稿,分别是《音乐的美及其鉴赏》(人民音乐出版社)、《音乐鉴赏》(主编,与李晓冬、柯扬、高拂晓、段蕾、程乾合著,北京大学出版社)、《我·音乐·音乐家》(上海音乐学院出版社)。2016年以来,我还在《中央音乐学院学报》《音乐研究》《人民音乐》《中国文艺评论》《天津音乐学院学报》《中国社会科学报》《人民政协报》《中国文艺报》等报刊杂志发表了学术论文和评论文章三十余篇。这期间,也获得了一些科研成果奖和荣誉称号。比如,2017年8月《音乐百科全书》(《中国大百科全书出版社出版》)荣获北京市第十四届哲学社会科学优秀成果奖一等奖(吴祖强、于润洋、王次炤、刘霖、袁静芳、王凤岐),这项成果还荣获第八届高等学校科学研究优秀成果(人文社会科学)一等奖;在第八届高等学校科学研究优秀成果(人文社会科学)评奖中,我撰写的专著《音乐的结构与功能》(人民音乐出版社2017年版)同时荣获二等奖。2018年我撰写的教材《音乐美学基本问题》荣获2017年北京市高等教育教学成果奖一等奖(北京市人民政府),2020年1月,该教材又荣获北京市优质教材奖。2020年12月《中国传统音乐的美学研究》被评为第五届"啄木鸟杯"中国文艺评论年度优秀作品。2019年12月,我荣获北京市教学名师称号。2020年9月,又荣获中国民族管弦乐学会第九届"新绎杯"杰出民乐理论评论家称号。2017年至2019年,我两次获得中央音乐学院优秀博士论文指导教师,多次获得全国音乐评论学会奖优秀指导教师、全国歌剧评论学会奖优秀指导教师、普通高校优秀本科毕业设计(论文)优秀指导教师等荣誉称号。

2020年1月我正式办理退休手续,结束了在中央音乐学院四十二年的学习和工作。由于部分教学和科研工作的延续性,我还将作为非在编人员,继续完成四名博士、两名硕士和两名本科生的论文指导,直至他们毕业。同时,还将继续作为课题负责人组织研究"中国歌剧的文化传承",直至该课题完成并结项。

谈艺录

理查三世:莎剧中一个凶残嗜血的坏国王!

理查三世:莎剧中一个凶残嗜血的坏国王!

■ 文/傅光明

简言之,《理查三世》描写身为护国公的权谋家格罗斯特公爵理查,为篡夺王位不择手段,最终成为短命王朝的英格兰国王理查三世。

《理查三世》在1623年出版的"第一对开本"中,被归入历史剧一组,一般大都如此认定。但在最早的"四开本"(Quartos)里,它被称为悲剧,如1597年出版的"第一四开本",其标题页的剧名是《国王理查三世之悲剧》(*The Tragedy of King Richard the Third*)。事实上,若单论篇幅,在全部莎剧中,它以仅次于《哈姆雷特》的长度位居第二。而若单拿"第一对开本"来说,因收入其中的《哈姆雷特》的篇幅比"第二四开本"《哈》剧短,遂使《理查三世》夺得"第一对开本"中的剧作篇幅之冠。

一、写作时间和剧作版本

1. 写作时间

虽说名噪一时的书商安德鲁·怀斯(Andrew Wise, 1589—1603)在伦敦书业公会(Stationers' Company)登记《理查三世》的时间是1597年10月20日,印刷商瓦伦丁·西梅斯(Valentine Simmes, 1585—1622)为他在次年(1598)印刷,但一般认为,《理查三世》的写作时间约在1593年或1592至1593年之间。理由很简单:莎士比亚写《理查三世》深受与他生于同年的诗人、戏剧家克里斯托弗·马洛(Christopher

Marlowe, 1564—1593)的剧作《爱德华二世》(*Edward II*)的影响,因马洛死于1593年春天,其《爱德华二世》的写作不可能比1592年更晚。马洛的《爱德华二世》被视为英国最早的历史剧之一。

另外,《理查三世》是莎士比亚"第一历史四联剧"[《亨利六世》(上)、《亨利六世》(中)、《亨利六世》(下)、《理查三世》]系列的最后一部,它与莎士比亚的一连串喜剧,或再加上《提图斯·安德洛尼克斯》(*Titus Andronicus*),均属于早期莎剧。

《理查三世》是《亨利六世》(下)的续篇,可能写于《亨利六世》完稿后不久。想必"亨六"(下)在1592年9月之前已经问世,因为当时已离临终不远的"大学才子派"诗人、戏剧家罗伯特·格林(Robert Greenes, 1558—1592)在其小册子《小智慧》(*Groatsworth of Witte*)(书名直译为《只值一格罗特的智慧》,即《只值一个钱的智慧》)中,滑稽地模仿了一句戏词,并以此歪曲莎士比亚。格林把剧中约克对玛格丽特恶语相向的"裹了一层女人皮的老虎心!"这句话,转化为对莎士比亚的攻击:"……我们的羽毛美化了一只自命不凡的乌鸦,他以'一个戏子的心包起一颗老虎的心',自以为能像你们中的佼佼者一样,浮夸出一行无韵诗。"

可能,格林在伦敦的剧院因瘟疫于1592年6月关闭之前某一时间,在伦敦看过"亨六"(下)的演出。格林之所以认定戏仿莎士比亚有效,或出于他相信许多观众可能已看过"亨六"(下),何况他选择嘲弄的这句台词令人难忘。1592年夏,尽管伦敦一家剧团已在各省巡演过该剧,但格林在与读者分享戏剧体验时仍满怀自信,这显示出他自己的戏不断重复上演,城里人都涌入剧场来看,而非在城外瞥一眼巡回演出。言外之意,他的戏比莎剧叫座、好看。

不管"亨六"(下)成戏于1592年春还是夏,两部戏之间的连续性暗示,尽管莎士比亚同一时间还写了其他戏,但《理查三世》无疑接在"亨六"(下)之后。《理查三世》大概完稿于1593年,但直到1594年下个戏剧演出季,可能一直没在伦敦上演。

事实上,没什么证据有助于确定《理查三世》最早的成稿时间。写完"亨六"(下),莎士比亚的戏剧家生涯顺风顺水,但这些戏究竟写于16世纪90年代早期,甚或更早,只能凭猜测。因这两部戏都取材自霍林斯赫德1587年版的《编年史》,其写作不可能早于这个时间。西德尼·尚克尔(Sidney Shanker)猜想,莎士比亚要用詹姆斯·布伦特爵士这个角色去讨好斯特拉福德的布伦特家族,可直到1588年,这个家族仅有一人受封骑士,似乎不值得巴结。

假如这个猜测是对的,那1588年便是《理查三世》的最早写作时间。哈罗德·布鲁克斯(Harold Brooks)提出,克里斯托弗·马洛的《爱德华二世》(可能是马洛的倒数第二部戏),是对《理查三世》的回应。凭这一论调,《理查三世》必定问世已有时日,足以让马洛于1593年春去世之前,借鉴该戏,并写出《爱德华二世》和《浮士德博士》两部戏。哈蒙德(Hammond)同意布鲁克斯的推测,认为《理查三世》写于1591年。但斯坦利·威尔斯(Stanley Wells)和加里·泰勒(Gary Taylor)指出,布鲁克斯发现的《爱德华二世》和《理查三世》两者间戏文相似,这一现象当时极为常见,可能都取材于别处。马洛的《浮士德博士》也似乎回应了莎剧《理查三世》中象征"绝望与死亡"的幽灵,如果把这一回应视为采用,《浮士德博士》的写作时间则与《理查三世》1592—1593年的写作时间相一致。

2. 剧作版本

《理查三世》在1623年"第一对开本"之前,印发过六个版本的"四开本":第一四开本(1597);第二四开本(1598);第三四开本(1602);第四四开本(1605);第五四开本(1612);第六四开本(1622)。

1597年印发的第一四开本,标题页的剧情介绍如下:

> 国王理查三世之悲剧。内含其奸诈背叛哥哥克拉伦斯之阴谋;对其被杀死的无辜侄儿之同情;其暴虐之篡位;其令人憎恶之生命历程,及其最应遭报应之死。该戏近期已由内务大臣仆人剧团荣耀演出。

从版本来看,"第一对开本"比"四开本"篇幅长,多出约50段新增的共计200余行台词。然而,"四开本"中有27段共计约37行台词,为"第一对开本"所缺。出现这种情形,可能同这部戏在演出时经常删减有关。演出时,当有些次要人物被整体移除后,为建立人物之间的自然联系,需要额外虚构或依序把别的地方的诗行添加过来。诚然,删减的更深层原因也可能在于,莎士比亚假定他的观众们因对作为《理查三世》前传的《亨利六世》(下篇)剧情已熟,足以凭此与其他相关事件建立关联,如理查谋杀亨利六世,以及击败亨利六世的遗孀王后玛格丽特。

此外,"第一对开本"和"四开本"两个戏文版本,尚存在约百余处其他不同,包括角色独白和角色间对白用词之不同,同时,另有一些句法的变化及单词的拼写也不相同。这属于莎剧版本研究的范畴,在此不赘。

不过,有一点显而易见,莎剧版本之不同,并非由莎士比亚本人造成。《理查三世》并无例外,从戏文中的错误不难推断,"四开本"是基于演员的"记忆重建"(memorial reconstruction),即剧团(也可能是书商,或剧团与书商协作)把演员的台词收集起来,由书商编印。没人知道演员为何这么做,可能他们认为,剧团要以此替代有错误的演出台词本。

简言之,不管怎样,因"第一对开本"核校并改正了许多"四开本"中诸如讹误、句法、拼写之类的问题,最具权威性。

二、原型故事与理查三世的真历史

1. 关于原型故事与"一匹马"

《理查三世》是莎士比亚"第一历史四部曲"中的最后一部——紧跟三部描绘亨利六世统治的剧作之后。显然,莎士比亚写这四部戏之初衷,意在把玫瑰战争搬上舞台。

莎士比亚写这部戏像写"亨六"三联剧一样,均从爱德华·霍尔和拉斐尔·霍林斯赫德二位霍姓前辈的编年史里取材。霍尔的《兰开斯特与约克两大显族的联合》(*Union of the Two Noble and Illustre Famelies of Lancastre and York*, 1548),合并了托马斯·莫尔爵士约写于 1513 年这一版的《理查三世的历史》(*History of Richard III*)。因霍林斯赫德 1587 年二版的《英格兰、苏格兰和爱尔兰编年史》(*Chronicles of England, Scotland and Ireland*),又从霍尔那里改编了莫尔的《历史》,故应把莫尔的《历史》视为莎剧《理查三世》的主要"史料"来源。不过,莫尔的《历史》是未完稿,只写到理查登上王位。

追本溯源,莎士比亚凭借更多的,是霍尔和霍林斯赫德对理查之衰落及最终兵败博斯沃思原野的描写,而他们凭借的是都铎王朝早期史学家波利多尔·弗吉尔(Polydore Vergil, 1470—1555)。尽管如此,无论这些编年史,还是莎剧,都渗进了莫尔对理查的反讽。换言之,莎士比亚对理查的改编源于莫尔。

都铎王朝早期的史学家们,为赞美亨利七世(里士满)及其继任者,明显有意诋毁理查。的确,15、16 世纪的历史观,包含选择性地利用历史事件进行政治和道德说教。现代史学家似乎反对这么做。然而,毕竟许多关于理查之邪恶的故事源于理查自己当朝时或随后时代的描述,因此很难说,这些早期叙事是有意宣传,还仅是为反映传统的文学,并以说教为目的编写的中世纪历史。

时至 1934 年,人们第一次发现,原来最早为人所知、把理查作为篡位者来描绘的记述,来自意大利牧师多米尼克·曼奇尼。曼奇尼这份记述写于 1483 年,此时离亨利·都铎 1485 年击败理查尚有两年之遥,他决不可能神仙般料到两年后会出现一个都铎王朝。但仅凭时间,不足以确保曼奇尼下笔之公允客观。实情是,甭管那些亲历过理查统治的人怎样看理查,在莎士比亚生活的伊丽莎白(女王是亨利·

都铎的孙女)时代,甚至更早,人们早已接受这样一种事实,即理查是个血腥的暴君和杀害儿童的凶犯。

身为一名天才编剧,莎士比亚写理查,除了编年史里的原型故事,当然会博采众家之长,尤其英国本土的"连环剧"(中世纪后期英国宗教剧的一种类型,主要展示从上帝创造万物到末日审判的圣经故事)和"道德剧"。诚然,不仅从《理查三世》中的女性角色,她们向来被比作罗马悲剧家塞内加笔下的特洛伊妇女,还从修辞变化、诸多幽灵形象,及理查这一恶棍枭雄本身,甚或从理查的禁欲主义,都能见出古典戏剧对该剧的影响。而且,莎士比亚还从其他秉承了塞内加式传统写作的同时代英国戏剧家,尤其托马斯·基德和克里斯托弗·马洛那里,汲取灵感。

此外,莎士比亚应该借用过《官长的借镜》(*A Mirror for Magistrates*)这部16世纪关于历史人物之衰落的"悲剧"诗集,他八成读过书中引述的出自理查、克拉伦斯、海斯汀、爱德华四世、白金汉公爵,甚至简·绍尔夫人说过的话。当然,他并没节外生枝,把绍尔与海斯汀勋爵的艳情故事戏剧化。

还有一点,即便莎士比亚知道托马斯·莱格(Thomas Legge,1535—1607)约于1579年完稿、却未出版的拉丁文剧作《理查三世》(*Ricardus Tertius*),但他似乎并未加以利用。顺便一提,莱格的这部《理查三世》被视为写于英格兰本土的最早一部历史剧。

最值得一提的是,1594年,有一部无名作者的英国本土戏《理查三世的真正悲剧》(*The True Tragedy of Richard the Third*)出版,也许其完稿时间在几年之前。在这部戏里,似乎有些台词,尤其理查在第十八场戏里呼唤一匹新马,"预先"使用了莎剧中的台词。

国王 一匹马,一匹马,一匹新马。
侍童 快逃,陛下,保您活命。
国王 逃跑的奴才,你瞧我想逃。

刚才为何说"预先"?因为要给莎士比亚脸上贴金的后人认为,这部无名作者的《真正悲剧》可能借自莎士比亚,而不是反过来。其理由是,哪怕这部《真正悲剧》完稿在先,其印刷文本里的这段著名独白,也极有可能经一个抄写员之手,从莎士比亚完稿后却更受欢迎的《理查三世》里捡过来。然而,无论如何,虽说该剧文本常被贬为一部"坏四开本",但莎剧中理查在生命最后时刻说出的那句令人称绝的独白"一匹马!一匹马!用我的王国换一匹马!"更有可能借自无名作者。理由是,莎士比亚编戏,从不在乎从谁那儿借了什么,更不在乎自己死后谁将探究莎剧中的"一匹马"和《真正悲剧》里的"一匹马"到底谁借谁。

由此,不难推断,激活莎士比亚"一匹马"这根敏感神经的,除了《真正悲剧》里的"一匹马",可能还有"大学才子派"诗人、戏剧家乔治·皮尔(George Peele, 1558—1596)《阿尔卡扎之战》(*The Battle of Alcazar*)里的"一匹马":

> 摩尔人　一匹马,一匹马,一匹马奴才
> 　　　　愿我能立刻过河、飞逃。
> 男孩　　这是一匹马,大人。

也许,仍会有人咬定,是皮尔从莎士比亚那儿借了"一匹马",而非相反。

做一个合理推断有那么难吗?简言之,尽管无名作者的《真正悲剧》与莎剧《理查三世》有结构上的对应,但理查在无名作者笔下,是一个缺乏决断力的国王,而莎士比亚要写的是一个杀伐决断的血腥暴君,他只需从中借"一匹马"拿来一用。但必须承认,这"一匹马"经莎士比亚一借,似乎倏忽间就变成了理查以戏剧方式告别舞台、告别历史的象征,成了中世纪英格兰最后一位死于战场的国王的符号,成了后人眼里莎士比亚妙笔生花的天才"原创"。

2. 关于理查的真历史

理查三世(1452—1485)从1483年直到1485年去世,是英格兰国王兼爱尔兰总督。他是约克王朝,也是普列塔热内(金雀花)王朝最后一位国王。他在博斯沃思之战,即玫瑰战争最后一场战斗中兵败身亡,标志着中世纪英格兰的结束。他是莎士比亚历史剧之一《理查三世》的主人公。

以上这段话,堪称今天对理查的标配版描述。但莎剧之理查,远不等于历史之理查。在论析被莎士比亚戏说的理查之前,有必要对理查的真历史稍作梳理。

理查1452年10月2日生于英格兰中部北安普顿郡的福瑟陵格城堡(Fotheringhay Castle),在约克公爵理查(Richard, Duke of York)和塞西莉·内维尔(Cecily Neville)夫妇所生12个孩子中排行11,也是活下来的最小一个。

1455年,三岁的理查赶上约克家族和兰开斯特家族之间爆发"玫瑰战争"。从此,英格兰王权飘摇,为夺取王位,两大家族周期性爆发内战。约克家族支持理查的父亲,认定亨利六世与生俱来的王位理应由约克公爵继承,他们反对亨利六世及其妻子安茹的玛格丽特(Margaret of Anjou)的政权。兰开斯特家族则忠于当朝执政的王室。

1459年,约克公爵及其家族的支持者被迫逃离英格兰,理查和哥哥乔治由姑姑白金汉公爵夫人照管,可能也得到坎特伯雷大主教的关照。1460年,当父亲和哥哥拉特兰伯爵埃德蒙(Edmund, Earl of Rutland)在韦克菲尔德之战被杀,理查和乔治被母亲派人送往低地国家(即今荷兰、比利时、卢森堡)避难。

随着约克家族于1461年3月29日在陶顿之战击败兰开斯特,兄弟二人返回英格兰。6月28日,哥俩儿参加了大哥爱德华四世的加冕典礼。同时,理查受封格罗斯特公爵,及嘉德骑士和巴斯骑士两个爵位。1464年,理查以11岁之龄被国王哥哥任命为西部各县唯一的征兵专员(Commissioner of Array)。17岁便拥有独立指挥权。

受表兄沃里克伯爵的监护,理查在位于约克郡温斯利戴尔(Wensleydale)的米德尔赫姆城堡(Middleham Castle)度过多年童年时光。沃里克因其在玫瑰战争中的作用,成为著名的"造王者"('the Kingmaker')。

经沃里克调教训练,理查成了一名骑士。1465年秋,爱德华四世赏给沃里克1 000镑供其花销,用来指导弟弟。理查在米德尔赫姆的时间有两种推断:1461年末到1465年初(12岁);1465年到1468年成年(16岁)。因此,极有可能,理查在沃里克的庄园,遇到了日后坚定支持他的弗朗西斯·洛弗尔(Francis Lovell)和未来的妻子沃里克之女安妮·内维尔(Anne Neville)。或许比这时更早,沃里克已开始考虑战略联姻,想把两个女儿伊莎贝尔(Isabel)和安妮嫁给国王的弟弟。那时候,年轻的贵族们常被送到被父辈相中的未来合伙人的家里进行抚养。

然而,随着爱德华四世与沃里克之间关系变得紧张,国王反对与沃里克联姻。在沃里克有生之年,只有乔治未经国王允准,于1469年7月12日娶了他的长女伊莎贝尔。随后不久,乔治参加岳父的叛军,反对国王。尽管到了1469年8月,已有传言把理查的名字与安妮·内维尔连在一起,理查始终效忠爱德华。

后来,沃里克背叛爱德华四世,转而支持前朝玛格丽特王后。1470年10月,理查与爱德华被迫逃往勃艮第。因为在此两年前的1468年,理查的姐姐玛格丽特与勃艮第公爵"大胆查理"(Charles the Bold)结婚,落难的兄弟俩指望在这儿受到欢迎。

1471年4月14日,沃里克死于巴尼特之战,5月4日,小爱德华死于图克斯伯里之战。随着这两场战役的胜利,爱德华四世于1471年春天恢复王位。在这两场鏖兵激战中,18岁的理查起了关键作用,立下汗马功劳。图克斯伯里一战,约克家族彻底击败兰开斯特家族。1472年7月12日,理查与沃里克的小女儿安妮·内维尔结婚。婚后次年(1473),理查与安妮生了一个儿子爱德华·普列塔热内,在11

岁那年(1484)不幸早逝。

在此必须指出,安妮嫁给理查之前,曾于1470年底,与亨利六世之子"威斯敏斯特的爱德华"(Edward of Westminster)订婚,以此作为父亲沃里克与兰开斯特家族结盟的标志。但两人并未正式结婚。

理查因效忠国王、战功卓著,于1461年11月1日被赐予格罗斯特公爵领地,次年生日之时,被委任英格兰海军上将,并被指派为北方总督。这一切使理查成为整个王国最富有、最有势力的贵族,也是国王的忠诚助手。而跟随岳父沃里克伯爵的叛军,一起攻打过国王的乔治(即后来第一任克拉伦斯公爵),则在1478年因叛国罪被国王处死,其后代被剥夺继承王位的权利。

到爱德华国王去世,理查一直掌控北英格兰。在北方,尤其在约克市,理查广受民众爱戴,口碑甚佳。他施政公允,援建大学,资助教会,建立北方议会,颁布了一些保护个人权利的法律。1482年,从苏格兰人手中重新夺下特威德河畔的贝里克镇,更使其声名大振。

爱德华国王于1483年4月去世,遗命理查给爱德华之长子、12岁的爱德华五世担任护国公,享有摄制权。

按照安排,爱德华五世应于6月22日举行加冕礼。但在加冕之前,理查的一名代表在圣保罗大教堂外宣读了一份声明,宣称基于爱德华四世与伊丽莎白·伍德维尔的婚姻不合法,故其所生为私生子,无权继承王位;而理查的哥哥乔治的独子爱德华,也在先王在世时被以乔治叛国为由剥夺王位继承权。因此,英国王位的真正继承人是理查。

6月25日,一场贵族和民众集会通过一项声明,宣布理查为合法的国王。7月6日,理查在威斯敏斯特教堂加冕为英格兰国王。

8月之后,再没有人见过两位年轻的王子(爱德华亲王和弟弟约克公爵理查)的身影。正是从这个时候,对理查下令谋杀了"塔中王子"的指控开始流传。

在1483—1485理查掌权的短短两年间,理查展露出卓越的执政才能,推行一系列自由化改革措施,如制定保释法案、解除对出版印刷行业的限制。他与安妮王后向剑桥大学国王学院和王后学院捐款,资助教堂,建立了皇家纹章院。

理查统治期间,发生过两次重大反叛。1483年10月,爱德华四世的坚定盟友、理查以前的伙伴白金汉二世公爵亨利·斯塔福德起兵造反,以失败告终,被斩首。1485年8月,亨利·都铎与叔叔加斯帕·都铎率一支法军在南威尔士登陆,行军穿过彭布罗克郡,一路招募士兵。亨利的军队在莱斯特郡博斯沃思市附近击败理查的军队。理查被杀。亨利·都铎登上王位,即亨利七世。

理查之死直接导致始于1154年、统治英格兰331年的亨利二世的金雀花王朝覆灭,英格兰王国迎来新的都铎王朝。

3. 关于莎剧与历史中的两个理查

莎士比亚像那些影响过他的都铎王朝编年史家们一样,对描绘这个新王朝像善良战胜邪恶一样打败旧的金雀花王朝兴致颇浓。出于对新王权之忠诚,自然要把金雀花王朝末代国王理查写成一个恶棍。今天来看,莎士比亚太不厚道,他在戏里凭其非要把理查写成暴君的艺术想象,把本已模糊不清的历史糟改得面目全非。以下详加梳理,既可透出莎士比亚编戏之天才神功,亦有利于廓清理查的真面目。

(1) 在莎剧里,第一幕第二场,伦敦塔附近一街道,安妮一边跟随护送亨利六世遗体的棺椁下葬,一边诅咒"他(理查)遭受比蝰蛇、蜘蛛、癞蛤蟆,或任何有毒会爬的活物更惨的命运!"因为公公亨利六世、丈夫小爱德华都死于他手。她一见到理查,便痛骂理查是魔鬼,以"可憎的恶行"犯下"屠杀的杰作"。理查非但不恼,反而凭其护国公之威权,一面坦承"是你的美貌激我起了杀心",一面向安妮求爱,逼她嫁给自己,并把一枚戒指戴在她手上。

在历史上,虽说安妮曾和小爱德华订过婚,却并未成婚。小爱德华顶多算安妮的前男友。而且,安妮在自己家(沃里克庄园),早与理查相识,一起度过一段童年时光,属于"两小无猜"。莎士比亚却把安妮写成了被理查刺死的丈夫小爱德华的遗孀。事实上,理查对沃里克伯爵死于巴尼特之战和小爱德华死于图克斯伯里之战,毫无责任。尽管理查以18岁之年参加了这两场战斗,但当时没有任何记录显示他与其中任何一位的死直接相关。

实际上,仅凭莎剧的素材来源,无法确定理查卷入了亨利六世之死。亨利六世很可能是爱德华四世下令杀的,理查却为哥哥当了好几百年的"背锅侠"。

可见,是莎士比亚的戏说之笔,让理查在《亨利六世》(下)里,对沃里克伯爵死于巴尼特之战负有间接责任;让他和哥哥爱德华和乔治一起,在图克斯伯里刺死了小爱德华;让他直接把亨利六世杀死在伦敦塔里!

(2) 在莎剧里,第一幕第三场,亨利六世的遗孀王后玛格丽特在王宫出现,痛斥理查:"在伦敦塔里,你杀了我丈夫,在图克斯伯里,你杀了爱德华,我可怜的儿子。"继而责骂爱德华四世的遗孀王后伊丽莎白:"你们篡夺的一切欢乐,本该属于我。"然后挨个儿向弗斯、多赛特、海斯汀勋爵等人发出诅咒。这一场轮番斗嘴的大戏煞是好看。第四幕第四场,玛格丽特再次亮相,与理查的生母老约克公爵夫人(即爱德华四世的母亲)及爱德华四世的伊丽莎白王后不期而遇,一位母后、两位遗孀王后,她们仨先各自倾诉悲怨哀苦,等一见理查,又分别向理查发出严厉的诅咒。三个女人一台戏,这台唇枪舌剑的戏堪称精彩。

在历史上,玛格丽特这位前朝王后,作为爱德华四世的囚徒,早于 1475 年回到法兰西。

可见,是莎士比亚的戏说之笔,让她在理查于 1483 年加冕国王之后,又从法兰西回到伦敦,进入王宫。

(3) 在莎剧里,第一幕第四场,伦敦塔,理查密令两个刺客杀掉二哥克拉伦斯公爵乔治。二刺客告知乔治奉理查之命前来杀他,克拉伦斯不信:"啊! 不要诬陷他,因为他很仁慈。"刺客甲直言:"没错,像收割时落雪①。——你在骗自己,正是他派我们来这儿毁掉您。"

在历史上,乔治早于 1478 年便被大哥爱德华四世以叛国罪处死。当时,理查正在英格兰北部。何况,理查从北部返回伦敦,也是满足国王让他以护国公(Lord Protector)之职权辅佐幼主统治王国的遗命。

顺便在此一提,出于剧情需要把死于《亨利六世》(下)的拉特兰写成老约克公爵的幼子。而在历史上,理查才是老约克公爵存活下来的幼子,拉特兰是他哥哥。

可见,是莎士比亚的戏说之笔,让理查成了杀兄的幕后黑手!

(4) 在莎剧里,第三幕第一场,爱德华四世死后,其长子、年轻的威尔士(爱德华)亲王,与次子小约克公爵从拉德洛(Ludlow)来到伦敦。按继承人顺位,威尔士亲王应加冕为下一任英格兰国王。理查将兄弟二人软禁在伦敦塔里的"王者居所"②,使其成为"塔中王子"。第三幕第五场,理查命白金汉公爵"尽速跟市长赶往市政厅,在那儿,你选一最好时机,挑明爱德华的几个孩子全是私生子",以此剥夺爱德华亲王的王位继承权。第四幕第二场,加冕为英格兰国王的理查,明确授意白金汉:"我希望这俩杂种死掉,并希望立刻着手办妥。"不料白金汉打了退堂鼓。理查从此不再信任白金汉,他命人找来泰瑞尔爵士,为他除掉"塔中王子"。泰瑞尔收买了戴顿和福勒斯,将"塔中王子"残忍杀害。

在历史上,爱德华四世于 1483 年 4 月 9 日去世之后,其 12 岁的长子便继任成为爱德华五世。理查命人将年轻的国王从拉德洛接来伦敦。白金汉公爵建议将国

---

① 此为化用《圣经》之比喻,参见《旧约·箴言》26:1:"蠢人得荣耀,犹如夏日落雪,收割时月,都不相宜。"刺客甲借此指格罗斯特毫无仁慈之心。
② 王者居所(chamber, i.e. the chamber of the king):自诺曼底公爵威廉 1066 年征服英格兰之后,伦敦即有了"王者居所"(拉丁语"camera regis")之称谓。

王安置在伦敦塔内的皇王室居所。8月"塔中国王"消失不见。爱德华五世何以消失？在他身上到底发生了什么？至今无人知晓。

可见，是莎士比亚的戏说之笔，让理查成为杀死两个亲侄儿的幕后真凶！

诚然，对理查的荣毁誉谤是从"塔中王子"消失那一刻开始的。毕竟，按常理推断，他嫌疑最大。因此，可能，极有可能，是他下令杀了"塔中王子"。遗憾的是，历史没留下铁证。又因此，之后每个时代都有人提出疑问，试图为理查翻案。

时光进入20世纪，英国甚至成立了"理查三世学会"（Richard III Society）。被誉为推理小说大师的英国女作家约瑟芬·泰伊（Josephine Tey，1896—1952）更在其成名作《时间的女儿》（*The Daughter of Time*）中，凭缜密的推理和一些来自大英图书馆的珍贵史料，为理查清洗罪名。这位泰伊女士怀疑，亨利七世才是杀死"塔中王子"的幕后真凶。在她眼里，莎剧《理查三世》是对一个好人的恶毒毁谤，是一场吵闹的政治宣传，是一部愚蠢的戏剧！

（5）在莎剧里，理查得以登上国王宝座，全赖与白金汉公爵密谋设计合演了一出天衣无缝的双簧戏：第三幕第五场，白金汉到市政厅，向市民们宣告"塔中王子"是私生子，使其失去王位继承权，随后发表演说，提议："凡钟爱国家利益之人，高呼'上帝保佑理查，英格兰的国王！'"第七场，再由理查手拿祈祷书，站在两位主教牧师中间——"对一位基督徒亲王，那是两根美德的支柱"——而这时，白金汉正好与市长及市民们一起前来，"衷心恳求阁下亲自担起您这片国土的王国统治之责——不是凭您身为护国公、总管、代表，或为他人谋利的低级代理人，而是凭您血脉相传的继承权，凭您天生的权利，凭您的君王版图，凭您自己"。

在历史上，理查成为英格兰国王，则先由一位主教牧师于1483年6月22日在伦敦圣保罗大教堂门口宣读爱德华四世与伊丽莎白王后之婚姻属于重婚的证词，使爱德华五世的臣民们不再接受年轻国王的统治。他们拥立护国公理查为新国王。此时，理查已搬至伦敦主教门大街的克罗斯比宫（Crosby Place）。6月26日，理查接受国民吁求。7月6日，在威斯敏斯特教堂加冕。1484年1月，凭一项《国会法案》（Act of Parliament）使王位依法得以确认。

可见，是莎士比亚的戏说之笔，让理查与白金汉上演了一出假戏真做的双簧！

（6）在莎剧里，理查得以称王，全赖其左膀右臂表兄白金汉鼎力相助。第二幕第一场，白金汉当着爱德华四世的面向王后保证："白金汉不论何时将其仇恨转向王后，对您和您的家人不怀忠顺之爱，叫上帝凭我最希望爱我之人对我的恨，来惩罚我！"然而，白金汉早与理查结成同谋。第二幕第二场，理查甚至向白金汉表示：

"我,要像个孩子似的,由你引导前行①。"第三幕第一场结尾,理查向白金汉郑重承诺:"我一当上国王,你就向我要求赫里福德伯爵领地的所有权,以及我国王哥哥拥有的全部动产。"结果,理查登上王位之后,因白金汉不肯去杀"塔中王子",理查对他失去信任,对他的要求置若罔闻。白金汉感觉被骗受辱,遂起兵造反。兵败。第五幕第一场,理查下令将白金汉斩首。白金汉之死应验了他向伊丽莎白王后的起誓,终因"最希望爱我之人对我的恨"死于非命。

在历史上,理查加冕国王之后,白金汉这位理查从前的盟友便开始与爱德华四世的支持者和整个约克派系密谋,计划废黜理查,恢复爱德华五世的王位。当"塔中王子"(年轻的爱德华国王和他的弟弟)消失之后,谣言四起,白金汉打算将流放中的亨利·都铎迎回国,夺取王位,并与"塔中王子"的姐姐约克的伊丽莎白结婚。白金汉在其位于威尔士的庄园起兵,向伦敦进军。流放布列塔尼的亨利得到布列塔尼司库皮埃尔·兰戴斯(Pierre Landais)的支持,寄望白金汉能以一场胜利使布列塔尼和英格兰订立一纸盟约。但亨利有些战船遭遇暴风雨,被迫返回布列塔尼或诺曼底,亨利本人的战船则在白金汉兵败之后一周,在普利茅斯抛锚。白金汉的军队同样受到这场暴风雨的困扰,许多士兵开了小差。白金汉试图化装逃跑,遭家臣出卖。11月2日白金汉在索尔斯伯里"牛头客栈"(the Bull's Head Inn)附近,以叛国罪遭斩首。

可见,是莎士比亚的戏说之笔,让白金汉成了戏里那副样子,遭虎狼之君所骗,身首异处!

(7) 在莎剧里,理查是一个残暴血腥的禁欲主义者,孤家寡人,无儿无女,而且,害死了妻子安妮王后。第四幕第二场,理查命心腹凯茨比:"向外散布谣言,说安妮,我妻子,病得十分严重,我会下令把她关起来。……我再说一遍,叫人们知道,我的安妮王后病了,估计会死。去办吧。"

在历史上,理查与安妮王后在婚后第二年(1473年)生下独子爱德华·普列塔热内,5岁时受封索尔斯伯里伯爵,1483年8月24日受封威尔士亲王,成为王储,1484年3月亡故。另外,当时关于理查谋杀妻子安妮的传言毫无根据。1485年3月,安妮可能因患肺结核病亡。

可见,是莎士比亚的戏说之笔,让理查成了杀妻凶手!

(8) 在莎剧中,第四幕第二场,理查前脚刚下令凯茨比去害妻子安妮,随后又

---

① 参见《旧约·撒母耳记下》16:23:"在那些日子里,大家认为亚希多弗所出的主意都像是从上帝来的话;大卫和押沙龙两人都听从他。"

心生"一宗罪恶":"我必须与我哥哥的女儿①结婚,否则,我的王国便站在易碎的玻璃上。——杀了他两个弟弟,然后娶她!不牢靠的获利手段!但迄今为止我身陷血腥,一宗罪恶将引出另一宗罪恶。我这眼里容不下同情的泪滴。"第四场,理查便当面逼迫以前的王嫂伊丽莎白将她"贤淑又美丽,尊贵又仁慈"的女儿嫁给他,因为"美丽英格兰的和平仰仗这一联姻"。

在历史上,尽管关于理查要娶自己侄女(约克的伊丽莎白)的谣言早已风传,却并无现存证据显示他打算娶她。实际上,理查当时正在协商一桩婚事,打算把伊丽莎白嫁给葡萄牙王子贝沙公爵曼努埃尔(Manuel, Duke of Beja),即后来的葡萄牙曼努埃尔一世(Manuel I of Portugal, 1469—1521)。

可见,是莎士比亚的戏说之笔,让理查成了一个丧失天伦、非要把亲侄女娶来当王后的暴君叔叔!

(9)在莎剧里,第五幕第四场,因里士满的继父斯坦利拒绝派兵助战,理查只好孤军"演出了超乎一个凡人的奇迹,面对每一个危险,都敢于向敌人挑战。他的马被杀了,全靠步行奋战,在死神的喉咙里寻找里士满"。最终,在"一匹马!一匹马!用我的王国换一匹马!"(A horse, a horse, my kingdom for a horse)的绝命呐喊中阵亡。

在历史上,博斯沃思之战不单是理查和里士满(亨利·都铎)之间的战斗,何况理查本有望获胜。理查在法国长矛兵护卫部队里发现了里士满,便领一队骑兵冲杀过去。但他被里斯·艾普·托马斯爵士(Sir Rhys ap Thomas)从里士满身边引开。斯坦利兄弟俩,斯坦利勋爵托马斯(Thomas, Lord Stanley)和弟弟威廉·斯坦利爵士(Sir William Stanley),见里士满易受攻击,趁势率军杀入,为里士满助战。理查一见斯坦利,高喊"叛国"。理查骑的白色战马陷进一片沼泽地,人从马上摔下来。有人要给他一匹新马,他拒绝。他徒步作战,直到被砍死。

可见,是莎士比亚的戏说之笔,让理查在绝命之前成为一个恶棍枭雄!

4. 关于理查死于博斯沃思之战的传说

"理查三世的恶行惹得人神共怒,国内叛乱不断,仅在他掌权短短两年之后的1485年,亨利·都铎(Henry Tudor)从威尔士起兵,在博斯沃思原野(Bosworth Field)大败理查三世,这位暴君在这场战斗中毙命。"这段文字几乎是后世对"暴

---

① 即爱德华四世之女约克的伊丽莎白(Elizabeth of York, 1463—1503)。理查欲娶她为妻,以蒙蔽里士满,未果。1486年,伊丽莎白与亨利七世结婚。至此,玫瑰战争终由约克家族与兰开斯特家族的联姻结束。

君"理查之死盖棺论定的历史描述。

1485年8月22日发生的博斯沃思之战,距今500多年,太过久远。相比真实的历史,传说往往更有生命力。

相传,开战之后,这位曾叱咤风云的英格兰国王纵马驰骋,异常勇猛,不仅将勇冠三军的敌将约翰·钱尼爵士打下马来,还杀了亨利·都铎的掌旗官威廉·布兰登爵士。但作战中,他胯下那匹白色战马,因马掌脱落突然跌倒,把他摔落马下。他眼看敌方将领手持长矛策马奔来,高喊:"一匹马!一匹马!用我的王国换一匹马!"话音未落,敌将杀到。有的说,理查的头颅被长矛刺中,当场毙命。有的说,一个手持战斧的敌兵砍死了他。无从证实哪个说法是对的。其实,让比莎士比亚年长112岁的理查三世嘴里高喊莎剧台词,这本身便足以证实历史受了捉弄。

事实上,战斗打响之前,理查像在莎剧中表现的那样自信满满,对胜利十拿九稳:"我们既已兴兵作战,那就进军,进军。即便不向外敌开战,也要击败国内这些反贼。"【4.4】而且,在兵力上,理查以8 000人对里士满5 000人,明显占优势。但两军交战之后,战局未按理查的设想进行。由此,喜欢编排历史的后人巧意杜撰,使三个别有意味的传说鲜活地代代相传:

(1)参战前,当理查在莱斯特郡一市镇向一名先知求教时,先知预言:"你纵马飞奔战场,被马刺刮蹭之处,便是回程时你脑袋开花之地。"在前往博斯沃思原野的路上,过一座桥时,理查战靴上的踢马刺蹭到桥上一块石头。当理查战死之后,尸体拖在马后从战场运回时,头被那块石头撞开了花。

(2)在理查与里士满(未来的亨利七世)决战前一天清早,理查派马夫尽快给自己最喜欢的战马钉掌。马夫对铁匠说,国王希望骑着它打头阵。铁匠说,所有战马都钉了掌,没铁皮了,眼下钉不了,得等。马夫心烦气躁,叫道:"我等不及!"铁匠无奈,从一根铁条上弄下四个马掌,砸平、整形,然后固定在马蹄上。钉好三个,没钉子了。铁匠说需要花点时间现砸两个。马夫急切地说:"跟你说了我等不及。"铁匠说:"怕钉上之后,没那么牢固。"马夫问能否挂住,铁匠回:"应该能,但没把握。"马夫催促:"那好,就这样,快钉,不然国王会怪我。"

两军交锋,理查策马扬鞭,激励士兵奋勇杀敌。厮杀中,那只不结实的马掌突然掉了,战马跌倒,理查落马。受了惊的马一跃而逃,士兵纷纷撤退,里士满的军队围上来。理查挥舞宝剑,高喊:"一匹马!一匹马!用我的王国换一匹马!"对此,亦不难判断,这显然是后人口耳相传与莎剧的杂烩。

(3)理查临死之前连着高喊五声"叛国,叛国,叛国,叛国,叛国"。显然,这是后人把历史记载的理查见到斯坦利时只喊了一声的"叛国!"戏剧化了。不过,莎士比亚编戏时并没买这个账,他压根儿没让理查和斯坦利在博斯沃思见面。

5. 关于理查遗骨的考古发掘

理查在博斯沃思之战中阵亡,尸体用马拖到附近的莱斯特城,可能先裸身示众,最后在灰衣修士教堂(即圣方济各会教堂)下葬,墓穴很小,没有葬礼。

1509年,亨利七世去世,儿子亨利八世(1491—1547)继承王位。

1534年,英格兰国会通过《至尊法案》,英格兰脱离罗马教廷,正式推行宗教改革,许多天主教修道院随即被夷为平地。理查的墓穴及墓碑均被移除,遗骨不知所终。有人推断,遗骨丢进了临近的索尔河(River Soar)。

成立于20世纪,志在为被污名化的暴君理查昭雪的"理查三世学会",于2012年,委托莱斯特大学考古队对理查遗骨进行考古发掘。该学会认定理查是一位好国王,因为,所有16世纪70年代到80年代早期的记载,都强调理查是忠心耿耿的兄弟、正直不阿的君王、骁勇善战的士兵,在地方纠纷中是公正的裁决人,深受那个时代英格兰北方人民爱戴,并凭其自身的骑士精神受到尊崇。

考古队通过地图索源法和钻地雷达技术,最终确定一个市政停车场便是当时埋葬理查的圣方济会教堂旧址。

8月,一具成年男性的骨架出土。考古队对这具骨架做放射性碳测定,确定遗骨年代为1455—1500年之间,死者年龄约二三十岁,之后再经过线粒体基因测序与理查的后裔进行DNA配对,确认这是理查三世的遗骨无疑。

根据数字扫描骨架,遗骸有10处伤口,8处在头,2处在身,均为死亡前后不久所致:上背脊骨插着一个带倒钩的金属箭头,头骨上有一连串伤痕,一致命的伤痕在头顶处,刀锋砍出凹槽。由此,可对理查生命的最后时刻做一番推演:落马时,头盔掉落,被砍杀时没戴头盔;可能先被利刃(战斧或长矛)砍掉一部分头骨,又被利器刺穿头部;后脑被打破,脑浆飞溅;肋骨的砍痕和骨盆部位的创伤显出,尸体被亨利·都铎命人用马从博斯沃思战场拖到莱斯特,以宣示胜利;一路之上,尸体遭人羞辱,骨盆处被人用利器刺穿。

最重要的,在科学检测下,理查的身体特征是:轻度脊柱侧凸,右肩比左肩稍高,双臂没萎缩,既不瘸腿,也无跛足,既不影响穿盔甲,更不影响骑马战斗。

简言之,现代科技呈现出的历史中的真理查,不是被莫尔和莎士比亚们糟改的"一瘸一拐,形貌如此畸形"[1.2]的"驼背理查"——篡位之后杀兄、杀妻、杀侄儿、杀挚友的血腥暴君!

2015年3月22日,距查1485年8月22日战死疆场差五个月整整530年,一辆灵车载着装殓理查骸骨的棺椁,驶出莱斯特城,来到博斯沃思原野——当年理查兵败之地。现场鸣放21响礼炮,以此向王室致敬。

3月26日,英格兰国王理查三世的遗骨在莱斯特大教堂重新安葬。

三、剧情梗概

第一幕。

图克斯伯里一战,约克家族击败兰开斯特家族,爱德华四世重登王座,王国秩序得以恢复。但"如此一瘸一拐,相貌古怪,连狗都立到我身旁冲我狂吠"的格罗斯特公爵理查,"天生不是寻欢享乐的料①,也无法盯着一面镜子自怜自爱"。他自知"无法见证一个情人,快乐度过这些和美的日子,那我决意见证一个恶棍,憎恨这些闲散的快活时光"。他设下阴谋的第一步,便是"凭借醉鬼的预言、诽谤和幻梦",在他哥哥克拉伦斯和国王之间"相互嵌入刻骨的憎恨"。果然,爱德华四世听信了克拉伦斯谋朝篡位的谣言,命人将其关入伦敦塔。

在街道上,见到由卫兵押解的克拉伦斯,理查假意同情,告知要把他关进伦敦塔的不是国王,而是那位格雷夫人(伊丽莎白王后)和她的弟弟里弗斯伯爵。理查又假意安慰哥哥,马上去找国王,"甭管你让我做什么,只要能释放你,——哪怕管爱德华国王的寡妇叫声嫂子,——我照叫不误"。说完,兄弟二人紧紧拥抱。

理查从刚由伦敦塔释放出来的海斯汀勋爵嘴里,得知国王病重。国王"长久过一种邪恶的肉欲生活,过度耗掉他国王的身体"。理查早已料到会有这一天,但为实现爬上国王宝座的野心,眼下当务之急,必须在国王临死之前,弄死克拉伦斯。

伦敦塔附近一街道。小爱德华亲王的遗孀安妮夫人,为由卫兵护送的公公亨利六世的棺椁送葬。她伤心欲绝,祈愿更可怕的命运落在理查头上,"遭受比蝰蛇、蜘蛛、癞蛤蟆,或任何有毒会爬的活物更惨的命运"!理查拦住送葬队伍,巧舌如簧,向安妮求爱。安妮痛斥理查杀了她的公公亨利六世,杀了她的丈夫小爱德华,"因为你卑劣地屠杀他人,理应以自杀惩罚自己"。"你是主使人,是最该诅咒的凶犯。"理查辩称杀死小爱德华,是出于对安妮的爱,意在帮他"得到一个更好的丈夫"。理查抽出剑,交给安妮,示意她此时可以为自己的公公、丈夫复仇,"你若愿意,(将这剑)插入这忠实的心窝"。理查跪在地上,裸露胸膛,见安妮举剑欲刺,动情地说:"不,别停下,因为我杀了亨利王,——只不过,是你的美貌激我起了杀心。

---

① 莎士比亚的"驼背理查"源自托马斯·莫尔的《理查三世的历史》。在莫尔笔下,理查身材矮小,状貌丑陋,四肢畸形,驼背,身形歪斜,左肩高,右肩低。

不,赶快,是我刺死了年轻的爱德华。(她又举剑欲刺。)——只不过,是你圣洁的面孔唆使我下手①。"安妮丢下剑,叫理查起来:"骗子。虽说我愿你死,却不愿亲手杀你。"最后,她接受了理查的戒指,并对他如此悔过表示欣喜。理查对求爱成功十分得意:"这阵子我倒把自己的形貌看错了。以我的性命起誓,虽说我没能,可她却发现了,我居然是一个了不起的美男子。"但他早已打定主意,"我要占有她,却不想留太久"。

  伦敦。王宫。伊丽莎白王后深知理查对自己心存歹意,担心爱德华四世死后,自己和儿子及整个亲族会遭理查所害。见到理查,她当即表示:"我和我的亲戚们地位提升,你嫉妒。愿上帝允许我对你永无所求!"理查反唇相讥:"愿上帝允许我有求于你。我们的兄弟②被你设法关进牢狱,我自己也丢了脸,贵族遭人蔑视。"这时,亨利六世的遗孀玛格丽特老王后来到王宫,她先痛斥理查:"在伦敦塔里,你杀了我丈夫,在图克斯伯里,你杀了爱德华,我可怜的儿子。"继而伊丽莎白及其亲族说:"你们篡夺的一切欢乐,本该属于我。"然后挨个儿向里弗斯、多赛特、海斯汀勋爵等人发出诅咒。格罗斯特叫她停止诅咒:"你这可恨、干瘪的巫婆!"随即她开始诅咒理查是只"有毒的驼背癞蛤蟆",骂他是"出生时被邪灵打上印痕,怪模怪样,贪婪的、满处乱拱的野猪③!你一落生便打上烙印,人之奴隶,地狱之子!你是你受孕娘胎的耻辱!是你父亲腰胯④憎恶的孽种!你这荣誉的抹布!"最后,她警告白金汉公爵要他远离理查"那魔鬼",并警告所有人:"你们每一个活人都是他憎恨的对象,他也是你们恨的对象,你们所有人都是上帝恨的对象!"

  伦敦塔。头天夜里,克拉伦斯做了一连串噩梦,梦见自己和弟弟理查在海上航行,在摇晃的甲板上踱步时,被绊了一跤的理查把他撞出船外,坠入巨浪翻滚的大海;梦见海底遇难船只的残骸;梦见死于巴尼特之战的岳父沃里克厉声高喊:"这黑暗王国能给发假誓的克拉伦斯什么惩罚?⑤"梦见死于图克斯伯里的小爱德华要"复仇女神⑥押他去受苦刑"!领了理查密杀令的二名刺客,前来刺杀克拉伦斯。

---

① 此句和上句"是你的美貌激我起了杀心"均含性意味,暗指"是你唤起了我的性欲望"。
② 指理查的二哥克拉伦斯公爵乔治。
③ 野猪(hog):理查的纹章上有一头白色的野猪。
④ 腰胯(loins):暗指男性生殖器官。
⑤ 在《亨利六世》(下),克拉伦斯先背弃哥哥爱德华四世投奔沃里克,支持兰开斯特家族,随后不久,又背弃向岳父沃里克立下的誓言,再次回到爱德华四世身边,最终导致沃里克兵败,受伤而死。
⑥ 复仇女神(Furies)即希腊神话中的复仇女神三姐妹。

临死之前,克拉伦斯才明白所有这一切都是理查为他设计的。杀死克拉伦斯之后,凶手把尸体泡进装马姆齐甜酒的桶里。

第二幕。

伦敦。王宫。病中的爱德华国王希望贵族朝臣和平相处,宫廷不再有纷争。他先劝里弗斯与海斯汀"相互握手,切莫心藏仇恨,发誓彼此相爱"。再劝王后及其亲族与海斯汀勋爵、与白金汉公爵和好。国王颇感欣慰,向理查表示:"我做了件善事,在这些骄傲、满腔怨怒的贵族们之间,化敌意为和平,化仇恨为挚爱。"理查当即表态,愿与所有人和解:"我不明白,我的灵魂与每一个活在世上的英国人的分歧,会比昨夜新生的婴儿还多一点儿。我因我的谦卑感谢上帝!"此时,王后向国王求情,希望赦免克拉伦斯。理查告知克拉伦斯已死。国王声言已发出撤回处死克拉伦斯的命令。理查答复克拉伦斯:"死于您的第一道命令,那命令由一位长翅膀的墨丘利①送达。哪个迟缓的瘸子送的第二道撤销令,太迟了,都没看见他下葬。"国王心有悔意:"我弟弟没杀人,——他错在心存念想,却落个惨死的惩罚。"

伦敦。王宫。国王死了,公爵夫人和伊丽莎白这对儿婆媳陷入悲痛之中,一个为儿子,一个为丈夫。里弗斯建议王后立刻派人把威尔士亲王"接来,让他加冕为王。您的安心日子系在他身上。把绝望的悲伤淹死在已死的爱德华的墓穴里,把您的快乐种植在活着的爱德华的王座上"。白金汉提出,为防止宫中生变,只能派少量随从去拉德洛把亲王迎回伦敦加冕。里弗斯、海斯汀均表示赞同。等所有人都退去,白金汉向理查保证:"我要瞅准机会,把王后那伙儿骄傲的亲族与亲王分开。"理查高兴地把白金汉称为"我的另一个自己,替我拿主意的智囊高参②,我的神谕,我的先知!——我亲爱的老兄,我,要像个孩子似的,由你引导前行③"。

伦敦。一街道。有的市民对王国的未来焦虑不安:"先生们,等着瞧一个动乱的世界。"有的市民不以为然:"不,不,凭上帝之恩典,他儿子要继位了。"有的市民为此更加担心:"由孩子来管,那个国要倒霉!"④还有的市民认为:"格罗斯特公爵(理查)充满危险!王后的儿子和兄弟们傲慢骄狂,他们若能听从王命,而不操控

---

① 墨丘利(Mercury):罗马神话中主神朱庇特的信使,头戴插有双翅膀的帽子,脚穿飞行鞋,行走如飞。
② "替我拿主意的智囊高参"(my counsel's consistory):直译为"我内心想法的会议室",意思相当于今天的"我的智囊"。梁实秋译为"我的参谋本部"。
③ 见第138页,注①。
④ 参见《旧约·传道书》10:16:"国啊,当你的国王是个孩子,你的亲贵清早欢宴,哎呀,你要倒霉了!"

王命,这个衰弱的国家还可以像从前一样安详。"

伦敦。王宫。约克公爵夫人满心期盼尽快见到自己的孙儿威尔士亲王,伊丽莎白王后也盼着见到儿子。说话间,信差送来消息,"两位强大的公爵,格罗斯特和白金汉"逮捕了前去迎接亲王的里弗斯勋爵和格雷勋爵,连同沃恩爵士,把他们全都送往庞弗雷特①。王后眼见灾难临头:"我的家族要毁灭。老虎现在抓住了温顺的母鹿,恐吓的暴政开始悬在天真、难以令人敬畏的王座②之上。欢迎,毁灭,血腥和残杀!我看到了一切的终结,像画在地图上一样。"公爵夫人则慨叹:"征服者之间,又要开战,兄弟跟兄弟,血亲跟血亲,自己对自己。啊!荒谬、疯狂的暴力,停止你该受诅咒下地狱的暴怒,否则,让我死去,别再看世间惨象!"王后决定和小儿子约克一起,"去圣所③避难"。

第三幕。

伦敦。一街道。理查、白金汉及伦敦市长一行人等欢迎爱德华亲王来到伦敦。白金汉要红衣主教鲍彻把小约克公爵从圣所接来与亲王哥哥团聚。鲍彻与海斯汀勋爵一起接来小约克,理查下令让两位王子待在伦敦塔的皇室居所,等候加冕典礼。白金汉要凯茨比去见海斯汀,说服他同意理查登上王座。凯茨比认为海斯汀效忠国王,难以说服。理查告诉白金汉,如果海斯汀心怀二心,就砍下他脑袋。同时,他向白金汉许愿:"我一当上国王,你就向我要求赫里福德伯爵领地的所有权④,以及我国王哥哥拥有的全部动产。"

海斯汀勋爵府。斯坦利派信差通知海斯汀,他夜里梦见野猪(理查纹章上的图案)撞掉了自己的头盔,为避免预感到的危险,建议海斯汀与他"一起火速飞奔赶往北方"。但海斯汀毫不担心。凯茨比试探海斯汀,暗示他拥戴理查戴上"王国的花冠",并给海斯汀带来好消息:"就今天,您的敌人,王后的亲族,必死于庞弗雷特。"海斯汀断然拒绝:"要我发声站在理查一边,阻止我主上⑤子孙的合法继承权,上帝知晓,我不会干的,死也不干!"但他心情十分愉快,出发前,跟自己的随从说:"今天我那些敌人都要被处死,我身处的境遇从没这么好过。"

约克郡。庞弗雷特城堡前。拉特克利夫率手持长戟的卫士,将王后的亲族里

---

① 庞弗雷特(Pomfret):即约克郡的庞蒂弗拉克特(Pontefract)城堡。
② 指爱德华亲王。
③ 圣所(sanctuary):专指教堂或其他神圣的场所用来避难的地方。旧时,躲在圣所的避难者可依法享有不被逮捕的豁免权。此处圣所指威斯敏斯特教堂内的避难处。
④ 理查的这一承诺对白金汉公爵极具诱惑力。
⑤ 主上(master):指爱德华四世。

弗斯、格雷、沃恩押往刑场斩首。

  伦敦塔内会议室。贵族们开会商议加冕典礼的日期。海斯汀深感理查对他厚爱,先替理查做主:"不妨选定时日,我来代表公爵投一票,相信他会欣然接受。"理查问海斯汀,若有人用邪恶的巫术谋害自己,该当何罪? 海斯汀说活该受死。理查指着自己畸形的胳膊,说这是王后伙同那个娼妓婊子绍尔,凭巫术打下的标记。海斯汀刚说到"假如",理查立刻变脸:"你,这个该受诅咒下地狱的婊子的守护者,——竟敢对我说'假如'? 你这个叛徒。砍掉他脑袋!"海斯汀慨叹当初玛格丽特对他"沉重的诅咒"落在了头上。

  伦敦塔城墙上。理查指着海斯汀的人头告诉伦敦市长,海斯汀密谋加害自己。市长认为海斯汀理应受死,"自从他与绍尔太太有了奸情,我便料定他绝不干好事"。市长刚一离开,理查便让白金汉"尽速跟市长赶往市政厅",到那儿选好时机,向市民们挑明爱德华的几个孩子全是私生子,以示他何等荒淫。

  伦敦。贝纳德城堡。白金汉告诉理查,他在市政厅向公众历数爱德华四世的斑斑劣迹,包括提到不仅他的孩子都是私生子,连他本人也不是老约克公爵的亲生儿子,然后提到理查打仗时的韬略智慧,赞美理查的慷慨、美德和可敬的谦恭,最后提议凡钟爱国家利益之人,高呼:"上帝保佑理查,英格兰的国王!"但市民们反应冷淡,一言不发,一个个活像哑巴塑像。俩人商量对策,白金汉建议理查要摆出令人生畏的虔诚神态,除非有人迫切恳求,不要跟人交谈。"手里一定拿本祈祷书,站两位牧师中间,我高贵的大人,因为我要以这个低调为基础,唱一首高调的圣歌。"

  市长、市议员和市民们赶到城堡。白金汉说理查正在虔诚祷告,谁也说服不了他接受恳求,成为英格兰的君王。市长率先发出恳求:"以圣母玛利亚起誓,愿上帝不准公爵拒绝我们!"白金汉费尽唇舌,恳求强大的理查,"不要拒绝奉上的这份敬爱"。最后,手拿祈祷书、站在两位主教中间的理查接受了所有人的合法请求:"既然你们不管我是否愿意,非要把命运像铠甲一样在我背部①扣紧,叫我负起这重担,我一定耐心承受负担。"白金汉带头高喊:"英格兰当之无愧的国王,理查王万岁!"

  第四幕。

  伦敦塔前。老约克公爵夫人、伊丽莎白王后和安妮夫人要见爱德华亲王和小约克两位王子,遭卫队长布雷肯伯里拒绝,说国王下令严禁探望。伊丽莎白问是哪位国王,卫队长改口说是护国公大人(理查)。斯坦利来请安妮,要她"必须立刻去

---

① 我背部(my back):理查以此让别人注意自己的驼背。

威斯敏斯特,在那儿加冕为理查尊贵的王后"。① 伊丽莎白听到这可怕的消息险些晕倒,她立刻要自己与前夫所生的儿子多赛特,"赶快逃离这座屠宰场,免得你白凑一个死亡数,把我变成玛格丽特诅咒的奴隶死于非命,临死之际,既不是母亲、妻子,也不是英格兰公认的王后"!② 即将加冕王后的安妮丝毫不快乐,担心理查"因我父亲沃里克③而恨我,无疑,很快会将我除掉"。

伦敦。王宫。理查加冕之后,为绝后患,授意白金汉除掉伦敦塔内的两位王子。见白金汉犹豫不决,理查立刻对他失去信任,随即命人找来泰瑞尔爵士,去杀掉两个亲侄儿。接着,他命凯茨比四处散布谣言,说安妮病得很重,很快会死。为巩固王权,理查决定与哥哥爱德华四世的女儿伊丽莎白结婚。另外,他要把哥哥克拉伦斯的女儿嫁给一个身份卑微之人。至于克拉伦斯的儿子,已被牢牢监禁,不足为虑。白金汉向理查讨要赫里福德的伯爵领地及爱德华四世的全部动产。理查把当初对白金汉的许愿忘到脑后。白金汉担心招致杀身之祸,跑回威尔士,起兵造反。泰瑞尔雇两名凶手去伦敦塔,闷死两位王子。

伦敦。王宫前。老约克公爵夫人和儿媳伊丽莎白王后哀悼两位王子,与玛格丽特老王后不期而遇。三个女人同病相怜,各倒苦水,互吐衷肠。公爵夫人恨不得把理查,自己的亲生儿子闷死,她对伊丽莎白说:"跟我一起去,在刺耳的话语里,让我们把我那该下地狱的儿子闷死,是他,闷死了你那两个可爱的儿子。"公爵夫人拦住行进中的理查,痛悔自己受诅咒的胎宫竟生下理查这样的坏蛋。伊丽莎白痛骂理查杀了自己的两个儿子和兄弟,理查却要伊丽莎白把女儿嫁给他。伊丽莎白不肯让女儿嫁给这个魔鬼,但理查动之以情,晓以利害,说这桩婚姻将给她带来尊荣:"您将再次成为一位国王的母亲,苦难深重时代的一切废墟将以双倍满意的财富得到修复。"而且,"美丽英格兰的和平仰仗这一联姻"。理查叫伊丽莎白转告女儿:"说我会永永远远爱她。"伊丽莎白最终同意劝说女儿嫁给理查。

信差送来消息,里士满从布列塔尼率一支强大的舰队到了西部海上,等待白金汉前来接应。理查命斯坦利前去迎敌,为防止斯坦利投奔继子里士满,命人把他儿

---

① 1483年7月6日国王和王后的加冕典礼在威斯敏斯特教堂举行,格罗斯特公爵理查加冕英格兰国王,成为理查三世,安妮夫人加冕为英格兰王后。
② 在第一幕第三场,亨利六世的遗孀王后玛格丽特向伊丽莎白王后发出诅咒:"临死之际,既不是母亲、妻子,也不是英格兰的王后!"
③ 即沃里克伯爵理查·内维尔(Richard Neville, Earl of Warwick),在《亨利六世》(下篇)中,在与约克家族交战的过程中,负伤阵亡。当时,理查(格罗斯特公爵)是约克军中的主要将领。

子扣作人质。不久传来消息,"因天降暴雨、突发山洪,白金汉的军队被冲散"。很快,又传来消息,白金汉被捉获,但里士满的军队已在米尔福德登陆。

第五幕。

索尔斯伯里。一空地。白金汉想见理查一面,遭拒。被斩首之前,他想起玛格丽特对他的诅咒:"当他(理查)用悲痛劈裂你的心窝,记住玛格丽特是一个女先知。"①

里士满的军队向博斯沃思原野行进。理查的国王军队在博斯沃思原野搭起营帐。斯坦利来到里士满的营帐,愿命运和胜利女神保佑他,要他"在清晨早做战斗准备,把你的命运交由血腥的打击,和目露死命凶光的战争来决断"。决战前夜,里士满安然入眠。国王营帐,理查在睡梦中惊醒:小爱德华、亨利六世、克拉伦斯、里弗斯、格雷、沃恩、海斯汀、爱德华亲王和小约克两位王子、安妮夫人、白金汉,所有遭他"谋杀之人的灵魂都来到"他的营帐,"每个灵魂都威胁,明天的复仇要落在理查头上"。同时,每个灵魂都祝愿里士满将迎来"成功与幸运的胜利"!睡醒之后,理查心有余悸,他对拉特克利夫坦言:"一整夜的鬼影儿向理查的灵魂袭来的恐惧,比浅薄的里士满所率手执兵器身披坚甲的一万士兵更可怕。"

里士满发表战前演说,愿士兵们以上帝的名义和所有应得的权利,高举战旗,心甘情愿拔出刀剑。"大胆、欢快地击战鼓、吹号角,/上帝和圣乔治保佑里士满胜利!"

理查发表战前演说,激励士兵们勇猛战斗:"用马刺狠踢你们俊美的战马,任浴血的战马②驰骋,凭你们折断的矛枪恐吓苍天!"

决战在即,信差禀告理查,斯坦利拒绝率军助战。两军激战,理查的马被杀。他徒步作战,在"一匹马!一匹马!用的我王国换一匹马!"的呐喊中阵亡。

博斯沃思之战,里士满大获全胜。他戴上斯坦利从理查头上摘下的王冠,宣布:"按我在领圣餐时立下的神圣誓言,将白玫瑰和红玫瑰联成一体③。……让里士满和伊丽莎白,两家王室家族的真正继承人,凭上帝的美好法令结合在一起!让他们的子孙,——上帝,倘若你愿意,——以欢心愉快的和平、以面露微笑的富足、

---

① 第一幕第三场,玛格丽特对白金汉说:"记住迟早有一天,当他用悲痛劈裂你的心窝,那时你会说可怜的玛格丽特是一个女先知!"
② 浴血(in blood):此处指战马因骑兵们用马靴上的踢马刺狠踢马腹,使马腹浴血。
③ 里士满加冕亨利七世,娶爱德华四世之女伊丽莎白为王后。至此,始于1455年,在"白玫瑰"(约克家族)和"红玫瑰"(兰开斯特家族)之间爆发的玫瑰战争,终在持续了30年之后,于1485年结束。

以美好繁荣的日子,充实未来的时间!"

四、理查三世:一个嗜血的坏君王!

1. "驼背理查":理查"自画"的暴君符号

不妨推断,莎士比亚把《亨利六世》(下)里的格罗斯特公爵理查,当成了《理查三世》中理查三世国王的前传来写。换言之,即便莎士比亚写《亨利六世》(下)时对将要写的《理查三世》未及详加构思,但要写一部以理查三世为主角,甚或要写一出"驼背理查"的戏,主意已定。因为他在《亨利六世》(下),尤其第三幕之后,便开始刻意为《理查三世》谋篇布局,让理查以巧于修辞的长篇独白给自己画像,而《理查三世》不仅以理查的长篇独白拉开剧情大幕,某种程度上可以说,更凭借理查一段又一段或长或短的独白串联起整个戏剧结构。可以说,莎士比亚在《亨利六世》(下)中,便开始精心打造"驼背理查"这一形象。

的确,从为迎合自己作为臣民的都铎王朝糟改前朝国王理查三世来看,莎剧《理查三世》比托马斯·莫尔的《理查三世的历史》走得更远。时至今日,一般读者、观众对理查三世的认知几乎全部来自这部莎剧,而知道莫尔笔下之理查者,鲜矣!不过,由后人仅从莎剧舞台上的"驼背理查"来为英国历史上真实的理查三世国王盖棺论定,已能体味到这一戏剧人物形象之深入人心,以至于人们难以想象,历史上那个真实的理查三世并不像莎剧里的这位"驼背理查"那么畸形、那么变态、那么邪恶、那么凶残、那么嗜血……

由此,若要剖析莎剧中这一"驼背理查",须把历史中的真实理查彻底抛开。因为,这个"驼背理查"是莎士比亚为舞台编造的,它只属于莎剧舞台,只属于莎剧戏文,几乎不属于历史。

莎士比亚对理查形象之刻画,主要采取人物"自画"的戏剧手段,并稍与其他戏剧人物对其"他画"交互衬托、对比。远在《亨利六世》(下)第三幕第二场,莎士比亚便以一大段长篇独白让理查为自己画了一幅未来嗜血坏君王的速写。当时,他刚被大哥爱德华四世封为格罗斯特公爵不久,遂立下誓夺王位的血腥宣言:

格罗斯特　……唉,若说这世上没有给理查的王国,我还能有什么别的快乐?
　　……唉,我在娘胎里便被爱神丢弃。为使我无法染指她脆弱的法律①，她凭着什么贿赂买通易受诱惑的大自然，把我的胳膊缩得像一棵枯萎的灌木；在我背上鼓起一座怀恨的山峦，畸形端坐，在那儿嘲笑我的身体；……只要我活着，便只把这人间当地狱，直到撑着我这颗脑袋的畸形身体，箍上一顶荣耀的王冠。……我要比海妖②淹死更多水手；要比蛇怪③杀死更多对视之人；我要扮演涅斯托④那样的演说家；骗人比尤利西斯⑤更狡猾；而且，要像西农⑥一样，夺取另一个特洛伊⑦。我比变色龙更会变色，变形比普罗透斯⑧更占上风，还能给凶残的马基雅维利⑨教点儿东西。这些我都能，还弄不到一顶王冠？喷！哪怕它再远，我也要摘下来。（下。）

不难断定，《理查三世》中妖魔化的那个"驼背理查"形象，在此情此景已受孕成形。换言之，对《理查三世》中的理查形象之透骨剖析，须由此入手。因为，"驼背理查"的一切邪恶罪行、血腥暴行都从这儿起步。

此后，在《亨利六世》（下）落幕之前，莎士比亚又为刚在伦敦塔里用剑刺死亨利六世的理查，私人定制了第二篇血腥宣言：

格罗斯特 怎么？兰开斯特上升的⑩血也会沉到土里？我以为它会往上爬呢。瞧我的剑为这可怜的国王之死怎样淌泪⑪！……我，

---

① 脆弱的法律（soft laws）：此处含性意味，暗指"为使我不能干她风月场里的事儿"。
② 海妖（mermaid）：即希腊神话中的海上女妖塞壬（siren），以美妙歌声引诱水手驾船触礁。
③ 蛇怪（basilisk）：传说中能以目光杀人的怪蛇。
④ 涅斯托（Nestor）：特洛伊战争中希腊联军中最年长的英雄，口才出众，富于智慧。
⑤ 尤利西斯（Ulysses）：荷马史诗《奥德赛》（*Odyssey*）中伊萨卡（Ithaca）的国王，以狡猾著称。
⑥ 西农（Sinon）：在维吉尔（Virgil）的《埃涅阿斯纪》（*Aeneid*）中，西农假装背弃希腊联军，劝特洛伊国王普里阿摩斯接受木马，最终导致特洛伊陷落，遭焚毁。由此，后人常以西农的名字代称奸诈之人。
⑦ 另一个特洛伊（another Troy）：指英国王冠。
⑧ 普罗透斯（Proteus）：希腊神话中海神波塞冬（Poseidon）的长子，《荷马史诗》中的"海中老人"之一，为避免被捉，身体能随意变形。
⑨ 马基雅维利（Machevil, 1469—1527），因在其名著《君主论》（*The Prince*）中倡导政治权谋，被后人视为权谋家。
⑩ 上升的（aspiring）即有志气的。
⑪ 指亨利六世的血顺着剑身滴落。

既无悲悯、情爱,也毫不畏惧。(再刺。)没错,刚亨利说我的话是真的,因我常听母亲说,我是先伸双腿来到人世①。你们想,我没理由赶快②找出篡夺我们合法权利之人,毁灭他们吗?接生婆吃了一惊,女人们喊叫"啊,耶稣保佑我们,他生下来就有牙"! 我是这样,那分明表示,我生来就该嚎叫、咬人,像狗一样。那好,既然上天把我的身体弄成这个形状,就让地狱扭曲我的心灵与它对应。我没兄弟,跟哪个兄弟都不像。"爱"这个字眼儿,胡子花白的老者称其神圣,存于彼此相像的人中,与我无关。我自己独来独往。——克拉伦斯,要当心,你遮住了我的光明③,但我要给你安排一个黑漆漆的日子,因为我要散布这样的预兆,叫爱德华为生命担忧,然后,为清洗他的恐惧,我会弄死你。亨利王和他的亲王儿子都死了。克拉伦斯,下一个轮到你,然后其他人,成不了人上人④,我便一文不值。我要把这尸体弄到另一间屋子,狂喜吧,亨利,在你的审判日⑤。(拖尸体下。)

这堪称理查的第二幅自画像。在此之前,身陷伦敦塔、正在读一本祈祷书的亨利六世,在见到理查的那一刻,已料定他是来夺命的"迫害者"和"刽子手"。这位虔敬上帝、渴望天堂、不惧死亡,在治国理政上却怯懦无力的亨利王,为未来的理查王"他画"出一幅肖像:"你出生时嘴里已长牙⑥,预示你一落生就能满世界咬人。"话音未落,亨利王身中一剑,随后呻吟出临死前的预言:"命定此后你还有更多杀戮。啊,上帝宽恕我的罪,也赦免你!"在此之后,他便向瞄准的"下一个"目标——克拉伦斯——下手了。克拉伦斯是他在《理查三世》中杀死的第一个至亲骨肉。

事实上,应是莎士比亚或出于有意,或出于自觉,他不时在剧中运用"他画"为

---

① 婴儿出生时先露出双足,乃民间所说的"横生倒养",即"痞生"。
② 格罗斯特暗指自己出生时因脚先呱呱坠地,故而行动迅速。
③ 即"你妨碍我登上王位"。因约克家族的族徽是太阳,故有此说。
④ 成不了人上人(till I be best.):直译为"直到我成为最好的人"。
⑤ 在你的审判日(in thy day of doom)意即"今天是你的死期"。
⑥ 中世纪英格兰民间认为初生婴儿嘴里长牙是反常的不祥之兆。今天来看,这纯属违反科学的恶意丑化。

理查的"自画"进行补笔。例如,在《亨利六世》(下)中,理查虽常在"自画"中直接挑明"更多杀戮"政敌、对手的动机,即要除掉夺取王冠路上的所有绊脚石,却极少自我吹嘘、炫耀曾立过多少汗马功劳。这既是真实历史中的理查特别具备的一种能力,也是中世纪英格兰国王们必须具备的能力,即要成为"黑王子爱德华"和亨利五世那样驰骋疆场、血腥厮杀的战士。对这一笔,在《亨利六世》(下)第一幕第一场开场不久,老约克公爵便对在圣奥尔本斯之战中立下战功、手里拎着萨默赛特首级的理查赞不绝口:"在我几个儿子中,理查功劳最大①。"诚然,这只是莎士比亚糟改历史的范例之一,因为圣奥尔本斯之战发生时,理查年仅三岁。

再如,在《理查三世》里,来自克拉伦斯和白金汉的"他画"是对"驼背理查"之"邪恶"与"罪恶"的强力补笔:克拉伦斯直到面对理查派来杀他的刺客,方醒悟要杀自己的,竟是答应把他从伦敦塔里放出来的骨肉兄弟理查。因此,他的冤魂才会在博斯沃思决战前夜,出现在理查的营帐诅咒道:"我,可怜的克拉伦斯,淹死在叫人恶心的酒里,你用狡诈的背叛害死了他!明天在交战中一想起我,你那把钝剑就会掉落。绝望吧,去死吧!"【5.3】白金汉直到拼死拼活把理查扶上王位之后,方醒悟理查真是个背信弃义的暴君,最后造反兵败,身首异处。因此,他的冤魂才会加入到所有遭理查毒手的幽灵们的行列,在博斯沃思决战前夜,来到理查的营帐诅咒:"我,头一个帮你夺取王权,最后一个遭受你的残暴。啊,在战斗中想一想白金汉,愿你在罪行的惊恐中死去!"【5.3】

又如,为恶意丑化理查,莎士比亚让《理查三世》中三个地位曾无比尊贵的女人——安妮夫人(亨利六世的儿媳)、玛格丽特(亨利六世的王后)、伊丽莎白(爱德华四世的王后)——像事先商量好了似的,分别"他画"出同一个理查:"贪婪的、满处乱拱的野猪";"有毒的驼背癞蛤蟆"。

在此撇开"他画",容后另述,接着说"自画"。实际上,莎士比亚在《亨利六世》(下)第一幕第二场,已为理查精心绘制了一小幅自画像。当时,他和大哥爱德华一起,力劝犹疑不决的父亲老约克公爵主动挑起战争,夺取王冠:

约克公爵 我发过誓让他和平地统治。
爱德华 但为夺取一个王国,可以打破任何誓言。让我当朝一年,我愿打破一千个誓言。

---

① 出于剧情需要,莎士比亚为理查改了年龄,让他参加了发生在《亨利六世》(中)最后的圣奥尔本斯之战,并立下战功。历史上,理查生于1452年,发生这场战事时只有三岁。

理查	不,上帝不准您背弃誓言。
约克公爵	我若以战争夺取王位,便背弃了誓言。
理查	您若听我一言,我能拿出相反的证明。
约克公爵	你证明不了,儿子。这不可能。
理查	一句誓言,不在真正合法的统治者面前立下,便毫无意义。亨利屁都不是,他只是篡了那个位子。因此,既然是他要您立的誓,那您的誓言,父亲,便毫无价值,毫不足取。所以,拿起武器!还有,父亲,但凭一想,头戴王冠是件何等美妙的事,那圆圈儿里便是伊利西姆①,是诗人们用魔咒唤来②的一切幸福欢乐。我们为何还在拖延?不拿亨利冷淡的心头血染③红我佩戴的白玫瑰,我不得安生。

在此足以见出,"自画"中的理查比爱德华更富于心机韬晦、更具有马基雅维利式不择手段的政治权谋。换言之,莎士比亚让理查在脑子里浮现出未来"何等美妙"的场景:头戴王冠,"那圆圈儿里便是伊利西姆"的"幸福欢乐"。最重要的,他必须让理查以"上帝不准您背弃誓言"为由说服父亲,让父亲"拿起武器"向"红玫瑰"(兰开斯特家族)开战。在他眼里,既然亨利的王位由祖上篡位而来,"屁都不是",那父亲在亨利面前立下的誓言也"屁都不是"。此时,他即暗下决心,要用亨利"冷淡的心头血染红我佩戴的白玫瑰"。当他在伦敦塔亲手杀死亨利王时,也是圆了这个梦。

听了理查这番话,老约克公爵横下一条心:"我要做国王,做不成就死。"这是莎士比亚为"驼背理查"设计的,通向未来王冠之路的血腥起点。然而,没等老约克发兵,玛格丽特王后的大军率先杀到约克的大本营桑德尔城堡。两军交战,老约克兵败垂成,被俘受辱,最后命丧黄泉。但在激战中,理查异常勇猛:

约克公爵	……理查三次为我杀出一条路,三次高喊:"鼓起勇气,父亲,战斗到底!"爱德华手持猩红的弯刀,屡次杀到我身边,刀柄上沾满跟他交手的敌人的血。最英勇的战士退却之时,理查高

---

① 伊利西姆(Elysium):希腊神话中贤人死后的居住地,即极乐世界,乐园。
② 用魔咒唤来(feign):也可解作"想象"(imagine),与"高兴""欣喜"(fain)谐音双关。
③ 染(dyed):与"死"(died)谐音双关。

喊:"冲锋!寸土不让!"接着又喊:"要一顶王冠,还是一座荣耀的坟墓!要一柄王杖,还是一座尘世的墓穴!"凭这一声喊,我们再冲锋。……

这是丢命之前作为父亲的老约克"他画"出的那个血战到底、绝不言败的理查。不过,在这儿,稍作逻辑思考,便不难发现莎士比亚刻画理查的一处败笔,并且是一处不算小的败笔,即莎剧里这个身有残疾、胳膊萎缩、瘸腿跛足的"驼背理查",怎么可能顶盔掼甲、策马疾驰,打起仗来比"最英勇的战士"更英勇。或可以说,莎士比亚把矛盾的两个理查硬是戏剧化地糅合在一起:一个是历史上那个真实的脊柱侧凸,却并不影响纵马杀敌的神勇理查;一个是戏剧舞台上惯于在宫廷里耍奸使诈、谋害亲人的"驼背理查"。尤其到了20世纪,为突显戏剧力,舞台上的理查干脆演变成手拄双拐的残疾人。事实上,反讽的是,读者,尤其现场观众的逻辑力,在强大的戏剧力面前变残疾了!

父亲老约克死后,为实现国王梦,理查必须拼死辅佐大哥爱德华问鼎王权,以此确保他身上少得可怜的那点儿"可能性"。勿需说,莎剧《理查三世》呈现出英格兰"历史"上最不可能称王的一个王者。换言之,舞台上的"驼背理查"全凭残忍之杀戮,把"不可能"变成现实。莎士比亚为他在舞台上设计的王者之路是,让他在《亨利六世》(下)直接或间接杀光所有战场上和战场下的敌人,将一切政敌清除;随后,从《理查三世》第一场,让他开始向自己家人下手,将所有顺位在他之前的王位继承人杀光。

诚然,莎士比亚为理查设定的戏局是,从《亨利六世》(下)第一幕第二场开始,除了理查自己,没人相信他将在不太久远的未来,合法且公正地继承王位,更没人知道他将在这一过程中"决意见证"自己是"一个恶棍"。《理查三世》中格罗斯特公爵理查的长篇开场独白,既是莎士比亚为理查在戏里绘制的第一张巨幅自画像,也是点燃戏剧冲突的引信:

格罗斯特 现在,令我们不满的冬天已被这约克的太阳①变成荣耀的夏日;怒视我们家族的一切阴云都葬身于深深的海底。现在,我们的额头戴上胜利的花环;……他在一位夫人的寝室里,伴着

---

① "太阳"(sun)与"儿子"(son)谐音双关。"这约克的太阳"(this sun of York)即"约克之子"爱德华四世。太阳是约克家族的族徽。

一把琉特琴淫荡诱人的乐音灵巧地雀跃①。可是我,天生不是寻欢享乐的料②,也无法盯着一面镜子自怜自爱。我,状貌粗糙,缺少情爱的威仪,无法在一位轻佻漫步、回眸弄姿的仙女面前炫耀。我,被剪短了这俊美的比例,受了骗人的造物主修长身材的欺骗,畸形,半成品,离完全成形几乎还剩一半,尚不足月,便被送入这个有活气儿的世界,如此一瘸一拐,相貌古怪,连狗都立到我身旁冲我狂吠。——唉!我,在这柔声吹奏牧笛③的和平时代,除了在阳光下看自己的身影,絮叨自己残疾的身形,找不到一丝打发时间的乐趣。因此,既然我无法见证一个情人,快乐度过这些和美的日子,那我决意见证一个恶棍,憎恨这些闲散的快活时光。……【1.1】

这段独白话音刚落,理查便见到克拉伦斯被手持长戟的武装卫士押往伦敦塔。他得意于挑拨大哥爱德华四世猜忌克拉伦斯谋反的阴谋得逞了,他要让克拉伦斯成为"见证一个恶棍"的第一个倒霉鬼。同时,他还要在"自画"的表演中让克拉伦斯相信,这一切都是伊丽莎白王后的诡计。

紧接着,莎士比亚又为理查绘制了第二张巨幅自画像。第一幕第二场,理查拦住为亨利六世送葬的队伍,向悲悼公公的安妮夫人求爱。作为杀了安妮的公公(亨利六世)和丈夫(小爱德华亲王)的凶手,理查的求爱竟然成功了!此时此刻,理查再次沉醉于得意的"自画"表演:

格罗斯特 可有女人在这种心境下遭人求爱?可有女人在这种心境下被人赢得?我要占有她,却不想留太久。什么?我,杀了她丈夫、杀了她公公,在她内心恨我透顶之时占有她?她满嘴诅咒,双目含泪,一旁是对我怨恨的流血的见证④。……世上没一样东西对我有利,我不也赢得了她?哈!难道她已忘却那

---

① 此句或具性意味,暗指他(爱德华四世)正在一把琉特琴的伴奏下,与一位夫人在卧房里男欢女爱。"寝室"(chamber)即私密房间,在此暗示女性私处。
② 莎士比亚的"驼背理查"源自托马斯·莫尔《理查三世的历史》。在莫尔笔下,理查身材矮小,状貌丑陋,四肢畸形,驼背,身形歪斜,左肩高,右肩低。
③ 指以吹奏牧笛代替了行军打仗的军乐、战鼓。
④ 流血的见证(bleeding witness):即亨利六世流血的尸体。

位勇敢的王子,爱德华,她的丈夫?约三个月前①,在图克斯伯里,我盛怒之下,一剑将他刺死②。……我剪断了这位可爱王子的黄金岁月,把她变成一张悲床上的寡妇,她竟愿对我降低眼光?对我另眼相看,我的全部抵不上爱德华一半?对我另眼相看,我一瘸一拐,形貌如此畸形?我愿拿公爵领地赌叫花子手里的一枚小铜钱儿③!这阵子我倒把自己的形貌看错了。以我的性命起誓,虽说我没能,可她却发现了,我居然是一个了不起的美男子。……【1.2】

如此精彩的"自画",当然为了舞台表演。莎士比亚"决意"让他笔下的理查,以这样的表演给伊丽莎白时代的观众留下深刻的记忆。他达到了目的!"如此一瘸一拐,相貌古怪,连狗都立到我身旁冲我狂吠"的理查,作为舞台形象,超越了时空,历经四百余年,至今不朽。

《理查三世》整部戏便是"驼背理查"在表演"一个恶棍"如何自我见证,最终走向毁灭的过程。从舞台(或戏剧)角度来说,观众(或读者)应能接受这样一个理查:他从18岁(舞台上的岁数,而非历史上的真实年龄)亲身参加"玫瑰战争"那一刻起,他便"决意""见证"一幅完美的自画像——头顶王冠的"驼背理查"。正如第三幕第一场,理查在把即将加冕国王的亲侄子爱德华亲王软禁伦敦塔之前旁白所言:"这一来,我就像道德剧里的'罪恶',也叫'邪恶',从一个词教化出两个意思。"④【3.1】

换言之,"驼背理查"这个暴君形象完全是通过莎剧舞台来完成的,像 A. P. 罗西特(Rossiter)在其演讲《带角的天使》(*Angel with Horns and Other Shakespeare Lectures*, 1961)中所说:"表面看,他(理查)是恶魔、地狱里的魔鬼和畸形的癞蛤蟆

---

① 图克斯伯里之战发生在1471年5月4日,亨利六世的尸体于5月23日运往切特西,在历史上此处应为"三个礼拜之后"。
② 《亨利六世》(下)第五幕第五场,图克斯伯里之战结束后,爱德华四世、乔治、理查兄弟三人一人一剑,将亨利六世之子小爱德华刺死。
③ 叫花子手里的一枚小铜钱儿(a beggarly denier):直译为"叫花子手里的一德尼厄尔"。德尼厄尔(denier):一种币值很小的法国铜币,合十分之一便士。
④ "罪恶"(vice),亦称"邪恶"(iniquity),是常在传统"道德剧"里出现的一个丑角,手持一柄木剑,寓教化于插科打诨之中,逗人一笑。格罗斯特暗指自己像旧道德剧里的小丑一样,在"文字"(characters)这个词上玩起了一词双义,即"文字"有二义:1."文字"(characters),即此处的"文字记载";2."名声"(fame, i. e. good moral character)。

等一切丑行恶态的东西。但只有通过演员的出色才能,并幽默地把喜剧丑角与魔鬼相结合,方能把虚假表现得比真实更具吸引力,这是演员的作用;他赞美'邪恶'和'罪恶',并以此打趣,这是小丑颠倒是非的把戏。"

是的,"驼背理查"是戏剧里的暴君,是一舞台上"自画"表演的"小丑"!

2. 理查三世:舞台上会"变色的""邪恶""罪恶""有毒的驼背癞蛤蟆"

德国学者沃尔夫冈·克莱门(Wolfgang Clemen,1909—1990)在其学术成名作《莎士比亚的意象之发展》(*The Development of Shakespeare's Imagery*,1951)中说:"主人公理查三世无处不在,是该剧的突出特点。"如前所述,整个剧情全仰赖这个人物。非但如此,即便他不在场上,我们也能感到他的存在。这部分源于意象。理查的本性给别人留下的印象不断从那些人的言语中折射出来,且主要以动物意象的形式来呈现。其最基本的意象是令人憎恶的狗,这一印象可追溯到《亨利六世》(下)。玛格丽特王后在第四幕第四场悼亡一场戏中,对这一意象做了最鲜活的阐明:"从你狗窝般的胎宫里爬出一条地狱之犬,把我们都追逐到死。那条狗,没睁眼,先长牙,要撕裂羔羊的喉咙,舔舐他们温顺的血,……"【4.4】此外,他还被说成大肚子蜘蛛、有毒的驼背癞蛤蟆、出生时被邪灵打上印痕且满处乱拱的野猪……

"我们自不必夸大这些令人憎恶的动物意象的想象作用。倘若我们没意识到这层作用,而随着驼背理查令人讨厌的形象不断在舞台上被转换为与其本性一致的动物,从这一视角也能说明他的凶残兽性。《理查三世》是以反复出现的象征性意象为主题,来刻画主要人物的第一部莎剧。《亨利六世》偶尔把动物意象用在交战双方的身上,从中见不出区别何在。克利福德和索尔斯伯里,还有塔尔伯特,都被比作狮子,三个人物无法以其专属意象相互区分。当莎士比亚把勇士比作熊、狼、牛、鹰等动物时,并未考虑其单独属于某个人。他力图以此创造一个战斗与战争的总氛围。而意象在《理查三世》中,开始服务于单独的人物性格。"

的确,动物意象堪称透视理查这一舞台形象颇富妙趣的极佳维度,而且,在此也形成"自画"与"他画"之强烈对比。理查对自己向以雄鹰自况。第一幕第三场,王宫一场戏,爱德华四世召弟弟理查进宫,打算调解日趋激烈的宫廷内斗,尤其理查与当朝王后伊丽莎白之间由来已久的仇恨。一见理查,伊丽莎白以带有挑衅性的口吻主动示好:"格罗斯特老弟,这事儿你误会了。国王,出于自己的君王之意,不受哪个请愿者唆使,他可能从你对我的孩子们、我的兄弟们,以及我本人的外在行为表现,猜出你内心的仇恨,这才召你去,想查明根由。"理查貌似示弱,却反戈一击,强硬地表明心思:"我说不清。世界变得如此糟糕,雄鹰不敢落足之地,鹪鹩①却敢捕食。既然每个卑贱之人都变身为贵族,那好多贵族也就成了下人。"言下之意:你们王后一党"鹪鹩"们已把我这只"雄鹰"逼得难有"落足之地"。因此,爱德华四世前脚刚断气,理查便立刻与白金汉密谋,很快将王后一党,包括她的孩子们和兄弟们一网打尽,她本人不仅瞬间变成一个怨怒的寡妇,而且在最终面对理查的利益诱惑,还不得不答应劝说女儿嫁给理查。

接着,理查又与前朝老王后玛格丽特斗法。理查先后杀了玛格丽特之子小爱德华、之夫亨利六世,就连玛格丽特本人也算他在战场上的手下败将。这一家三口曾是他夺取王冠的血腥之路上难以逾越的障碍。此时,面对这朵曾不可一世、对他有杀父之仇的昨日黄花,话一出口,自然带出居高临下的傲气:"我生来就如此之高②,我们在雪松的树梢上筑鹰巢,与风玩耍,与太阳对视③。"这恰是身有残疾、心比天高的理查"自画":一只"与风玩耍,与太阳对视",在雪松树梢上筑巢的雄鹰。但这话也激起玛格丽特回想起,自己也曾是一只翱翔天宇的母鹰,回想起她精心养护的"鹰巢"里的父子两代都死于理查之手——"在伦敦塔里,你杀了我丈夫,在图克斯伯里,你杀了爱德华,我可怜的儿子"——心底便涌起难以言说的刻骨仇恨,她痛斥眼前这只残忍捕食的猛禽:"转身把太阳遮出阴影。——哎呀,哎呀!——凭我儿子作证,他现在身陷死亡阴影,你阴郁的愤怒把他明亮闪耀的光线,藏进了永恒的黑暗④。你们在我们的鹰巢(兰开斯特王朝)里筑巢(约克王朝)。"然而,对于理查,曾几何时,正是这只异常凶猛的"母鹰",杀了他"高贵的父亲……把纸做的王冠套在他好战的额头⑤,用你的嘲弄引他泪眼成河,然后,你又把在可爱的拉特兰无辜鲜血里浸过的一块布,给了公爵,让擦干泪水。⑥——那之后,他痛苦的灵魂对你发出的诅咒,全降临在你身上。是上帝,不是我们,在不停惩罚你血腥的行为。"在此,莎士比亚仿佛在不经意间为理查的"自画"添上浓浓一笔:他自以为是上帝"不停惩罚你(玛格丽特)血腥的行为"的代理人!这样,理查便代表了上帝的正义与公平。

---

① 鹪鹩(wrens):一种小型鸣禽。
② 格罗斯特借上句台词中树的比喻,形容自己生来就是地位显赫的贵族。
③ 据说苍鹰与太阳对视之时不眨眼睛。参见《旧约·以西结书》17:3:"有一只大老鹰翅膀大,羽毛丰满而美丽。它展开翅膀,飞到黎巴嫩山上,啄断香柏树(雪松)的幼嫩的树梢。"
④ 参见《旧约·约伯记》10:21—22:"我要到死荫黑暗的地方去。那边只有黑暗、死荫、迷离;在那里,连光也是黑暗。"
⑤ 参见《新约·马太福音》27:29:描述罗马兵士为戏弄耶稣,在他被钉十字架之前,给他戴上一顶荆棘华冠,戏称"犹太人的王万岁!"
⑥ 这一情景详见《亨利六世》(下)第一幕第四场。

但这样一只自以为在天飞翔的"鹰",在他的敌人和仇人眼里,却犹如一只地上"任何有毒会爬的活物"。第一幕第二场中,为公公亨利六世送葬的安妮夫人,诅咒他:"那可恨的家伙以你的死害惨我们,愿更可怕的命运降临他,我希望他遭受比蝰蛇①、蜘蛛、癞蛤蟆,或任何有毒会爬的活物更惨的命运!"第一幕第三场,玛格丽特王后诅咒他:"你这头出生时被邪灵打上印痕,怪模怪样,贪婪的、满处乱拱的野猪②!你一落生便打上烙印,人之奴隶,地狱之子!你是你受孕娘胎的耻辱!是你父亲腰胯憎恶的孽种!"接着,玛格丽特又向伊丽莎白王后诅咒他:"可怜的冒牌王后,拿我的地位做没用的装饰!你为何要把糖撒在那大肚子蜘蛛上?它已将你诱入致命的蛛网。笨蛋,傻瓜,你正在磨刀杀自己。早晚有一天,你会巴望我帮你诅咒这只有毒的驼背癞蛤蟆。"直到第四幕第四场,在理查当上国王,伊丽莎白经历了玛格丽特经历过的一切之后,向玛格丽特对理查发出撕心揪肺的诅咒:"啊,你曾预言,有朝一日,我会巴望你帮我诅咒那个大肚子蜘蛛,那只有毒的驼背癞蛤蟆。"随后,理查的生母老约克公爵夫人,拦住理查的军队,厉声痛斥他:"你这癞蛤蟆,你这癞蛤蟆,你哥哥克拉伦斯在哪儿?他的儿子,小内德③·普列塔热内在哪儿?"

然而,对理查最透入骨髓的刻画,还是他自己在《亨利六世》(下)里那一句"自画"最为精准:"我比变色龙更会变色,变形比普罗透斯④更占上风,还能给凶残的马基雅维利教点儿东西。"【3.2】换言之,将"自画"与"他画"合二为一,便是理查的标准像:一个"比变色龙更会变色"、比普罗透斯更会"变形"、比"马基雅维利"更"凶残"的、"邪恶"、"罪恶"、"有毒的驼背癞蛤蟆",由此,可称理查是一个"反英雄式人物"(anti-hero),简称"反英雄"。对"反英雄"这幅标准像,最有力的注脚则是这条"变色龙"、这只"癞蛤蟆"为篡夺王冠一路留下的血腥杀人记录:第一幕第四场,二刺客拿着理查的手令进入伦敦塔,杀了克拉伦斯;第二幕第四场,理查与白金汉密谋设计抓捕里弗斯、格雷和沃恩,将其押往庞弗雷特⑤,第三幕第三场,下令处斩;第三幕第四场,伦敦塔会议室,理查下令逮捕海斯汀,立刻斩首;第四幕第三场,得理查密杀令的泰瑞尔雇凶手,为其在伦敦塔闷死了两位"塔中王子"(爱德华亲

---

① 蝰蛇(adders):此处"第一对开本"作"狼"(wolves)。
② 见第143页,注③。
③ 小内德(little Ned):小爱德华的昵称。
④ 普罗透斯(Proteus):希腊神话中海神波塞冬(Poseidon)的长子,《荷马史诗》中的"海中老人"之一,为避免被捉,身体能随意变形。
⑤ 见第145页,注①。

王和小约克公爵）；第四幕第三场，王后安妮"也跟这尘世道过晚安"①；第五幕第一场，理查下令将起兵谋反的白金汉在索尔斯伯里砍头。当这一切流血悲剧完成之后，剧情便来到博斯沃思之战前夜，第五幕第三场，"幽灵们"——《亨利六世》（下）里被理查杀死的小爱德华亲王的幽灵、亨利六世的幽灵，在《理查三世》里被理查下令杀掉的克拉伦斯、里弗斯、格雷、沃恩、海斯汀、爱德华四世的两位王子、安妮夫人、白金汉的冤魂——依次出现在理查和里士满两军营帐之间，逐一祝福里士满次日激战旗开得胜，同时诅咒理查在绝望中死去。到了第四场，剧情十分简单，两军交战，"马被杀了，全靠步行奋战，在死神的喉咙里寻找里士满"的理查王，喊着"一匹马！一匹马！用我的王国换一匹马！"阵亡于博斯沃思原野。

或因莎士比亚不想在舞台上对观众感官造成太血腥的冲击，该戏处理血腥场景与早先的悲剧《提图斯·安德洛尼克斯》不同，这部戏尽量避免直接呈现身体暴行。纵观全剧，只有理查和克拉伦斯在舞台上显现出被刺身亡的场景（其实，按舞台提示，理查王并未死在舞台上），其他人（两位"塔中王子"，海斯汀，布雷肯伯里，格雷，沃恩，里弗斯，安妮，白金汉，以及爱德华国王）都在舞台之外走向死亡。

不过，宿命地看，理查最终命丧博斯沃思原野，是由其此前的一连串杀戮所导致的。莎士比亚想借此表达对命运的想法吗？可能！对此，透过理查的行为与独白（演说）之下的自由意志与宿命论之间的张力以及其他角色对他的反应，不难看出。纵观全剧，理查的性格一直处在不断变化，即不断"变色"或"变形"之中，并由此引领、改变着剧情的戏剧结构。

诚然，理查凭其一开场的独白立刻与观众建立起一种联系，他向观众坦承"决意见证一个恶棍（他自己）"，但同时，他似乎也把观众当成同谋合伙人。观众在对其行为惊骇之时，可能会对他的修辞方式着迷。理查在第一幕即卖弄聪明，这能从他在第一幕第一场与哥哥克拉伦斯的对白、第一幕第二场与安妮夫人的对白看出来。在第一幕的对话里，理查故意只事先与观众分享他的想法，让观众与他和他的"下一个"目标保持协调一致。在一幕一场，理查在独白里告诉观众，他计划如何登上王位——杀死哥哥克拉伦斯是必要的一步。他装作克拉伦斯的朋友，以"甭管你让我做什么，只要能释放你"这样的话假意让克拉伦斯安心，但克拉伦斯刚一退场，观众立刻从理查的独白得知，他要做的正好相反。这恰是理查之"变色"、之"变形"。换言之，从舞台这一视角，观众比克拉伦斯预先知道理查要害他，而克拉

---

① 据霍尔《编年史》载，在理查放出安妮病重谣言之后不久的1485年3月，安妮即死于抑郁（也可能因中毒身亡）。

伦斯临死之前还不肯相信。学者迈克尔·穆尼（Michael Mooney）由此形容理查占据了一个"形象位置"（figural position），使其能在一个层面上靠与观众交谈的场景时进时出，又能在另一个层面上与其他人物对话。

从这角度来说，第一幕最为精彩，其中的每场戏都以理查与观众交流收尾。这样的设置对理查来说，不仅使他得以掌控剧情走向，还让观众知晓谁是第一主角。可以说，莎士比亚有意通过理查这一形象，把中世纪道德剧里作为戏剧角色的"罪恶"具象化。他对这个"魔鬼般顽皮幽默的"角色太熟了。因此，他要让理查像"罪恶"一样，敞开自我，直接向观众呈现丑陋与邪恶，呈现他的罪恶想法和杀人目的，同时呈现对其他所有角色的看法。不过，开头几场戏，理查的对手角色由遭约克家族唾骂的兰开斯特王朝老王后玛格丽特来填补，因为在第一幕中，除了玛格丽特，无论克拉伦斯、安妮夫人，还是伊丽莎白王后一党，谁也不知道自己是理查要铲除的对手。玛格丽特在第一幕第三场刚一亮相，便巧妙地摆布理查，向他发出诅咒，而其他人则都在被理查害死之后，直到博斯沃思之战的前夜，才凭着自己的"幽灵"诅咒理查绝望而死。

然而，第一幕过后，理查向观众倾诉旁白的数量和质量都显著降低，而且，有几场作为点缀的戏根本不包括理查。但不知莎士比亚出于有意，还是有失疏忽，理查若不在舞台上剧透，观众只能自己去评估发生了什么。第四幕第四场，继两位"塔中王子"被杀，以及安妮夫人被害死之后，戏里的女人们——伊丽莎白王后、老约克公爵夫人，甚至玛格丽特——聚在一起，一面悲悼自身遭际，一面痛斥、诅咒理查，但观众很难同情她们。当理查开始与伊丽莎白王后为她女儿和自己的婚事讨价还价之时，——这场戏同样在有节奏的快速对话中进行，与第一幕中安妮夫人那场与理查的对话构成呼应——他失去了身为格罗斯特公爵时的沟通活力和乐趣，显然，理查王不再是从前的格罗斯特。

到第四幕结尾，戏里其他所有人，包括理查的亲生母亲老约克公爵夫人，也挺身出来反对他。他几乎断了与观众的相互交流，他那激励人的独白（演说）衰减到仅仅用来交代事情和打探消息。当他靠近抓取王冠之时，他把自己包围在戏剧世界里，在戏内戏外不再体现轻率之举，此时他已被王冠紧紧卡住。从第四幕开始，理查开始迅速衰退成一个真正的敌手，即他自己所说的："我就像道德剧里的'罪恶'，也叫'邪恶'。"【3.1】毁灭的命运将最终落在他身上。可以想见，对这样的宿命，伊丽莎白时代的观众当然会认可。

此外，代表毁灭理查之命运的里士满这个角色，直到第五幕才入戏。他要推翻理查，从理查的血腥暴政下拯救王国。单就第五幕而言，里士满从登场那一瞬间即成为新的主角。显然,该剧结尾旨在以新的都铎王朝替代旧的约克王朝,以将给英格兰带来和平的亨利七世与理查三世的"邪恶""罪恶"形成鲜明对比。

不过,对于莎剧《理查三世》到底是否好看,向来莫衷一是。在此,引诗人、著名莎学家塞缪尔·约翰逊(Samuel Johnson, 1709—1784)在其《威廉·莎士比亚的戏剧》(The Plays of William Shakespeare, 1765)中一句评价,立此存照:"这是莎士比亚最出名的戏之一,可我并不知自己是否会像对他的其他一些剧作那样,过高赞扬它。不可否认,剧中有多场十分壮丽的戏,给人印象极深。但拿场景来说,有些很无聊,有些很糟糕,还有些不大可能发生。"

3. 莎剧中的理查王:一个十足的"反英雄"!

撇开"理查三世"这个角色天性之邪恶和剧情之冷酷,做过演员的莎士比亚深谙舞台表演之道,懂得不论上演惨烈的悲剧,还是血腥的史剧,都必须把或滑稽的冷嘲,或反讽的热讽,或搞笑的插科打诨,或逗趣的双关语游戏等幽默佐料,灌输到人物行为上,才能迎合观众。在莎士比亚的时代,挣满票房的戏才意味着成功。当然,不难发现,《理查三世》体现出莎士比亚探索戏剧技巧的努力,他在剧中不时穿插一些喜剧化的幽默场景,而这些场景几乎都是从理查如何"自画"与如何将"自画"付诸行动之间的夹缝里冒出来的。这也是该剧的一大特色。换言之,《理查三世》的最大戏剧技巧即在于,让理查在或"自画"或"他画"的"变色"和"变形"之中把自己演成一个"反英雄"。

然而,美国作家、批评家詹姆斯·洛厄尔(James Russell Lowell, 1819—1891)对此并不买账,他在《对话"老诗人"》(Conversations on the Old Poets, 1844)一书中论及该剧中的幽默时指出:"我认为应期望在莎士比亚戏剧,尤其历史剧中,找到诗歌措词、幽默和修辞三个特点。依我看,在《理查三世》中,这三个特点比在他任何一部别的类似的戏里都少。因为,虽说《理查二世》里并没有幽默式的人物,但国王在遭废黜之后的独白中多次用了讽刺性幽默。诚然,亦可在《理查三世》中不时见到幽默,⋯⋯但该剧给我的总印象是,除了舞台效果,倘若把它作为莎士比亚本人,或主要是其本人的作品来考虑,它缺少所有莎剧最独特、最具代表性的特质。⋯⋯《理查三世》给我们的第一印象是,该剧的观念、技巧都具有情节剧的特点。看过该剧舞台演出的人都知道,扮演理查的演员肯定会违反哈姆雷特为演员提出的所有审美原则(指哈姆雷特在《哈姆雷特》剧中所说关于演员的那段著名台词——笔注)。他一定会动怒,会把买了便宜戏票的观众的耳朵震聋,他在舞台上的步伐肯定不那么自然稳重。这时,作为迎合大众胃口节目的运作人,莎士比亚或许愿意让其他人和廉价座位上的观众一起,帮他填满剧团的金库,⋯⋯因此,他(莎士比亚)也许改编,甚或新写一部已被证明受大众喜爱的拙劣的戏,并非不可理解。但不可理解的是,他为何要写这么一出戏,叫我们完全难以从中或多或少推断出他的审美原则。"

显然,在洛厄尔眼里,《理查三世》运用幽默并不成功。想必持这一观点者并非洛厄尔一人。其实,细读文本,剖析剧情,不仅会发现实则不然,且更能领会到一种浓郁的反讽式幽默之运用,其妙处在对白的字里行间。简言之,莎士比亚主要以三场大戏完成了对理查这一"反英雄"的塑造。

第一场"反讽式幽默"大戏,发生在理查与亨利六世的儿媳安妮夫人之间。第一幕第一场最后,理查以独白向观众"自画"下一步即将实施的阴谋:"我要把沃里克的小女儿①娶到手。我杀了她丈夫、她公公②,那又如何?那变成她丈夫、她公公,则是补偿这少妇最现成的办法。我要这么做,不全都为了爱,我还有一个深藏不露的意图,非得靠娶她才能实现。"随之,第二幕第二场,理查便以堪称变态的方式向正在为公公送葬的安妮求爱,并获成功。要知道,前一刻,理查在安妮眼里,还是"可怕的地狱里的杂役""丑陋的魔鬼""最该诅咒的凶犯",下一刻,安妮便在理查一连串"反英雄"修辞攻势的求爱之下——"您的美貌正是那个结果的诱因。您的美貌,在睡梦里萦绕我,叫我弄死全世界的人,这样我才能在您甜美的胸怀过上一小时";"这只手,为了爱你而杀了你所爱的这只手,定会为了爱你而杀一个更真心爱你之人。那你就成了害死他们俩的帮凶"——成为"爱情"的俘虏。她同意理查把订婚戒指戴在她手上,对理查提出在其克劳斯比宫幽会的要求满口答应:"见你如此悔过,我也十分欣喜。"然而,安妮怎能知晓,理查早打算把她搞到手,娶她当王后,并很快弄死她。

这是多么犀利的反讽!

第二场"反讽式幽默"大戏,发生在理查与爱德华四世及所有同他作对的贵族们,尤其伊丽莎白王后一党之间。**第二幕第一场,王宫,病中的爱德华四世自知来日无多,希望临死之前能将长期以来宫廷内斗的干戈化为和平之玉帛,他将弟弟理查召进宫,托付后事:**

---

① 即安妮·内维尔夫人(Lady Anne Neville)。莎士比亚误以为安妮是亨利六世之子小爱德华的遗孀,实则订婚未娶,只是未婚妻。在《亨利六世》下篇,沃里克伯爵因爱德华四世背弃与法兰西波娜女士的婚约,反戈一击,与约克家族作战,受伤阵亡。

② 在《亨利六世》(下),理查先与大哥爱德华、二哥乔治一起,一人一剑刺死了小爱德华(此处的"她丈夫"),又在伦敦塔里杀了亨利六世(此处的"她公公")。

爱德华四世	我们今天的确过得开心。格罗斯特,我做了件善事,在这些骄傲、满腔怨怒的贵族们之间,化敌意为和平,化仇恨为挚爱①。
格罗斯特	一件受祝福的苦差事,我最威严的主上。在这一贵族群中,若有谁,或因虚假信息,或因错误推断,把我当成一个敌人;假如我,或出于无意,或出于愤怒,冒犯过在场的随便哪一位,我希望与他和解,友好相处。对于我,与人结仇毋宁死。我恨它,希望得到所有好心人的爱。——首先,夫人,我愿以尽忠效劳来换取,求得您真正的和解。——我高贵的亲戚②白金汉,若我们之间曾心怀任何积怨,请和解。——还有您和您,里弗斯勋爵,多赛特,你们都曾毫无来由地对我横眉立目,请和解。——还有您,伍德维尔勋爵,——斯凯尔斯勋爵③,还有您。——各位公爵、伯爵、领主、绅士,——真心的,请大家和解。我不明白,我的灵魂与每一个活在世上的英国人的分歧,会比昨夜新生的婴儿还多一点儿。我因我的谦卑感谢上帝!

在此,理查这位"反英雄"居然把自己描画得那么纯良,说自己"与每一个活在世上的英国人的分歧""比昨夜新生的婴儿"还少。随后,第二场,爱德华国王死后,理查,这个"婴儿"般的格罗斯特公爵,一面向众人表示"我希望国王已使我们所有人言归于好,这个约定是牢靠的,我忠实信守",一面与白金汉公爵合伙密谋,很快将王后的亲族逮捕、问斩,很快将两位"塔中王子"软禁、谋害。

这是多么致命的反讽!

第三场"反讽式幽默"大戏,也是全剧的高潮戏,发生在理查和他的左膀右臂白金汉之间。如果说沃里克伯爵是《亨利六世》中的"造王者",《理查三世》里的"造王者"当属白金汉公爵。单从剧情来看,若没有白金汉鞍前马后拼死效忠,理

---

① 参见《新约·马太福音》5:9:"促进和平的人多有福啊;/上帝要称他们为儿女。"
② 历史上,白金汉公爵的祖母安妮·内维尔(Anne Neville)与理查的母亲西塞利·内维尔(Cicely Neville)是亲姐妹,都是威斯特摩兰伯爵拉尔夫·内维尔(Ralph Neville, Earl of Westmoreland)之女。
③ 斯凯尔斯勋爵(Lord Scales)实为里弗斯勋爵的另一爵位封号,而莎士比亚误以为另有其人。

查难以登上王座。在理查最终下令处死谋反的白金汉之前,理查杀掉所有对手,几乎都有白金汉一份功劳:他是理查逮捕、铲除伊丽莎白王后亲族的帮凶;是把小约克公爵从避难的威斯敏斯特教堂圣所关进伦敦塔的同伙儿;是他,命凯茨比前去试探海斯汀勋爵是否愿意效忠理查;是他,支持理查将心怀二心的海斯汀砍头;更是他,与理查合演双簧大戏,帮理查夺取王冠。难怪最后在博斯沃思决战前夜,他的幽灵向理查发出这样的诅咒:"我,头一个帮你夺取王权,最后一个遭受你的残暴。"【5.3】

莎士比亚为整个剧情设定的宿命走向是,让白金汉辅佐理查一起升到顶点,然后,他先跌落,继而理查覆灭。这也是全剧最精彩之处。换言之,白金汉在成为冤魂幽灵之时,方醒悟从他出手帮理查的那一刻起,便开始为自己掘墓。在此,观众(读者)可以假扮一下白金汉的幽灵,替他回顾一下如何一步一步自掘坟墓。

第一幕第三场,玛格丽特曾力劝白金汉当心理查:"啊,白金汉,当心那边儿那条狗。每当他讨好你,他就咬你;一旦咬了你,他的毒牙会叫你伤口溃烂死于非命。别跟他来往,提防他。罪恶、死亡和地狱,都把印记烙在了他身上,它们的一切爪牙都听他差遣。"白金汉把这当耳旁风,玛格丽特干脆挑明:"我好言相劝,你竟取笑我?我警告你远离那魔鬼,你反倒去巴结?啊!记住迟早有一天,当他用悲痛劈裂你的心窝,那时你会说可怜的玛格丽特是一个女先知!——你们每一个活人都是他憎恨的对象,他也是你们恨的对象,你们所有人都是上帝恨的对象!"

果然,理查在按照"女先知"的预言来行事。第二幕第二场最后,他"讨好"白金汉,把白金汉视为"另一个自己,替我拿主意的智囊高参①,我的神谕,我的先知!——我亲爱的老兄,我,要像个孩子似的,由你引导前行②"。第三幕第一场结尾,他更加"讨好"白金汉,郑重承诺:"我一当上国王,你就向我要求赫里福德伯爵领地的所有权,以及我国王哥哥拥有的全部动产。"

正因理查如此"讨好",白金汉才会在第三幕第七场,不遗余力把为理查当国王的配角表演发挥到极致。他按照理查的指使,跟着伦敦市长来到市政厅,向市民们宣讲爱德华四世的斑斑劣迹,为理查振臂高呼:

---

① 见第 144 页,注②。
② 见第 138 页,注①。

白金汉 还提到他和露西夫人的婚约①；提到他派人去法兰西订婚约之事②；提到他淫荡贪欲，强奸市民的妻子；提到他轻罪重罚；提到他本人是私生子，说他受孕成胎时，您父亲那会儿正在法兰西，而且，他长得跟公爵一点都不像。同时，我还提到您的相貌，无论外表，还是高贵的心灵，都与您父亲一模一样。还描述了您在苏格兰的所有胜利③，您打仗时的谋略，和平中的智慧，您的慷慨、美德、可敬的谦恭。真的，凡与您用心相符之事，没有一件没提及，也没在描述时稍有疏忽漏掉一件。演说快结束时，我向他们提议，凡钟爱国家利益之人，高呼："上帝保佑理查，英格兰的国王！"【3.7】

可是，出乎他和理查意料，这番卖力的表演收效不大："他们一言不发，一个个活像哑巴塑像，或喘气儿的石头，相互对视，面色死一般苍白。"

这是多么绝妙的反讽！

于是，白金汉煞费苦心给理查支招儿，教他如何"变色"："手里一定拿本祈祷书，站两位牧师中间，我高贵的大人，因为我要以这个低调为基础，唱一首高调的圣歌。切莫轻易答应我们的要求。要饰演少女的角色，——不停说'不'，实则接受④。"【3.7】然后，理查假意"变形"，去扮演一位虔敬的信徒。白金汉则趁机向伦敦市长和市民们高唱"圣歌"："这位王子跟爱德华不一样！他没懒洋洋地躺在一张淫荡的情爱床上，而在跪着冥思；没跟一对儿妓女调情，而在与两位博学的教士一起默默诵经；没有呼呼大睡，给慵懒的身子养膘儿，而在祈祷，充实警

---

① 伊丽莎白·露西（Elizabeth Lucy）：爱德华四世婚前情妇之一。爱德华的母亲为阻止儿子娶格雷夫人为王后，故意说儿子曾与露西订有婚约，但露西矢口否认。然而，在爱德华四世娶格雷夫人为伊丽莎白王后之前，确曾与埃莉诺·巴特勒夫人（Lady Eleanor Butler）结过婚，故而，理查在其召开的唯一一次议会上，据此宣布爱德华的子女均属非法私生。但此事与露西无关。

② 即《亨利六世》（下）第三幕第三场所写，沃里克伯爵受命代表爱德华四世前往法兰西提亲，欲迎娶路易六世的妻妹波娜女士（Lady Bona）为妻。结果，爱德华突然变卦。恰在沃里克提亲时，传来爱德华娶了格雷夫人为王后的消息，致使沃里克与路易国王和亨利六世的遗孀联手，向爱德华发起军事进攻。

③ 1482年，理查起兵征讨苏格兰，重新夺回特威德河畔的贝里克（Berwick），赢得不小名声。

④ 此处含性意味，暗指性欲强烈的少妇嘴上说不，实则身子愿意接受。

醒的灵魂①。如果这位贤德的亲王,肯接受神的恩典,成为君王,那将是英格兰的幸运,但可以肯定,恐怕我们无法说服他。"伦敦市长终于表态:"以圣母玛利亚起誓,愿上帝不准公爵拒绝我们!"恰在此时,理查和白金汉精心创意的理查的神圣"自画"出现在高台之上,连伦敦市长见了都不由慨叹:"看,公爵和两位牧师站在那儿。"剩下的活儿便是顺水推舟,白金汉再次拿演说当表演:"对一位基督徒亲王,那是两根美德的支柱,使他免于堕入空虚②。看,他手里拿着一本祈祷书,——这是辨认一个圣人的真正装饰——显赫的普列塔热内③,最仁慈的王子,请借仁慈的耳朵听我们请求,宽恕我们打扰了您的祈祷和真正基督徒的虔诚。"然后,他伴装局外人,向这位"基督徒亲王"吁求:"我联合市民们,还有十分尊崇、敬爱您的朋友,并在他们热心鼓动下,以这一正当理由④,前来劝说阁下。"经过一番设计好的"不停说'不',实则接受"的假意推脱,理查和白金汉合演的双簧大戏圆满成功:

格罗斯特 白金汉老兄,诸位圣人、贤士,既然你们不管我是否愿意,非要把命运像铠甲一样在我背部⑤扣紧,叫我负起这重担,我一定耐心承受负担。但假如恶毒的诽谤或面目丑恶的羞辱,伴着你们强加的结果一起来,那你们十足的逼迫,要为我由此沾染的一切污秽开脱罪恶。因为上帝知晓,你们多少也能看出,我对此多么无心渴望。

伦敦市长 上帝保佑阁下!看得出来,我们会这样说的。

格罗斯特 这样说,你们只在据实言明。

白金汉 那我就以这王家尊号向您致敬,英格兰当之无愧的国王,理查王万岁!

全体 阿门!

白金汉 请您明日加冕如何?

---

① 参见《新约·马太福音》26:40—41:"耶稣来到门徒那里,见他们睡着了,便对彼得说:'你们不能跟我警醒一个钟头吗?要警醒祷告,以免陷入诱惑。你们心灵固然愿意,肉体却是软弱的。'"
② 空虚(vanity):尤指尘世快乐的空虚。另,"空虚"(Vanity),即"虚妄",是中世纪道德剧中的一个角色。
③ 普列塔热内(Plantagenet):理查家族的姓氏,即"金雀花"。
④ 理由(cause):"牛津版"作"恳求"(suit)。
⑤ 见第146页,注①。

格罗斯特　如果打算这样,我随你们所愿。

这是对一位"反英雄"多么刻毒的反讽!

格罗斯特公爵加冕"变色""变形"为理查三世,既是理查王与白金汉公爵共命运的巅峰时刻,也是他们最终同运命的拐点。白金汉因不肯替理查杀掉两位"塔中王子",瞬间失宠。理查王将此前"讨好"白金汉时许下的承诺抛到云外。白金汉为求保命,逃离王宫。他试图与里士满合兵一处推翻理查,却兵败被俘。第五幕第一场,索尔斯伯里一处空地,白金汉即将受刑斩首。到了这一刻,理查王连他"说句话"都不肯听。可怜白金汉临死之际,才领悟到玛格丽特这位"女先知"的神力,原来理查对他的每一次"讨好",都是一次恶狗的撕咬,"一旦咬了你,他的毒牙会叫你伤口溃烂死于非命"。

于是,白金汉向那些因他而"受害遭难的人"发出良心的忏悔和痛楚的自嘲:"海斯汀,爱德华的孩子们,格雷和里弗斯,神圣的国王亨利,还有你俊美的儿子爱德华、沃恩,及一切在隐秘、堕落、邪恶的不公之下受害遭难的人——倘若你们恼怒不满的灵魂能透过云层见到此情此景,哪怕为了复仇,嘲笑我的毁灭吧!"【5.1】

从剧情一目了然,白金汉之死,为理查王敲响了丧钟。很快,第五幕第三场,莎士比亚便让自嘲毁灭的白金汉的冤魂,在博斯沃思决战前夜,加入到"幽灵们"的行列,并最后一个浮现在理查的噩梦里,用诅咒预先"嘲笑"理查的"毁灭":"在战斗中想一想白金汉,愿你在罪行的惊恐中死去!继续做梦,梦见血腥行为和死亡,/灰心,绝望,愿你在绝望中断气!"同时,白金汉的幽灵祈愿里士满:"千万不要沮丧,/上帝和守护天使帮里士满打仗,/叫理查在他骄狂的最高点跌落。"

"幽灵们"瞬间消失,理查王从梦中惊醒。莎士比亚让惊魂未定的理查王预感到自己的"跌落",安排他此时做了生前最后一次"自画"表演。这不再是他曾几何时誓夺王冠的血腥宣言,而是一篇"复仇要落在理查头上"的预言:

理查王　……请怜悯我,耶稣! ——等会儿!我只是在做梦。啊,怯懦的良心,你折磨得我好苦! …… 我颤抖的皮肉惊出恐惧的冷汗。……怎么?我怕我自己? ……我是一个恶棍。可我说谎了,我不是恶棍。……我良心里长了一千条各式各样的舌头,每条舌头分别透出一个故事,每个故事都要把我当成恶棍来定罪。发假誓,乃最大程度的伪证罪;谋杀,乃最大程度的凶杀罪;所有不同的罪恶,犯下的所有不同程度的罪恶,全都涌到法庭上,一齐高喊"有罪！有罪！"我要绝望了。世上没一个造物①爱我。如果我死了，也不会有一个灵魂怜悯我。不，——既然自己从自己身上都找不出怜悯之处，他们为何要怜悯我？好像所有遭我谋杀之人的灵魂都来到我的营帐，每个灵魂都威胁，明天的复仇要落在理查头上。【5.3】

在此，从基督教救赎灵魂这一角度可以说，理查王的灵魂在博斯沃思战斗打响之前即离开了他的躯体。换言之，在大战来临之前，这个"反英雄"的灵魂已被"有罪！有罪！"的地狱呼喊打败。第五幕第四场，尽管这个"驼背的癞蛤蟆"依然勇猛，"全靠步行奋战"，还能杀死五个假扮里士满的敌人，但终究，战死一匹马，便等于输掉一整个王国。

莎士比亚以戏剧之笔，让舞台上的"驼背理查"用"邪恶"和"罪恶"杀死了自己。

理查王，一个十足的"反英雄"！

五、新视角下的理查三世

近年来，国内莎士比亚研究虽取得不少实绩，却或多或少疏于对英语世界最新研究成果的译介。在此选译"新剑桥"和"皇莎"两版中莎剧《理查三世》之导论（Introduction），以飨读者和研究者。

1. "新剑桥"视角下的理查三世

1999年，剑桥大学出版社推出"新剑桥莎士比亚"（The New Cambridge Shakespeare），简称"新剑桥版"，2009年修订，2012年第五次印刷。其中的《理查三世》，编者佳尼斯·勒尔（Janis Lull）在书前所写长篇导论，堪称英语世界最新莎研成果之一。

这篇导论开篇直言："在'第一对开本'的历史剧部分，只有《理查三世》被称为'悲剧'。它把莎士比亚早在《亨利六世》三联剧中开发的一种编年史剧形式，与一种展示一个主人公命运兴衰的悲剧结构结合起来。像克里斯托弗·马洛大约写于同一时间的《浮士德博士》一样，莎剧关注到一个冥顽不化的灵魂受诅咒下地狱，但莎士比亚也牢牢抓住了决定论这一问题。戏一开场，理查便在独白中说：'那我

---

① 造物（creature）：即人。

决意见证一个恶棍.'【1.1】而且,该剧把这一模糊不清的叙事发展成一种对决定论的探索,以及面对历史和悲剧如何适当做出选择。"

这篇导论对《理查三世》中的历史与意义的论述颇具启发性:"莎士比亚的早期剧作也为他自己提供了素材资源,特别是《亨利六世》(下),在这部戏里,理查作为一个大奸人的形象第一次浮出水面。《亨利六世》(中)里的理查还像是一名勇士,他力图夺走亨利六世的王冠,把他献给自己的父亲约克公爵。尽管理查的敌人提到他畸形的身体,但在这部戏里,他的主要特征是对父亲的忠诚和好战的激愤:'剑啊,保住锋刃;心呀,要始终愤怒;/教士们为敌祈祷,贵族们却嗜杀成性.'【5.2】《亨利六世》(下)里的理查,在忠诚和愤怒之外又多了某种狡猾。他劝说约克公爵打破对和平的承诺,因为他并未在一位'真正合法的统治者'【1.2】前立下这一誓言,随后便急于投身下一轮内战。在父亲约克被玛格丽特王后处死之后,理查开始呈现出一种特征,把所有人视为对手。虽然他继续激战、为父报仇,要让哥哥爱德华坐上王位,但他也嘲笑爱德华迷恋女人,尤其迷恋伊丽莎白·格雷【3.2】。自此,他开始把自己塑造成一个他想成为的怪物:'是的,爱德华对女人会好生相待①。——愿他榨干身子②,连骨头带骨髓全部耗尽,从他腰间再萌生不出希望的树枝,阻止我所渴望的金色时光!'③【3.2】恰如菲利普·布罗克班克(Philip Brockbank)指出的,当理查'登台第一次运用从父亲那里继承的'独白特权'之时,他立刻开始以自己的出生,谈及雄心抱负。与其说出生,倒不如说重生,因为'第一次出生'令他不满。':'唉,我在娘胎里便被爱神丢弃。为使我无法染指她脆弱的法律④,她凭着什么贿赂买通易受诱惑的大自然,把我的胳膊缩得像一颗枯萎的灌木;在我背上鼓起一座怀恨的山峦,畸形端坐,在那儿嘲笑我的身体.'【3.2】

"正如理查在《理查三世》中所做,他把自己无力去爱,怪在异常分娩上,——并由此怪罪母亲,——同时,他发明了一种能让他成为国王的'自我分娩'法:'而我,——像一个迷失在荆棘丛中的人,一面撕开荆棘,一面被刺所伤,想寻一条出路,却又走偏方向;不知怎样找一片透气的宽敞地儿,只能辛苦拼命去找出路,——非要自己遭罪,想夺取英国的王冠.'【3.2】

"理查在这段独白里透露或创造出的性格,与他在该剧开场独白里显出的性格

---

① 此处含性意味,暗指爱德华一定会在性事上好好对待。
② 榨干身子(wasted):指染上侵蚀骨头的梅毒。
③ 腰间(loins):暗指生殖器官。希望的树枝(hopeful branch):暗指生养的后代。金色时光(golden time):暗指王权、王冠。此处透出,格罗斯特(即未来的理查三世)已开始觊觎王位。
④ 见第150页,注①。

十分类似,而且,饰演理查的演员们,从18世纪的科利·希伯(Colley Cibber)到20世纪的劳伦斯·奥利弗(Laurence Olivier),为制作《理查三世》,都自如地随意从《亨利六世》(下)借用台词。从《亨利六世》(下)中间开始,一个十足恶棍的理查出现了,哪怕在他假意支持约克家族的新国王爱德华四世时,也要把他耽于自我的奸诈向观众吐露。直到该剧结尾,理查在伦敦塔杀了亨利王,观众才明白,理查杀亨利,不是为哥哥,只是为自己:'我没兄弟,跟哪个兄弟都不像。'爱'这个字眼儿,胡子花白的老者称其神圣,存于彼此相像的人中,与我无关。我自己独来独往。'【5.6】"

更具启发性的是,这篇导论还从历史决定论的纬度来分析角色,无疑对国内的莎研颇多助益:

"莎士比亚历史剧'第一四部曲'描写激烈的国内冲突。剧情从1422年兰开斯特王朝亨利五世之死展开,他儿子亨利六世的统治混乱无序,后被约克家族推翻,约克王朝的爱德华四世和理查三世相继掌权,最后,1485年,里士满伯爵打败理查,成为都铎王朝第一任国王,即亨利七世。

"学者们曾一度深信,莎士比亚及其同时代人大多把兰开斯特家族(其支持者佩戴一朵红玫瑰)与约克家族(白玫瑰)之间的战争,视为因1399年非法废黜理查二世遭受的神的惩罚。照此观点,莎剧《理查三世》表达了'都铎神话',这个神话认为,由一条神的诅咒导致的玫瑰战争,最终被亨利·都铎清除。然而,后世批评家们普遍排斥这一观点,即莎士比亚仅为宣传都铎王朝而写戏;也大多反对这一观念,即都铎王朝关于上帝的意志和玫瑰战争达成了广泛共识。关于莎剧大体倾向于支持还是意在破坏'都铎-斯图亚特'的政治秩序,这一争论仍在持续。

"女王伊丽莎白一世,作为推翻理查三世那个人的后裔,势必从人们脑子里早已形成的理查三世是一个邪恶国王的印象中获益。然而,把理查作为一个恶棍来描绘,并非适于都铎王朝。早在理查自己那个时代,这一形象特征即已发展、并逐步形成,后世批评家把它与都铎神话联系起来。拿莎士比亚来说,对理查之恶名最具影响力的传播者是托马斯·莫尔爵士——他虽不与女王伊丽莎白一世同时代,却与女王的父亲亨利八世同时代。莫尔对理查的描述,来源于15世纪的一些编年史家,也可能来自那些对理查有印象的在世者的个人回忆;莫尔的描述被16世纪编年史家霍尔和霍林斯赫德采用,且由此成为莎士比亚戏剧的一个重要来源。莫尔凭其对理查统治下生动事件之关注,以及进一步提升这个犯罪的暴君之名声,第一次使理查成为一个适于戏剧表演的角色。

"莫尔是否将理查的统治视为神的惩罚有待商榷,但毫无疑问,莎剧对此有所解释。玛格丽特王后对此有清晰描述,她宣称理查转向攻击自己的家族是正义公道的:'啊,正义、公道、公正安排一切的上帝,我该如何感谢你,这条吃人血肉的恶狗,竟捕食自己母亲的亲生骨肉。'【4.4】但照玛格丽特所说,凭借理查的谋杀进行复仇,这一罪行是借约克家族对她的家庭采取具体行动,而非替祖先的政治犯罪复仇。玛格丽特在伊丽莎白时代产生的加尔文主义鼓励下,表达出这样一种信念:个人的历史事件取决于上帝,上帝经常以(明显之)邪恶惩罚邪恶。然而,她把理查当成天赐的代理人或'上帝之鞭'的想象,既有限,又有失偏颇,它仅体现理查'那我决意见证一个恶棍'的部分含义。"

正当玛格丽特把理查视为上帝向兰开斯特家族所犯罪行复仇的工具时,理查却把玛格丽特受的痛苦归因于她自己对约克家族犯下的罪行,而且,其他人都表示认同:

格罗斯特　我高贵的父亲把诅咒加在了你身上,当时,你把纸做的王冠套在他好战的额头①,用你的嘲弄引他泪眼成河,然后,你又把在可爱的拉特兰无辜鲜血里浸过的一块布,给了公爵,让擦干泪水。②——那之后,他痛苦的灵魂对你发出的诅咒,全降临在你身上。是上帝,不是我们,在不停惩罚你血腥的行为。

伊丽莎白　上帝如此公正,必为无辜者伸张正义。

海斯汀　啊!杀那个孩子,这是闻所未闻最邪恶、最残忍的行为。

里弗斯　它一旦传出去,暴君听了也会流泪。

多赛特　无人不预言这事必遭报复。【1.3】

在《理查三世》中体现出,莎士比亚把这类诅咒和预言作为戏剧手段,用来表现兰开斯特和约克两大家族间的长久冲突,以及理查与每一个人为敌的特殊冲突。反复祈求天意也提出了关于历史因果关系的普遍问题,提醒观众可以把人类事件当成可见的上帝的思想,当成永恒的神圣意志的及时体现。该剧提出了历史决定论的问题——在莎士比亚时代,这一问题与宗教问题密不可分——并非作为一个主张,而只作为一个论点的一个方面。

另一方面由理查自己表现出来,它代表一种世俗的历史理论,即在个体行为,

---

① 见第158页,注⑤。
② 见第158页,注⑥。

而非神的旨意之中,找出人类事件的动因。理查是一个舞台上的"马基雅维利"(马基雅维利式不择手段之人),同时也是马基雅维利主义强权政治历史观的一个化身。理查乐于向观众吐露自己的意图,随后解释他如何能完成其中哪怕最离谱的事:"那时,我要把沃里克的小女儿①娶到手。我杀了她丈夫、她公公②,那又如何?那变成她丈夫、她公公,则是补偿这少妇最现成的办法。"【1.1】

在向安妮求爱这场戏的结尾,理查再次向观众吹嘘自己的胜利:"可有女人在这种心境下遭人求爱?可有女人在这种心境下被人赢得?"【1.2】

从该剧开场第一句话,理查便要向安妮求爱似的,凭其睿智、凭其自信、凭其"喧嚣"的性格力量,向观众示好。他这一邪恶、却吸引人的特性,在古典和英国本土戏剧中,都早已有之。在马基雅维利色彩之外,理查与塞内加笔下的"罪犯英雄"和来自中世纪"神秘剧"或宗教连环剧里的暴君希律王,以及道德剧里的角色"罪恶"都有联系。学者们并不赞同塞内加对伊丽莎白时代的戏剧产生了直接影响,但如琼斯所说:"无论暴君以何种方式出现在莎剧中,观众似乎都能通过措辞感受到塞内加的某种存在。"《理查三世》中模式化的修辞确实如此。诚然,伊丽莎白时代的复仇悲剧与塞内加的戏多有妙合之处,正如詹姆斯·劳夫(James Ruoff)所说,包括复仇主题、幽灵、戏中戏、哑剧、独白、雄辩和夸大其词、关注可怕的暴行、疯狂和自杀等诸多方面。然而,A.P.罗西特(A.P. Rossiter)却把莎剧中的理查称为"最没有塞内加之幽默感"的一个角色。理查乃集邪恶与滑稽于一身的暴君这一思路,可能通过英国本土戏剧进入了莎士比亚的脑子。《圣经》中的希律王作为一个愤怒的暴君(见《马太福音》第二章)为人所知,在中世纪宗教剧里,希律王这个人物深入人心,他那大喊大叫的暴力行为几乎有点可笑。但正是同一时期世俗的道德剧,尤其剧中的主角"罪恶",给英国舞台带来了一种完全成熟的喜剧邪恶的观念。按罗伯特·魏曼(Robert Weimann)所说,"罪恶"是一个寓言性人物,以诸如"邪恶"和"恶作剧"之名,将"魔法师、医生和傻瓜集于一身"。像理查一样,"罪恶"这个角色在和其他角色交互作用时操纵他们,同时又在另一层面,与观众互动。为了叫观众高兴,"罪恶"直接介绍自己和他的计划,有时还会在观众中走动,讨赏钱。"罪恶"角色因双关语、与观众的亲和力,以及一种在道德剧结尾宣布无效的破坏性能量著称,"罪恶"常在剧尾被逐进"地狱"。

---

① 即安妮·内维尔夫人。
② 在《亨利六世》(下)中,理查先与大哥爱德华、二哥乔治一起,一人一剑刺死了小爱德华(此处的"她丈夫"),又在伦敦塔里杀了亨利六世(此处的"她公公")。

道德剧中"罪恶"之混合传统预示着悲剧和喜剧的大胆组合,这一组合以莎剧《理查三世》为标志。当理查告诉观众他"决意见证一个恶棍"时,他是在以一句玩笑概述该剧的悲剧观念。他的初衷在于要掌控自己的命运。这一语双关还有其第二层自相矛盾之意——他的邪恶乃天意注定,该剧牢固的天命论最终认可了这层含义。然而,尽管有像玛格丽特这样的角色,她坚持上帝站在他们一边,但在《理查三世》这部作品里,神的决定似乎并非指人类历史上精密安排每个事件的"特殊天意"。上帝不一定设计、甚或注意到每只麻雀的死亡。例如,伊丽莎白王后抱怨神对她儿子们的死漠不关心:"啊,上帝!你竟飞离如此温顺的羔羊①,把他们投进狼的内脏?你什么时候睡的,在你安睡时出了这样的事?"玛格丽特立刻回应,以前发生过这种不公:"在神圣的哈里②和我亲爱的儿子③死的时候。"【4.4】《理查三世》的天意堪称对人类救赎与诅咒的宏大设计。在这种情形下,《理查三世》中上帝的意志不由一方或另一方的胜利来显示,而只由人的灵魂来体现。在这个意义上,理查是一个悲剧英雄,要凭一己之力对抗天地万物的意志,"化全世界为乌有"。

2. "皇莎"视角下的理查三世

　　当代莎学家乔纳森·贝特(Jonathan Bate)为其所编"皇家莎士比亚剧团"《莎士比亚全集》(简称"皇莎版")之《理查三世》写的那篇学术导言,虽不长,却也堪称英语世界对理查形象的最新阐释之一,不无精彩之笔:

　　"莎士比亚的第一组历史剧以邪恶的理查王兵败博斯沃思原野结尾,和谐随之而来。胜利的里士满伯爵(属于兰开斯特家族的亨利),迎娶约克家族的伊丽莎白公主为妻,使两大贵族合而为一,终结了玫瑰战争。在《理查三世》落幕那场戏,斯坦利勋爵(即德比伯爵)将王冠戴在里士满头上,使其成为亨利七世国王,即都铎王朝的开创者。该剧以亨利的一篇演说结束,他在演说中回首往日之内乱,这不仅是该剧、同时也是《亨利六世》'三联剧'的主题:期盼黄金时代的到来。而同理查的王后同名的伊丽莎白女王乐得相信,这正是她统治下的黄金时代。听到这些台词,莎剧的观众们也会感同身受地回首过往、期盼未来:回首国家历史上一段血腥时期,为天助都铎王朝终结这段血腥松一口气;明知眼下女王年迈,难以顺势而行,

---

① 参见《新约·约翰福音》10:11—13:"我是好牧人;好牧人愿为羊舍命。雇工不是牧人,羊也不是他自己的。他一看见狼来,就撇下羊逃跑。狼抓住羊,赶散羊群。"耶稣把自己比为牧羊人,信徒是他的羊群,狼是魔鬼、恶人。
② 哈里(Harry):即玛格丽特的丈夫亨利六世。
③ 亲爱的儿子(my sweet son):亨利六世与玛格丽特所生小爱德华亲王,被老约克公爵的三个儿子爱德华、克拉伦斯、理查一人一剑刺死。

前景不定。

"史学家们仍在辩论这一问题,理查三世的罪恶真相是怎样的,尤其,是否他亲自下令杀了'塔中王子'。但毫无疑问,都铎王朝为把他的对手、未来的亨利七世变成一个英雄、一个圣徒,顺手将他描绘成一个恶棍。托马斯·莫尔爵士凭其在亨利七世之子亨利八世当朝时写下的《理查三世的历史》,在这一过程中起了主要作用。莎士比亚完成了这项工作,他在亨利八世小女儿统治下的公共剧院,终使理查这一惯耍阴谋的驼背形象得以不朽。英国人有一点早已臭名远扬,他们从弥尔顿那里得神学,从莎士比亚那里得历史,而非从正统来源获取。'决意见证一个恶棍',理查这一形象的持久性足以证明,戏剧的力量比纸面的历史更令人难忘。《理查三世》是那些人人耳熟能详的莎士比亚核心戏剧之一,哪怕他们从未读过。该剧两个电影版本之成功——先是劳伦斯·奥利弗爵士(Sir Laurence Olivier)一版,后是伊恩·麦克莱恩(Sir Ian Mckellen)令人炫目的把剧情背景升级为1930年代法西斯主义的一版——证明了它持久的生命力。

"如同在《亨利六世》中一样,莎剧的语言表达能力屡次提升,且修辞技巧高超。正式的语言与事件中一种对称感之结合——行动引发反应,血腥暴力导致复仇,恰如命运车轮之转动,一次滑升之后,一场崩坍随之而来——将该剧放到了罗马悲剧家塞内加(Seneca)的传统中。塞内加对莎士比亚之影响或有两种,一种直接:源自1580年代出版的塞内加戏剧的英译本;一种间接:源自一部名为《官长的借镜》,以历史受害者的口吻写成,讲述不幸与邪恶的塞内加式的'诉苦'诗集,这些受害者包括理查王的哥哥克拉伦斯公爵乔治,以及爱德华四世的情妇简·绍尔夫人。

"塞内加式戏剧的对称性,在表现玛格丽特王后这一角色上达到极致,她是亨利六世的遗孀,在整个贯穿玫瑰战争的几部戏里,有一种如此强大的力量。第一幕第三场,她正式向里弗斯、多赛特、海斯汀、白金汉和理查本人发出诅咒。她的所有诅咒逐一实现,而且,每个角色都在临死前意识到了这诅咒的灵验。塞内加式悲剧惯以一个来自冥界的幽灵开篇,要求向谋杀自己的凶手复仇。莎士比亚做出一种典雅的改变,他让幽灵们为戏剧高潮而出现,让他们在即将导致理查王垮台的决战前夜,来到理查的营帐嘲弄他。

"在《亨利六世》三联剧中,几乎每个人都被卷入一个历史的漩涡无法自控,与之相反,理查试图掌控住自己和国家的命运。毫无疑问,随着理查·伯比奇在戏剧圈成为莎士比亚最贴己的朋友,莎士比亚特意为他写下这个角色。《亨利六世》三联剧明显属于'合奏曲',莎士比亚要写一小组'明星戏',《理查三世》是这组戏的头一部,在这部戏里,主角演员的台词量是其他任何一个角色的三倍。这部戏同时成就了作者与明星。有一则戏剧传闻,说他俩是一个狂热莎剧戏迷之妻床头的竞争者:伯比奇是"理查三世";莎士比亚是"征服者威廉"。① 这两个绰号倒不失一个好见证。

"让主角演员成为其自身脚本的表面作者,似乎是莎士比亚和伯比奇两人合玩的把戏。理查一开场独白,便把观众作为知己,与观众分享他将适用的角色以及打算付诸行动的戏剧情节,或可称之为'一个并不讨人喜爱的聪明人计划登上王位,任何人——哪怕一个无辜的孩子——也休想阻拦'。他是位使眼色、说旁白的大师,为自己能扮演旧的传统道德剧里的'邪恶'和'罪恶'角色欣喜不已。观众之所以欣赏他的表演,正因为他们知道这是一场表演。

"大师演员需要一个直肠子做帮手。对于理查,这一角色由白金汉扮演,他协助理查自导自演了一场戏,将理查在市长大人和伦敦市民面前的公众形象展示出来。在这个系列剧的早期戏里,亨利六世的祈祷书是他不想当国王的一个标志,而理查的祈祷书则是他假装不想称王的一个标志,并凭此让伦敦人求他出任国王。他假装不情愿地说:'你们非要逼我肩负天大的责任?'——紧接着又悄然低语'喊他们回来',以确保这一提议重新提出后便于接受。整个过程,他都像平时一样,是个完美的演员。

"对于理查有两个关键转折点:一个,他设法除掉了得力助手白金汉,没了配角,喜剧演员开始陷入困境;另一个,出现在十分漫长的第四幕第四场,几个悲悼中的女人像古希腊戏剧中的合唱队一样,携起手来,对抗理查。理查对安妮夫人出色的引诱,曾展示出他精于言辞,可眼下,他的口舌之能遇到玛格丽特和伊丽莎白两位王后的合力挑战。假定《理查三世》的写作有个创新是,为一种巨大的戏剧化个性,把'合奏曲'的史剧变成'明星戏',另一个创新则是,把传统的阳刚形式女性化。女人在莎士比亚早期戏,以及其他作者的那些历史剧,甚至马洛(克里斯托弗·马洛)的悲剧里,都是些无关紧要的小角色。而在这部戏里,饰演伊丽莎白、玛格丽特和安妮的演员们,戏份更足。撇开剧中饰演理查、白金汉和克拉伦斯这三位主演,'她们'那丰富的变化词尾之修辞在所有成年同行之上。具有象征意义的是,假定理查声言其贪求权力之因,乃缺乏情爱艺术之果,那让他遇到女人和男孩

---

① 传闻理查·伯比奇(Richard Burbage)在演过《理查三世》之后,与那位戏迷之妻幽会时自称"理查三世"(Richard the Third),而威廉·莎士比亚(William Shakespeare)捷足先登与这位女士幽会,并自称"征服者威廉"(William the Conqueror)。

们的挑战倒是合适的。

"正是理查戏剧化的自我意识终使这部戏高于《亨利六世》三联剧。在《亨利六世》(上),塔尔伯特是位英雄好汉,少女琼安(圣女贞德)则是一个有趣的、半喜剧性的反面人物;在《亨利六世》(中),有出色的戏剧活力(玛格丽特王后乱砍乱杀)及其多样性(杰克·凯德和心怀不满的民众的呼喊);在《亨利六世》(下),约克被刺死之前,有人给他戴上一顶纸王冠加以嘲弄,此时我们见证了充满戏剧化的一场戏。但直到格罗斯特的理查进入状态,我们才能遇见一位人物带有福斯塔夫或伊阿古那样引人注目的戏剧化风度。在《亨利六世》(下)第三幕第二场,理查在其第一段长篇独白的高潮处——《理查三世》中经常导入独白这一戏剧传统——宣称自己要'扮演演说家','比变色龙更会变色,变形比普罗透斯更占上风'。每个形象都凭其有说服力的口才和自我转化的能力,成为演员的艺术。

"理查补充说,他'还能给凶残的马基雅维利教点儿东西'。克里斯托弗·马洛在其黑色闹剧《马耳他的犹太人》(The Jew of Malta)中,引入文艺复兴时期政治权谋家之原型马基雅维利的代表说开场白。随着剧情说明人下场,犹太人巴拉巴斯(Barabas)登场,说开场独白。如此一来,观众便把巴拉巴斯和一个马基雅维利式的阴谋家画了等号。莎士比亚在《理查三世》中运用这一手段,大胆推进一步。他省掉剧情说明人那段开场白,而以理查的精彩独白开启剧情:'现在,令我们不满的冬天。'马洛凭一种指向性的结构设计,让巴拉巴斯在剧中扮演马基雅维利的角色,莎士比亚则让理查在剧中自导自演。他宣称,既然驼背使其不能扮演一个舞台上的情人,他将自觉地去适应舞台上的恶棍。可他随后便在第二场显示出,他其实能扮演情人——安妮夫人明知他是害死自己第一任丈夫的凶手,他却能在安妮公公的尸体旁向她求爱,并大功告成。如所承诺的那样,他把演说家的效力发挥到极致。在第三幕第七场,他像普罗透斯似的改变形象,如我们所见,以一副圣人的容颜出现在两位主教中间。凭着演说家说反话的手段——以'我不能、而且不愿听从你们'来接受王位——赢得了伦敦市长和市民们的支持。

"莎剧中的理查三世对马洛式的'反英雄'形象有所改进。马洛戏中的帖木儿大帝(Tamburlaine)、巴拉巴斯和浮士德博士(Dr Faustus),都通过扮演角色——上帝之鞭、权谋家、巫师——塑造自己的身份。他们无法停下来去想,这类角色恰恰是站不住脚的戏剧模仿。假如他们停下,那整个马洛式的纸牌屋便会应声倒塌。但莎士比亚起点不一样,他自己就是演员,这是马洛打不出来的一张王牌。理查是典型的莎剧人物,在剧场里极具魅力,因为他知道自己是个角色扮演者。他陶醉于演戏,并令观众着迷。他第一次完全体现出莎剧中迷人的戏剧形象,这一形象在麦克白的'可怜的演员'和普洛斯彼罗的'我们这些演员'那里达到顶点。伊阿古在《奥赛罗》中说:'我并不是真实的我。'这话理查也可以说。

"理查只在梦中停止表演,其身份随梦之发生而倒塌。既然他通过表演假造身份,便自当否认在表演之前,先有一个本我存在的可能性。他受不了'我是''我不是'这类说辞,因为他不断回到特定的角色('恶棍')和行动(谋杀)上。一个人在真实自我本该认定之际,比如在临终忏悔时,却发现他的自我崩溃了。这是一个演员兼戏剧家看待人之本性的方式。在最后一战的前夜,浮现在理查梦境里的幽灵们使他意识到,行动势必带来后果:谋杀将把他带上'法庭',他将被裁决为'有罪'。剧尾这一对罪行的强调,是实用主义的莎士比亚替亵渎宗教和道德正统的马洛纠偏。理查获得了世俗的王冠,却被里士满的亨利打败,亨利在博斯沃思原野之战的前夜,向基督教的上帝虔诚祷告:'啊,上帝,我把自己当成你的战将,/请以充满恩典的目光俯视我的军队。'一个贪心不足者的垮台,就这样造就了神助天算历史之下的都铎神话,这一神话将约克和兰开斯特两个家族合二为一,建立起统一的王朝,随后带来宗教改革,带来国家的帝国荣耀之雄心。"

著述

《老子》古本校读释·《德经》1—7章
——《老子》古本阅读笔记之一

论科学

《老子》古本校读释·《德经》1—7章
——《老子》古本阅读笔记之一

■ 文/刘志荣

本文为笔者书稿的部分内容①，全书可视为笔者以校读释的形式写成的读

---

① 本书读《老》，以帛书二本，尤其甲本为主，因此本虽有许多欠缺，仍为目前所能见及之最早之完整五千言本，保留了许多后世文本没有的信息；帛书乙本抄写年代略晚于甲本而比甲本保留完整，可以补充订正甲本的许多地方，也非常值得珍惜。其他的出土本，郭店楚简本时代最早，也最可珍贵，可能保留了许多早期《老子》文本的信息，但其篇幅只有今本的五分之二；北大收藏汉简本保留最为完整，但其年代与帛书本相较则显稍晚；至于存世各本，包括有古本信息或古本之名的傅奕本和范应元本，也不免在整理和流传过程中受到各种影响，此所以今天欲读尚且保留了本来面貌的古本《老子》五千言，仍不能不以帛书本为主也。文中所据原文，首为帛书甲本原整理本释文（帛书甲、乙本原释文均收《马王堆汉墓帛书（一）》，文物出版社1980年版），部分通假字和标点符号有调整；帛书新整理本释文及新见，凡可采纳者均在原文后的"校读释"部分进行说明（新整理的甲、乙二本均收入《马王堆汉墓简帛集成（四）》，中华书局2014年版）。不径以新整理本为据者，乃为表示对新整理者的发现和成果的尊重，故特另为标出，以示不敢掠美。原文除以帛书甲本为主、比对帛书二本之新旧整理本外，复以郭店楚简本及北大汉简本释文（分收《郭店楚墓竹简》文物出版社1998年版、《北京大学藏西汉竹书（二）》上海古籍出版社2012年版），并比照存世文献中主要的唐前本子（书写年代，非现存版本年代）如严遵本、河上公本、王弼本，和比较重要而有代表性的唐代本子，如有古本来源的傅奕本及影响较为广泛的唐石刻本景龙碑本，以及近代发现的宋范应元本（亦称有古本依据），逐字逐句逐章校而读之、释之、解之。为方便记，作为参校的严本、河本、王本、傅本原本均据《道藏》本（《道藏》所收各本在版本上的优异性，专门研究的学者多有记述，本书在"前言"及"凡例"部分予以说明），并参考王德有、樊波成、王卡、楼宇烈等学者对各本的校勘整理。敦煌文书、帛书、楚简、汉简等文献面世之前，唐石刻本景龙（转下页）

（接上页）碑本颇受清代民国探寻《老子》古本的学者重视，参校本除依据原碑拓片外，参照清代严可均、魏稼孙等学者的校勘成果及近人朱谦之《老子校释》中的校勘整理。范应元本为近代发现，颇受重要学者和藏书家如缪荃孙、沈曾植、杨守敬、傅增湘、王闿运等重视，收入"续古逸阁丛书"，题名为《宋本老子道德经古本集注》，即为本书所据，校读过程中也发现此本的确保留了不少古本信息，其称"古本"当有所据。出土所见，除帛书、楚简、汉简外，尚有敦煌文书中所见诸本及《老子》想尔注本，但这些文献都有宗教性质，与学术研究探讨性质有异，故除个别文字外，不作为参校本。帛书本原文分章不清，兹依帛书本原文顺序，据汉简本分章，期能看到今本定型之前部分古本原貌。校读原则，在文本方面力求于"古"有据；解释方面，则在恢复古义之外，不排除吸收域外及后世哲理以证《老》，也不排除表达自己所见，因"体《老》"亦为"解《老》"不可或缺之部分。《道经》之部，严遵本不存，则校读比对世存本仅涉及河、王、傅、景、范数家。

校读所用符号，【】内为甲本阙文释文据他本补入的内容，[ ]内为甲本抄漏释文应补入的部分，‖‖内为衍文或原释文误缀误释，〈〉内为原文抄误释文应是正的字词，( )内为通假、异体所用的正字。补文通假异体字径改。涉及各本文字异同则于所理《老子》原文后讨论；讨论过程中尊重新旧整理者及其他研究者的意见，重要异同和代表性意见均于文后罗列，凡与原释文及新整理释文意见不一致者亦皆于原文后的"校读释"部分讨论。校读首力求于古本有据，次方及于传本；原文可读通部分则尽量据原字释义，其次方按通假异体处理；凡"校读释"引用部分均在内文说明。现代学者治《老》，帛书出土之前，朱谦之先生的《老子校释》用力较勤；帛书面世之后，高明先生的《帛书老子校注》所获较多；二著均有集校集注的意图，所征引文本及材料均较为浩博，惜乎朱著成书较早（1954），尚未及见到帛书以降诸出土古本（其所用底本为"景龙碑本"）。此本在清代民国颇受重视，清严可均至谓"世间真旧本，必以景龙碑为最"，盖亦囿于时代所限也）；高著治帛书甚勤，贡献亦大，高先生生前亦见及郭店楚简本及北大汉简本，而亦因著作成书较早（1990）而未遑研究征引。笔者学力远在二位先生之下，用作校勘的本子也仅限于出土及存世的最重要的核心文献（亦有意避免过于繁琐之意），唯因时代稍晚，所出所见新材料可稍多，学界研究亦甚勤而新见甚多，故虽珠玉在前，而或亦能据此略抒管见（因高著专治帛书，本书部分以之为质，讨论引用亦稍多，凡引用皆一一说明，其不同处则出以己见并加按断）。至于本书的哲理思辨，则古义之外，也有自己的参究，而亦不敢以己见为必是，其间有一二可取者，读者以野人芹献视之，则幸莫大焉。书中凡征引二书，均据中华书局"新编诸子集成"本。

以上为对本书体例和重要参考书目的简要说明，修改过程中，将进一步完善。由于全书主要部分以"校读释"形式写成，写作过程中自然对前人成果多所引用借鉴，行文之中均已标出；个人见解则以"按语"、讨论等形式说明、表现；体式所限，行文不能像写论文那样展开，许多地方点到为止，但基本论证和见解则均作说明，读者详参可知。解释经典，最忌喧宾夺主，每苦其不能简，本书所论列，实已较详，由于带有探讨、研究性质，读者或能谅其繁也。《老子》是两千年前的古书，现代读者可以见仁见智，但其思想的高度和深度则为历来所公认，且影响不限于中国，读者贵得其深义，从中体悟一些带有根本性的启发，不可死于句下。校读、对勘、解释各种基本材料外，本书也注重文本内证，重视以《老》解《老》，此外也重 （转下页）

《老子》笔记。《老子》一书,历代整理解释者颇多,但常读常新,这也就是经典的魅力所在。新时代读《老》,有其特殊的优胜条件:文献方面,20世纪70年代以来,《老子》古本叠有发现,迄今已可见四种出土古本,可以说汉代以后,前人都没有这么好的条件。近年来研究界对重要出土文献,如帛书二本进行重新整理,又有一些新的发现和补充;对于传世文本,也有新的整理和认识。学术思想上,进入21世纪以来,学界逐渐在吸收更为深入的学术资源,面临着新的时代环境,也可能产生新的学术思想。这些都有助于加深对以往经典的认识。这是笔者重新读《老》解《老》的背景和条件,在此略作说明。

历来对《老子》进行重新整理和认识者甚多,出土诸本面世后,更是不断掀起研究、整理和讨论的高潮。"校读"和"解释"都是比较有历史和成效的基础研究方法,新的时代条件下仍不失其有效性,也的确可以有不少新的发现和启发。当然,不同研究者的认识和理解可以不同,正可以在交流和讨论中求同存异,加深对这一基础经典的认识。管窥蠡测,谫陋实难免,希望得到方家的指正。

一

【上德不德,是以有德;下德不失德,是以无】德。上德无为而【无以】为也,上仁为之【而无】以为也,上义为之而有以为也,上礼【为之而莫之应也,则】攘臂而乃(扔)之。故失道⫶。失道矣而后德,失德而后仁,失仁而后义,失义【而后礼。夫礼者,忠信之薄也】,而乱之首也。【前识者】,道之华也,而愚之首也。是以大丈夫居亓(其)厚而不居亓(其)泊(薄),居亓(其)实而不居亓(其)华。故去皮(彼)取此。

> 是章帛书甲本阙字较多,乙本阙四字,互校可得其全,兹以甲本为主,校补以乙本、汉简本。楚简本无。汉简本存。
>
> 帛书乙本"上德无为而无以为也,上仁为之而无以为也"下,又有"上德为

(接上页)视引用其他诸子文献如《论语》《庄子》《韩非子》《文子》《淮南子》等比较印证,取其与《老子》义理相通之处,用以解《老》证《老》。《老子》所言"道德",广大、深远、微妙、简洁而宏肆,百家众技,时有与其相通者,而皆不足以尽其道。其与《论语》等孔子遗说相通独多者,以皆出于古学——《庄子》所谓"古之道术"是也。此源远流长之古学精脉,演而为两千年之绚烂文化,以后也将找到其发展道路与前途。今虽低头饮泉水一滴,亦可知源头活水滋味,在会心与不会心耳。皓首穷经,偶有所见,则亦有思接千载之乐,不足为外人道也。后之治《老》者尚多,则或亦有与于斯言。

之而有以为也"句,按后句"德"字为抄误,据甲本,当为"上义为之而有以为也"。

汉简本在"上德无为而无以为"句下,又多一句"下德【为】之而无以为",存世诸本皆有此句,其中王、河、严本作"下德为之而有以为",唯傅本、范本作"下德为之而无以为",同汉简本。景龙碑本是句残缺二字,作"下德□□而有以为",朱谦之以为当补"无为"二字,未言所据,当据各本补"为之"二字。按,帛书二本均无是句,则此句当为后增。帛书本文以"上德""上仁""上义""上礼"为序,乃以"无为日减、有为日增"为次,故循序而由上德之"无为而无以为"递减为上礼之"攘臂而扔之",本身层次、脉络明晰,故古本应无是句;其增入是句者,今所可见者为汉简之后诸本。增入是句之诸本异文,又以汉简本、傅本、范本之作"为之而无以为"为善,因《老子》尚无为,其论德亦如此,"上德""下德"之分别,殆因皆尚无为而层次不同也;若"为之而有以为"者,则纯乎有为,并"德"亦无矣,不得称为"下德";世传诸本作"下德为之而有以为"者,殆因增入是句后,为区别于下句"上仁为之而无以为"而改之。

复按:汉简本、傅本、范本较帛书二本多出之此句"下德为之而无以为",其对"下德"的描述,同于下句对"上仁"的描述,则此二本所谓"下德",盖实即"上仁"也。从各种情况判断,也不能排除此句为传文抄入经文的可能。

又帛书"上德无为而无以为也"句,严遵本、傅奕本、范本作"上德无为而无不为",当属后改,应以帛书二本、汉简本、王本、河上公本、景龙碑本作"无为而无以为"为是。

"【上德不德,是以有德;下德不失德,是以无】德。"上德不自据为德,所以有德;又德者,得也(《集韵》:"德行之得也"),有得则有障碍、遮蔽,故于此并当化去,归于无得。下德则仅能做到"不失德",此所谓"不失德"者,仍在"德"之范围,然得失心未尽,犹有所得心,未免于有为有作,既有为有作,即不免漏泄,故云"无德";其欲跻身"上德"之域者,端在由勉而安,消去作为痕迹,归于自然也。

又,上德有德者,以不自德,人亦不以之为德,故纯任自然,济物而免于物累;若下德有为,已露行迹,然犹能"无以为",纯然博爱,缘乎不得已,亦不执着之,故亦"不失德";此虽未免物累,世运既衰,终不可缺,其上出之几,以《老子》而言,在得其自然而归于无为云。又此"下德"谓何?王注有说。今比勘各本亦可知,早期版本或有早期来源的版本,如汉简本、傅奕本、范本之"下德",同于对"上仁"之描述,盖实即谓"上仁"也。

"上德无为而【无以】为也,上仁为之【而无】以为也,上义为之而有以为也,上礼【为之而莫之应,则】攘臂而乃(扔)之。"按,依帛书本上下文义,所谓"无为而无以为"者即"上德","为之而无以为"者即"下德";上德即"德",下德犹"仁"也;若夫"道",则超乎有无,莫窥其朕也。仁虽有为,犹以"无为"为基,犹"正其宜不谋其利,明其道不计其功",格局度量依然开阔;至"义"已有对待,故"有为而有以为"也,格局度量即为此所限,由"无为"纯转"有为",关键点在此。"礼"则有乎成规,存乎有司,著乎明文,为济世之舟筏,而亦争攘之开端,故曰"忠信之薄也,而乱之首也"。攘,《说文》:"推也。"段注:"推手使前也。"范应元《老子道德经古本集注》曰:"揎袖出臂曰攘。""乃",帛书甲乙本、汉简本同,王本、范本作"扔",严、河、傅、景龙本作"仍",此当从王本、范本作"扔",《广雅》:"扔,引也。"《广韵》:"扔,强牵引也。"河上公注:"言繁多不可应,上下怨争,故攘臂相仍(扔)引。"犹言强就之也。

"故失道{。失道}矣而后德,失德而后仁,失仁而后义,失义【而后礼。夫礼者,忠信之薄也】,而乱之首也。【前识者】,道之华也,而愚之首也。"按:原整理本首句释为二小句:"故失道。失道而后德";新整理本认为原图版在"失"字下误缀一小残片,"失道"二字后均不当有重文号,乃径释为"故失道矣而后德",此涉及专业问题,当从之。乙本、汉简本、傅本、严本、河本、王本、景龙本、范本是句则均作"故失道而后德",无"矣"字。夫道德仁义礼,顺运则每下愈况,有为日增;逆运则渐次无为,近乎自然;贵乎由有为入无为,不贵乎由无为落有为;一则厚也,一则薄也。若夫凭依前识者,偷心未尽,于德未醇,道固可有此华,愚亦可由此入,犹"正复为奇,善复为妖,孰知其极"。"是以大丈夫居亓(其)厚而不居亓(其)泊(薄),居亓(其)实而不居亓(其)华。故去皮(彼)取此。"彼宜去也,此宜取也;彼谓薄、华,此谓厚、实;道家取质,居于厚、实也。又,前四句《解老》篇引作"失道而后失德,失德而后失仁,失仁而后失义,失义而后失礼",其义颇善;其解则曰:"道有积而德有功,德者道之功。功有实而实有光,仁者德之光。光有泽而泽有事,义者仁之事也。事有礼而礼有文,礼者义之文也。故曰:失道而后失德,失德而后失仁,失仁而后失义,失义而后失礼。"如从其本及其解说,则道、德、仁、义、礼,居前者均为在后者之根基,而固皆有其效验云。

又《解老》篇解"前识者,道之华而愚之首"也,亦可参。其言曰:"先物行、先理动之谓前识。前识者,无缘而妄意度也。何以论之?詹何坐,弟子侍,牛鸣于门外。弟子曰:'是黑牛也而白题。'詹何曰:'然,是黑牛也,而白在其角。'使人视之,果黑牛而以布裹其角。以詹子之术,婴众人之心,华焉殆矣!故曰:'道之华也。'尝试释詹子之察,而使五尺之愚童子视之,亦知其黑牛而以布裹其角也。故以詹子之察,苦心伤神,而后与五尺之愚童子同功,是以曰:'愚之首也'。故曰:'前识者,道之华也,而愚之首也。'"夫《论语》记"子不语怪力乱神"(《述而》),《老子》此章亦不贵前识,若《论语》《老子》《庄子》,其认识有超卓之处,虽不同流俗,然皆非助长迷信者也。

复按,此章所言之"上德不德",亦有关乎修身。《解老》篇谓:"德者内也,得者外也。'上德不德',言其神不淫于外也。神不淫于外则身全,身全之谓德。德者,得身也。凡德者,以无为集,以无欲成,以不思安,以不用固。为之欲之,则德无舍;德无舍则不全。用之思之,则不固;不固则无功,无功则生有德。德者无德,不德则有德。故曰:'上德不德,是以有德。'"《解老》此处所言"神",犹即精神也。精神内守,方有以应物而不为物累。盖无为则精神安静而身全,有为则精神骚动而身不全也。

又与他本相较,帛书本句后多有"也"字,语气较为和缓,或亦口传体(oral tradition)之标志也。

二

昔之得一者,天得一以清,地得【一】以宁,神得一以霝(灵),浴(谷)得一以盈,侯【王得一】而以为正。亓(其)致之也,胃(谓)天毋已清将恐【裂】,胃(谓)地毋【已宁】将恐【发】,胃(谓)神毋已霝(灵)将恐歇,胃(谓)浴(谷)毋已盈将{将}恐渴(竭),胃(谓)侯王毋已贵【以高将恐蹶】。故必贵而以贱为本,必高矣而以下为亚(基)。夫是以侯王自胃(谓)【曰】孤、寡、不榖(穀),此亓(其)贱【之本】与(欤)? 非【也】? 故致数與(舆)无舆(舆)。是故不欲【琭琭】若玉、硌硌【若石】。

是章甲本阙字较多,乙本阙四字。楚简本无。汉简本存,阙最末四字。兹以甲本为主,校补以乙本,其仍阙者据汉简本及他本补。

"昔之得一者",严、河、王、傅、景龙、范本同,帛乙本、汉简本无"之"字。"浴(谷)得一以盈",乙本脱"以"字,汉简本、存世本"浴"径作"谷"。"侯【王得一】而以为正":汉简本近同,唯无"而"字;乙本、河上公本、严遵本、景龙碑本作"侯王得一以为天下正";王本作"侯王得一以为天下贞";傅本、范本近王本,唯"侯王"作"王侯",句作"王侯得一以为天下贞"。按,"贞"即"正"也,"侯王""王侯"语倒而义不异,其唯"天下"二字似为后所加,当仍以帛甲本、汉简本为准。"侯【王得一】而以为正"者,得一以为正之标准也,已欲立则立人,已欲正则其下随之捷如影响;"侯王得一以为天下正"者,犹建中立极,研究正误标准,合乎天时,犹"日正之为是"(《说文》:"是,直也。从日正。"),此确乎重要,历代开国皆极慎之也。

"亓(其)致之也",高明以为甲本"致"、乙本"至",并当读"诚",复据河上公注"致,诚也。谓下六事也",以及河注解"其致之"为"其诚之"等,谓河上公本原本应与帛甲乙本相近,亦证明帛书本确保存了《老子》古义。王弼注"致"则如字读,谓"各以其一,致此清、宁、灵、盈、生、贞"。是句乙本作"亓(其)至也";汉简本作"其致之也",同甲本;严本、河本、王本、景龙碑本作"其致之",类皆无大出入;唯傅本、范本作"其致之一也"。如参傅本、范本,则此句可作"其致之一也"或"其至之一者也",作"致"字者义犹努力,作"至"者则已达到也。他本"之"字,盖已包含此"一"之义在内。然"一"者,极也,极则有亢之患,当以一本统贯万殊,而万殊亦有其范域及意义,非可尽以一本代替之者,否则亦失"一"之通贯义也,故下文诫之也。

甲本下五句前,每句皆有"胃(谓)"字,乙本则唯首句前有一"胃(谓)"字,汉简本以下则皆无此字,按此或当以甲本为善,语气犹列举推演也。"毋已",帛甲乙本、汉简本皆同,世存本如严、河、王、傅、景龙、范本皆作"无以",此当属后改,致文义大变。高明、帛书新整理者均持此说。按,"毋已",已者,止也,已达到而不停止,则必至物极必反;"无以",则犹"无以借(得一)而致之"之义。河上公注于此数句下皆解曰"无已时",则其所据原本亦当同简帛本作"毋已"(或"无已")。又,古本之"毋已"与传本之"无以",义有相通者,故亦可两存。前者朴素直接,后者或恐人误解"得一"而后应"顺一"以"无为自然"之义,故改为"无以"而在解释中详明之,此参究严、河、王注解皆可知之。其所谓"无为自然"者,皆赖"得一""顺一"以为纲纪,然不可执著于得一而束缚其变化也,尤不可仅执于"清、宁、灵、盈、正"等具体效验,否则过此则失,而致物极必反,则亦通于古本作"毋已"之义。盖后世去古渐远,精微渐有失传,故或有此婆心也。其改动今所见似起自严本。

"胃(谓)侯王毋已贵【以高将恐蹶】",帛乙、汉简无"胃(谓)"字;蹶,帛乙原作"欮",汉简作"厥",余同。河本、王本、景龙本是句作"侯王无以贵高将恐蹶",与帛书相较,仅将"毋已"变为"无以";严本是句则作"侯王无以为正而贵高将恐蹶",傅本作"王侯无以为贞而贵高将恐蹶",范本作"侯王无以为贞将恐蹶",此或皆为改"毋已"为"无以"后,为免误解又复增重"为正"或"为贞"二字,其义虽善,仍当从简帛本。

又世存本如王、河、傅、景龙、范本皆多"万物得一以生""万物无以生将恐灭"二句,帛书甲、乙本、汉简本、严遵本则皆无此二句。按此二句有其理,亦甚可贵,然后句或误解"毋已"二字而不合章义,故当从简帛本。严遵本无此二句,近古本。

"故必贵而以贱为本,必高矣而以下为亞(基)。"基,甲本原字形作亞,乙本作"圻"。乙本无首"而"字;汉简本"故必"作"是故必",并无二"而"字,亦无"矣"字;严本、王本、傅本、景龙本、范本作"故贵以贱为本,高以下为基",河本则作"故贵必以贱为本,高必以下为基。"按此或以帛甲本为善,其语气犹劝说,此中有人也;存世本则如陈述冷冰冰之客观真理也。

"夫是以侯王自胃(谓)【曰】孤、寡、不橐(穀)",汉简以下各本皆无"夫"字,帛书二本则皆有;严本并无"是以"二字。"曰"字原整理本释文增补,新整理本则据残存字形径释;汉简本以下并无"曰"字。"侯王",傅本、范本作"王侯"。"此亓(其)贱【之本】与(欤)?非【也】?"甲乙本同;汉简本近同,唯"与"作"邪"字。存世本有差异,如严本作:"唯斯以贱为本与?非耶?"王本作:"此非以贱为本耶?非乎?"河本作"此其以贱为本耶?非乎?"傅本、范本作:"是其以贱为本也,非欤?"景龙碑本作:"此其以贱为本耶,非?"按此语义语气皆有微妙变化,简帛本犹言:自视为孤、寡、不穀,即"侯王"以自居卑下之极为本,不是吗?"不穀"一词,来源、词义有多种,《尔雅·释诂》:"穀","善也",则"不穀"犹言"不善",乃降称之谦辞。《逸周书·大匡》记文王在酆,三年遭遇大灾荒,乃召诸大臣而告之曰:"不穀不德,政事不时,国家罢病"云云。文王时为西伯,引咎自责,自称曰"不穀",此谦愧之言也。

"故致数與(舆)无與(舆)","致",帛乙作"至";"與",帛乙本、汉简本皆作"舆"。严遵本是句作"故造舆于无舆";王本、傅本、范本是句作"故致数誉无誉";河上公本、景龙碑本作"故致数车无车",并存之。

"是故不欲【琭琭】若玉,硌硌【若石】。"甲本阙四字,据乙本及传本补。"琭琭",乙本原作"禄禄",汉简本同乙本,王本、范本作"琭琭",河本、严本、傅本作"碌碌",按:《说文》:"碌,石貌";《广韵》:琭,"玉名",《韵会》:"玉貌";则此或当以"琭琭"为是。汉简本以下皆无"是故"二字。

综按:夫得一者,去对待也,既去对待,则有清、宁、灵、盈、正之效验。然若未明自然之义,既已得其效而犹进之不已,则将有裂、发、歇、竭、蹶之祸殃。夫得一为母,清、宁、灵、盈、正为子,贵得其母,不贵执其子;(《庄子·知北游》:"若夫益之而不加益,损之而不加损者,圣人之所保也。")得其母则其子自至,执其子则或至物极必反而并亡其母;是故得一者,亦当顺一自然以自守也,无为自然之道,至此方全。若夫得一者,既去对待,则能知白守黑、和光同尘,贵而以贱为本,高而以下为基,则成泰象,不曰一而自一;否则自居高贵,则对待未去,而否象成矣。夫天地交泰,万物化生,上者亲下,不言自化,其自谓孤、寡、不穀者,高之极矣,亦贱之极矣,故必以之为诫,戒慎恐惧,不敢忘本,以免成有悔之亢龙也。

"故致数舆(轝)无舆(轝)",轝,甲本原字作"與",此或作"舆"(乙本、汉简本、严遵本)、"车"(河上公本、景龙本)之读训,或通假读为"誉"(王本、傅本、范本)。高明引吴澄、陶邵学、易顺鼎谓当作"誉",按《庄子·至乐》"至誉无誉",则此说有其理。又此或亦可从"舆"字本字训,乙本、汉简本、严本之"数舆无舆",即河上公本、景龙碑本之"数车无车"。河上公注:"致,就也。言人就车数之,为辐、为轮、为毂、为衡、为舆,无有名为车者,故成为车。以喻侯王不以尊号自名,故能成其贵。"按严遵本是句作"故造舆于无舆",其《指归》本文曰:"万物纷纭,身无所与,故能为之本。非独王道,万事然矣。夫工之造舆也,为圆为方,为短为长,为曲为直,为纵为横,终身揳揳,卒不为舆,故能成舆,而令可行也。"此皆从"舆""车"解之例,盖忘其"舆""车"而卒能成其"舆""车",河上公、严遵解皆然,亦汉时旧义也。

琭琭者,玉之貌也;硌硌者,石之性也。光耀既成,为人尊贵,而若未知收敛,则德不全,易伤其性;坚硬强横,固执难化,即不能通俗,亦不能迁化,则鲜有不败蹶者也。"硌硌",犹"落落"(王本作"珞珞",河本、严本、傅本、范本、景龙本均作"落落")。《韵会》:"硌硌,石坚不相容貌。"《晏子春秋·内篇·问下》:"坚哉石乎,落落,视之则坚,循之则坚,内外皆坚,无以为久,是以速亡也。"有现代诗人云:"老是把自己当成珍珠/就时时有被埋没的痛苦。/把自己当作泥土吧!/让众人把你踩成一条道路。"其义甚善,而通于此处所云。王弼注:"玉石琭琭、珞珞,体尽于形,故不欲也。"

又汉人解老,亦每以"玉""石"喻"寡""众",而贵处其中者,严君平、河上公皆然。严遵《指归》:"夫玉之为物也,微以寡;而石之为物也,居以众。众故贱,寡故贵。……【圣人】不为石,不为玉,常在玉石之间。不多不少,不贵不贱,一为纲纪,道为桢幹。"河上公注:"琭琭喻少,落落喻多。玉少故见贵,石多故见贱。言不欲如玉为人所贵、如石为人所贱,当处其中也。"朱谦之复引《后汉书·冯衍传》注,亦为此义:"可贵可贱,皆非道真。玉貌珞珞,为人所贵;石形落落,为人所贱;贱既失矣,贵亦未得。言当处才与不才之间。"朱谦之并云:"此盖以《庄子》义释《老》。"夫老庄异旨,世所熟知,然庄老亦每有其通;汉人解《老》,多述斯旨,则当有其所自也。

三

【上士闻道,勤能行之。中士闻道,若存若亡。下士闻道,大笑之,弗笑,不足以为道。是以建言有之曰:"明道如费,进道如退,夷道如纇;上德如谷,大白如辱,广德如不足,建德如偷,质真如输,大方无隅,大器免成,大音希声,天象无形,道殷无名。夫唯】道,善【始且善成。】"

是章甲本残甚,原整理本仅辨认出"……道善……"二字,新整理本亦仅辨出"……道……之……明(明)……道善……"五字;乙本原释文残八字,新释文增释出"揄"字,仍残七字,但乙本大体尚完整。楚简本存,残十字。汉简本存,完整。兹据乙本补入,通假字及抄误径改,阙字据楚简、汉简、傅本补。乙本原字在后文说明。又汉简本此章为第四章,下章则为第三章,与帛书本文序正颠倒。存世本如严本、河本、王本、傅本、景龙本、范本次序则皆同汉简本。

郭店楚简本录如次:

"上士昏(闻)道,堇(勤)能行于其中。中士昏(闻)道,若昏(闻)若亡。下士昏(闻)道,大芙(笑)之,弗大芙(笑),不足以为道矣。是以建言又(有)之:明道女(如)孛(昧),迟(夷)道□□□道若退。上悳(德)女(如)浴(谷),大白女(如)辱,坒(广)悳(德)女(如)不足,建悳(德)女(如)□□贞(真)女(如)愉。大方亡禺(隅),大器曼成,大音祗圣(声),天象亡坓(形)。道……"(乙组简9—12)

楚简文字基本同帛书以降各本,亦可见是章较为早出。

"【上士闻道,勤能行之】",楚简本作"(堇)勤能行于其中"。上士闻道,心悦而实应之,故能勤行于其中。"【中士闻道,若存若亡】",楚简本作"若昏(闻)若亡"。中士闻道,心知其意,而复外物扰动,不能专一,故若闻若不闻,忽存忽亡,其上出之几,在去健羡、黜聪明、守道专一,久而合道,亦可并列于上士。若夫下士,则为欲所牵,茅塞其心,终身营营,不得其解,故闻道而大笑之,虽笑之,何害于道,徒见其如井蛙、学鸠之属也。"勤",帛书、楚简原字均作"堇"。"闻",帛乙、汉简如字,楚简原字作"昏"。"笑",楚简、帛乙原字形作"芙"。

"建言",建,王弼注谓为"立",河上公注谓为"设"。奚侗谓"'建言',当是古载籍名";高亨谓犹《法言》之属。

"【明道如费】",帛甲本残,此据帛乙。楚简本作"女孛",汉简本作"如沫",严本、河本、王本、傅本、景龙本、范本作"若昧"。帛乙本"费",如从本字解,则或犹《礼记·中庸》之"君子之道费而隐","费而隐",谓其广大而精微也,朱注谓"费,用之广也;隐,体之微也"。《中庸》本文言:"夫妇之愚,可以与知焉;及其至也,虽圣人亦有所不知焉。"帛书原整理者疑"费"读"曹",《说文》:"目不明也。"楚简释文从之,读"孛"为"曹","女孛"则为"如曹"。汉简本整理者读"沫"为"昧","如沫"则为"如昧"。今按,楚简"女孛",亦可读"如悖",似反而实合乎道者也。如作"如曹""如昧""若昧"读,"曹"为目不明,"昧"则暗也。此犹儒之权道,释之方便。"悖""曹""昧"异读可于此通。又,"如曹",亦可为"大智若愚"之属。

"【进道如退】",道家走曲线,儒家走直线。曲线以补直线之不足也。

"【夷道如颣】",帛乙、汉简原作"如类",河本、严本、傅本、景龙本作"若类",王本作"如颣",范本作"若颣",朱谦之谓"类""颣"古通用。此句显当从"颣",《说文》:"丝节也。"丝之结节,引申为"不平"(段注引服虔言)。"【夷道如颣】",平夷之道,反若崎岖不平者也。于修身言,甘于平淡难也。

"【上德如谷】",按"谷"一般均取空虚包容义,楚简、帛乙"谷"字则原均作"浴"。《尔雅·释水》:"水注谿曰谷。"《说文》:"泉出通川为谷。从水半见,出于口。"楚简、帛乙或均保留"从水"之义。"上德如谷"者,处卑贱也,贵包容也,而亦如山中初出之泉水,绵绵无尽也。

"【广德如不足】",汉简本同帛乙。存世各本近同,"如"多作"若";唯严遵本是句作"盛德若不足"。《庄子·寓言》老子诫阳子(杨朱):"而睢睢盱盱,而谁与居,大白若辱,盛德若不足",则严本亦当有所本。

"【建德如偷】","建",王弼注以为"建立",谓建立道德若"偷匹"者,"因物自然"也。近世俞樾、马叙伦、高明以为"建"当读为"健","言刚健之德,反若偷惰也。"(始俞氏《诸子评议》)盖"天行健,君子以自强不息",而亦须休沐调整,此亦"自强不息"之一部分也。于治国之道,犹大乱后之休养生息,开国之时,每常行此。末字简帛本及世传本写法不一:甲本是句缺;帛乙本是字原阙,新整理本据衬页反印文识为"揄",读为"偷";楚简本此字残;汉简本作"榆",整理者读为"偷";傅奕本作"媮";王、河、严、景龙本均作"偷"(范应元云河本原作"揄";王卡校本亦作"揄";按河注谓"揄引",则其原本当作"揄");范本作"输"(范应元并云:傅奕言古本作"输",据《广韵〈雅〉》作"愚"解。范氏或涉下衍,朱谦之已有是疑)。朱谦之云:"'偷'媮'揄'输'古可通用",其义亦可通。蒋锡昌以为或读"愉"。简帛本整理者多从今本补或释为"偷"。

"【质真如输】",帛乙本后三字残,楚简本残首字作:"囗贞女(如)愉",汉简本作:"桎真如輸"。刘师培《老子斠补》曾据上文"广德""建德"疑是处之"真"当为"惪(德)"之误,"质真"当为"质德","质朴之德与渝相反",恰合"正言若反"文例。蒋锡昌、朱谦之从刘说,高明存疑。今按:楚简是字作"贞",汉简作"真",可知刘说不确。末字楚简本释文作"愉",汉简本作"輸",严、河、王、景龙、范本作"渝",傅本作"输"。范应元上处云,傅奕"引《广韵》(应为《广雅》)云:'输,愚也'",即或为解是处。按,此字或当从傅本读"输",解为"愚",即《史记》本传,老子语孔子:"良贾深藏若虚。君子盛德,容貌若愚。"存世本多作"渝",《尔雅·释言》:"渝,变也",质朴真实,反如变动不定,所守所从,与人异也。王注:"质真者不矜其真,故【若】渝。"范应元注:"真之质者,随宜应物,故如渝变。"楚简本阙字当补"质"字,"【质】贞女(如)愉",吴根友、陈锡勇分举《论语·乡党》"私覿,愉愉如也"、《礼记·祭义》"其进之也,敬以愉"例,以为即当从"愉";并分引《说文》段注"薄乐也"、《礼记》郑注"颜色和貌"释之,均可参。全句吴氏以为即犹《老子》之"含德之厚,比于赤子",赤子"质贞"而和乐"如愉",其说可参。今据傅本读为"输",释为"愚"。"渝""愉"之读并存之。

"【大方无隅】",此譬犹地之德,其隅不可得而窥也。河上公注:"大方正之人,无委曲廉隅。""隅",帛乙原作"禺"。

"【大器免成】",甲本残,乙本原作"免成",楚简本作"曼成",汉简本作"勉成",存世诸本皆作"晚成"。曼、勉,可通"慢"或"晚",亦可解为"不"或"免"。作"慢成""晚成"者合理,大器固不得卒成也,河上公注:"大器之人若九鼎瑚琏,不可卒成。"作"曼成""免成"者,则此所谓"大器",或犹"神器"也。王弼注"天下神器"曰:"神,无形无方也;器,合成也。无形以合故谓之神器。""大器免成"者,其犹治天下当"以天下观天下",固无为自然之至也。

"【大音希声】",超出可接收之频率。此据帛乙本,汉简本同。楚简本作:

"大音祇圣(声)","祇"可通"希",或亦可通"祇"或为"祇"之误写。"大音希声"者,视于无声,听于无形,"默然不动,天下大通"。

"【天象无形】",楚简本作"天象亡坓(形)",汉简本同帛乙本作"天象无刑(形)",存世本如严、河、王、傅、景龙、范本均作"大象无形",与简帛本皆作"天象"异。夫"法象莫大乎天地"(《周易·系辞上》),此所谓"大象",犹天也,天之形象,固莫可得而窥。

"【道殷无名】",此据帛乙本,"殷",此字原整理者认为是"褱",即"褒"字之异构,"褒"义为大,引申为盛,引严遵《指归》释为证:"是知道盛无号,德丰无谧",并云严本当与帛书同,作"隐"当为后世所改。新整理者据陈剑说,以为从图版看,帛书乙本字当作"段",秦汉文字中"段""殷"常混用,故此"段"字当视为"殷"字之讹。汉简本此字作"殷"。今按,"殷""褱"皆有"盛"义,作此解则谓,道盛德隆,其名反而隐匿,犹《指归》所云:"光耀六合,还反芒昧",芒昧者,混沌也。此字世存诸本皆作"隐",帛书原整理者不之可,云:"隐,蔽也。'道隐'犹言道小,与上文'大方无隅'四句义正相反,疑是误字。"新整理者则不排除"段〈殷〉"作二解之可能,云"殷"一则可解为"盛大",一则仍有通"隐"的可能。按:传世本作"道隐",义可通,此不必解为"道小",盖道者,其迹隐匿,非常名可名,故"道隐无名"也。唯从上下文看,似仍当从古本作"殷"解为"盛大"为胜。原整理者释字或误,其论则有可参之处,当尊重之。

"【夫唯】道,善【始且善成】",帛甲本是句残缺,仅保留"道,善"二字;乙本是句完整,此据乙本补足。楚简本"道"字后均缺,汉简本、严本、河本、王本、傅本、范本皆作"善贷且成"(汉简字形原作'贠',同"贷");景龙碑本作"善贷且善",疑脱末"成"字;高明谓敦煌戊本作"善始且成",近于帛书。按此当从古本。然"始"即"贷"也,凡物之始,赖道以"贷"之也。帛书原整理者云:"始,通行本作'贷',二字音近通假。""成""终"可互训,"善始且成",即"善始且善终也"。然河、王注以为"成"即"成就",亦有其理,可存之。夫唯从道者,可善始、善成且善终也。

四

【反也者】,道之動(动)也。弱也者,道之用也。天【下之物生于有,有生于无】。

是章甲本阙字较多,乙本阙三字。原整理本互校仍阙后句之"生"字,新整理本乙本已据图版上部残存字形直接释出,据补。楚简本存,汉简本存,皆完整。汉简本此章为第三章,次序与存世诸本同,而异于帛书。严本次序亦同汉简及存世本,而与上第二章并为一章。

楚简本作:

"返也者,道僮(动)也。溺(弱)也者,道之甬(用)也。天下之勿(物)生于又(有),生于亡(无)。"(甲组简37)

楚简本首句无"之"字,末句少一"有"字,如非缺漏,则句义与帛书和今本有别。

帛书甲乙本原整理本释文"动"皆作"動",新整理本作"勤",同释为"动"。

汉简本作:"反者道之动也,弱者道之用也。天下之物生于有,有生于无。"存世本多近汉简本,如王、河、严、傅、景龙本首句皆同汉简本,唯无二"也"字;后句亦近同,唯"天下之物",严本作"天地之物",河、王、景龙本作"天下万物",傅本、范本则同简帛本作"天下之物"。

汉简以下异同,皆不伤经义,唯楚简本意义有别,较有校勘、商量价值。

"反也者,道之动也",相反者,复相成也,犹"有无之相生也,难易之相成也,长短之相刑(形)也,高下之相盈也,意〈音〉声之相和也,先后之相隋(随),恒也。"(下四十六章,今本为《道经》第二章,文字有异)又,反者,返也(楚简本即作"返"字),亦即"万物旁作,吾以观其复也"(下五十九章,今本为《道经》十六章,"旁"作"并",无"其"字)。物极则返,其道也。"【大】曰筮(逝),筮(逝)曰【远,远曰反】。"(下六十六章,今本为《道经》第二十五章),时空数量级扩大,可见此象。返者,返其本也,"天物云云,各复归于其【根曰静】"也(下五十九章,今本为《道经》十六章,作:"夫物芸芸,各复归其根,归根曰静");归根者,归其所本,亦即返归其真也;"归根曰静,静曰复命",于易犹"反复其道,七日来复"之象。按楚简此句作:"返也者,道僮(动)也。"此谓"返"即是"道动"也,盖此即是道之动也,不须另寻。

"弱也者,道之用也",道家贵柔,体乎水德,"水善利万物而有静,处众人之所恶,故几于道矣"(下五十一章,今本为第八章,"有静"作"不争",无"矣"字)。水德贵柔,和之至也,譬犹"随风潜入夜,润物细无声"。又贵因势利导,故"天下【莫柔弱于水,而攻】坚强者莫之能【先】也"(下四十四章,今本为第七十八章)

"先"字据严本、傅本补,今本为"胜",无"也"字)。又此所谓弱者,生机也。于易道言,犹取少阳而不取老阴,若草木之萌蘖、婴儿之未孩,虽柔弱而生机无限,及其成长刚强也,则坚硬固执,日近死地,故贵弱者,非曰弱也贵,取生道而不取死道也。下四十二章云:"人之生也柔弱,其死也蕰(䐗)仞(肕)坚强。万物草木之生也柔脆,亓(其)死也椯(枯)毚(槁)。故曰:坚强者,死之徒也;柔弱微细,生之徒也。……强大居下,柔弱微细居上"(今本为《德经》第七十六章,文字小异)。"蕰(䐗)肕坚强"者,骨肉僵硬也。

"天【下之物生于有,有生于无】",此句甲本残缺,仅余一"天"字,据乙本补足。乙本原释文亦阙后一"生"字,据傅本补;新释文则已据残存字形直接释出。夫有形生于有象,有象生于无朕,此贵先天也,非仅玄想而已。楚简本作:"天下之勿(物)生于又(有),生于亡(无)",此若非脱漏一"又(有)"字,则其意当为:天下之物,不仅生于有也,亦生于无也,此预先为"无"留余地也。

五

【道生一,一生二,二生三,三生万物。万物负阴而抱阳】,中气以为和。天下之所恶,唯孤、寡、不橐(穀),而王公以自名也。勿(物)或敗(损)之而【益,益之而】敗(损)。故人【之所】教,夕(亦)议而教人。故强良(梁)者不得死,我【将】以为学父。

此章楚简本无。汉简本存,完整。帛书甲、乙本残损皆较多,兹以甲本为主,校补以乙本,尚有阙处,据汉简本、傅奕本、严遵本补。

"【道生一,一生二,二生三,三生万物】。"是句甲本原释文残缺,新整理本释文释出:"……生一……生二……生万物"数字;乙本原释文缺"万物"二字,新整理释文已补入;此据乙本新整理本补。各本文字不异。河上公注:"道始所生者,【一也】。一生阴与阳也。阴阳生和、清、浊三气,分为天地人也。"按此所谓人,万物之最灵者,秉阴阳二气,参赞天地之化育者也。"【万物负阴而抱阳】,中气以为和。"此犹天地交泰,万物化生,《庄子·田子方》:"至阴肃肃,至阳赫赫;肃肃出乎天,赫赫出乎地;两者交通成和而物生焉。"《列子·天瑞》:"一者,形变之始也,清轻者上为天,浊重者下为地,冲和气者为人;故天地含精,万物化生。"甲本原释文"万物负阴而抱阳"整句缺,乙本"以为和"前字全缺,甲、乙本新释文均增释出"万物"二字,汉简本无"而"字,余同。前句严本、王本、河本、景龙本、范本同,傅奕本"抱"作"裒"。后句"中气",帛书甲本、汉简本同,按"中气"犹阴阳调合之气也,万物皆具此阴阳,而得其阴阳调和之气以生,然各于阴阳禀赋比例不同,由此"方以类聚,物以群分,吉凶生焉"(《周易·系辞上》)。存世本多作"冲气"或"沖气",唯范本作"盅气"。沖、冲为异体字,《说文》:"沖,涌摇也。"蒋锡昌云:"'气'指阴阳之精气而言;'和'者,阴阳精气互相调和也。……'万物负阴而抱阳,冲气以为和',即万物生育之理,乃所以释上文生生之义者也。"或谓即"元气",河上公注:"万物中皆有元气,得以和柔,若胸中有藏(脏),骨中有髓,草木之中有空虚与气通,故得久生也。"(据此,则河上公本是处原亦应为"中"。)

"天下之所恶,唯孤、寡、不穀(穀),而王公以自名也。"是句甲本全;乙本残末二字,新旧释文均补为"称也"(当为据傅本补)。甲本"天下",乙本、汉简本、存世诸本皆作"人",此当从甲本,以作"天下"为善。"以自名也",汉简本作"以自命也",严本作"以名称",王本、河本、景龙本作"以为称",傅本作"以自称也",范本作"以自谓也"(范云所见"严遵(本)同古本",则应不同于现存本)。按此犹第二章所云:"故必贵而以贱为本,必高矣而以下为亟(基)。夫是以侯王自胃(谓)【曰】孤、寡、不穀(穀),此亓(其)贱【之本】与(欤)?非【也】?"盖天气下降、地气上升,方有阴阳交泰、万物化生,否则孤阴不生、独阳不长,则无有生物之理矣。故人间治道,亦上宜就下也,非法此,则无以为治,《老子》反复言之。

"勿(物)或敗(损)之【而益,益】之而敗(损)。"帛书甲乙本皆有阙字,"损之而益""益之而损"两本语序亦相互颠倒;甲本据乙本校补后,仍阙第二"益"字之重文符号,据汉简本、傅本补;乙本"损"字原作"云",通假。汉简本作"是故物或损而益,或益而损"。严本无"勿(物)或"二字,余同甲本。王、河、傅、景龙、范本语序皆同甲本而句前多一"故"字,句中多一"或"字,作:"故物或损之而益,或益之而损。"此句之义,高明引《文子·符言》篇释之,甚善,其辞云:"老子曰:'道者,守其所已有,不求其所未得。'求其所未得,即所有者亡;循其所已有,即所欲者至。治未固于不乱,而事为治者必危;行未免于无非,而急求名者必挫。故福莫大于无祸,利莫大于不丧;故'物或益之而损,损之而益'。"此培本固元之道,根基宜固也。治国修身,根基不稳,则"妄作凶",天下万事,无不如此。此其慎之至也。于全章看,此亦承上文为教,以上就下者,犹"损之而益";以下益上、剥之无尽者,犹"益之而损";夫"民惟邦本,本固邦宁",乃吾国旧训,岂可忽乎?

"故人【之所】教,夕(亦)议而教人","之所"二字,甲本残;乙本原整理本是句整句阙脱,新整理本据衬页上所粘小残片及衬页反印文释为"是故人之所教,□(亦)义(议)而□教【人】"(整理者谓□处二字"反印文尚存,但字形模糊难辨"),"之所"二字已辨出,据补甲本。按"义""议"通假;"议"犹"论"也,则此句句义甚明。高明谓"故"通"古","夕"假为"亦","议"借为"我","而"在此作"以"用,句义即"古人之所教,亦我以教之",犹"述而不作,信而好古"。按:汉简本是句作"人之所教,亦我而教人",近于高氏所论;帛书新整理者则谓汉简"亦我而教人"义不可通,"我"当为帛书类版本中"议"或"义(议)"之误读。按,高书已谓传本有作"人之所教,亦我义教之"、"人之所教,我亦义教之"及"人之所教,而我义教之"者;汉简本之"亦我而教人","而"如作"以"读,则上二解之矛盾或可平靖。严遵本是句作"人之所教,亦我教之。"傅奕本作:"人之所以教我,亦我之所以教人。"范本后句之前多一"而"字,余同傅本。王弼本、河上公本、景龙碑本作"人之所教,我亦教之"。奚侗《老子集解》云:"上'人'字,谓古人。凡古人流传之善言以教我者,我亦以之教人,述而不作也"。高明谓此释"似较他说切合",可参。

"故强良(梁)者不得死,我【将】以为学父。""我",帛书乙本以下皆作"吾"。王、河、严、傅、景龙、范本并无"故"字,"死"作"其死"。"学父",汉简本同,今本多作"教父",严、王、河本皆如此,唯傅本、范本作"学父"。古代"学(學)""教(敎)"为同字,《尚书·兑命》"惟学学半"(《礼记·学记》引此),即"教学半"也;教学参半,教即学也,学亦自教也。《说文》:"教,觉悟也。"学,亦学以觉悟也。自觉觉他,自度度人,菩萨行也,而吾国即以之寓于教育、学习中。《论语》起首即曰:"学而时习之,不亦乐乎?"此儒家之进修法门,亦可谓得其中矣。夫几千年文教不辍,其虚致之乎!朱谦之云:"'教父'即'学父',犹今言师傅。《方言》六:'凡尊老南楚谓之父。'"强梁者,犹强悍而违道之人。"我将以为学父"者,盖反面例子,恰可借之汲取教训云。

道家源于史官,其于古史必多见此类事迹,故援此以为"教人"之始。抑其贵柔者,亦非必曰柔也贵也,乃循道也。

六

天下之至柔,【驰】甹(骋)于天下之致(至)坚。无有入于无间。五(吾)是以知无为【之有】益也。不【言之】教,无为之益,【天】下希能及之矣。

　　是章楚简本无,汉简本存。帛书甲乙两本皆有残缺,互校仍有阙字,据汉简本等补。

　　"天下之至柔",谓水也,以喻道。他章言"水善利万物而有静"(第五十一章;今本为第八章,"有静"作"不争"),又言"天下莫柔【弱于水,而攻】坚强者莫之能【先】也"(第四十四章;今本为第七十八章)。"驰骋于天下之致(至)坚"者,谓柔能克刚也。"无有入于无间",道无所不入,虽至坚之处,亦无乎不在。

　　"五(吾)是以知无为【之有】益也。不【言之】教,无为之益,【天】下希能及之矣。"所知者,体道亦法道也;道本无为,而无不为,此无为自然之道也,犹《道经》所言:"人法地,【地】法【天】,天法【道,道】法【自然】。"(第六十六章,今本为第二十五章)是句乙本残甚,汉简本基本同甲本,"知"作"智",通假。

　　"天下之至柔,【驰】粤(骋)于天下之致(至)坚","驰"字甲本原缺;乙本原释文缺数字,作"天下之至……驰骋乎天下……",新释文增释出数字,作"天下之至柔,驰骋乎天下之至……",仅缺末字,据补甲本。汉简本以下,"致"径作"至";"于",汉简本同,乙本作"乎",王、河、严、傅、景龙本皆无"于"字,范本则有。"无有入于无间",汉简本、严遵本、河上公本、景龙本同;王本无"于"字,义不异。"无有入于无间",无间,无间隙也,稍涉于"有",皆不可入,唯"无有"可入之。此可对比《庄子·养生主》庖丁解牛之"以无厚入有间,恢恢乎其于游刃必有余地矣",然此尚为"有间",若"无间"者,则唯可以"无有"入之也。是句傅奕本作"出于无有,入于无间",范应元本、《淮南子·原道训》所引同傅本(范氏言"傅奕、严遵同古本",则其所见严本或不同于今传本。樊波成据《指归》本文谓范氏是处所言或误,姑存疑)。按此亦有可通处:盖道本虚无,故可言"出于无有";而无所不在,故可言"入于无间"。上文已言"【驰】粤(骋)于天下之致(至)坚",则"天下之至柔",亦非仅为喻,而已径言道矣。其所谓"天下之至柔"者,即道也;若"出于无有,入于无间",已径言道之属性矣,唯道可如此也。

　　"五(吾)是以知无为【之有】益也。不【言之】教,无为之益,【天】下希能及之矣。"此两句帛书甲、乙二本均有残缺;甲本新释文增释出二"之"字,仍不全;乙本原释文仅释出"吾是以……也不……矣"等字,新释文增释出数字,作"吾是以……益也。不……下希能及之矣。"汉简本作:"吾是以智(知)无为之有益也。不言之教,无为之益,天下希及之矣。"傅奕本"智"径作"知","稀"作"希",余同汉简本。帛书两本相较,仍有残缺,据汉简本、傅奕本补。首句严本、王本、河本、范本皆无"也"字,景龙本无"吾"字。次句汉简本以下皆无"能"字,严本、王本、河本、景龙本、范本并无句后之"矣"字。按,此乃由上所述道之性质而引申论之也。夫"天下之至柔",既"驰骋于天下之至坚",且以"无有"而"入于无间",则我由之得出之结论,乃可知"无为"之有益也。然"不言之教,无为之益,天下希能及之矣"者,盖皆不能"免于"有为也;"希能及之",鲜有能做到的,一般人近乎做不到。道家之言无为,皆尚自然也,而人心营营,鲜有能无为自然者,乃不免于有为有作而有害矣。夫人皆有其成见执著,其不能"无有入于无间"者,亦必矣。又此章之论,上则言道,下则言人,"人法道"也;而"道法自然"者,即无为也。

河上公注:"'吾是以知无为之有益',吾见道之无为而万物自化成也,是以知无为之有益于人。'不言之教',道法不言,师之于身。(王卡点校本作:"法道不言,帅之以身。")'无为之益',法道无为,治身则有益于精神,治国则有益于万民,不劳烦也。'天下希及之',天下人主也,希能有及道之无为。无为之治,治身治国也。"

七

名与身孰亲?身与货孰多?得与亡孰病?甚【爱必大费,多藏必厚】亡。故知足不辱,知止不殆,可以长久。

此章楚简本存,汉简本存,皆完整。甲本阙八字,乙本仅余二字,据楚简、汉简本补。甲本原释文"货"字径释,新整理本字形识为"㥄",改正为"货"字;"甚【爱必大费,多藏必厚】亡"句,甲本原仅释出"甚……亡"二字,新释文增释出"多臧(藏)"二字。乙本此节则仅余"名与"二字,其下均缺。

楚简本是章作:

"名与身箮(孰)新(亲)?身与货箮(孰)多?貴(得)与贡(亡)箮(孰)疠(病)?甚悉(爱)必大赞(费),居(厚)臧(藏)必多贡(亡)。古(故)智(知)足不辱,智(知)止不怠(殆),可以长旧(久)。"

(甲组简 35—37)

汉简本是章作：

"身与名孰亲？身与货孰多？得与亡孰病？是故甚爱必大费，多臧（藏）必厚亡。故智（知）足不辱，智（知）止不殆，可以长久。"

楚简本、汉简本文字基本同帛书本。其较大差别为：楚简本第四句作"甚恶（爱）必大瞀（费），同（厚）纐（藏）必多貰（亡）"；汉简本首句作"身与名孰亲？"又汉简本、王本、严本、傅本、景龙本、范本"甚爱必大费"前皆有"是故"二字，与帛书、楚简不同；汉简本、严本、景龙本末句前同楚简、帛书有"故"字，王、河、傅、范本无；河上公本则"是故""故"皆无矣。

此章之义，在诫人知止也。知止也者，身心健全，亦有益乎天下，是故"得也者，德也"。夫轻丧其身者，岂可以身、名、天下相托？道家有杨朱一派，初看似甚鄙，推其实则应以"葆身全生"为主；其若有外王学，则应亦为尊道德、尚自然也。唯此仍有近于小乘之嫌，道家济世另有说，观乎后世长春真人丘处机西游万里说成吉思汗止杀事可知；然观其为说之初，亦由"卫生之经"开始，此可远溯至先秦，而亦可见道家之特色。

"名与身孰亲"，过于好名，则疏于照顾其身，以至害之也；"身与货孰多"，《说文》："多，重也"，好货无限，以至害其身者，不识轻重也；"得与亡孰病"，《广雅·释诂》："病，苦也"，获得与失去哪个更痛苦？此道家之慎，不轻涉险地。"得"为葆身，"亡"则丧之也。又有解"得"为前言之得"名"与"货"而言，亦可通，王弼注："得名利而亡其身，何者为病？"

"甚【爱必大费，多藏必厚】亡。"甚者，过也，过其份；费者，消耗也；名、利、声、色、货、利等欲望过盛，则必消耗过多，其极可至于伤身害命；藏，蓄积，蓄藏过多，则有劫盗之患，岂仅每常亡之，抑且亦可害其身也。王弼注："'甚爱'，不与物通；'多藏'，不与物散。求之者多，攻之者众，为物所病，故'大费''厚亡'也。"君子聚物，亦知散物，其来也不可止，其去也不可留，聚散之间，顺自然而行也。《史记·货殖列传》记计然言"财币欲其行如流水"也。

"故知足不辱，知止不殆，可以长久。"殆者，危也，困怠也，今犹言"危殆"。"知足"则可不辱，"知止"则可以不困怠危殆，"可以长久"者，犹知所止所约（今犹言"节约"；知止，知其界限，故能节；节者，不过其份也；约者，约束，自觉不过其限）。此虽为常言，而可为道家之入手口诀。

道家贵久，道教则有"长生"之说，此虽属未可知，而可见吾民族热爱生命之感情特质。《道经》言："天长地久。天地之所以能【长】且久者，以其不自生也，故能长生。是以声【圣】人芮【退】其身而身先，外其身而身存。不以其无

【私】舆(欤)? 故能成其【私】。"(第五十章,今本为第七章,文字有异)按此亦为法天地也,"不自生"者,不自厚其生也;"退其身而身先,外其身而身存"者,生而弗有,为而弗恃,功成而不居,法天地之德也,故能与天地同久,"夫惟弗居,是以弗去"云。

草于 2017 年 2 月初、中
校改于 2017 年 11 月
定稿于 2020 年 10 月

论科学

■ 文/西蒙娜·薇依(Simone Weil)   译/吴雅凌

【译按】

1940年9月15日至1942年5月14日,薇依在马赛停留近两年间留下了大量文稿,内容包括但不限为人所熟知的若干沉思命题,诸如"重负与神恩""柏拉图笔下的神",以及对不同古代文明典籍的译读等。通常为人所忽略的是,薇依在马赛初期的关注重点不是哲学与宗教,而是哲学与科学。

依据其巴黎高等师范学院的同学马尔库(Camille Marcoux)的回忆,当时"她好像只是忙于数学"(佩特雷蒙特:《西蒙娜·韦依》,王苏生、卢起译,上海人民出版社,2004年,第717页)。薇依专注于数学,与其数学家兄长有关。1940年初,其兄安德烈(André Weil)被指控逃脱兵役,关押在勒阿弗尔监狱。这一时期兄妹书信往来频繁,并集中性地讨论了数学问题。不过,直到1941年初,普朗克的《物理学导论》在法国翻译出版(Max Planck, *Initiation à la physique*, Flammarion, 1941),才真正促使薇依动笔撰写相关文章。

《反思量子论》(*Réflexions à propos de la théorie des quanta*)于1942年12月刊发在马赛的《南方手册》(*Cahiers du Sud*)第51期,既是薇依对量子力学创世人普朗克(Max Planck)的直接回应,也重新整理了更早动笔的未完成稿《科学与我们》(*Science et nous*)中关于古今科学的思考。1941年6月30日,薇依在写给友人吉勒贝尔·卡恩(Gilbert Kahn)的信里提及这篇未完成长文:"我已经着手在写一篇有关现代科学、经典科学和古希腊科学的长文(从文艺复兴到1900年),但是在写了三十多页后又被别的事打断了。"

薇依感兴趣的数学,不是"过于抽象高深的数学,非内行不得接近的数学",而更像是数学作为方法的某种哲学沉思,或如她本人所说,"能否通过思辨把数学同大众拉近?这是我本想倾注一生的课题之一"。(《西蒙娜·韦依》,第677页)。这一兴趣可以追溯到薇依思想的开端,也就是1929年至1930年间她在巴黎高等师范学院完成的毕业论文《笛卡尔作品中的科学与感知》(*Science et perception dans Descartes*)。然而她对科学与哲学的关切最终让位给了其他命题。就某种意义而言,马赛时期或标志薇依哲学道路的"再次起航"(柏拉图《斐多篇》99d)。

本次辑刊的《反思量子论》《科学与我们》和《笛卡尔作品中的科学与感知》(导言部分)依据法文本 *Sur la science*(Gallimard, Collection Espoir, 1966)译出。

反思量子论
Réflexions à propos de la théorie des quanta

两个概念在古希腊以降的科学与我们今天的所谓科学之间划下鸿沟。这两个概念就是相对论和量子论。① 前者在公众中引起极大反响,后者连名称也鲜为人知。两者均在20世纪初问世,具有同等形态的颠覆性,也就是在科学中引入了某种经得接纳确认的矛盾。

关于相对论,本文不涉及广义相对论,也就是将相对概念推广至一切可能的运动,相比之下经典力学仅应用于匀速直线运动。当然这个思路至少提供了极其丰富的反思命题。本文涉及狭义相对论,不恰当的命名,因为理论本身与相对运动概念无关。一旦放弃理解,这会是相当简单的理论。一方面,哥白尼、开普勒、伽利略和牛顿的研究工作将若干运动归因于地球和其他天体,另一方面,有一系列实验实现了对光速的若干测算。简言之,19世纪末的若干实验让我们以为光速在所有方向中恒定不变。这样的结论自相矛盾:如果我们以某个朝特定方向运动的系统为参照来测算一种有限速度,则该速度不可能在所有方向中恒定不变。然而,爱因斯坦以代数公式传译了这些相互排斥的结论,通过组合这些公式提取方程式——仿佛这些公式有可能同时为真。在上述方程式里,代表时间的字母与分别代表三个空间坐标的字母呈现为两两对称的形态。用通俗语言转述这些方程式会导致悖

---

① 薇依原注:Max Planck, *Initiation à la physique*, Flammarion, 1941。读者忍不住要指出该法译本中的若干不当之处:没有明确标注任何日期,注释里的代数公式充斥着印刷错误。

论,比如时间被当做第四维度,这给爱因斯坦带来相当坏的声名。

量子论所包含的悖论就其强烈程度不比相对论逊色,或许更甚,虽说初看之下不那么惊人。况且量子论先于相对论。普朗克最早提出了量子论,直到今天,这依然是物理学家们的主要关切问题。量子论涉及科学的核心概念,即能量概念,旨在把能量或能量乘以时间所产生的作用力视同一种量值,该量值以不连续的方式,也就是以接连的跳跃发生变化,而这些跳跃被称为量子。然而,伽利略以降的科学研究旨在把一切现象无一例外地归并为时空关系中的变化,唯独距离、速度和加速度被视为可变因素,时间和空间只能表现为连续性量值,能量概念恰恰为我们把一切现象归并到时间和空间提供了手段。假设我离某地两公里,步行一段时间后,我离该地一公里,那么,不论我走了哪条路线,绕了多少弯路,所有中间距离无一例外地介于一至两公里之间。我们可以质疑这个假设,就像质疑其他任何假设一样,但我们不可能提出另一种相反的假设。科学关涉现象,有别于形而上思想或神秘思想,科学与表现相适应,或直接落实在表现上。一种科学解释如果不具备表现力就没有意义。

随意打开一本教科书,我们都能肯定一点,那就是能量概念来源于做功概念,并且可以归并到做功概念。所谓做功通过一定重量上升至一定高度得到定义。谈论一个系统在不同状态之间存在能量差别,这意味着我们可以这么表述如下转换:一个系统从一种状态转化成另一种状态,作为交换,上升一定重量或下降一定高度。

在力学现象的最早研究中,人们发现有一个变量,受惯性力乘以距离的常规乘积所限定。阿基米德论证到,假设在天平的一端增减砝码的重量,同时相应地改变砝码的位置,那么这个对称的天平始终处于平衡状态,前提条件是砝码的重量乘以砝码相对于支撑点的距离的乘积保持不变。阿基米德就此创立了力学。伽利略提出,从同一高度接连松开一颗小球,使之掉落在不同倾斜度的平面,球的滚动距离乘以球所受力的乘积保持不变。伽利略还提出一般平衡法则,假设两个分别受力的物体在相对关系中保持静止状态,那么两种惯性力分别乘以两个物体不受相对关系影响时所可能运动产生的距离,将得到两个相等的乘积。伽利略和后来的笛卡尔表明,这个乘积是简单机械的关键所在,简单机械虽为人类减免做功的辛劳,却无论如何不会改变有待克服的惯性力乘以有待完成的移动距离的乘积。此外,天平改头换面称为操作杆,就是一种简单机械。受压倾斜的平面同样是一种简单机械。

再往后,人们利用同一乘积作为解读一切动力现象的关键,并称之为动能(énergie cinétique)或活力(force vive)。匀加速或匀减速运动公式表明,假设一颗小球在水平面上匀速滚动,遇到斜面并上升一定高度,那么这颗球所做的功,也就是高度乘以球重量的乘积,等于球质量乘以水平面滚动速度的二次幂所得到的乘积的一半。某个运动物体的动能,也就是这里说的乘积的一半,就是该物体在一定条件下凭靠自身速度所能做出的功。势能(énergie potentielle)是一个物体凭靠自身状态并借助某种无限小的冲量所能做出的功,比如桌上的一颗球。依据能量守恒定律,在一个纯力学系统中,假设没有发生外力对系统做功或系统对外做功,那么动能和势能的和保持不变。19世纪的伟大想法旨在借助等价数值,将除移动以外的一切变化等同为做功。焦耳最先这么做了。在一米高处降落一公斤重的砝码,借助滑轮装置,使某个放在装满水的容器中的迷你风车转动起来,水温上升,导致升温的热能等于一公斤。焦耳通过不同的机械程序实验反复证实,通过消耗同等的机械能,可以使同等质量的水升温零至一度。19世纪的学者们通过大量类似实验提出假定,在一切现象中存在某种可等同于机械能的能量的增长或消减。这一原理在化学现象和电现象研究中得到了为数众多的成功运用。19世纪的科学基本原理在于,针对一切现象,至少要从理论上做到要么借助一定重量的移动来解释该现象的发生,要么借助该现象来解释一定重量的移动。能量一词没有别的含义。这也是为什么不同类型的能量统一使用尔格(erg),也就是依据一定重量的上升所限定的度量单位。

毫无例外地,一只砝码不可能先在一种高度,在未经过其他中间高度的情况下,直接转到另一种高度。距离是一种连续性的量值。没有一种几何学可以做出别样的表述,就连非欧几里得几何也不能。对物理学家来说,时间表现为匀速运动,也就是表现为距离,时间是一种连续性的量值。速度同样如此。速度是距离与时间之比,加速度是速度与时间之比。在机械能的所有定义中,除与质量配合的距离、速度和加速度以外,没有别的量值。作用力等于能量乘以时间的乘积。所谓非机械能,就是在一切非力学现象中被假设等同于机械能的能量。这样一来,我们不难感觉谈论能量或作用力的量子是多么异乎寻常的事。

最奇特莫如普朗克的论断:"物质传播辐射能,只能通过与频率成比例的有限数量来传播。"他得出这个假说不是通过有可能在实验中测算阈值的显微镜现象研究,而是通过一种肉眼可见的现象研究,即黑体辐射。

克劳修斯(Rudolf Clausius,1822—1888)的热力学第二定理,又称能量消减原理,将不可逆概念引入能量研究领域。不可逆概念又引入概率概念,这是基于很简单的思路,也就是从较有可能的状态过渡到较无可能的状态在实际上不可逆。假设我们伸手扫过组合成瓦莱里的一行诗的所有印刷字母,就会弄乱它们的顺序,假

论科学　205

设我们无数次用手扫过,我们始终不可能拼回瓦莱里的诗行。物理学家玻尔兹曼(Ludwig Edwarg Boltzman)是普朗克的同代人,他以此解释机械能通过摩擦转化成热能的不可逆现象。普朗克尝试利用概率重构与实验已知条件相适应的黑体辐射现象。他在这些概率的公式中发现了不连续性,由于这些概率是能量的函数,他又进而把不连续性引入能量领域。

我们忍不住思忖事情有没有可能不这样发生。实验显然不会做出强制。实验中的测算不涉及显微镜下的观察数据,不提供阈值,而只提供插入的基准点。我们总是可以自由选择插入的函数,可以是连续函数,也可以是不连续函数。这样看来,普朗克原本可以使用不同于经典力学所要求的函数。换言之,他原本可以不使用与实验不相协调的连续函数。我们只能思忖是不是概率运算的性质本身导致普朗克把整数代入公式,殊不知概率运算的开端是骰子游戏,继而才是数的关系。果真如此,如此重大的革命有相当古怪的开端。无论如何,针对黑体辐射这一特殊个例,为了方便运算,普朗克把不连续性引入能量领域。他的创新取得了惊人的成就,因为稍后人们承认他的公式对发生在原子领域和辐射领域的能量转换同等有效。换言之,对发生在任何领域的一切能量转换同等有效。这样一来,能量一词不再与重量和距离有关,不再与质量和速度有关。能量一词也不与其他概念有关,因为人们没有给出新的能量定义。能量与一切无关。这不妨碍人们继续谈论动能,所谓纸上谈兵莫过于此。

代数的不同作用在19世纪的科学和以往科学之间划下鸿沟。在物理学中,代数一开始只是一种借助实验推理来概括物理概念之间的既定关系的手段,一种让核对和应用所必须的数字运算变得极为便利的手段。但代数的重要性不断提高。最终不再像从前,代数是辅助语言而词语是基本语言,如今正好相反。某些物理学家甚至力图把代数当成唯一的语言,或几乎唯一的语言,以至于在最极端的情况下,当然也是不可能实现的情况下,只剩下实验测算得出的数字和组成公式的字母。然而,普通语言和代数语言的逻辑要求不同。概念关系无法通过字母关系得到完整体现,特别是有些不可并存的论断所等同的方程式完全相容。我们把概念关系转译成代数语言,进而操作代数公式,一心只考虑实验中的已知数和相关代数规律,由此得出的结论重新转译成口头语言,很可能与常识产生强烈冲突。

由此生成一种虚假的深刻表象。这是因为,深刻的哲学或神秘学沉思同样包含矛盾、古怪之处和言语表达无法超越的困难。但代数截然不同。如果说一种深刻思想不能言传,那是因为这种思想包含若干垂直重叠的关系,通用语言很难体现个中的水平差异。但代数更受局限,因为代数将一切置于同一水平。论证、检验、假设、近乎随意的猜测、粗略估计、惯常看法、便利性、概率,所有这些说法一旦转译成字母,就在方程式里发挥同一种作用。如果说物理学家的代数制造了某种深刻的效果,那么只能说这种深刻是扁平的,思想的第三维度在其中缺席。

此种虚假的深刻具有相当逗乐的效果,拉伯雷或莫里哀将一些例子编成了玩笑。哲学家带着叫人肃然起敬的热忱,竭力解释他们不能理解的东西,把方程式转译成哲学,把自己搞得疲惫不堪。一般说来,外行评论者乃至若干学者会以动人的坚持不懈去寻找当代科学的深刻意义和世界想象。只能是徒劳,当代科学没有深刻意义和世界想象。在这方面,科学就像安徒生童话里的皇帝。两个裁缝向他承诺纺出一匹傻瓜看不见的布做新装。于是他一丝不挂在首都的大街小巷巡游,他本人和在场看客都不敢承认他一丝不挂。稍有些教养的人害怕被人当成傻瓜,不敢对别人或对自己承认看不出一丝与当代科学创新相连的哲学意义,他们情愿胡诌一个,那必定是含糊晦涩的。普朗克的新书法语译本《物理学导论》有超过四分之三的篇幅充斥着哲学沉思,为安徒生童话提供了一幅新插图。这是因为,有些评论者基于作者的科学声望,自信在书中读到了某种深刻的思想。他们做摘引来证明自己的判断。这些摘引全是老生常谈,且非常平庸。

撇开作者本人不谈,这本书除了其中几页以外,几乎没有什么意思。书中涉及的一般哲学沉思差强人意,对诸如神、人的灵魂、自由、知识和外部世界的存在等方面的思考,总的说来合乎情理,却过于平常、含糊和肤浅。我们从中清楚看到,普朗克不是有识之士。我们还看到一个相当有趣的事实,这位作者对如此重大的革命负有责任,而他不但是非常正直的人,还是人们通常说的思想正统的人,极其依恋宗教,依恋一切传统意义上值得尊敬的东西。话说回来,书中真正可珍贵的几页,也就是普朗克天真而未加思索的若干坦白段落,为科学发展中的神秘进程带来奇特的澄清作用。这些段落彻底颠覆了普朗克常在书中夸张强调的老生常谈,也就是科学具有凌驾于所有时代和所有国家的学者之上的普遍意义。

以下是相关段落的摘录:

> 在有些物理学家圈子里,人们乐意主张,提出一种假说只能使用特定概念,也就是可以抛开一切理论通过测算来定义这些概念的含义。但这是不正确的……没有一种变量可以直接得到测算。一种测算唯有借助解释才能获得其物理学的意义,而这种解释就是理论事实本身……即便在最直接精确的测算例子中,比如电流的大小或密度,测算结果也必须经过大量修订才会变得可用,而这些修订的运算乃是从一个假说推导出来的。

下面的说法更富有启发性：

> 一种假说的发明者拥有实际上无限的可能性，既与他自身的感官机能无关，也与他所使用的工具无关……我们甚至可以说，他凭靠想象自行发明了一种几何学。他所使用的工具拥有理想化的精密程度……他可以在想象中操作最精妙的测算，从测算结果中得出最具普遍性的结论。这些结论与现实中的测算无关，至少不直接有关。这也是为什么测算永无可能直接证明或推翻一种假说，测算只能推算出一种假说的或大或小的适用范围。

以下是最精彩的段落：

> 伟大的科学观点没有征服世界的习惯，这是基于如下事实，这些观点的反对者最终将渐渐接受它们，最终将确证它们是对的……最常发生的情况是，一种新观点的反对者最终纷纷死去，而新生世代已然适应了这一新观点。

如此一来，科学理论的消亡与17世纪男子时装式样的消亡雷同。随着路易十三统治时期的年轻人纷纷老死去，一种名曰路易十三的时尚风格也烟消云散。

一个人只要认真思考这些说法就绝不会说："科学如此断言。"科学沉默不语，是学者在说话。学者说的话显然不可能独立于时代，正如普朗克所承认的，用这样或那样方式看问题的人，在死亡强加沉默的那一刻，他们不再说话。至于地区，诚然学者属于不同国家。但是，旅行、通信和交流在当今和平时期是如此便利迅速，以至于同专业领域的学者尽管分散在地球各个角落却共同构建了一个小村落。在这个村落里，所有人彼此认识，了解相互的私生活，不住传播各种逸闻趣事，换个地方会被称为闲言碎语。如果他们中有好些个同住一个城市，那么除非彼此不和，否则他们会经常见面，就连他们的妻子也会形成小圈子。这个村落是封闭的，外人无法进入。一个人如果没有从职业上成为学者，就算他花了二十年时间研读学者们的著作，他在科学上依然是外行。外行的意见在这个村落中毫无信誉可言，没有人会关注，除非偶而借用几句逗趣或恭维的客套话。有教养的读者、艺术家、哲学家、农夫，乃至一个波利尼西亚人，这些人全在同一水平，必定被排除在科学之外。甚至学者也被排除在不算本专业领域的科学之外。学者极少走出这个村落。撇开本专业领域不谈，许多学者目光短浅少有教养，就算他们对本专业领域以外的东西感兴趣，也极少想过把这种兴趣和他们对科学的兴趣联系起来。这些村民天生爱学习,才华横溢,有过人的天赋。不过,直到一定年龄以前,也就是心智和性情大致定型以前,他们和其他人一样上学,从乏善可陈的教科书中汲取养分。他们绝不会格外努力发展自身的批评精神。他们一生中从未有一刻做好思想准备,好让对真实的纯粹的爱超过其他动机。从这个角度看,没有一种淘汰机制将天性禀赋视同进村的许可条件。有一些诸如考试竞赛的淘汰机制,却不针对热爱真实的强烈程度或纯粹程度。对真实的爱,对准确的偏好和把工作做好的趣味,成为话题中心的渴求,对金钱、尊重、声望、荣誉和身份的贪恋,厌恶、嫉妒和友爱,所有这些动机加上别的动机,在村民身上就像在所有人身上,以可变比例相互混合。这个村落就像其他村落一样,由平均水平的人类构成,带有或高或低的若干偏差。这个村落也有其独特之处,比如由于风尚变化而遭遇阶段性的颠覆,也就是每隔大约十年,新的世代狂热追捧新的观点。和别处一样,代际斗争和人际斗争随时导致某种平均水平的舆论。一种特定时刻的科学状态不是别的,就是学者村里的平均水平的舆论。诚然,此种舆论建立在实验基础上,不过终究是在村里做的实验,完全不受外来控制,实验仪器既昂贵又复杂,并且只在学者村里找得到。准备、反复操作和调整这些实验的只有村民,特别是解释这些实验的也只有村民,而解释的自由度,从上文摘引的普朗克著述即可见一斑。科学是一种超自然的神谕,这个说法因此是错的。这个说法成为不同格言的源头,自然了,格言随着时光发生变化,必定越变越睿智。我们今天通常就是这么理解科学的,我们高声呼喊"科学是这么说的",虽然心里肯定再过五年科学就不会这么说了,但我们依然感到陶醉不已。在科学中就像在其他方面,我们相信现实具有永恒的价值。瓦莱里本人不止一次谈及依据公共迷信形成的科学。至于学者,显然他们最先把个人意见转成格言,既然科学来源于某种神谕,那么他们不为这些格言负责,他们也不必就此做交代。此等自命不凡是不正当的,故而不可容忍。没有什么神谕,只有学者的意见,而学者也是人。他们公布他们自认为必须公布的意见,他们有理由这么做,不过他们是他们所公布意见的作者,要为此负责,他们必须做个交代。他们没有做出交代。他们错了。首先是错待了自己,因为他们同样没有给自己一个交代。

他们首先要为与经典科学的断裂做出交代。并不是说断裂就是一种不幸。经典科学已然抵达顶峰,自我标榜有能力解释一切,并且是毫无例外的。经典科学变得在智性上叫人无法呼吸。柏格森、爱因斯坦和其他人在这道围墙上强力凿出洞来,他们如救星般得到世人的欢呼。此外,经典科学的基本概念,诸如惯性、匀速运动、惯性力、加速度、动能和做功等,一旦细加考察就叫人费解。依据惯性原理,直线匀速运动是最简单的运动,然而,诸如时间这样的直线匀速运动只能通过星辰在昼间的圆周运动来测算,只能通过一粒小球在一个平面上滚动所形成的旋转运动来表现,这不是很奇怪吗?直线匀速运动没有受到任何外力干预,却包含某种能量,这不是很奇怪吗?做功概念来源于人类经验,然而依据该概念的定义,一个人负重五十公斤走了十公里竟然没有做任何功,这不是很奇怪吗?两个同样的物体在同一时间完成同一直线距离,假设前者是匀速运动而后者不是,那么前者做了功而后者没有,这不是很奇怪吗?我们还可以找到其他许多奇怪的例子。

然而,更为严重的是,经典科学声称解决了矛盾,或不如说解除了矛盾双方的相互关系。矛盾是人类生存条件的组成部分,人类不被允许摆脱矛盾。经典科学通过取消其中一项矛盾方而自认为摆脱了矛盾。打个比方,我们已知有连续函数和不连续函数,我们设想空间和数,我们不可能不穿过一条河就从河岸的一边抵达对岸,而我们不知道在铁与黄金之间存在什么中间状态。经典物理学想要取消不连续性,也就必然在不连续性上触礁,这发生在经典物理学的核心领域,在主干部分,在能量概念研究——能量本该被运用来取消不连续性。换言之,发生在热力学领域。我们只能清楚地设想那些有可能逆向重来的转变,但是,我们被迫遵循时间流逝不可逆转的规律。我们终将老死去,灰烬不会变回森林,锈不会变回铁。一般说来,轻易快速摧毁的东西往往难以重建或替代,或者不可能,或者要花很长时间。用原子世界去解释既成世界,这样的尝试不可能成功。在原子世界里,唯独机械能发挥作用,而机械能不具有不可逆性。经典科学想要一味考虑无条件的必然,而彻底取缔秩序概念。秩序概念于是伪装成概率重新登场,玻尔兹曼就是利用概率实现了从可逆到不可逆的过渡。仔细想来,我们只能把微弱的概率定义成某种秩序。在整体与局部的双重相互关系中,经典科学只想保留整体服从局部这层关系,因为局部服从整体就像秩序概念一样带有终末论的污点。我们今天的数学、物理学和生物学趋向于研究得到如此限定的整体。这变化本身还算好的,因为经典科学保有的希望既荒诞又渎神。之所以说是荒诞,因为我们不可能合理地希望考量这样一个世界,我们通过取消两个项中的一项来发现矛盾双方的相互关系,未被取消的一项就算被当成幻觉,那么也应该好好审视这样的幻觉,只是我们无法借助对立项实现这一点。人生来已知的概念一个也不能取缔,只能各归其位。之所以说是渎神,因为人类在大地上不被允许摆脱矛盾,只能善用矛盾。柏拉图深谙其义,但凡属人的心智所能设想到的无不含带矛盾,而矛盾像杠杆,属人的心智借助这杠杆有可能攀升到天性领域之上。

造成不幸的不是放弃经典科学本身,而是我们采取的放弃方式。经典科学错误地自诩有能力实现无限进步,却在 1900 年前后遭遇了自身的限度。学者没有和经典科学一道停下来沉思这些限度，予以反思、描述、定义和重视，从中汲取整全的视野，反而带着极度冲动从旁经过，把经典科学抛在身后。有什么好奇怪的呢？学者受雇不就是为了永远向前冲吗？驻足不前既不利于晋升，也不利于名声和拿诺贝尔奖。要让一名有出色天赋的学者主动驻足，他须得具备圣洁心性或英雄气概，可他凭什么要做圣人或英雄呢？除了极少例外，从事其他职业的人也不会更像圣人或英雄。学者一味向前冲，从不温故，因为温故形同退步，他们只肯添新。他们在不连续性上触礁，不但没有放弃把一切归并到能量变差，反而把不连续性置入能量研究，从而剥夺了能量概念的全部意义，尽管如此，凭靠过往几世纪所积攒的冲劲，他们继续保留能量概念在所有研究中的核心地位。凭靠概率概念在我们生来已知的世界与纯力学的假想原子世界之间搭建桥梁的困难丝毫没有让他们感到为难，他们从概率研究中得到量子理论的结论，这些结论又导致他们把概率概念置入原子研究。如此一来，原子微粒的运动轨迹不再是必然，而是或然，必然不再存在。然而，定义概率只能像定义某种精准的必然，有些条件已知，另一些条件未知。概率概念一旦与必然概念分开就不再有意义。与必然分开的概率只不过是统计学的概要，而除了实际用途以外，没有什么可以证明统计学的正当性——借助诸如投票或全民表决这样的方法，人们赞成一百票而反对一票。如此一来只剩下原始经验，而科学如同一切思想努力旨在解释经验。话说回来，人类从来没有像今天做出这样多解释，提出这样多假说，并且带着这样大的许可在做这一切。

虽说这样表述一种不确定性在如今依然显得费解，但是，学者在类似条件下还能长久持续向前冲，这是成问题的说法。这恰恰因为，几乎不再有什么可以控制学者的思想进程。只有代数在控制他们，但代数好比一件简单工具，努力适应是为了操纵，何况代数是一件相当灵活的工具。我们错误地认为经验可以派做这个用场，因为一切属人的思想，也包括在我们眼里最荒诞的信仰，全以经验为目标，并在经验中得到支持和证实。巫师的魔力来源自经验，一种未经经验证实的信仰无可能在人类世界里存活。一种思想就是一次解释经验的努力，经验不为解释提供原型、规律和标准。我们从经验中得到问题的已知条件，而不是解决问题的办法，甚至也不是表述问题的方式。思想努力正如其他努力，需要被引导到某个方向。一切属人的努力无不被引导到某个方向。人若不去往某处，就是一成不变。人不能省略掉价值标准。就一切理论研究而言，价值标准的别称是真实。人类由血肉铸造，生活在大地上，人类对真实的表述不可能没有缺陷。但人类需要这样一种对真实的表述。如柏拉图所说，那是我们在天外看见的无法表述的真实的不完美形象。

经典科学时期的学者拥有对科学真实的一种显然有缺陷的表述，但至少他们拥有这一表述。如今的学者在精神中没有存留任何东西,好让他们为之转向,美其名曰真实,哪怕那是含糊的、遥远的、随意的,甚至不可行的。更有甚者,他们不拥有通往真实之路的形象,好让他们对照并控制每一步思想活动。他们依然受以往几个世代的冲动驱使,用既有速度去追随如今毫无反响的方向。这冲动终会消亡。许可叫人陶醉,我们在一切领域为之狂迷,不过,完全的许可比任何枷锁更能有效地叫停。可以预见,在不久的将来,或许再过两三代人,甚至更短时间,学者们会停止向前冲。

是预见,不是担忧。何必为科学祈愿一种无障碍的进步呢?只要不懂得阻止人类运用技术支配同类而不是支配物质,我们就不能指望技术发展带来好处。科学进步不可能增进认知,因为如今公认,外行根本不理解科学,甚至学者在本专业领域之外也是外行。一次强行叫停或许会迫使学者做一番回顾和温习,仿照阿基米德留下的永恒模型,重建某种物理学和化学的公理系统。这不是为了营造人为的和谐,而是为了对诸种公理、公设、定义、假说和原理做出如实总结,同时不忽略掉在实验技术中——比如在天平的使用中——所隐含的发现。这样的工作通过清楚展现诸种疑难、矛盾和不可能性,或许会使科学变成一种认知。我们如今急于以各种解决方案掩饰这些疑难、矛盾和不可能性,殊不知心智在解决方案背后什么也察觉不到。不过必须尽快开始这项工作。否则科学的停滞不会带来更新,而只会导致科学精神在地球上长达数世纪的消亡,正如罗马帝国扼杀古希腊科学的后果。

有一样东西比科学本身珍贵无穷倍,也被牵连到这一危机中。那就是真实的概念。18世纪和19世纪把真理与科学紧密相连,实在大错特错,但我们保留了这种习惯。在我们眼里,科学真理的消亡导致真实本身的消亡,我们习惯把两者混为一谈。真实一旦消亡,功用就会取而代之,因为人类总要把努力引导向某种善。只是,属人的心智没有能力定义或判断功用性,而只被允许加以利用。心智就此从主宰沦为奴仆,听凭欲求下命令。此外,公共舆论取代良知,做了思想的女王,因为人类总是听凭思想服从某种更高级别的支配,要么是道德上更高,要么是权力上更高。我们如今正是这种情况。一切向实用靠拢,但没有人想过定义何为实用。公共舆论支配一切,在学者村里正如在各大国中。我们仿佛回到了普罗塔哥拉(Protagoras)和智术师的年代,说服的技艺取代思想,支配城邦命运,制造国家政变。公共聚会上的标语、广告和宣传、报纸、电影和广播就是此种说服术的现代等同物。柏拉图的《理想国》第九卷似乎就是在描述当代事件。然而,今天压做赌注的不是希腊,而是整个地球。我们缺少苏格拉底、柏拉图、欧多克索斯(Eudoxus of Cnidus)、毕达哥拉斯等人的训诲。我们有基督宗教传统,但无济于事,除非基督宗教传统在我们中间重焕生机。

长久以来,在所有领域,由于逃避责任和欠缺外在制约,精神价值的卫士们(至少头衔如此)放任精神价值自行败落。某种顾虑阻止我们承认这一点,仿佛这么做有损害精神价值本身的风险。但远远不止如此,我们置身其中的痛苦和屈辱也许还要持续很长时间,只要我们没有从灵魂深处感悟到我们活该有这样的命运,我们就不可能在某一天重新找回失去的东西。我们看见武力日益奴役心智,眼前的苦难让所有人感觉到了这种奴役。然而,早在有人让我们俯首帖耳以前,心智已然沦落至奴役状态。既然一个人在集市上给自己贴上草标,又何必惊讶他找到买主呢?

笼罩我们的暴风雨对诸种道德标准连根拔除,破坏品级,大加质疑,以便摆放在永是虚假的力量天平上重做评估。至少在当前,让我们也对这些道德标准提出质疑吧,每个人从自身出发,在抵达无声的专注中,让我们也一一摆放到自己身上重做评估吧。但愿我们能用良知造一座正义的天平。

爱弥儿·诺维斯[①]

科学与我们
Science et nous

20世纪交替之际,西方人发生了一件相当古怪的事。我们在不知不觉中丢失了科学,至少是丢失了四百年来我们称为科学的东西。我们以科学之名拥有别的东西,彻底别的东西,我们不知那是什么。或许无人知晓。1920年前后,公众意识到爱因斯坦的发现有非凡之处并为之赞叹,当然了,我们不是习惯说我们的世纪是让人赞叹的世纪吗?然而,相对论没有颠覆什么,因为量子论在1900年前后已然颠覆一切。何况一种非欧几里得几何的运用不管何等古怪,诸如空间曲线、时间维度、既无穷大又可测的速度等,至少为爱因斯坦理论冠名的概念本身,也就是运动和静止只在相对于某个参考系统的情况下有意义,这个说法既不新鲜也不古怪。笛卡尔早就提出来了,如果说牛顿不赞同,却也没有看成明显不合逻辑的说法。量子论却完全不同。

量子论通过两种方式标志着科学发展中的一次断裂。首先,量子论标志着不连续函数(le discontinu)的回归。如我们所知,一开始数学方法的唯一运用对象是

[①] Émile Novis:重新编排 Simone Weil 的字母次序得到的笔名,薇依在《南方杂志》上发表的文章多以此署名。novis 在拉丁文中指"新的",Émile 让人想到卢梭笔下的爱弥儿。

数,相关研究很早就很深入,生活在四千年前的巴比伦少年与如今法国中学生拥有几乎一样多的代数知识,不过这里说的代数包含数字方程。此外,若干习题的表述——其中一道题求两个数之和,其中一个是天数,另一个是工人的数目,这些表述似乎表明,代数在当时与今天某些有识之士的理解一致,代数是对纯属约定俗成的关系的运用,而不是对世界的认知。世界从不提供类似已知数。

如我们所知,在公元前6世纪的希腊,数学方法超出数的领域,转而专注世界,并把连续函数(le continu)作为研究对象。希腊古人充分认识到此种转变,我们从如下事实得知这一点:直到丢番图①这么晚的年代,他们始终佯装不识代数及代数方程。他们只承认披上几何比例外衣的代数关系。《厄庇诺米斯》(*Epinomis*)如此定义几何:"本质上不相似的数的相近关系,这种相近关系由平面图的比例而变明显。"②这是把几何定义为广义数(nombre généralisé)的科学,也就是量的科学,其中有的可以用数和分数表达,有的不能。近似数的说法似乎表明,相似三角形的成立作为几何学的基础,对希腊古人来说是一种求比的方法,而直角三角形的成立来自相似三角形的排列组合,无疑是一种求比例中项(moyenne proportionelle)的方法。比例或系希腊古人研究几何学的动机,古希腊的大多数发现可分类成两道题:求两个数的一个比例中项,求两个数的两个比例中项。柏拉图推进求解第二道题,同时忍不住以不同寻常的狂喜不住赞叹第一道题得到解答。

无论如何,公元前四世纪初的希腊古人拥有广义数的最严密形式的完整理论,以及积分运算的至为精确的概念。由于几何图形所表现的线同时也是运动轨迹,几何学对希腊古人而言是自然的科学。"神是永在的几何学家。"③函数概念取代巴比伦的代数方程,成为一切科学认知的灵魂。用字母表示作为广义数的任意数字,而不是任意整数或分数,这个做法使得文艺复兴有可能同时继承古希腊传统和经由丢番图、印度人和阿拉伯人传递的古巴比伦传统。以方程解析函数,微积分运算应运生成。文艺复兴的代数是古希腊几何学的现代对应物,同样表现与距离相

---

① Diophantus d'Alexandrie,生卒年份不详,大约生活于3世纪,亚历山大城学者,被誉为代数之父。
② 此处按法文译出。柏拉图《厄庇诺米斯》990d:"本质上互不相似的数字,在平面上具有相似点。"(程志敏,崔嵬编译,华夏出版社,2013年)
③ 这个说法出自普鲁塔克:"柏拉图说,神是永在的几何学家"(*Convivialium disputationum*, 8, 2)。薇依在巴黎高师研究笛卡尔的毕业论文以此句为题词。另有四本笔记的封面抄录着这句话(Simone Weil, *Œuvres complètes*, Gallimard, V 1,68;219;VI,2;59)。《论科学》收录的文章中亦多有援引。

似的连续变量之间的组合,并在认识自然中扮演同样的角色。傅里叶有关热量的级数概念即是出色的一例。

但人类精神不可能一味探究数,或一味探究连续函数,总在从此处转向彼处,并且自然中有某种东西同时与两者相契合。若非如此,人类永在思考数和空间,人之为人将活不下去。19世纪,特别是19世纪末,不连续函数在各门学科中重新成为科学精神的必要因素。在数学中涉及各种群和由群产生的概念、算术的延展及其与分析学的新关系。在物理学中涉及原子、气体动力学和量子。所有化学原理无不与之相连。在生物学中涉及突变。凡此种种表明不连续函数的回归。此种回归是两个相关概念之间不可避免的平衡阶段,再自然不过。不夸张地说,当代物理学对不连续函数的运用才是真的违反自然,也就是有人在原子中产生裂变能,殊不知核能不是别的,就是一种空间的函数。1900年尚可称为科学——如今必须称为经典科学①——的东西就此消失了,我们彻底废除了其存在的意义。

自文艺复兴至19世纪末,历代学者们的努力不只是为了积累实验,他们有一个目标,他们追求对宇宙②的表述。此种表述的原型是劳动,更准确地说,就是简单粗糙的劳动形式,习惯、才能、技巧和灵感无从干预,就是非技术性劳动,就是搬运工种。在一种欲求及其满足之间存在距离,某种程度上,这距离对我们来说就是世界本身。假设我想在桌上阅读一本掉到地上的书,为了满足这个欲求,我必须捡起书并把书举高,高度等同为桌面和地面之间的距离。假设在桌面和地面之间有一个水平面,那么不管在无穷多的可能性中会发生什么,这本书总要穿过该水平面才能抵达桌面。为了省力,我可以一张张撕下书页,每次只举高一张,以减免整本书的重量,但这样一来,这本书有多少页,我就必须重复多少次举高动作。世人当我是傻瓜、罪犯、英雄、贤者还是圣人,并不会带来任何差别。这次行动始终遵守的几何学和力学的全部必然条件构成了原始诅咒,也就是亚当遭惩罚的诅咒,致使宇宙有别于某种人间天堂的诅咒,劳动的诅咒。

经典科学在文艺复兴时兴起,在1900年前后消亡。经典科学力图表现发生在宇宙中的所有现象,通过想象某个经观察验证的系统在两种连续状态之间有中间阶段,类似于一个人从事简单劳动所必经的中间阶段。经典科学思考宇宙的模型是一次任意的人类行动与[……]之间的关系。显然不应该想象在自然现象背后

---

① La science classique 指近代科学,区别于古希腊科学所代表的古典科学。
② l'univers 译为"宇宙"或"天地",le monde 译为"世界"。

隐藏有完成作品的意志,因为这不同于属人的意志,与身体无关,是超自然的。换言之,是超越劳动①条件的。想要在自然现象与劳动之间建立相似关系,就不得不取消劳动的一项专门定义,少了这项定义,劳动将不可想象。诚然,规范人类生活的劳动规律是间接作用力规律,每个阶段的作用力独立于此前阶段和此后阶段的作用力,且与欲求和预期结果无关。假设我要举起一块很重的石头,那么我将通过压低而不是举高某样东西做到,前提是这样东西是杠杆。通过与我的欲求无关的中间阶段的衔接,我触摸到世界。我以此种中间阶段的衔接为原型来思考世界,不过是纯理论的中间阶段,并不处于任何状态之间。至少我尝试用这种方式思考世界,但我无从设想没有劳动者的劳动,不与任何作用力对峙的阻力,或不属于任何规划的前设条件。力学和物理学的简单基础概念,诸如静止、运动、速度、加速度、质点、物体系统、惯性、惯性力、做功和势能等,这些概念存在叫人费解的疑难点。只需翻一翻学校课本就能确认这一点。

然而,经典科学最终做到使自然现象研究遵循某个单独概念,也就是直接来源于做功概念的能量概念。这是漫长努力的结果。拉格朗日(Joseph-Louis Lagrange, 1736—1813)借鉴伯努利家族(les Bernoulli)和达朗贝尔(Jean D'Alembert, 1717—1783)的发现,利用微分运算,以一道单独的公式,成功界定了任意物体系统在受力情况下可能发生的全部平衡状态或运动状态。这道公式只涉及距离和惯性力,换个说法也一样,只涉及质量和速度,也就是只涉及类似于砝码的东西。在此基础上,麦克斯韦(James Maxwell, 1831—1879)凭靠天才灵感得出定论,如果可以假设某现象的一种力学模型,那么就可以假设该现象的无穷多的力学模型。这意味着所有这些力学模型具有同等的解释价值。这样一来,没有必要假设哪怕一种力学模型,只要证明存在假设的可能性就够了。能量概念提供了一种证明手段。能量是距离和惯性力的函数,是质量和速度的函数,是一切做功的公度。换言之,是与一只砝码升降相似的所有转换的公度。这个独一无二的动力学公式表明,假设没有外力干预系统,那么从一种状态向另一种状态的函数变量就是无效的。把这个公式应用在某种现象上,意味着我们有可能假设该现象的力学模型。如此一来,不必再考虑中间阶段,而只要假定,在经实验证明的两个连续状态之间的比,相同或等效于一次做功在起点和终点之间的比。针对不同类型的现象,人们力图在实验中完成的测算与构成做功阻力的距离和重量之间建立等价数值(équivalence

---

① le travail 既指"劳动",也指物理学的"功"或"做功"。译文无法像原文那样保留两种语义的互照,只能根据上下文语境做选择处理。

numérique）。做功概念始终存在,因为能量始终通过距离和重量进行测算。尽管惯性力是质量和加速度的函数,而不类似于诸如应力的东西,但是加速度在公式中起到的作用来源于重力对一切人类行为的限制。19世纪的科学旨在针对不同类型的现象,确定距离和重量的等价数值,正如焦耳最早对热量的界定。

经典科学还有其他成就。经典科学发明了一个传译必然的新概念,以便将这个概念运用于能量。必然概念和劳动概念给人类生活带来最沉重的负担。这里说的必然与时间相连,包括时间如何被支配,以确保所有转换不会无关轻重。我们感受到必然,不只是通过缓慢压迫我们从不放过我们的衰老,更通过每日发生的事件。一分钟加上我们肯付出的一点点努力,有时足以让一本书从桌上摔下、搞乱纸张、弄脏衣服、揉皱被单、火烧麦田,乃至杀人。而把书捡回桌上、整理纸张、洗净衣服或熨平被单,却要付出更多努力和时间。让麦田迎来新收成,需要近一年的辛劳。死人不能复活,但让一个新的人问世,需要二十年的养育。必然牢牢捆绑住人,通过给人带来力量而在社会约束中得到反映——既包括火烧麦田或杀人的做事快的人,也包括种麦和养孩子的做事慢的人。然而,空间不以任何方式表现必然,所有方向对空间而言都一样。重量同样不表现必然,动力学的重量是有弹性的重量,掉下总会再弹起。惟其如此,人类劳动所固有的必然才有恰当的表述。物理学家将必然转移至自然。换言之,世上没有什么能够免除必然。能量概念通过距离和重量得到界定,但为了表现一切人类行为的必然条件,还要对能量概念做出补充。还要补充如下:一切转换都有意义,并非无关紧要。不过,要用代数公式,用适用于物理学的数学语言表达上述意思。克劳修斯做到了。他为此发明了熵的概念。

人们假定,一切现象中都存在能量转换,故而现象一经结束就无法准确地恢复到原初状态。人们用某种量值假定来解释这个原理。在发生转换的系统里,除非有外在因素介入,否则量值总在增大。唯一的例外是不带加热或冷却的纯力学现象,但这样的现象不存在。为这一量值寻找代数公式,堪称函数极限概念的一次全面胜利——欧多克索斯在发明积分运算的同时提出了函数极限概念。因为这里头只涉及极限问题。由于此处谈及的变化与热量变化相连,人们寻求一种现实中显然不存在的例子,也就是一种现象的产生不伴随热量增减,但温度依然发挥作用。人们最后找到了理想气体的例子。理想气体并不存在,但有别于真实存在的气体,理想气体在不改变温度的情况下可以产生热膨胀。利用某种相当于气压的压力作用,实现无限缓慢的压缩,显然这在现实中不可行。通过上述假定,取消一个微分公式进而取消一个积分公式,有可能求得一个温度和容积的函数,由于该函数是常数,可以假定与熵相对应。熵随能量的增长发生变化,随容积、压力、温度和质量的增长发生变化。或者说,熵与质量成正比,与热量和温度的比例成正比。借助其他运算,熵的概念还可以应用于现实中的气体。这是经典科学的最高成就。在此基础上,借助运算、测算和等价数值,经典科学有能力透过宇宙中的一切现象,辨识能量和熵的符合某种简单规律的简单变差。这样一种成功的念想足够陶醉人心,而灾难接踵而至。

不应否认这历经四百年的事业是伟大的。必然约束着我们最简单的行为,一旦我们将必然与诸事联系起来,必然也为我们带来有关世界的看法,这个世界对我们的欲求全然冷漠,让我们认识到自己几近一无所是。如果可以这么说的话,从世界的角度出发思考我们自身,我们得以做到对自己冷漠。没有这种冷漠,我们将无从在欲求、希望、恐惧和变化中获得解脱,美德和智慧将不存在,我们将只活在梦想中。和必然接触,就是以现实取代梦想。不明白太阳消失的原理类似于蒙上眼看不见太阳,日食就是一场噩梦。一旦明白了,日食就是一种事实。必然的景象和体验带有净化作用,卢克莱修的几行壮丽诗文足以让我们感同身受。得到妥善承受的不幸是同一类净化。只要善加利用,经典科学也是一种净化。经典科学力求通过一切表象辨识无情的必然,正是必然造就了这个世界,这个人类不算什么的世界,这个人类必须劳动的世界,这个冷漠面对欲求、想望和善的世界。经典科学旨在探究冷漠光照坏人和好人的太阳。

我们只能遗憾经典科学走到了尽头,因为它从本质上是无限的。首先这种科学的趣味有限,甚至微弱。经典科学极度单调。一旦掌握其原理,也就是世间事件与最简单的人类劳动形式之间的相似性,经典科学就不再带来新东西,尽管长久以来在积累发现,这些发现不会对科学原理提供新价值,反过来从科学原理汲取一切自身价值。就算科学原理因这些发现而表现出某种更高的价值,那也仅仅是发现者在发现时刻真正掌握到了科学原理,人类精神突然透过表象辨识必然的行为总是值得赞叹。正如菲涅尔(Augustin Fresnel,1788—1827)借助水波的相似关系,在光影的边缘辨识必然。同样,科学精神只在一种情况下具备值得赞叹的态度,好比一个人面临事故、危险、责任和情绪等时刻的态度,也许还是面临恐怖时刻的态度,比如船难或空难。相反,再没有什么比在故纸堆里堆陈僵死剩余的科学结论更枯燥无味,更让人心荒芜。经典物理学作品的泛泛堆砌不吸引人。

经典科学也有力不能及之处。由于人的头脑有限,经典科学的拓展亦有限。人与人不同,但即便在最有天分的例子里,人的头脑也不可能掌握无限量的明确设想的事件。综合法只能应用于同一头脑设想的诸种事件。在我考虑的一件事和邻居考虑的另一件事之间不可能进行综合。假设邻居和我各自考虑两件事,从中生出的也不会是四件事。然而,一切物理学理论均系综合法,其组成部分是一些被设想为彼此相类似的事件。随着一代代学者相继问世,事件不断积累,与其说大脑能力没有进步,不如说有待掌握的事件远远超过人脑所能处理的容量范围。如此一来,学者装在脑中的不是诸事件,而是其他人对事件进行综合的结论,他本人未经复核对这些结论再做综合。思想与事实的差距有多么大,上述做法的价值、好处和成功机会就有多么微乎其微。经典科学甚至在进步过程中就含带了一种自我麻痹的发展要素,这将迟早导致其自身的消亡。

然而,经典科学就算掌握整个宇宙和全部现象也依然有限。经典科学只能局部地反映宇宙。经典科学描绘的宇宙是奴隶的宇宙,而包括奴隶在内的人不仅仅是奴隶。人是这样的存在物,他看见地上有样东西,欲求在桌上看这样东西,这时他不得不把东西捡起。与此同时,人还是别的什么。世界是这样的世界,世界在诸种欲求及其实现之间设立了叫人难以忍受的差距。与此同时,世界还是别的什么。我们肯定世界还是别的什么,否则我们将活不下去。诚然,构成世界的物质由诸种无条件的必然编织而成,这些必然对我们的欲求全然冷漠。诚然,这些必然还对人心所想望的全然冷漠,对善的全然冷漠。但从某种程度上,这么说又不正确。如果说这个世界上有过真正的圣洁,哪怕只发生在一个人的一天中,那是因为物质可能抵达圣洁,因为唯有物质和内接于物质的东西是存在的。人的身体,特别是这里谈到圣人的身体,不是别的就是物质,就是世界的一小块。这个世界乃是由力学的必然编织而成的同一世界。在与善有关的方面,我们深受构成世界的物质的双重规律支配,一种是显见的冷漠,另一种是秘密的复杂。美的场景所以动人,正是双重规律在我们内心被唤醒。

再没有什么比经典科学更与善无关的了。经典科学把最基础的做功,也就是奴隶般受支配的劳动,视同重构世界的原理。善不被提及,甚至不作为构成反差的相对因素。不妨这么说,除了四百年间在小小的欧洲半岛及其在美洲的延伸地之外,人类从未在任何时代和任何地方费心发展过一种实证科学。捕捉天地间与善有关的秘密的复杂性,这是更吸引人的工作。这里头有很大的诱惑,同时有很大的危险,因为人们很容易混淆对善的想望与欲求本身。罪不是别的,就是这种不洁的混淆。由于尝试在世界上把握若干价值标准而不是必然本身,人心最混乱的东西有被鼓励的风险。但是,如果我们懂得避免这一风险,那么上述尝试或许不失为比实证科学更高明的净化方法。当然了,这么做最终不会形成一种科学形式的可交流的知识。一旦考虑到下述情况,我们就会对此确信无疑:有关自然现象的科学研究再抽象也会导致形成一整套技术配方，可是智者、伟大的艺术家和圣人没有配方，既没有供他人参考也没有自己使用的配方，虽然说他们各有办法让他们渴求的善得以存在。人类努力思考天地、人的身体、生存条件与善的关系，除了神话、诗歌和形象（image）以外，上述思考的结论或许无法通过其他语言得到表述。这里说的形象不只由词语构成，也由物和行动构成。当然形象的选择有好有坏。在幸运的情况下，形象总能包含某种奥秘。比如中世纪的神意裁判，清白无罪的人不会被火烧伤被水淹没，就是同一类形象，明白易懂，但也粗俗。同一年代的炼金术是更高明神秘的形象。世人将炼金术士看成化学家的先驱，实在大错特错。炼金术士将最纯粹的美德和智慧视同他们在实验中取得成功所不可避免的条件，反过来，拉瓦锡（Antoine-Laurent de Lavoisier, 1743—1794）在水中混合氢和氧，力图找到任何人——无论他本人，还是傻子或罪犯——都能实验成功的配方。现代欧洲以外的所有文明从根本上都在发展同一种形象。

在实证科学之外的诸种研究中，古希腊科学尽管光辉灿烂无可匹敌，对我们来说却是一个谜。就某种程度而言，古希腊科学是实证科学的开端。乍看之下，武力摧毁古希腊世界似乎只是导致了长达一千七百年的中断，而没有造成方向性的转变。一切经典科学已然包含在欧多克索斯和阿基米德的研究中。欧多克索斯是柏拉图的好友，师从最后一代真正意义的毕达哥拉斯派大师。一般认为，他发现了广义数理论和积分运算。他通过排列组合同一球面上的不同轴线和不同速度的匀速圆周运动，建立一种力学模型，能够完整表现在他生活的年代与星辰有关的一切已知事件。同一物体在同一时间完成不同运动，这些运动又形成某种特定轨迹，这是运动学的基本原理，也是设想动力构成的唯一依据。我们只是把圆周运动改成直线运动，并且带入加速度，这成了现代天体理论与欧多克索斯理论的唯一差别。尽管牛顿喜谈引力，但万有引力不是别的，就是朝向太阳的一种均匀加速运动。阿基米德不但创立了静力学，还通过天平、杠杆和重心的纯数学理论为机械论奠基。浮力定律同样是纯数学理论，旨在把流体视同一组相互重叠的杠杆，某个对称轴在其中起支点作用，由此孕育了物理学的萌芽。如今课堂上把这些卓越的理论划入最无趣的经验论观察行列，实在大错特错。诚然，动力学建立在均匀加速运动的推理基础上，在16世纪堪称一次创新。不过，伴随着伯努利家族、达朗贝尔和拉格朗日的发现，人们又成功地将动力学浓缩成一道公式。这是竭尽所能将动力学推导回静力学，把运动中的物体或质点的协调性定义为类似杠杆的平衡原理。经典科学致力于把自然万物设想成杠杆系统，这与阿基米德从前对水的探究并无二致。

不过，古希腊科学是经典科学的开端，与此同时还是别的什么。古希腊科学所使用的概念无不具有动人心弦的反响和不只一种意义。比如平衡概念始终处于古希腊思想的核心。早在古埃及,很多世纪以来,天平是正义的最佳象征,在埃及古人眼里,正义是美德之首。《伊利亚特》影射地提到不义,埃斯库罗斯(Aeschylus)几乎是明说,不义犹如平衡的某种断裂,随后势必要以反向的失衡状态作出补偿,诸如此类。阿那克西曼德(Anaximandre de Milet,公元前610—公元前546)用一个独特的公式将这个理论应用到自然本身,使得自然现象的发生过程就像若干等效的失衡状态连续发生并相互弥补,这是平衡的可变形象,正如时间是永恒的可变形象。"诞生使万物脱离不确定性,毁灭使万物凭靠必然回归不确定性,这是因为,依据时间的秩序,万物由于相互行不义而彼此获得惩罚与救赎。"《高尔吉亚篇》(Gorgias)中的这段文字,也许是最美的文字,发出了同样的声音。苏格拉底在对话中批评为不义辩护的人,后者既不知协调与和谐决定着世界的秩序,也忘记几何学。这些话语中探讨的概念无他,就是构成古希腊物理学的平衡概念。大约只有阿基米德给出一个严密的定义,或不如说两个定义,几何学的定义和经验论的定义。对希腊古人来说,运动和更普遍的变化就是一种失衡。在阿基米德眼里,平衡的特征是静止。假定一个物体系统在轴的两边是对称的,显然处于轴的一边的那部分物体不可能对另一边施加作用,这种对称性构成了平衡概念的几何学定义。有个公设如下:假设某个被考察的系统有两种定义产生重叠,那么,在发生不对称的静止情况下,借助严密的数学论证,始终有可能找到某种隐藏的对称关系。阿基米德尽管没有明确提出这一公设,但在他的其他公设、假定和定理中已然做出明确的暗示。平衡概念支配了所有形式的有效艺术。比例概念同样如此。比例是古希腊几何学的核心概念。欧多克索斯的匀速圆周运动让人想到舞蹈,《厄庇诺米斯》中有一段壮丽的文字谈及星辰的舞蹈①,稍后的古希腊作者用来比较厄琉西斯秘仪上信徒围绕祭司的圆舞。正如经典科学本质上与技术有亲缘关系,古希腊科学尽管和经典科学一样严密甚至更严密,尽管同样致力于处处捕捉必然,但本质上与艺术特别是古希腊艺术有亲缘关系。

  经典科学表现世界,采用的模型是任意一种欲求及其实现条件之间的关系,同时取消了该关系中的欲求这一项。这样的取消不可能彻底。这也是为什么经典科学建立在直线运动的基础上,直线运动是一种计划模式,是任何人欲求在某处、捕捉某物或打动某人时的思想轨迹。这也是为什么经典科学还建立在差距的基础上,人类顺服时间,必然将差距这一前提条件封闭在自身欲求中。在如此表述的世

---

① 《厄庇诺米斯》986b—987c。

界图景中,善完全消失,人们甚至找不到善消失的一丝痕迹。人们试图取消上述关系中的欲求这一项,涉及人的这一项,甚至这一项也与善无关。因为这样,经典科学不美,不触动人心,也不包含智慧。我们由此理解济慈仇恨牛顿,歌德不喜欢牛顿。在希腊古人那里刚好相反。对有福的希腊古人来说,在灵魂朝向善的同一运动中,爱、艺术和科学只不过是三种几乎无差别的形态。我们在希腊古人面前显得可悲,然而,那造就他们辉煌的也掌握在我们手心。

在摩尼教信徒间流传着某一让人赞叹的形象,想必可以追溯至更古的年代。精神被撕裂,扯成碎片,散布在空间中,在延展的物质上。精神被钉在延展的十字架上。十字架不就是延展的象征吗?十字架由两个垂直方向构成,并由此得到界定。精神还被钉在时间的十字架上,以碎片形式散布在时间中。这是同一种分尸苦刑。时间和空间是唯一和同一的必然,是双重可感觉的必然,除此之外没有别的必然。无论在最兽性的欲求中,还是在最高贵的想望中,思想者与自我分离,恰是时间在他之所是与他力图成为的样子之间设下的距离,就算他自认为找到了自我,也会因为时间转瞬消逝而立刻迷失。他在某个瞬间之所是,归根到底什么也不是。他从前或将来之所是,同样如此。延展的世界由他所无从企及之物构成,并且凭靠如下方式得以维系:他在一个点上,像困在枷锁中,关在监狱里,没有能力去往别处,除非为此耗费时间,服从苦刑,放弃一开始所在的点。享乐使他停留在监狱,停滞在当下,尽管当下转瞬即逝。欲求将他悬置在下个瞬间,因为某个欲求的对象而看不见整个世界。痛苦让他感觉思想总被撕裂并且散落在重叠并置的不同时间和不同地方。然而,思想者感觉到了,他为时间和空间之外的其他东西而生。他不由自主地时刻念想这些东西,他感觉至少生来要做这些东西的主人,要居住在永恒中,要支配和把握时间,要拥有延展的天地间的所有地方。时间和空间的必然反对这一切。然而,在延展中重叠并置的事物瞬息万变,给人带来一种被剥夺被禁锢的做王形象。若非如此,人类将活不下去,因为人只能思考可感觉的东西。凭靠这一形象,天地虽无情却值得爱,值得像对待祖国和城邦那样爱,哪怕人在受难时。

在人类的若干作品中,这一形象通过极限、秩序、和谐、比例和有规律的重复得以生成,通过如下情况得以生成:单凭一次思想行为,人类得以拥抱等同于所有地方的一次空间重叠,拥抱等同于所有瞬间的一次时间连续,仿佛人无处不在,无时不在,仿佛人永生不死。不过,要想生成人类主动把关注的目光投向世界的真正形象,而不是空洞冰冷的谎言,这必须是一次艰难的思想行为,这次思想行为必须看似行将结束却永不会结束,人必须最痛苦地感受到那反对这一切的时间和空间的必然,其痛苦程度甚至超过生命中最不幸的时刻。对统一性及其对立因素做出精准的调配,这是美的条件,是艺术的秘密,对艺术家来说也深奥莫测的秘密。一组音符变幻,就像一个人的嗓音在他受到情感支配、顺从改变和强迫观念时发生变化;但是音符经过组合搭配,借助有规律的重复而彼此连贯,既像原来的音符又像新的音符,让听的人跟进整组音符变幻,就像在戏台上接上台词;出现在这组音符首尾的沉默标注着开始和结束,同时似乎让音符无限延伸。一个封闭空间,难以想象其边界可能改变,好似单独隔绝开来的世界,又让人联想到无限距离,比星辰更遥远,超越自身,朝向所有方向;这个空间让人瞥一眼就能看穿它的结构,又在邀请人往前走,开启不同形态的无限可能。一块大理石却让人以为是流动的,如一层层水波般流淌,仿佛周遭略一挤压就会曲伸,大理石被雕刻成完好无损的人体形象,那身体呈现出平衡的姿势,不受重力破坏,又仿佛随时会动起来。在边界分明的狭小平面里装着一个无限大的三维空间,里头的物和人凭靠相对位置,既彼此联系又互相分开,凝固在某个瞬间表象里,仿佛它们没有被任何人从任何角度凝视,仿佛它们只是无意中被撞见,尚未遭受人类目光被无意识蒙蔽的玷污。一首诗轮番描绘各种人物,每个人是其他人的听众,同时又是别的什么,每个人都在发生变化,都受制于诗歌格律无情标记的时间,可是凭靠同一诗歌格律,过去始终停留,未来已然临在;天地间的重负以不幸的方式为所有人烙印,但没有摧毁任何人,词语因此变质,但没有破坏格律。以上这些均系触摸到灵魂核心并让灵魂受伤的形象。一个身体和一张脸引发最强烈的欲望,同时让人心生畏惧,唯恐带去破坏不敢靠近,让人无法想象那样的身体和那样的脸会变化,同时深感其中的极度脆弱性,让人的灵魂就此脱离任何地方和任何特定瞬间,同时强烈感觉被牢牢钉住,这是同一类形象。与人类冷漠相对的天地也表现出同一类形象。

天地通过给予人的神圣恩典来表现同一类形象,也就是以某种方式运用数作为中介,如柏拉图所说,在一与泛指、与无限、与不确定性之间,在人类有能力思考的统一性及其所有对立面之间的中介。此处不是用来清点的数,也不是通过不断重复做加法(由此构成中介)得到的数,而是能够成比的数。两个数之间的比远远有别于分数,同时也是无穷多恰当选择且两两组合的其他数之间的比。每个比包含各种量,这些量既无限增长,又遵守某种完整限定的关系,比如一个角从一点出发,进而包含整个空间,这个空间可以无限延伸,直至最遥远的星辰以外。为了推进思考,必须用数推导出比,转化为角,因为整数无法解决用比替代加法的问题。除了少数例外,数无法表现比例中项。古风时代的希腊人知道这一点,生活在公元前两千年的巴比伦人想必也知道这一点,他们努力求二次方程的解法,也就是比例中项。希腊较迟向公众展示正方形的对角线(和边)不可通约,只在无知的人中引发慌乱和丑闻。公元前6世纪的古希腊人建立了广义数的科学。自那以后,探究世界旨在寻找世界上的新的数字,也就是比例。

有别于欲求及其诸实现条件之间的关系,古希腊科学致力于研究秩序及其诸条件之间的关系。这里说的是人类可感觉的秩序,进一步说,人类在这种关系中在场。这种秩序比欲求、计划和努力更好地与天地相协调。无论19世纪带有何种傲慢的想法,古希腊科学与经典科学至少在同等程度上不带人为因素。两种关系所试图规定的条件一致,同系时间和空间的必然,对于建筑师或任何创造秩序的人来说,正如对于一切劳动来说,此种必然既是阻碍又是支持。思考一种秩序的诸条件,就是在思考一种既成的秩序,就是重新连接此种秩序与作为劳动成果的其他秩序。一切有效劳动均假定世上存在某种秩序和若干比例,否则劳动工具和劳动方法将无从谈起。这样一来,上述两种关系似乎相互混淆。但两种科学精神有本质差别。古希腊人一旦认为辨识出某种秩序,就会利用完整限定的元素建立一种形象,或在这种形象与其观察结果发生偏离时遵守必然,此种偏离表明他们预期之外的其他因素介入现象。不可能期待更严谨的做法。如此完美的严谨也是诗意本身。

欧多克索斯对比例的定义极美。这个定义构成了广义数的理论,包含成比例的四个量可能发生的无限变化,这四个量经由一切整数两两相乘,而始终遵守积的大小规律。泰勒斯(Thales)的第一次直觉更美。他看见日光照在地上,日影不断变换,他发现太阳是无穷多的比例的创造者。自那一刻起,可变比例概念应运生成,也就是函数。对我们来说,函数一词意味着一个项相对于另一个项的附属关系,在古希腊人那里,函数不是别的,就是让沉思的对象发生变化并从中得到乐趣。假设一艘船上添了货物,船随之下沉,我们会理解为一种惯性力引发的效应。在阿基米德那里,一条线在浮在水中的身体表面上标记出身体密度和水密度的比例形象。同样,平衡的天平上的任意一点以长度形式标记出不同重量之间的比例。再没有比海上行船更美的形象,船被大海托起,好比天平的托盘,被置于中轴另一端的大量海水托起,随着船向前行进,海水量发生变化但不会产生运动,就像飞鸟的影子。我们今天只会谈向上推力,从而丧失这种诗意,也丧失很大程度的严谨。用可加速的直线运动建立椭圆轨迹,尽管比匀速圆周运动容易得多,但我们在声称天体绕着太阳转时丧失了严谨和诗意。更美的说法是,星辰划下了圆周轨迹,星辰之间的连接位置反映了光线、速度和角的比例,定义了每颗星辰的不同圆周运动。圆是无限运动和有限运动的形象,是可变运动和不变运动的形象。圆既包含一个封闭空间,又展现所有可延伸至宇宙大小的同心圆。毕达哥拉斯陶醉地承认,圆是诸种比例中项的所在。圆周运动有一种不外用的规律,仅仅适用于星辰,并且不妨碍星辰向我们传达一切永恒的消息。古希腊人很有道理地认为,单凭这样的契合足以让一种假说合理化,因为世上没有什么能使这一假说更合理。无条件的必然约束我们,在几何学中向我们显形,对我们来说是有待征服的对象。对古希腊人来说,无条件的必然是爱的对象,因为连神也是永在的几何学家。自泰勒斯的天才灵光闪现以来,直到罗马军队摧毁古代希腊世界,为了敬爱神,古希腊人致力于辨识比例,在星辰的有规律的回归中,在音符里,在天平上,在浮在水中的身体里,在所有地方。

认知世界在不同国家和不同时代表现出迥异的形式。每种形式的对象、模型和原理无他,均系人类思想的某种想望及其有效实现条件之间的关系。人们试图透过世界图景的诸表象去辨识这一关系,并以此为依据建构某种天地形象。就想望而言,巫术与经典科学相像,指向任意一种欲求,但巫术将仪式和征兆视为实现条件,这也确是人类行为得以成功的条件,只不过随着社会不同而有变化。古希腊科学考虑到了和经典科学一样的实现条件,但想望截然不同,致力于在可感觉的表象中沉思善的形象。与通常所说的传统科学①相对应的想望似乎倾向于关注某种力量,犹如一个人在漫长的内在转变努力之后从自身获得也许还从他人处获得的力量,至于个中实现条件则神秘莫测。有多少种可为人类构想的类似关系,就有多少种认知世界的形式。每种认知形式与作为其原理的关系具有同等价值,不会更多也不会更少。此外有些形式相互排斥,有些则不。那么,当代科学呢?当代科学作为原理并用以衡量价值的关系是什么?很难回答这个问题。倒不是问题叫人费解,而是属人的尊敬离答案渐行渐远。20世纪物理学的哲学意义,或关乎灵魂的深邃思想,恰似安徒生童话里的皇帝的新装。公然说这种关系不存在,会被当成傻瓜或无知之徒,不如声称此种关系难以用语言表述。然而,作为这门科学的开端的关系,已然变成了丧失意义的几何公式与技术之间的关系。

20世纪的科学,是被抽取了某样东西的经典科学。抽取,而不是添加。当代科学没有引进任何概念,特别是没有添加善和科学的关系,善的缺席已然造成荒漠。当代科学从经典科学中抽取了自然法与劳动条件的相似关系。换言之,抽取了科学原理本身。量子假说促成了这一斩首事件。19世纪末,对诸现象的表述转化为代数公式,恰恰印证了上述相似关系。每个代数公式与一种力学装置相对应,代数公式致力于解释力学装置中的距离与惯性力之间的关系。由常数和数组成的

---

① Les sciences traditionnelles,此处区别于经典科学,指古希腊或其他古代文明传统里的科学。

公式却不同,没有可能解释与距离有关的现象。假设把两个同样的砝码悬挂在不同高度,同时举起一只托盘,托盘在抵达相应高度时会把砝码托起,其中的能量转换——能量是距离与惯性力的函数——类似于由两条垂直线(其中一条可移动)和一条折线所限定的曲面。换言之,能量转换是连续性的。我们同样可以设想不计其数的包含不连续性的力学装置。在任何情况下,两个变量组成的函数(其中一个变量连续变化)不可能通过连续性的常量加法而增大。然而,能量是一种空间的函数,而空间是连续性的。空间甚至可以说就是连续性本身。空间是从连续性角度得到沉思的世界,是以重叠并置的形式包容连续性的万物。我们可以把万物看成不连续性的,看成原子,但这么做不可能避免会产生矛盾。然而,即便以隐含的矛盾为代价,我们也不可能以同样的方式看待空间。有人会说,有些古希腊人谈论一个线段包含的点的数量,那只是因为他们把数视同量的原型,并且语言支持上述推理。我们或许可以假设连续性本身就像空间一样不连续。但我们只能再确定不过地证明这种假设不成立:空间是连续性的。能量是一种空间的函数,一切能量转换与砝码掉落或升高的情况相似。普朗克的常数 6.55×10^{-27} erg·s(更简明的记法是常量 h)①可与某个数相乘,这个常量并不表示能量。与此同时,普朗克常数不是别的概念,就是能量概念。普朗克常数在运算中起到与能量公式一样的作用,并且后一种公式被看成前一种公式的极限,在相关现象里,常数 6.55×10^{-27} erg·s 在与能量的测算单位相连时可以忽略不计。假设关系颠倒过来,量子公式是传统公式的一种极限,那还是有意义的。但情况并非如此。人类思想中并不存在这样一种概念,也就是举起一只砝码的做功概念可以看成此种概念在一定范围内的有效极限。普朗克公式由一个来源未知的常数和一个与某种概率相对应的数组成,不与任何思想产生关联。如何论证这个公式呢?人们通过大量运算,通过以这些运算为基础的实验,通过以这些实验为基础的技术应用,证明了这个公式的合理性,理由是这些运算、实验和技术应用多亏有该公式才获得成功。普朗克本人没有提出其他理由。类似操作只需被认可一回,物理学就沦为一种符号和数字的集合,通过组合构成公式,完全受实际应用的支配。从此以后,爱因斯坦对空间和时间的思辨又有什么重要呢?爱因斯坦公式里的字母符号与空间时间的关联,不会超过常数符号 hv 与能量的关联。抽象代数成为物理学的语言,此种语言如此特殊,并且因其特殊性而难以传译。

物理学的此种颠覆来源于两大变化,一是不连续函数的引入,二是度量工具的

---

① 最新的普朗克常数被设定为 h = $6.62607015 \times 10^{-34}$ J·s。

改进修改了科学观察的范围。就在天平呈现出相互组合的不同物质之间简易而稳定的数字比例那一天,化学诞生了。此次天平实验表明,不连续函数和数已然回归自然科学的舞台前沿。此外,仪器设备让我们有可能观察相对于人类感官而言过于微小的现象,比如布朗运动。不连续函数、数、微观,这些概念足以促成原子论的出现,原子重新回到我们的视野,带着难分难舍的同伴,也就是偶然和概率。偶然在科学中的出现带来丑闻,我们纳闷偶然从何而来,我们没有想到是原子带来偶然。我们忘记偶然自古与原子相伴相生,我们没有考虑到非如此不可。

我们经常在偶然上犯错。偶然不是必然的对立面。偶然与必然并非不相容。恰恰相反,偶然总是与必然同时出现,要么从不出现。假设一定数量的不同原因遵循严密的必然造成若干结果,这些结果表现出某种特定结构的集合,而这些原因不可能归类在同一结构的集合里,那么这其中就发生了偶然。一个骰子就其构造而言只有六种掷落形式,而掷骰子的方式却是无穷多的。假设我掷骰子一千次,骰子掷落的形式分成六类,这六类又互成数字比例,但我掷骰子的动作不能按此划分。我也无从想象决定每次骰子运动的力学必然出了差错。假设我掷一次骰子而不能预知结果,那不是因为现象本身的不确定性,而是因为我不知道这一道题中的部分已知数。无法预知结果不会让我感觉偶然,而只会带给我一种形象,也就是伴随我掷骰子的动作,不定量的类似可能运动导致的不同结果分成六类。一个转动的圆盘包含所有可能的方位形态以及所有可能传递的冲量,但圆盘上的针只会在少数描色的区域停顿。在类似游戏中,诸种原因具有连续性的力量。换言之,诸种原因就像一条线上的点,而诸种结果受到少数可能性的限定。早在古时,原子形象让古人很快想到偶然起作用的游戏,尽管各有不同,却不是徒然无谓的。假设我借宇宙之名设想一组运动中的原子集合,每种运动均得到严格限定,假设我寻思各种现象如何在超出观察者的视力范围外发生——原子对观察者来说不可见,那么,我绝无可能设想出任何动机,好让这些现象呈现出稳定、规律和协调的表象,甚至好让同一实验有可能重复做两次。同一实验若不能重复做两次,那么物理学显然不存在。原子构想很快将物理学在属人范畴的胜利表现成一次偶然。

原子物理学与可感知现象物理学之间的关系只能通过概率建构。概率与偶然不可分。借助概率,偶然变成从实验上可控的概念。在偶然起作用的游戏中,通过观察一组连续集合的原因和分成少数类别的结果,我做出判断,虽然每个结果均由一个原因造成,但原因集合中没有什么可以对应结果的划分类别。我判断是偶然在起作用,就是这样。如此一来,结果的每一划分类别与不同原因构成同一关系,虽说不同原因与每个类别同等无关。这就是我说的每种类别具有同等概率。概率始终隐含着在同等概率之间进行分配的意思。假设骰子的五个面代表数字1,第六个面代表数字2,那么掷骰子始终有六种概率,只不过其中五种重合。唯独在这种情况下才能假设不等概率。至于概率与实验的关系,类似于必然与实验的关系。实验表现出一种必然形象,原因变化,结果也随之变化,就像一个函数。实验也表现出一种概率形象,随着结果不断积累,类别的划分越来越接近运算得出的比例。假设实验不接受概率形象,我们的应对方式无异于实验不接受必然形象,也就是假定在运算中省略掉了若干因素。

将经典物理学转移到原子领域是艰难的工作。研究对象是极其细微且不可分的微粒,遵循经典力学必然原理展开运动。这些运动凭靠必然与显微镜观察范围内的现象相连,凭靠严格重构的概率与肉眼可见范围内的现象相连。在此以前,现象在肉眼可见范围内的有规律变化是物理学的唯一研究对象。经典物理学把一块被举起的石头视同一个点划出一条垂直直线轨迹。大致说来,经典物理学还把整块石头看成单一的原子,并以此计算能量。假设我们反过来想象石头中的微粒和空气中的微粒所划出的运动发生复杂组合,那么必须借助偶然、概率、平均值、近似值等概念,找回先前计算过的公式。必须要么搭建两种物理学之间的关联,要么彻底放弃其中一种物理学。至少这看来再明显不过,实际上却并非如此。当代科学搭建了两种物理学之间的关联,却是通过假设原子遵守有别于经典物理学的必然。

由于科学整个被简化为能量研究,并借助诸种假说转移至分子规模,故而在该研究领域最先出现一种古怪的转变。普朗克讲述了事情经过。一开始他试图求能量与温度之间的关系表达式,并注意到如下情况:不同物体之间的能量转换取决于温度而不是物体属性,正如基尔霍夫(Gustav Kirchhoff, 1824—1887)的黑体辐射所示,也就是温度保持不变的封闭空间实验。为了求连接能量与温度的函数,只需以数学方法重建一种黑体辐射的特殊有效的例子。普朗克选择赫兹(Heinrich Hertz, 1857—1894)的电磁波发生器。第一次实验失败了。随后他不是求能量与温度的关系,而是求能量与熵的关系,并发现熵相对于能量的次导数与能量成正比。如果说短波实验证实了这一关系,长波实验却很快表明,同样的次导数与能量的二次幂成正比。普朗克轻松找到了一道能够涵盖上述两种关系的公式,但他并不满意,他想重写这道公式。他采纳玻尔兹曼的理论,也就是熵在与原子相连时是某种概率的度量。他为这一概率找到了想找的公式,前提是必须考虑两个常数,其中一个与原子质量有关,另一个就是6.55×10^{-27},即稍后举世闻名的常数h,该常数和与时间相乘的某种能量相对应。就经典力学而言,类似的常数没有意义,不过,"凭靠该常数,我们得以认识概率运算不可或缺的区域或区间",这是因为,"对一种物理学状态进行概率运算,取决于既是特殊情况又是或然情况下的有限数的统计,在上述两种情况下,被考虑的状态就是实现的状态"。

普朗克的这段话清楚表明,引入不连续函数的不是实验——尽管 6.55×10^{-27} 的总数测定必须有实验措施的介入,而仅仅是概率概念的运用。从熵到概率有一种自然过渡,这是基于如下考虑:假设一种与外界隔绝的体系,借助若干中间阶段的衔接,能够从 A 状态过渡到 B 状态,而不能从 B 状态过渡到 A 状态,那么该体系出现 B 状态的可能性高于 A 状态。然而,伴随这些理论发展,与原子相连的偶然同时出现了。布朗运动的观察结果表明,一种流体在肉眼可见范围内同质静止,在显微镜观测下既不同质也不静止。这当然不让人意外。不过,在肉眼可见范围里,一种处于平衡状态的流体完全受到平衡条件的限定,但在显微镜观测范围里,我们没有办法界定同一流体的运动状态。一般说来,肉眼可见范围的被限定体系无法得到分子规模的界定,我们只能假设原子体系,在肉眼可见范围里原子体系就像一种已知体系。假设我们搭建这一类关联,也就是在肉眼可见范围内明确限定的系统状态与不只一种原子组合相对应,假设我们将必然转移到原子中,那么,每一种可行的原子组合有可能在将来引发不同的系统状态。必然一旦被转移到原子中,肉眼可见范围内的两种被限定系统的关系之间不再构成必然,而会构成概率。这不是因果关系的漏洞,而仅仅是介于两类观察范围之间的思想波动所不可避免的结果,与掷骰子过程相似。思想的一次自然作用力将同时生发的两种概率连在一起,一种与熵相连,另一种与原子相连,并将这两种概率视为唯一和同一的概率。这是玻尔兹曼的理论成果。

我们只认可原子的力学必然。在原子中只有必然,没有概率之差,进而一切原子组合具有同等的概率。以上是作为出发点的理论。考察一个系统,关涉到肉眼可见范围的被限定系统状态,以及有可能与之相对应的原子组合的量值。由于状态的概率是量值的函数,人们于是假设,熵是这种概率的度量。由于概率运算是一种数的运算,人们于是又假定,原子组合是离散的,其总量是一个数。这是当代科学与经典科学的断裂时刻。熵成了某个数的函数,尽管人们在发明熵的时候将之定义为能量的函数,熵随能量至少是部分地转化为热量而增长。假设把一个量值定义为跑步者跑出距离的函数,同一量值又是跑步者的步数的函数,这就构成了同一类矛盾。有关量子或核能的理论就出现了这种矛盾。自 1900 年以来,这种矛盾剥夺了科学在过去四百年间所具备的意义,并且没有能力赋予别的意义。早在爱因斯坦的种种悖论以前,20 世纪的科学与经典科学或常识就彻底断裂了。一种速度既无限又可测算,一种时间类似于空间的第四维度,相关概念不会比核能更难设想，我们很容易运用代数语言或通用语言列出公式，然而，设想所有这些概念具有同等的不可行性。

科学不可避免要采取这种方向吗？（虽然谈及方向，但当代科学已然停止被引导。）答案似乎毫不明朗。造成连续性的断裂的原因在于概率运算的数字特征。乍看之下，我们很难理解，当代科学为什么没有选择在概率运算上多花功夫反而情愿去颠覆物理学。我们本可以假设既不是整数也不是分数的概率。举个例子，让圆盘带动一根针转动起来，针围绕静止的圆周运动，圆的一部分弧线被描红，要算出针停在描红区域的概率，取决于弧线与圆周的比例，这个比例极有可能不是分数。由此可以轻松假定一种概率运算的底数不是数，而是广义数。如果要把这种运算应用于玻尔兹曼的理论，就要假设一种原子组合的连续集合与肉眼可见范围的被限定系相对应，必须找到办法让这种集合与其他同类集合对比，进而与类似于距离的变量相对应。乍看之下，上述做法似乎并非不可行。是因为我们有没有尝试发展过这样的理论？是不是失败了？若果真如此，失败的原因何在？还是说我们根本没想过尝试，虽说这样的思路做法极其简单？无论如何，关于量子论的一切检验批评，显然这就是关键所在。普朗克就当代科学与哲学的关系写下了鸿篇巨著，新近还译成了法语。① 显然他没有在书中留下哪怕一丝遥远的影射。

善在多长时间里缺席经典科学，智力担当科学重任而不是制定常识概念就在多长时间里被视同一种更锋利的模式。虽然善在经典科学中缺席，但在科学思想与人的其余思想之间至少保存有若干联系，也包括科学思想与善的思想之间的若干联系。1900年以后，就连这种间接联系也中断了。有些自称哲学家的人厌倦理性，无疑因为理性的要求太严苛，他们为理性与科学不一致的想法洋洋得意。当然他们误解了理性。他们特别愉快的认为，一次单纯的范畴变化会在自然规律中带来彻底转变。然而，依据理性的要求，范畴变化是改变量值本身，而不是改变量值之间的比例。他们庆幸地以为，凭靠原子论，一旦更完善的工具让人有可能深入了解现象的构造，长久以来不言自明的必然就会变得几乎是简单的。他们的愉快不只是亵渎。由于与理性背道而驰，他们的愉快见证了某种相当隐晦的无知。原子研究在科学中不仅与某种范畴变化相对应，而且与其他一切东西相对应。假设有一个极小的人，与我们相像，只有一颗原子微粒大小，生活在原子中，那么根据推测这个人也能感觉温度、光线和声音，同时还能看见和参加运动。然而，在物理学家所设想的原子世界里，只有运动没有别的。从我们的世界到原子世界的过渡中，热

---

① 指《物理学导论》（Max Planck, *Initiation à la physique*, Flammarion, 1941）。

量转化成运动,此外还有其他转换。就我们的感知而言,不是大小尺寸发生变化,而是运动与热量之间的性质发生变化。此外,相对于人的做功条件来说,也有热量与运动之间的性质差别。我们在做功的时候不可能指望得到比做出的功更大的结果,能量守恒定律禁止我们有这种指望,不但如此,我们也不可能指望得到等同于做出的功的结果。我们在世间用功,总要浪费一些努力。这些被浪费掉的努力就是熵概念的起源。这些被浪费掉的努力通过加热得到测算。对我们来说,在浪费的努力和有效的努力之间也有性质上的差别,如工人在加热机器和加工零件之间的差别。在原子的抽象理论世界里,没有热量,只有运动,因为这样,唯独熵相对于这个世界没有意义。为了要赋予熵相对于这个世界的某种意义,同时也是相对于我们的世界的意义,因为我们的世界与原子世界被绑在一块儿考虑,人们不得不引入那摧毁了经典物理学的概率概念。个中原因不在于大小尺度发生变化,而在于这样一种尝试,也就是单单用运动去定义从本质上与运动无关的熵概念。

基于可忽略不计的量(négligeable)所发挥的作用,一次范畴变化也必然会导致物理学的颠覆。我们在概括物理学的一般推论时,总会迅速跳过可忽略不计的量这个概念,仿佛是创伤遗忘或羞耻心使然。物理学家们不但遵循概念定义的指定做法,忽略了可忽略不计的量,而且倾向于在实际运用这个概念的同时忽略概念本身。殊不知,这个概念就是物理学的本质所在。可忽略不计的量不是别的,就是建构物理学所必须忽略的量。这绝不是无关紧要的事,因为被忽略的量永远是无止境的错误。没有被忽略的量永远与世界一样大,完完全全一样大,这是因为物理学家总在忽略他眼前生成的一样东西与他脑海中设定的一个系统之间的差别。这个系统完全封闭,经得完整限定,并通过图形和符号在纸上得到呈现。然而,上述差别不是别的,就是世界本身。这个世界簇拥在每一小块物质周遭,渗入物质内核,在紧挨着的两点之间造就无穷多的变化。这个世界绝对禁止任何封闭系统。我们忽略这个世界,因为非如此不可。我们做不到以最小的代价把数学运用于世间万物,我们付出的代价是无止境的错误。

数学本身已然隐含了某种无止境的错误,因为数学离不开实物和形象。我看见两颗星,想象星辰之间构成一条直线,再抽象不过的直线,因为没有被实际画出来。然而,这意味着两颗星是两个点,虽然两颗星实际比地球大。假设我在黑板上折断粉笔——这里不涉及大小尺度问题,得到的图形有别于直线,堪比整片海洋与一条直线之间的无限差距。与此同时,这个图形又与直线不无关系,因为黑板上的粉笔印子让我得以想象直线。仅仅在这层意义上,图形是几何概念的形象,不是说图形与几何概念相似,而是说图形让我们得以想象几何概念。人们常说一小段折断的粉笔几乎就是一条直线，就是这个意思。某种程度上，一次观测和实验对于物理学家的意义，就像一个图形对于几何学家的意义。柏拉图知道，几何学家的直线不是被画出来的直线。柏拉图还知道，做出匀速圆周运动的星辰有别于我们在夜里看见的星辰。阿基米德读过柏拉图对话，他当然无需观测布朗运动就知道，自然中既没有同质的流体，也没有静止的流体，他还知道，天平梁是一种物质而不是一条直线。同样，在我们的时代，熵的运算依据理想气体的能量、体积和温度之间的关系。之所以叫理想气体，因为这种气体不存在。几何学家在解答问题的时候总会设想一个系统，借助方位、距离和角度等因素来完整限定这个系统。由他自行预先设计这些因素，通过画出专门的图形来想象这些因素。如果这个图形让他想到有别于预先设定的因素，他要么不予考虑，要么换一个图形，无论如何他决不允许自己假设有别于预先设定的因素，并且这些因素用少数几句话就能说明。物理学家也是如此，在研究一种现象时总会设想一个完整限定的封闭系统，只引入预先设定的已知条件，并且这些已知条件用少数几句话就能说明。他经常借用数学家的方法进行说明，利用图形或公式，但也会利用实物，也就是通常说的实验。他所设想的系统可能包含也可能不包含一种变化因素。在前一种情况下，物理学家在脑海中引导他所定义的系统，借助必然的中介作用，从最初状态转化到最终状态，他会寻找一种实验装置，其最初状态模仿封闭系统的原始状态，就如粉笔画出的三角形模仿纯理论三角形，并且最初状态的转变与封闭系统的转变成正比。在后一种情况下，也就是涉及平衡状态，实验装置必须处于静止状态。当然了，他的实验有时成功有时失败。

假设他没能成功，那么物理学家可以完善实验装置，以便更好地模仿纯理论系统，就像几何学家涂掉图形，更加用心重新来过。等到下一次实验，他同样可能成功也可能失败。此外他还可以判断，他的系统无法用实物来模仿，他可以重新设定略微不同的系统，以求在同一类实验中获得成功。当然他还会考虑先前失败的教训。但规律始终不变，实验装置始终是在模仿某个纯理论系统，即便他在实验失败后根据实验要求重新调整系统也一样。不可能是别的情况，我们也不可能用别的方式理解必然。必然从本质上是有条件的，必然只会伴随少数得到完整限定的不同条件出现在人的脑海中。不过，只有人能够在脑海中以假说的名义自行设定一定数量的完整限定的条件。现实世界强加在人类行动上的条件有无穷多，不可数，也无法解释。人类为此不得不常常处于意外中。数学研究不是别的，就是自行设定一个系统，进而探求这个系统中出现哪些必然性和哪些不可能性。这个系统必须具有完全限定的条件，由有限数组成，并且完全封闭，换言之，没有什么可以引入这个系统。无论运用在何种对象上,数学方法不是别的就是这样。有鉴于必然概念在物理学中发挥作用,物理学从本质上就是把数学方法应用于自然,为此付出无止境的错误代价。

几何学家画出的线条,物理学家用于观测和实验的实物,这些都是对数学概念的模仿。然而,就算我们知道这一点,我们知道的依然太有限。因为我们不知何谓模仿。由于找不到更好的说法,我们用模仿来称呼上述关系。我重复两次在黑板上折断一根粉笔,两次都得到了有别于直线的图形。不过在我看来,第一次接近直线,第二次接近曲线。这两道粉笔画出的图形之间的差别何在?几何学家大可以抛开类似问题,因为他对直线感兴趣。物理学家却不能忽略,因为他感兴趣的不是他在脑海中利用符号和图形建构的封闭系统,而是实物与这些系统的关系。这种关系带有难以识透的疑难之处。举一个最简单的例子,通常是被牵引的运动让人想到直线,也就是运动规划。让人想到直线的图景要么是一个点或地点,比如我们想去某地,要么是两个点,比如我们想从一地到另一地的路线,要么是我们一边想着直线一边画出已完成运动的轨迹,比如粉笔画在黑板或纸上,棍子划在沙地,或任何其他印迹。正因为在黑板上折断粉笔的人一边想着直线,看见粉笔印子的人才会想到直线。运动与视觉之间的亲缘关系是感知的基础,也是一种奥秘。只需凝视伦勃朗或达·芬奇的画,我们就能明白这是多么动人的奥秘。

这不是和直线有关的唯一奥秘。还有其他奥秘,全部难以识透,唯有陈述并分别沉思这些奥秘,才有可能带来若干澄清的光照。抽象的直线、角和三角形是专注力在摆脱可感觉表象和行动时的努力结果。我们每次思考这些概念时都会意识到这一点,这些概念仿佛来自我们自身。然而,与这些概念相连的必然性和不可能性又从何而来?必然性和不可能性仿佛强加在我们脑海中,比如,不可能计算一条直线的所有点,也不可能在两点之间得出不只一条直线。我们可以不接受其中一些论断,比如第二条不可能性,但我们不敢不接受第一条不可能性。就连最深刻的数学家也主张,非欧几里得几何与欧几里得几何并不处于同一层面。我们相信欧几里得几何,但不完全相信非欧几里得几何,要想接纳后者,我们必须在谈论直线时想到曲线。此外,不关注实物而只考虑抽象的点、直线和角,要做到这一点必须付出专注力,而实现专注力又只能凭靠实物,人为折断的粉笔、划过的沙地,以及其他实物构成必不可少的辅助条件。并不是任何事物都让人想到各种概念。不过在人的想象中,某物与我们通过摆脱该物得以形成的某概念之间存在关联。假设我们渴望去某地并迈步前行,一路上想着那个方向,也就是想着一条直线,尽管我们意识到实际路线远远有别于这条直线轨迹,通常我们还是能抵达预期的地方。一根树枝在风中摇曳,尽管略有弯曲,却让我想到与角形成比例的直线。假设我折断树枝,把其中一头插进一块石头底部,按压另一头以抬高石头,我依然是想到了与角形成比例的直线,虽说树枝与直线毫无共同之处。并且就我所知,通常我总能成功抬高石头。数学概念的纯抽象性质,与之相连的必然性和不可能性,不与概念相似的实物所提供的不可或缺的形象,出于有意的错误而混淆作为形象的实物与概念本身,凭此开展的行动却大获成功,以上种种均系彼此区别而又不可缩减的奥秘。假设解开其中一种奥秘,我们不但不会减轻反而会加重其他难以识透的奥秘的分量。比如,我们承认几何关系确是天地间的法则,我们的行为却遵循对几何关系的一种任意极端的错误运用,这样的行为大获成功,不免叫人惊奇。假设我们认定这次成功只是诸多成功行为的简单缩影,那么我们将既察觉不到其中的必然,也体会不到其中的纯粹,必然与几何关系相连但不会出现在缩影中,纯粹不可或缺,确保几何关系与世界无关,诸如此类。我们在思考几何学时一方面认为,直线是纯抽象的,是精神产物,与表象无关,与世界无关,另一方面又认为,必然与直线相连,而必然是世界的法则。我们一方面认为,世界上有某样东西让我们想象直线,少了这种东西我们就不会想象直线,并且这样东西全然有别于直线本身,另一方面又认为,假想这样东西就是直线本身并做出应对,唯其如此我们的行为才有效。在这些想法中存在不只一种矛盾。古怪的是,这些无法消除的矛盾赋予几何学一种价值。这些矛盾反映了人类生存条件的矛盾。

物理学家摆弄底座、天平梁、两端等重或不等重的砝码,想到一条直线围绕一个固定点转动,与此同时他知道眼前既没有固定点也没有直线,因为一条直线不会受到撞击就弯曲或破碎,也不会被火熔化。物理学家运用天平梁,就像几何学家运用粉笔头。但物理学家更甚。粉笔握在几何学家手里,黑板上留下的粉笔印子静止不动,直到被人擦掉。几何学家在一个平面上画简单图形,除非他在沉思中亲手修饰过,整个过程避免一切变化。物理学家在三维空间里操作实物,随后将实物扔在一边任其变化。那些实物偶尔继续出现在物理学家的想象中,让他想到当初操作时想到的数学概念。实验就此成功了。这样定义一场成功的实验,方法似乎挺古怪。但是,不借助人的想象,就不可能定义实物是与数学元素相对应的象这一关系。假设如我们通常情愿断言的那样,物理学家在实验中只是忽略了要想多微小就有多微小的错误,那么,有意忽略可忽略不计的量将使人通达积分运算意义的极限,可忽略不计的量也将具有数学意味。但这不是真的,从来不是真的,哪怕最有利的情况也不例外。正如只要我们上心就能让一个表面如我们所希望的那样光滑,这同样不是真的。在特定年代,已知科技达到特定水平,有些得到限定的表面达到或高或低的光滑程度,这是我们在这一类事情上所能实现的最好情况,不可能更好。我们总是可以假设,未来或许有更先进的科技手段造就更光滑的表面,但对此我们一无所知。以天平梁为例,很明显不可能再出现什么科技进步,其级别堪比一条直线围绕一个固定点转动。尽管看似古怪,但物理学家看着天平梁,明知不是一条直线,眼前的景象却让他想象一条直线,并且他选择信任想象而不是理性。阿基米德就是这么做的。通过忽略天平梁与直线之间的无限差距,阿基米德创造了物理学。我们今天依然这么做。不过,准确说来,早在阿基米德以前的不知多少个世纪里,打从开始使用秤,人类就这么做了。

  人类总在尝试为自己设定一个封闭且被严格限定的天地。某些游戏完全成功地做到了。在这些游戏里,全部可能性在量上是可数的,甚至是有限的,比如骰子、纸牌和象棋。棋盘上的黑白方格数、棋子数、每只棋子根据有限规则的可能步法,一局棋迟早会结束,乃至世间所有棋局在量上也是有限的,虽说一一列举是过于复杂的操作。波洛特纸牌游戏同样如此。复杂性对游戏兴趣至关重要。假设有人在脑海里记住世间所有棋局,那他也不会下棋了。不过,尽管世间所有棋局在量上超过人脑的记忆限度,似是无限的,实际却是有限的,这一点对游戏同样至关重要。游戏玩家自行设定一个有限天地。这个天地凭靠若干固定规则得到限定,他在游戏中的行为必须遵守这些规则,并且每次轮到他时这些规则只给他少数选择可能。这个天地还凭靠若干固体物得到限定,他想象这些固体物是永恒不变的,尽管世间没有什么永恒不变,但他决心将这些固体物设想成永恒不变。假设有时碰到一只损坏的棋子或一张撕碎的纸牌,那么他会称之为意外事故,并用一件新的实物来补救,这件新物不但替代了已经发生变化的旧物,而且被视同与旧物合二为一。现实天地对游戏封闭系统的任何介入均被称作意外事故,而游戏玩家忽略一切意外事故。如此一来,游戏是物理学的原型。还有其他游戏,全部可能性在量上不是有限的,但形成一个明确限定的集合。在这类游戏里,广义数发挥了严格意义的数在前一类游戏中的作用。这类游戏通常包含被视同球体的多多少少带圆形的物体,以及被视同平面的多多少少是平坦的表面,比如各种球类运动、弹珠、滚球和台球。在这类游戏中,固体物的样式也被视为永恒不变,玩家也要遵守固定规则,游戏手法的可能性也是有限的——尽管这些可能性的集合具有连续函数的功率,但游戏规则限定了一种封闭系统。最后,在这类游戏中,意外事故也被忽略不计。

  意外事故可以在游戏中被忽略,恰恰因为这是在游戏中。在劳动中忽略意外事故会更困难。在劳动中,饥饿、寒冷、睡眠和生活需求一刻不停地鞭打我们,唯有结果是重要的,一次意外事故会让全部努力化为乌有,造成不幸或死亡。尽管如此,意外事故的概念对劳动者同样有意义,对劳动同样至关重要。某种程度上,一次意外事故就是人们所忽略不计的,至少在计划中忽略不计,为此不妨推测,劳动向游戏借用了这个概念。在这种情况下,劳动来源于游戏,劳动模仿游戏。我们从所谓原始部族的风俗中比在我们自己身上或许更清楚地看见此种模仿痕迹。无论如何,就每个人而言,游戏先于劳动。劳动与游戏相似,劳动的诸种可能性也构成一个连续性集合。正如在游戏中,固体物是划分和限定诸种可能性的劳动工具,其样式也被视为永恒不变,其变形也被视为意外事故。正如在游戏中,若干规则限定了劳动行为。正如游戏玩家,劳动者凭靠自行设定的劳动工具和行为准则,活在一个封闭有限和经得限定的世界里,尽管程度略低于游戏,因为劳动者不可能每时每刻取消过去行为的结果从头来过。我手握一把铲子,脚踩在铲上,身体按压在铲子上,保持若干规定姿势。我在使用铲子时想到直线与角的关系。铲子可能遇到的一切物质性变化,依据每个动作遇到的阻力,排列成连续性的量的级数。还有什么比大海和海风更不稳定更多变呢?然而,一艘船是静止的固体,通过操纵帆和舵,人们只能选择向这艘船传递构成连续级数和完整限定的变化。这艘船不可能产生这些级数以外的变化,否则就是意外事故所致。清晨开船,我们感觉到海风在船帆上发力,海水在船舵上发力,我们想到方位、直线运动、直线和角的关系。大海和海风的无限变化状态排列成级数,依据帆和舵的状态、船的方向和速度得到限定,并且与每一种状态一一对应。工具是人的手段,用来整理可感觉的诸种表象,将之组合成有待争议的系统。人在操作工具时始终想到直线、角、圆和平面。这些想法支配人的行动,为此付出的代价是被人忽略的无止境的错误。

人类必须自行创建种种被限定系统,在其中自行确立行为准则,自行制造样式固定的固体物,诸如游戏或劳动的用具,还有度量工具,比如天平。人类在自然中环顾四周,找不到现成的被限定系统,或者不如说,只有一个现成系统。那是星辰所构成的系统。星辰是一些相互分开彼此不同的天体,许多星体的外表永恒不变,除非云层带来意外。肉眼可见或凭靠已知仪器可见的星辰在量上是有限的,虽说量很大。夜空的诸种表象与月亮的多变形态相呼应,与日月行星恒星的相对位置相呼应,排列成完整限定的级数。夜空的诸种表象构成一个严格限定的系统,绝对封闭,并且严禁意外事故——尽管一部分夜空也会因彗星和流星而发生意外。只有某些游戏有可能带给人类思想一整套具有同等可操作性的排列组合。不过,游戏玩家的每一步选择给整个游戏带来一丝随意性,这是星辰间绝对不会出现的情况。游戏玩家在等待中沉思自己的步法,一局游戏有不定可变的时长,这些无不阻碍了一场游戏拥有支配星空的不变节奏。星辰多么奇妙,带来明光,不可接近,至少和我们无从改变和触及的地平线一样遥远。人类只能凭靠双眼与星辰接触。星辰对人类来说最遥远又最亲近。唯独星辰在天地间响应人类灵魂的最初需求。星辰就像神赐给人类的一件游戏。占卜有时借助纸牌,有时依靠星辰。在可能性构成的被限定系统与占卜之间有一种自然的亲缘关系。在类似系统与科学之间也有一种自然的亲缘关系。星辰,诸如弹珠、台球和骰子的游戏,诸如天平的通用测量仪,简便的工具器械,所有这些永远是智者的最佳沉思对象。然而,星辰越是与科学相契合,越是神秘莫测,因为这样的契合是馈赠,是奥秘,是神恩。希腊古人主张星辰进行匀速圆周运动,并且只以星辰的完美和神性来解释这种运动。传统天文学没有提供更具实效的解释,因为牛顿所说的远距离引力完全不能满足人类思想在探求起因时的需求。如何设想分隔开两颗星的空间从来不会引发星辰之间的比例变化呢?分隔开两颗星的空间无疑就像一切无穷变化的事件的发生地。尽管拥有完善的天文望远镜和光谱学的精微研究成果,我们迄今也没有知道更多。我们不可能知道更多。星辰与人类想象力的需求之间的契合是一种不可约的奥秘。游戏和工具由人所制造,一开始看似不那么神秘。然而,我们有可能制造和操作这些东西,我们在操作时假设它们永恒不变,想象它们是球体、圆、平面、点、直线和角,并且我们的操作切实有效,这就是神恩,就是和星辰的存在一样异乎寻常的神恩。这是唯一和同一的神恩。古怪的是,科学研究对象不是别的,正是这样的神恩。

为了用数学方式进行思考,我们拒绝了世界。在此种弃世的努力尽头,世界被额外馈赠给我们,我们确乎付出无止境的错误代价,然而这实在是一种馈赠。凭靠此种对万物的放弃,凭靠此种与现实的接触(现实的陪伴像一种无偿回报),几何学是美德的一种形象。我们抛开万物追求善,收到世界作为补偿。正如粉笔画出的直线是我们一边想着直线一边用粉笔画出的印子,美德的行为是我们一边爱着神一边做出的举动,并且正如被画出的直线,美德的行为包含无止境的错误。由于神恩,不幸的有死者才能思考、想象和有效运用几何学,同时在心里想着神是永在的几何学家。神恩与星辰相连,与舞蹈相连,与游戏和劳动相连。神恩多么奇妙。然而,神恩不会比人的存在本身更奇妙,因为神恩是人得以存在的条件。人类深受表象、痛苦和欲望的支配,却注定要为别的东西献身,人类与神有无限的差距,却被迫要如天父般完美。没有这样的神恩,人之为人将活不下去。神恩的奥秘与人类想象力的秘密不可分,与连接人类的思想与行动的秘密关系不可分,与人的身体考察不可分。自然科学是神恩的一种结果。除星辰之外,自然科学的研究对象均由人类劳动所制造,并且是根据数学概念所制造。在物理学家的实验室里,在物理博物馆里(比如巴黎探索发现博物馆),一切均系人工制造。那里头只有仪器。在一件仪器的最微不足道的部件里隐藏有多少属人的劳动、辛苦、付出的时间、才华和心思！自然不是研究对象。何必为属人的身体尺度在科学中扮演初看之下不该扮演的角色而感到惊讶呢？

在物理学研究领域里，人类被允许成功地应用数学，为此付出无止境的错误代价。19 世纪相信无限的进步，相信人类将越来越富有，持续更新的科技将使人更多享乐更少劳动，教育将使人越来越有理性，民主将越来越深入所有国家的公共习俗。19 世纪还相信，物理学研究领域就是整全的天地。19 世纪一味崇拜若干可贵的善，却不是至高的善，一味崇拜若干次要价值，并且相信在其中找到了无限。19 世纪不像我们的年代这么不幸，但让人窒息。不幸更好些。我们从 19 世纪继承了傲慢，我们尚未花心思去摆脱当前的悲惨状态。但尽管如此，即便到今天，如果想知道明天的天气，与其去请教气象研究所，倒不如找个老农聊一聊。即便到今天，云、雨、暴风雨和风依然在很大程度上不属于我们能够用自我限定的系统去成功替代实物的领域，谁知道会不会永远如此呢？在有可能实现这种替代的领域里，19 世纪的学者得以建构一定程度的统一性和协调性。他们不是没有为此付出巨大努力和反复试验。人类思想不拥有一切许可，但偶尔会有这样的许可，也就是借着这样那样的现象，选择严格限定的系统以替代实物。为了实现尽可能高的协调性，人类被许可在不同系统之间做出选择。某种程度上，思想被许可选择其所决定可忽略不计的东西。科学探索史的大部分内容——或许是全部——不是别的，就是不同而又连续地应用可忽略不计的量这一概念的历史。

笛卡尔作品中的科学与感知（导言）
Science et perception dans Descartes(Introduction)

神是永在的几何学家。

人类一开始不拥有除自我意识和世界感知之外的任何认知，我们每个人一开始概莫如此。意识自我和感知世界一开始对人来说足够了，正如现今对未文明开化的族群来说依然足够，对我们当中不识字的劳动者来说同样如此，足够在大自然中和在人群里知晓行事，维持生存必然。为什么还要欲求更多呢？人类似乎永远不该摆脱这种幸福的无知状态，借用卢梭的话，永远不该致力于沉思并且败坏。[1] 然

---

[1] "我几乎敢于断言，思考的状态是违反自然的一种状态，而沉思的人乃是一种败坏的动物。"参见卢梭：《论人与人之间不平等的起因和基础》，李平沤译，商务印书馆，2009 年，第 79 页。

而，这种无知状态作为一种事实，意味着我们要尽量明白，人类绝不可能真正摆脱这种无知状态，人类也绝不会自我局限于这种无知状态。这也说明，探究真相从前可能、现在依然可能具有某种好处，因为人不是从无知出发，而是从错误出发去探究。世人只能对各种感觉进行即时的解释，与此同时对此不满意。他们总在揣测还有更高明更可靠的认知，那是属于少数内行的特权。他们相信，飘忽不定的思想听任感官和激情的印象摆布，不是名副其实的思想。他们相信在另外一些人身上找到了高明的思想，这些人在他们眼里犹如神明，被他们奉为祭司和君主。只是，他们对比自己高明的这种思想及其方式一无所知，也不能如同拥有这种思想般予以想象，于是他们以宗教之名把祭司敬奉为最不可思议的信仰。这样一来，他们虽然准确地揣测到有一种认知比受感觉支配的认知更可靠更高明，这种揣测却致使他们个个放弃自我，顺服权威，把某些人视同上级，而这些人相较于他们的优势，无非是以疯狂的思想取缔了不确定的思想。

几何学家泰勒斯问世，这是历史上最重大的时刻，也是每个人的人生中的重要时刻，并且他在每一代小学生的课堂上重生。在泰勒斯以前，人类只能通过体验和猜测形构认知。按照雨果的原话，泰勒斯在四年间静默不动，创造了几何学，自此人类开始认知。① 这次革命是所有革命中的第一次，是唯一的革命，它摧毁了祭司的帝国。但是，它是怎么摧毁的？作为交换，它为我们带来什么？它有没有带给我们另一个世界，那真正思想的国度，那世人通过如是多荒诞迷信去揣测的世界？它有没有用真正的祭司取缔从前利用宗教幻象进行统治的专制祭司？真正的祭司行使正当的权威，因为他们确实进入心智世界。倘若我们因欠缺才华或闲暇不能加入他们的行列，我们是否要盲目顺服这些替我们看见的学者，就像从前顺服那些盲目的祭司？还是说，反过来，这次革命是不是以平等取缔不平等，同时教导我们，抽象思想的王国就是可感知世界本身，各种宗教所揣测的近乎神圣的知识只是一场空，或不如说，这种知识不是别的只是平常的思想？替所有人认知，这是再困难不过的事，这同时是再重要不过的事。因为这绝非搞清楚我一生的操行究竟要服从学者的权威还是我自己的理性光照，不如说，科学究竟带给我自由还是正当的枷锁，这个问题只能由我自己做决定。就其起源考量，几何学很难给出答案。

传说为了测算金字塔，泰勒斯对比了金字塔及其阴影的比例、人及其影子的比

---

① 《悲惨世界》第 2 部分第 7 卷第 8 章："看天是一项事业。泰勒斯在四年间静默不动。他创立了哲学。"

例，由此创立了数学基础定理。科学似乎只是一种更专注的感知。但古希腊人并不这么评判科学。柏拉图说得好，如果说几何学家借助图形，这些图形却不是几何学的对象，而只是提供机会就直线、三角形和圆本身做出推理。这个学派的哲人们痴迷几何学，将全部感知降格成某种表象的编织，与他们凭靠某种奇迹入门的理念世界截然相反，他们还禁止任何不是几何学家的人探究智慧。古希腊科学让我们停留在不确定中。不如去求教现代科学，因为，撇开相对简陋的天文学不谈，恰恰是现代科学借助物理学，将泰勒斯的发现引入科学与感知抗衡的领域，引入可感知世界。

在现代科学中，不再有不确定性。科学为我们打开另一思想领域。泰勒斯本人若复活，亲见世人将他的思考带往何处，对比当今的学者，他会觉得自己是个庄稼汉。他想翻看一本天文学书籍？书中内容与星辰无关。一部关于毛细现象或热量的专著里谈得最少的是细管与液态，或什么是热、热如何传递的问题。如果今天有人想就物理现象给出力学模型，就像早期天文学家卢梭利用力学装置再现星体运行，他将遭到轻视。在涉及自然的现代书籍里，泰勒斯找不到实物或模仿实物的力学模型，或许会转而希望找到几何图形，但他将再度失望。他会认为自己的发现被世人遗忘。他不会明白，他的发现是主宰一切的王后，只不过表现为代数的形式。在古希腊时代，科学是关于数字、图形和力学的学问，如今似乎转化为抽象比例的学问。诸如三维空间、欧几里得几何公设等常识概念如今被抛到一边。有些理论甚至不怕谈及弧形空间，或等同看待可测速度和无限速度。有关物质属性的思辨无所顾忌地力图解释这种或那种物理学结论，毫不在乎一般人用手触摸该种物质时的感受。简言之，凡属于直觉的，学者们竭尽所能排斥在科学之外，而只认同推理的抽象形式，且要经由与几何符号相对应的术语表述。由于公众的推理只能与直觉紧密相连，学者与外行之间产生了鸿沟。学者就此接替古老神权政治下的祭司，个中差别在于正当的权威取缔了从前篡权的统治。

我们不必反抗，但可以检验这种权威。我们立刻会注意到叫人惊讶的矛盾。举个例子，我们不妨看看，最抽象的数学对科学行使绝对支配权，这带来了什么后果。我们注意到了，科学可能会清除掉一切直觉的东西，从而只包含抽象比例的诸种组合。可是，比例要有内容支持，难道只能从实验中寻求内容吗？难道物理学不是借助恰当的符号去解释实验数据的比例关系吗？换言之，物理学本质上可以看成是关乎诸事实的数学表述。数学不再是科学的王后，而只是一种术语。数学没有支配权，被迫处于屈从地位。庞加莱（Jules Henri Poùncare）对此说过，欧几里得几何学与非欧几里得几何学之间无非是两种测算系统的差别。《科学与假设》提到:"我们应该如何思考如下问题,即欧几里得几何学是否正确?这个问题毫无意义。这就像提问力学系统是否正确,旧度量单位是否错误,笛卡尔坐标是否正确,极坐标是否错误。一种几何学不可能比另一种几何学更正确,只能是更便利。"①依据本世纪最伟大的数学家的见证,数学只是一种方便术语。数学总在以这种或那种方式扮演同一角色,比如在呈现为弧线的物理学基本原理中。实验过程中实际完成的测算在纸上打出一系列对应点,但数学家只给出一条代表所有这些测算点的最简单的弧线,唯其如此,各种不同实验方能归属于同一规律。庞加莱在《科学的价值》中承认这一点:"一切规律均汲取自实验,不过,陈述这些规律必须有一种特殊的语言……数学为物理学家提供了可能表述的唯一语言。"②庞加莱主张,数学分析仅限于这一用途,仅限于借助相似的表达公式向物理学家指出不同现象的类似性。如果我们信得过那些胜任相关领域的研究者的话,那些无法用能量、力学、空间或任何抽象物理概念予以印证的实验,学者们成功做到了用微分方程予以陈述。如此一来,此种科学本来傲慢地轻视直觉,却转过来以最一般的术语陈述实验。另一矛盾涉及科学和应用的关系。现代学者把知识视同他们为自己规定的最高贵的目标,拒绝考虑工业应用,并如庞加莱那般高声呼吁,若不能为科学而科学,科学将不复存在。然而,这似乎与他们的另一主张不相符合,也就是某科学理论是否正确这样的问题毫无意义,问题在于该科学理论是否便利。除此之外,学者与外行的差距似乎缩减为程度之别,因为科学不是比感知更正确,而是比感知更便利。

  这些矛盾是否仅仅在表面上不可解决?或者说这是一种象征:学者区分科学思想与普遍思想,从而将自身偏见而不是科学本质奉为规范准则?想要搞清楚这些问题,最好的办法是追溯科学的源头,探究科学依据何种原理构成。然而,基于上述理由,与其追溯到泰勒斯,我们更应该追溯现代科学的源头,追溯到双重革命,即物理学变成一种数学应用,而几何学变成代数的时候。换言之,我们应该追溯到笛卡尔。

---

① Henri Poincaré, "Les Géométries non euclidiennes", *La Science et l'hypothèse*, Flammarion, 1968.

② Henri Poincaré, *La Valeur de la science*, Flammarion, 1909, p. 141.

书评与回应

芭蕾舞与新中国:评《足尖上的意志:芭蕾舞剧〈红色娘子军〉的表演实践与当代言说(1964—2014)》

艺术的再驯化:评《足尖上的意志:芭蕾舞剧〈红色娘子军〉的表演实践与当代言说(1964—2014)》

追逐意志的幽灵:评《足尖上的意志:芭蕾舞剧〈红色娘子军〉的表演实践与当代言说(1964—2014)》

他山之石以攻玉:对书评的回应

刘柳:《足尖上的意志:芭蕾舞剧〈红色娘子军〉的表演实践与当代言说(1964—2014)》,中央民族大学出版社,2019年。

芭蕾舞与新中国：评《足尖上的意志：芭蕾舞剧〈红色娘子军〉的表演实践与当代言说(1964—2014)》

■ 文/张霖

舞蹈，是人类的史前艺术。即使幼儿也可依靠直觉自然地欣赏它，然而若要分析其艺术效果，对于专业批评家来说也并非易事。正如美国哲学家苏珊·朗格（Susanne Langer）曾经感叹："没有任何一种艺术，比舞蹈蒙受到更大的误解，更多的情感判断和神秘主义的解释了。关于舞蹈的文学评论，尤其是那些不成其评论的评论，即伪文化人类学、伪美学，读起来是十分乏味的。"[①]《足尖上的意志：芭蕾舞剧〈红色娘子军〉的表演实践与当代言说(1964—2014)》一书，是使用文化人类学方法研究20世纪50年代以来芭蕾中国化的学术著作。本书是否对苏珊·朗格的忧虑做出了某种积极地回应？另外，近年来有关50年代中国的研究渐成显学，而涉及芭蕾舞的著作并不多见。身体的不可言说性，也许是以语言学为核心的当代学术难以跨越的障碍之一。本书将如何通过语言描述身体？它能否将表演者足尖的意志传达给其他领域的读者？这可能成为阅读本书的最大动力。

与大多数舞蹈评论、文学评论和历史研究不同，本书对芭蕾舞剧《红色娘子军》的研究起点并不是某种历史预设、抽象的舞蹈学、思想史概念，而是始于2013年的一次让作者本人都感到惊异的观剧体验。

根据作者自述，她和大多数"80后"的观众一样，对这部作品的认识仅限于脍炙人口的《娘子军连歌》、立着脚尖扛着钢刀的女战士形象和"红色芭蕾"之类的抽

---

① 苏珊·朗格：《情感与形式》，刘大基等译，中国社会科学出版社，1986年，第193页。

象概念。作为一名受过人类学和舞蹈学训练的观众,她的观演目的主要出于知识上的好奇。作者希望通过观摩芭蕾舞剧了解和回望与之相关的那个时代。然而,在国庆节的天桥剧场,与作者预想的理性、平静的观演状态不同,她首先遇到了一群曾经参与过芭蕾舞剧《红色娘子军》宣传和普及工作的毛泽东思想宣传队的老队员。作者亲眼目睹了这群"红粉"不同于其他观众的"自嗨"的观演状态。不仅如此,她本人也被现场的激动气氛和舞剧表演所感染,特别是被"常青就义"的舞段感动得"一塌糊涂"。作者用"情绪失控"来描述自己的观演感受,并用"耿耿于怀"来形容自己反思的心态。她自陈"惊诧自身仍活在一个看似远去的历史逻辑之中"。①

这个经历让人不由想起现代舞创始人、美国舞蹈家邓肯在她的著作《我的人生》(My Life)中谈到她观摩古典芭蕾舞的体验。邓肯说:"我反对芭蕾舞,我认为这是一种虚伪的、荒谬的艺术。事实上,它根本不能算作艺术。"然而,当她亲自观看两位俄国芭蕾舞者的舞台表演时,她毫不掩饰地称赞她们的演出,而且和其他热爱古典芭蕾的观众一样报以热烈的鼓掌。② 和作者一样,邓肯也无法解释她为何会被芭蕾舞所打动。两位同样具备理性自觉的观众最终被她们原本刻意保持距离的舞蹈所征服。这一类似的反应是否在暗示着什么呢?

尽管邓肯没有对她的意外反应给出更详细的解释,但本书的作者却以人类学研究者的敏感继续了她的追问。她以这个有些神秘的体验为契机,把《红色娘子军》视为舞蹈民族志个案,对舞剧在五十年中的改编、表演和观演实践、作品流行语境的变迁展开"深描"(thick-description)。

在本书导论部分,作者特别花篇幅分析了舞蹈研究的特殊性。作者指出,舞蹈的载体是身体。舞蹈既是自身的主体,也是自身的客体,其意义场是由感觉、动觉和情动性共同构成的。因此,舞蹈人类学的研究对象无法以主体或客体的方式进行区分,它既包括动作的结构、力的效果和生成方式,也包括舞者的理念、感受和体验。一般人类学田野调查所采用的观看、访谈方法对舞蹈研究而言还不足够。这种静态的参与只能让研究者表面上身处其中,事实上丧失了参与观察的精髓。因此,大多数舞蹈人类学的研究方法局限了研究的深入,使之不得不停留在机械的知识层面。作者的忧虑,和本文开篇所提到的苏珊·朗格对舞蹈人类学的怀疑如出

---

① 刘柳:《足尖上的意志:芭蕾舞剧〈红色娘子军〉的表演实践与当代言说(1964—2014)》,中央民族大学出版社,2019年,第4页。
② Isadora Duncan, *My Life*, N. Y. Garden City, 1927, p. 164.

一辙。她敏锐地指出,舞蹈人类学的田野并非公共的舞台,而是私密的练功房。研究者只有亲自效力,跟着舞者们一起练舞,才能完成对舞蹈的"参与观察",才有可能体会到动作的质感与动作发出者的感受。但是,舞蹈是一门特殊的技艺,具备舞蹈能力的人类学研究者并不多见。幸运的是,作者是一位有着4年中国古典舞与7年民族民间舞专业训练的舞蹈学学人。因此,她不仅能以专业眼光观看舞蹈,也有能力在练功房跟着演员们进行动作模仿、技术切磋,加之相似的成长环境和知识背景,她与研究对象之间也更容易建立互信。有意思的是,作者将舞蹈圈内的民间舞、民族舞与芭蕾舞之间的等级差别公之于众。这种权力关系并没有给研究带来严重困扰,作者非常机智地看到它优势的一面。作者说,自己和研究对象之间既相似,又不同。她把这个关系定义为"部分的局内"身份。借助专业的舞蹈训练,作者完善了舞蹈人类学的"参与观察"的方法;借助"半生不熟"的居间身份,作者既保留了局外人的敏感,同时也避免了局外人对舞蹈的误解。正是凭借这一特殊的身份,作者能够对《红色娘子军》的早期编舞者、几代主要演员的思想、情感、技术、艺术观念的变化进行近距离的观察。在本书中,作者将她的田野调查描述为"从身体到身体"的邀请,并将其参与观察的方式加上了"体验式"的修饰语。这一研究方法上的调整,不仅打开了芭蕾舞剧《红色娘子军》不同以往的阐释空间,也为舞蹈人类学研究提供了一个有益的尝试。

在本书中,作者选取了该剧的三个重要时间节点展开论述:分别是1964年初版本创编(第一、二章)、1992年复排(第三章)、2014年"50周年巡演"(第四至第七章)。第一章以编导者为采访对象,聚焦于中国革命芭蕾的剧本遴选与1964年初版本编舞的过程。在创编过程中,就《红色娘子军》的剧本改编、动作编排、舞台调度等方面展现"芭蕾中国化"的过程。有意思的是,通过舞蹈学视角的访问,我们对革命芭蕾的想象逐渐脱离了历史文献的限制。作者呈现的,不再是充满斗争语体的文艺评论和众口一词的革命表述,而是以舞蹈本体为中心的专业思考。在舞剧创编的早期阶段,困扰原创团队的核心问题,并不是政治与艺术的互斥,而是政治与艺术的互动:如何完成形式与审美的突破,使之与内容和观念相互平衡?作者通过反复分析、对比传统芭蕾和革命芭蕾的剧照,舞蹈动作力量示意图、舞台调度图等,让不熟悉芭蕾的读者了解《红色娘子军》初版本如何在形式层面对传统芭蕾进行挪用和创新。比如,用海南岛的军短裤代替芭蕾舞裙,为芭蕾舞的下肢表现和性别再造争取空间;借用芭蕾舞经典动作"阿拉贝斯"的位置和结构,创编女战士手持步枪、气枪、大刀完成的舞蹈造型,展现军人与女性的意气风发的气质;借用芭蕾双人舞的男女力量对比,将表现恋爱关系的托举、支撑,挪用到表现正邪关系的逃亡、搏斗、压服的斗争中,丰富了芭蕾的叙述内容。这些变化,不仅在思想内容上将"娘子炼成了军",而且在形式上让舞者用芭蕾语法说出了中国话。

第二章则从演员的角度,讨论英雄人物和反面角色是如何通过化妆、动作、演员间的互动、媒介的变化(从舞台到电影)逐渐被塑造成形的。作者特别注意同时呈现演员内心感受和他们的身体表现。比如,琼花的第一代表演者钟润良克服了自身的古典气质对人物形象的干扰,是"跳着跳着,就知道什么叫苦大仇深了";洪常青的第一代表演者王国华非常谨慎,在演出日记中表现出无止境的忏悔心理;扮演反面人物老四的第一代演员万琪武反而获得了比较大的创作空间,他从北京天桥摔跤手的服饰和姿态中汲取灵感,使老四摆脱了芭蕾的限制,成为一个令人印象深刻的人物。作者从演员的讲述中敏锐地提取了身体技术和与之对应的情绪反应,并采用社会学、人类学、符号学的方法分析了表演经验中所陈述的不同姿势背后表达的情感和意图,细致地呈现了舞剧的意义生成过程。

第三章围绕1992年芭蕾舞剧《红色娘子军》的复排,采访编导和演员,将1964年的初版本、70年代的电影版本和2008年的商演版本中,正面人物与反面人物的动作姿势、演员调度、舞台调度等细节的对比,将历史记忆的既定结构、舞蹈观念和演员情感的变化,以及制约《红色娘子军》舞剧改编的政治、经济因素逐一呈现,使本书的研究视野从舞蹈评论、舞蹈史研究向民族志的维度展开,为本书后半部分通过舞剧考察当代中国政治、思想、文化之变迁奠定了基础。

第四章到第七章,主要是展现《红色娘子军》"50周年巡演"的过程。第四章分别搜集了海口、琼海、深圳、重庆四地演出的盛况,讨论《红色娘子军》巡演与地方经济、文化的关系。第五章通过采访几代琼花和洪常青的表演者,特别是对"拳头"的动作的删减和人物的动作力量、姿势线条的调整,分析几代演员理解作品的微妙差异。第六章主要讨论《红色娘子军》商演之后对内容和主题的变化,还有在产权纠纷中暴露出的集体和个人的利益冲突。第七章从一个宣传队业余芭蕾舞蹈演员的角度挖掘芭蕾舞剧《红色娘子军》对普通人的生命意义。第四到七章的写作,使本书对《红色娘子军》的研究从精致的个案分析向当代中国社会和历史生活敞开。在结构性和能动性的辩证关系中,作者通过芭蕾舞剧五十年的表演和观演实践,折射出当代中国政治、经济、文化等不同力量的暧昧角逐。

纵观全书,作者的写作始终从体验出发,从身体出发,紧贴着舞蹈和舞者展开论述,让舞蹈本身呈现时代与历史的变迁。意志与权力、观念与情感、集体与个人等等抽象的概念被具体化为姿势、动作、力量、线条、造型、舞台调度、演员调度、著作权归属、观众反应等可感知的内容,从芭蕾舞的视角描绘出当代中国的一个特殊又熟悉的侧面。

近年来,采用文化人类学方式,对20世纪中国艺术与政治之关系进行研究的著作时有出版,比如《被改造的民间戏曲——以20世纪山西秧歌小戏为中心的社会史考察》(韩晓莉,北京大学出版社,2012年)、《文体的社会学建构:以"十七年"(1949—1966)的相声为考察对象》(祝鹏程,中国社会科学出版社,2018年)等,如与本书对照阅读,可能会丰富我们对特殊时代的认知和体验。另外,在历史学领域,也有从身体角度介入现代20世纪中国的政治与文化研究的。比如,黄金麟《政体与身体》就可兹借鉴。黄金麟提到有关政体与身体的合一的理想始于清末的造国民运动。在20世纪30年代的苏维埃革命时期,这一理想成为共产党重要的政治技艺和文化传统,延续至今。政体与身体合一的想象,不仅通过对剥削阶级身体的贬斥实现,也通过对普罗大众身体的赋能(empowerment)实现。[①] 从历史的角度看,芭蕾舞剧《红色娘子军》在五十年来的改编和演出,始终没有脱离建构"政体"与"身体"、"敌人"与"恩人"的基本叙事结构。是否可以从这个角度来补充解释《红色娘子军》的常演不衰? 也就是说,作品的基本结构没有改变,它的编舞和表演越贴合时代的情绪,演员和观众就越容易被舞蹈造型所赋予的革命意义感染和征服?

当然,如果绕开历史的包袱,再次回到书评开篇提到的邓肯与作者同被芭蕾舞打动的经验,是否可以从舞蹈本体的美感来再次回应这个问题? 在《情感与形式》中,苏珊·朗格认为,舞蹈是一种虚幻的力的表演,舞蹈者就是个幻影。而芭蕾舞所造成的最重要的幻想就是从地球引力中解脱出来的自由感。[②] 那么,是否可以说,这种自由感被挪用到新中国关于阶级解放、性别解放的国家神话中,让一代又一代舞者和观众,从足尖的轻盈舞动中真切地看到解放之力的幻影,并为之欣悦、震撼?

本书的写作,正是通过研究者身体力行的舞蹈实践,将五十年来中国芭蕾的"力的幻影"从亲历者的足尖之下描绘出来,并用大量剧照、图表材料加以细致对比,终于将承载着鲜明时代烙印和民族情绪的舞剧作品《红色娘子军》从文学评论、历史研究等静态研究的窠臼中解脱出来,让我们在政治话题的迷宫之外,对当代中国的不同姿势多了一份真切的理解。

[①] 黄金麟:《政体与身体——苏维埃的革命与身体,1928—1937》,联经出版公司,2005年,第48—49页、第308—309页。

[②] 苏珊·朗格:《情感与形式》,刘大基等译,中国社会科学出版社,1986年,第223、231页。

艺术的再驯化：评《足尖上的意志：芭蕾舞剧〈红色娘子军〉的表演实践与当代言说(1964—2014)》

■ 文/刘梦璐

社会主义艺术一直是海内外汉学界关注的热点，其间不乏对芭蕾舞剧的考察，尤其是对《红色娘子军》和《白毛女》两个文本的细读。除却康浩(Paul Clark)[①]和梅嘉乐(Barbara Milter)[②]的开拓性著作外，近年来相关研究也逐渐从叙事学、话语分析、文化研究等角度扩展到对身体技术、动作经验、舞台实践等更具身化的阐释。在中文学界，刘柳博士的《足尖上的意志：芭蕾舞剧〈红色娘子军〉的表演实践与当代言说(1964—2014)》就是一本比较有代表性的著作。本书讲述了舞剧《红色娘子军》从1964年开始创编到其50周年纪念复排与复演的过程，有力地阐释了舞剧文化的动态性、时代的审美思维，以及文化机制与权力网络的关系。作为威权时代被权力机构钦定的典范，《红色娘子军》看似单调乏味，却又不是想象中那么简单。它一直引来海内外学者的频频关注，不仅仅是因为它经历了电影、现代京剧、芭蕾舞等多种载体的流转，而是它在典范化和不断被模仿生产的过程中所展示出的社会性效力和文化生产逻辑。

《红色娘子军》的故事结构并不复杂，它讲述了一个女奴吴琼花在不堪地主的折磨而逃离之后，通过革命领导洪常青的帮助，在中共女兵团开始新生活的故事。

[①] Clark, Paul. *The Chinese Cultural Revolution: A History*. Cambridge University Press, 2008.
[②] Mittler, Barbara. *A Continuous Revolution: Making Sense of Cultural Revolution Culture*. Brill, 2020.

在1964年,它以芭蕾舞剧的方式被搬上舞台,于1972年被纳入样板戏的名单,与《白毛女》并称"一红一白",成为"文革"中最重要的文化成就之一。本书的第一章就是通过对档案资料的历史性回顾、个案比较以及对技术语言的分析梳理了舞剧《红色娘子军》在20世纪五六十年代的创编过程。这一章主要解决的问题就是如何以"中国化"的芭蕾塑造阶级性、民族性等革命美学象征。50年代的中国向苏联学习各种事物,其中也包括舞蹈,中国推广芭蕾不仅是为了展示和苏联的友好关系,还期待这种对于普通民众来说较为陌生的艺术形式可以用来承载革命意志。正如作者所言:"'直立'的芭蕾体态不仅符合军人的身体习惯,还能体现英雄坚韧不屈的精神,且适于树立'劳动人民腰板直、步子正'的阶级形象。"所以用芭蕾舞来改编中国民间故事、吸引对它颇感陌生的中国观众成为这一时期文化工作者最重要的任务。他们努力将芭蕾本土化,例如结合中国戏曲中武旦"踢花枪"和芭蕾舞"大靠合"动作结合形成的"倒踢紫金冠"动作,或用芭蕾舞的"脚尖"来演绎中国武术的"弓箭步"。而这种独特的混杂性质为学者们的研究带来了新的问题:究竟是"芭蕾中国化"还是中国舞蹈主动"芭蕾化"? 有学者认为,由于与苏联的联系,芭蕾舞一直是当时的特权舞蹈形式;比较不同的观点是密歇根大学魏美玲教授(Emily Wilcox)在其新作 *Revolutionary Bodies: Chinese Dance and Socialist Legacy* 中提到的:芭蕾舞是一个固定的"他者",与此时的中国舞蹈相对,这使得中国舞蹈和芭蕾舞之间确立了牢固的流派界限,并使芭蕾舞相对于中国舞蹈而言处于从属地位,而正是这种屈从地位造成了"文化大革命"初期芭蕾爱好者奋起反抗中国舞蹈从业者的局面。① 而本书作者对于这一问题的态度,我认为是比较中立的,她提到这种文化挪用并非简单的拿来主义,而"像是隐蔽在后殖民语境中的象征性造反,并又因主动的选择姿态而在文化碰撞中占据能动位",是互为主体的"第三个"。第二章聚焦了样板戏时期的《红色娘子军》,对革命芭蕾舞颠覆性别规范和阴柔美感有更为具象化的阐释。作者提出"秀美"的文化格调不再适应集体主义时代对生产型身体的需求,坚毅的面容、健硕的体格以及挺立的身姿成为了革命芭蕾舞的新符码。

本书的第三到五章其实可以视为一个整体,因为它们共同围绕的是改革开放以后《红色娘子军》如何在经济和消费领域内"解救"自我。第三章开篇即以访谈编导李承祥的方式讲述了艺术大环境的悄然转变。将"1964"与"样板戏"两个时

---

① Wilcox, Emily, *Revolutionary Bodies: Chinese Dance and the Socialist Legacy*, University of California Press, 2019, p.123.

期的《红色娘子军》表演进行分割。倡导"重回1964",不仅重新处理了审美语言和政治语义之间的关系,也成为确认文本历史合法性和国家认同感的新策略,这在1992年重排该舞剧时显得尤为明显。即使经典舞剧努力做出"去革命化""去政治化"的尝试,却无法真的将政治与艺术二分对立,相反它依赖于政治或社会历史所赋予的象征资本。作为神圣英雄存在的洪常青形象逐渐走向常人维度,演员的表演开始追求"适度"与"合情"。然而有趣的是,一部分演员和观众却将通过"拳头"或"力度"所塑造的阳刚特征视为一种经历史打磨的文化记忆,这也一定程度上使得《红色娘子军》在意识形态层面之外仍能在市场经济下生息不断。而第四章正是解决这种"市场"与"怀旧"相结合的合作运营模式,商业巡演与政策驱动双管齐下,凭借该剧在主流话语和历史记忆中的分量完成审美育人的国家大计。在这一章中,作者对比了该剧为响应"文艺深入基层"和"为人民服务"的政策而在海南岛举行的慰问演出和由保利集团安排在深圳、重庆等地的商业巡演。曾经样板戏时代最为经典的身体符号"倒踢紫金冠"的革命寓意在这种新的表演机制下已经被消解,转而成为对唯美主义的追求。彼时的《红色娘子军》凭借诞生伊始的历史资源和文化情感在市场中持续走好。本书的第五章关注的是2014年中央芭蕾舞团推出的《红色娘子军》50周年首演庆典仪式。通过对庆典的符号性策略分析,如汇聚"五代琼花"演员、特邀知名主持人等方式,作者再次强调改革开放后的《红色娘子军》是自身美感和象征资本、权力意志和自由市场共同打造的文化产品。

　　消费时代的刺激不仅仅为该舞剧带来艺术法条的革新,也带来新的烦恼。在第六章中,作者言及2000年以来中央芭蕾舞团著作权侵权纠纷案,讨论了公权时代的舞剧如何在市场自由化后经历知识产权争议的挑战。2012年,梁信状告中央芭蕾舞团1964年的芭蕾舞剧《红色娘子军》是根据其创作的电影文学剧本改编而成,要求在2003年与舞团续约并署名;而中央芭蕾舞团认为在1991年《著作权法》实施后已经一次性解决原作品作者的报酬问题,如今表演的是舞团改编的作品,而非梁信电影文学作品。第七章,亦作为全书的结语章节,作者再次回顾舞剧的"过去"与"现在",可以说集体主义时代的《红色娘子军》被政治高度操控却仍然保留自己的私人领域;而新时期的它,在模仿和再生产的过程中一直处于追求自我和服从权威的张力之中,即便努力做出"去政治化"的尝试和大量美学上的调节去吸引商业模式下的观众认同,却仍然需要继续承担意识形态所需的观念形象与历史角色来证明自身在当下社会中的历史合法性,而不同时期的演绎方式暗合了国家意志和经济市场等不同力量之间的博弈。

　　纵观全书,作者采用侧重体验式的田野调查,对不同场景和语境中的舞台配置、舞段选取、演员任用、角色处理、身体技术及文本修辞等方面都做了较为详细的考察,时间横跨社会主义初期、"文革"和改革开放后,可以说是一部《红色娘子军》的文化史。以舞剧为文本来触碰历史的肌理亦是一个很好的开始。其中有几个小细节,令笔者觉得十分有趣并印象深刻,比如用来表演"诉苦"这一经典场景时的舞段有哀婉的"阶级认同"和积怨的"阶级斗争"两种矛盾的策略面向,却同样可以完成对革命合法性的彰显,以及第七章中作者所提,芭蕾的表演在"文革"时期是可以通过"业余"舞者在数月之中完成的,这些热情的实践不仅使他们获得比"专业"舞者更具革命性的政治资本,而且还可以形塑出他们一生的身份认同和人格类型。

对于解答艺术与政治间同构性和互渗力的问题,本书在方法论角度提供了一种参考:通过对身体形而下语言和主体感知觉的关注,即以感觉(sense)、动觉(kinesthesis)和情动性(affection)构成的意义场来突破理性主义和实证主义的学科惯性。本书的特别之处在于跳脱较为传统的访谈或文本细读的方式,而更侧重在田野中由受访者发起的体验让渡,如作者提到的与舞者的交流——"我跳给你看""你试试就明白了""只有亲自看我们排练,你才能感受身体的意味,舞蹈很难用语言来说清"等。而作者对于这种主观元素的看重,也使我们想到朗西埃(Jacques Ranciere)在讨论"感知的分配"(distribution of sensible)时所说的艺术扩散化效应。① 艺术可以被驯化,但是很难乖乖被驯服,而恰恰也是这种隐晦的距离和张力构成了社会主义艺术最大的魅力。

---

① Rancière, Jacques, *The Politics of Aesthetics*, Bloomsbury Publishing, 2013, pp. 12-19.

追逐意志的幽灵：评《足尖上的意志：芭蕾舞剧〈红色娘子军〉的表演实践与当代言说（1964—2014）》

■ 文/许瑶

刘柳的专著《足尖上的意志：芭蕾舞剧〈红色娘子军〉的表演实践与当代言说（1964—2014）》（以下简称《足尖上的意志》）是对芭蕾舞剧《红色娘子军》（以下简称《红》）跨世代表演、诠释、体验和接受层面意义转化的探讨。以舞蹈人类学、田野民族志为主要方法论，刘柳援引神话理论、女性主义理论以及欧洲大陆哲学家们关于身体的哲学理论来讨论《红》五十载身世变迁。换言之，《足尖上的意志》不是一部叙述《红》剧发展历程的编年史，而是通过田野民族志的视角，将舞剧的变迁和历史、艺术家、受众、话语体系所构成的天幕互文而编织出来的谱系学之毯。

全书除导论外共分六章，第一章梳理了舞剧《红色娘子军》诞生的历史语境，以及20世纪60年代《红》剧"挪用"古典芭蕾语汇，并解构武术、戏曲和古典舞语言的编创逻辑。第二章通过对几位艺术家的民族志采访，深描出了舞剧中几位主要人物：清华、洪常青以及老四的扮演者在舞剧创作初期如何将投射在个体身上的政治权力意志转化为个人意志，将"角色的面具铭刻于自我内部，以实现面具即自我的成人过程"。[①] 第三章则着重分析了不同时期的舞蹈家们在塑造角色或对角色进行二度创作时有意识地对身体技术做的调整，以使他们塑造的形象更贴合时代的偏好。这一章详述了舞剧中的英雄型塑如何在60年代被推上高大、伟岸的神

---

① 刘柳：《足尖上的意志：芭蕾舞剧〈红色娘子军〉的表演实践与当代言说（1964—2014）》，中央民族大学出版社，2019年，第61页。

殿,又是如何在90年代复排后主动降落回"人"的维度。六七十年代剧中黑与白、崇高与低下的绝对化表达在改革开放后中性、温和的社会氛围中被动摇和消解。虽然舞剧的结构对角色塑造仍有很强的限制性,但改革开放后人文化的语境对绝对话语的消融仍可以从《红》剧中正面人物不再是毫无破绽,反面人物也不是绝对的面目狰狞中管窥一二。第四章通过采访观众,主要分析了《红》剧50周年巡演时观众的感知接受,以及舞剧在21世纪再次上演所承担的政治实用性功能:"《红》作为一部集国家主义和现代性精神为一体的神话,无疑能在国家重整旗鼓和资本经济多样化的过程中,继续承担意志所需的观念形象与历史角色。"①第五章则深描了《红》50周年纪念演出中表演策略的几个层面:从舞剧本身来说,从国家意识形态象征的"样板戏"到中央芭蕾舞团的"看家戏",《红》的意义转化是国家主义与文化商业资本碰撞角逐的结果。角色的立意上,在庆典中无论是对"五代琼花"策略化的特别关注,对"琼花"这个角色的重新书写,对"娘子"还是"军"的再讨论,抑或是对洪常青人物造型在21世纪的一致化规定,都是为淡化舞剧政治色彩所做的尝试,也是艺术家们在今天与历史中的"角色"所做的谈判与妥协。最后一章则通过对《红》在改革开放前后表述策略(节目册、画外音等)的分析来进一步揭示舞剧在新时期对激进、过剩政治话语的摒弃。即便如此,作者还尖锐地指出,政治力量对《红》的扶持即便在今天仍积极参与了《红》在消费主义市场经济中的推广和调配,再搭乘当代社会的红色怀旧之风,舞剧得以在今天以既是国家主义象征也是企业文化资本的身份得到关注。艺术与政治互相缠绕,若即若离地螺旋向前。

由此可见,与许多海内外关注《红》的书写所不同的是,刘柳并没有将视角仅桎梏于某一时期的《红》,而是从当代出发,以该剧50周年庆典活动为契机回溯国家话语、个人意志和身体技术等因素对《红》跨世代的重复挪用和重新书写。作者通过与不同时代《红》的舞蹈实践者对谈,清楚的把该剧历史中的一个个"当下"交代在读者眼前,而这历史中的每一个"当下"又被它的过去和未来撕扯和纠葛。这样的视角似乎是本雅明所说的"将一个明确的时代从同质的历史进程中轰炸出来,将明确的生活从时代中轰炸出来,抑或是将某个作品从毕生工作中轰炸出来"②。这种态度拒绝了历史决定论所认为的过去是由一个个因果相连的事件顺滑向前推

---

① 刘柳:《足尖上的意志:芭蕾舞剧〈红色娘子军〉的表演实践与当代言说(1964—2014)》,中央民族大学出版社,2019年,第101页。
② Walter Benjamin, *Illuminations*, Schocken Books, 1968, p. 265. [" to blast a specific era out of the homogeneous course of history — blasting a specific life out of the era or a specific work out of the lifework."]

进的观念,也就是说今天的《红》和历史上的《红》并非绝对的一脉相承,而是在各自的"当下"承受历史与未来拉扯的张力。

本雅明说:"我们试图对历史进行阐释时并不意味着认同某物'本来的样子'。而是意味着在一段记忆处于危机时刻将它抓住。"①或者说历史书写是对一段过去的拯救。不知道刘柳写作《足尖上的意志》的初衷是否和《红》在当代所处的尴尬境地有所关联,因为笔者注意到作者采访到的观众较多的是比较年长的"资深红迷",我好奇这样的安排是否作者有意为之,还是现场的青年观众普遍比较少?若是后者,是否可理解为《红》对当代的青年观众缺少一定吸引力而处于某种"危机"状态?

还有一点非常可贵的是刘柳将舞蹈动作和身体技术分析放置于研究方法论的前端,放大了艺术家们的主观能动性,将人的情感、欲望和意志间的暧昧互动通过解读动作和技术在不同时空场景里的变化而呈现出来。在第一、三、五章中作者都对不同年代的艺术家对动作的不同处理结合图示做了精彩的对比。比如在第一章对比1967年版的"琼花诉苦"舞姿和1971年"清华控诉"的舞姿时,作者细致地分析了1967年版琼花的眼神、姿态以及主力腿与动力腿的关系如何塑造了一个需要拯救的无产阶级女奴形象,又是如何在1971年版的《红》中将清华的动作调整得更为坚毅和锐利,以预示清华无产阶级女战士的命运发展。第五章中,还是同样的舞姿,却由90年代的"琼花"扮演者冯英通过低垂的手肘、意味深长的旁腰和迷茫脆弱的面部表情重新降落回"人"的维度。这样的分析和对比清晰地将琼花到清华,再回到琼花人物形构的转变与无产阶级贫民—无产阶级女战士—活生生的"人"的政治言说策略平行呈现出来。我认为这样的写作方式非常值得舞蹈学的学者们借鉴,舞蹈研究似乎一直被人文学界忽视,认为它没有研究的客体(object),像《足尖上的意志》中这样对动作的分析和解构正是对这一偏见的直接驳斥,它将舞蹈的身体和动作摆在了研究的中心位置,赋予了舞蹈实践者的主观能动性应有的认可。吹毛求疵地说如果说有任何意犹未尽之处,那便是书中对动作和身体技术的分析仍然处于一种辅助的地位,占用了很少的篇幅用于佐证作者更形而上的思考(当然这与本书的主题有关,作者关注的是表演和言说两个方面),何时舞蹈表演分析能够自成一体,有完整体系可能是大多数舞蹈学者都有感的焦虑吧。

---

① Walter Benjamin, *Illuminations*, Schocken Books, 1968, p. 255. [To articulate the past historically does not mean to recognize it "the way it really was" (Ranke). It means to seize hold of a memory as it flashes up at a moment of danger.]

笔者在阅读本书的过程中最为关注的是刘柳对《红》剧中女性性别身份转化的探讨。我认为,在20世纪六七十年代,《红》作为为数不多的允许公开演出的艺术作品,娘子军的形象是一种政治规训力量的主客共同体。作为被规训的对象,女性舞者将自我的内在、外在形象与动作不断调整,不断重复和强化革命美学话语体系中极度风格化的姿态和动作来接近革命理想中去性别化的女性风貌。作为规训力量的主体,娘子军们的每一次演出实践都是主动传播这种去性别化理想的过程。而这种规训力量所投射的方向无疑是观众席中的女性观众,成千上万个与琼花命运交相呼应的女性观众。换句话说,娘子军的形象是这股规训力量所提供的一个"幻象",它作为一个中间介质,试图将当时的女性拉拽至一个去性别化的、革命的、集体主义的高度。

在海外研究者描述六七十年代样板戏中的女性形象的论著中,经常使用"中性"(androgynous)、"抹除性别不同"(erasure of gender differences)、"去性化"(de-sexualization)或"去女性化"(de-feminization)这样的语汇。① 在刘柳的新书中她也肯定了在当时这些去性别化的表达在革命话语里的必要性,例如在谈到芭蕾舞剧中的琼花与洪常青人物关系去浪漫化的处理时她说:"革命神圣性和英雄超凡维度的彰显,依赖对人性及世俗面向的清除","在以'阶级斗争'为宗旨的革命时代,'爱恋之身'被'搏斗之身所取代'"。② 当传统的女性特质及其呈现出来的表演性行为被认为是阴柔的、"虚"的、浪漫的,因而被认为是男性的、英雄的、革命的阻碍

---

① 例如,在孟悦探讨1980年代前中国文学中女性形象的文章"Female Image and National Myth"中指出:"Under socialism there emerged, in other words, a concept of sameness, or the nondifference of the two sexes ... Nondifference, combined with the unshaken power of the male discursive tradition, produced a vague and paradoxical literary line on gender issues."笔者试译为:"在社会主义的语境下,出现了一个'相同'的概念,或者说是两种性别间的'非不同'。这种'非不同'与不可撼动的男性主导话语权的传统相结合,产生了一条分离性别问题的模糊且自相矛盾的文学界限。"Xiaomei Chen 在 *Acting the Right Part — Political Theater and Popular Drama* 中也提出在样板戏中,女性角色往往被塑造成没有家庭,对异性没有吸引力的形象,从而这些女性角色被剥夺了女性气质和母亲身份,成为"工人—农民—战士的样板女性"(worker-peasant-soldier model women)。澳大利亚文化学者 Rosemary Roberts 在她的 *Maoist Model Theater* 中也指出在"文革"期间"in the name of equality between the sexes and the proletarianisation of the population, Chinese society experienced what is described as 'the erasure of gender and sexuality' as feminine gender was subsumed by the state."(以性别平等和人民无产阶级化的名义,女性性别被国家政体所覆盖,中国社会因此经受了"消除性别和去性化"。)
② 刘柳:《足尖上的意志:芭蕾舞剧〈红色娘子军〉的表演实践与当代言说(1964—2014)》,中央民族大学出版社,2019年,第47页。

物,女性可做的唯有屏蔽其"阴性特质"以追求给革命话语提供理想的画布由其镌刻。

再看今天,政治力量对《红》的加持逐渐式微,规训力量屈尊于消费主义的导向力量。娘子军的塑造者们需要顺应父权社会审美需求的"白、幼、瘦"而削弱革命话语中"高、大、全"的崇高向度。演员们也得以在表演过程中将自己对角色的理解结合"日常"经验对娘子军形象进行当代的再书写,以求让当代观众不被激进的革命话语劝退。剧中的女性形象也可以呈现其脆弱、无助等更生活化的表达。有趣的是,在今天,娘子军们似乎很难再拉拽这个女性"身份幻象"的缔造,反而,今天她们缔造的"幻象"受到了来自市场、受众的审美拖曳,英雄人物的形构走出高高在上的圣殿,反倒更增添了"人"的意味。

可是对于当代《红》剧中的女性角色来说,回归"人"的维度与回归"女人"的维度之间似乎仍被意志的幽灵所隔阂。通过采访"第三代琼花"的扮演者冯英,刘柳认为当代的琼花"形象的基调以'人'之局限与'女性'之局限为前提,而不再以'阶级仇恨'为基调……它修改并重调了'铁娘子'的性别面貌,带回了'男强(阳刚)/女弱(阴柔)'的性别色调"。① 不可否认,冯英结合其自身的当代生活体验,认可个体困境并希望塑造出一个"多面的、活生生的、有血有肉"的人,因而在塑造琼花入伍前的诉苦舞段时增添了孱弱、无助等特质。在我看来孱弱和无助是任何一个"人"在遭遇困境时都可能体现的特质,和女性的性别色调并不见得有多大的关联。相反,由于舞剧的叙事需要,"革命者"依旧是琼花的主要身份,而革命者的政治身份即便在当代的舞剧演绎中也覆盖着人的性别身份。琼花的身体依然是没有性别的,或者说她的角色设计不允许她保有除了革命意志外的私情。她作为女性的欲望、情感仍然被意志的幽灵驱赶而藏匿于自觉避让男女互动的暧昧、坚毅的目光,和"'拳头'的江山"里。因此在我看来这一瞬间的"男强(阳刚)/女弱(阴柔)"性别色调调整是极细微的,甚至极其容易被忽视的。如若要关注琼花的"女性"色调我认为可能需要更多的分析男女之间的互动,或者双人舞中的动态关系。

最后的这个问题可能和前面提出来的几个问题问的是一个方向,如何看待1964版《红》与后期复排作品间的关系?显然,二者之间不能用简单的"原版"与"复制版"进行简单的区分。复排的作品既不能对1964版的《红》完整再现(reconstruction),又由于其国家主义象征与企业文化资本的双重"御用"身份而未

---

① 刘柳:《足尖上的意志:芭蕾舞剧〈红色娘子军〉的表演实践与当代言说(1964—2014)》,中央民族大学出版社,2019年,第129页。

在主流语境里被打破后重构(reenactment)。1964版的《红》的确承担了"将不存在的事物表现(represent)出来"的功用,即给"革命的芭蕾"命名、塑形。如若把作为"革命芭蕾"的《红》比喻为一只手套,它作为当时的社会和政治话语构成的产物,极其贴合观众需求的"手"。复排的众版本似乎更像是用当代的"手"伸进1964年的手套,然而当代的"手"似乎有更宽的"指扩"和更精巧的"骨架",要求更多元化的表达和更柔和的包裹。那么这时候"手套"该何去何从?是仅作为文献档案存放在布满灰尘的书架上,还是随着当代之手的摆弄被撑开、打上补丁,再缝合?

他山之石以攻玉：对书评的回应

■ 文/刘柳

如果人类学这门学科不论在历史还是神学的意义上，都能找出赎罪的意涵，那么对该学科的拯救，估计还得来自其一生的债主——"他人"(others)。从学科传统上看，人类学习惯将"他人"置于田野一隅，而忽略在民族志写作和出版过程中，"书评人"在知识生产和创造中的分量。尽管反思人类学提到过知识生产中的"多主体"事实，却鲜有对"书评人"在民族志知识生产中的角色及价值加以器重。而我对书评人主体性和重要性的体会，正是得自由康凌主持的中国与比较研究学会（CSSA）的支持，才得以在"Talk to the Author"栏目中接收到三位书评人的宝贵反馈。

十分难得的是，三篇书评都对舞蹈、身体与艺术带有一种贴近本体论的激情，同时还从不同的理论进路，表达出对舞蹈政治性及其历史境遇的高度敏感。他们都十分认同基于身体—体验而来的写作，深信身体写作能让历史活生生的面向得以显露。首先，《追逐意志的幽灵》一文的作者，就能很深入地体会到"舞动的身体"如何能另辟蹊径地说出故纸堆中说不清的与没说完的部分，并由此鼓励我要始终坚持从身体出发的观察、思考及写作。还有《芭蕾舞与新中国》的作者，其不可思议的机敏，让她瞬间就把捉到邓肯与我如何事与愿违地被芭蕾艺术所降服。只是稍有不同的是，芭蕾在邓肯的身体启蒙中扮演父亲的角色，而我与革命—芭蕾之间却生生隔着一段历史、文化与身体上的间距。而更有意思的是，《红》剧对我理性的初次瓦解，恰恰是《国际歌》响起的时刻，是舞台上只剩下一个宣誓的英雄造型,一个与其说是舞蹈不如说是雕像的神话时分。鉴于此,我认为邓肯被芭蕾打动要比我来得纯粹,我那时的激动更多来自"造型"与"歌词"所给出的意义,而非舞蹈语言的魅力。关键是,这类意义似乎也成了今日社会怀旧原料的主要填充物。就像书里序言也提及国内著名舞蹈编导王玫(北京舞蹈学院教授)对《红》剧的情感,主要是里头那"人人平等"的理想。因而,除了艺术必要的美感外,那日渐褪色的意义也同样在召唤今日观众的回望。当然,我十分认同《艺术的再驯化》一文中的提醒,除了呈现美感与政治在表面上的同构与互渗性外,还应在身体和美感的细节中,深挖那些总是令意识形态头疼、无奈乃至意外之处,如此才能全面理解社会主义文艺的美学内涵。

而对《红》剧历史—意义逻辑的领悟,这主要表现在对《红》剧复排前—后关系的理解方面,三篇书评又各有千秋。例如:《追逐意志的幽灵》是站在解构主义的立场上,重新剥开舞剧复排前—后间性中的断裂性纠缠,且颇有趣味地在"手套"与"手"中捣鼓出一个莫比乌斯纽结;《芭蕾舞与新中国》则借游牧的手法,取消了"原型"在差异性重复中的位置,认为每次表演都是一场不可估价的重排,是舞剧对不同社会条件的即兴化应答。继而不论是复排前的《红》剧,还是复排后的《红》剧,都不会在一种历史的面孔中沉睡,也很难被叙述的表象所埋没,而丢失掉艺术对不可见之物的言说。最后,有点偏现象学-本体论的《艺术的再驯化》一文,则不再死咬复排前—后这类"人为"的分析性框架,而将关注直接浸入艺术体验和作品之"肉"中,以探寻舞蹈及其语言的表达如何在意识形态面前成功伪装,且在不同社会主体面前实现潜逃。但不论如何,三篇书评都十分警惕那种建立在因果关系链上的历史主义叙述,尤其是那种将"复排前"视作原型、根据和模版,而将"复排后"的实践视作毫无创造力之摹仿这类"柏拉图式"的表述。也正是在这点上,三位书评作者都算是后结构主义阵营中的兄弟,都倾向强调表演实践自身的能动性,而非依附性。

一

书评《艺术的再训化》以出乎意料的精确,将笔者在每章中的问题意识都被一一擒获。

确实,对艺术与政治间的诸多可能性之关注,正是本书的题中之义,但更为有趣的部分还掩埋在如何深入至艺术与政治同构性表象之下。这即是说,除了关注二者在表面上的互渗关系外,我们如何透过舞蹈言说的方式,勘测到舞蹈本体与其美感是何以跳脱、绕开并另辟蹊径地抵达"别处"的。具体而言,就是我们何以借

"舞动之身"(dancing body)的失重与复重、重心的撤移与聚合、肌肉的收紧与松开、气息的提沉和聚散,以及力的主动和被动……这些同时是运动与情动的具身化技术,以及同时包含被驯化与无法驯化的身体,来为身处不同频位的观众带去交织着不同欢愉、刺点和震颤的感受。

就像在《红》剧的"样板戏"版本中,也不乏存在被艺术感官所打开的"化外之域"。而这些被政治符码所编辑的造型、动作与表情之所以能转为"化外",也多是因舞动之身的"暧昧性"及"多感官性"所带来。记得笔者在对老四与琼花"双人舞"的分析中也提到——"按压"与"撕扯"所带来的身体接触,既承担了意识形态的指令,同时又放出了指令之外可供个人经验、欲望和情感所寄生的居所。恰如第一代老四扮演者万琪武虽扮演的是反面角色,但因其精湛的表演和身体技术,人们对反面角色的记忆,并不亚于剧中的主要英雄人物。而其他扮演老四的演员,不论是万老师的同辈还是晚辈,各自都有在角色中显身于自我的冲动。仅以后革命时期的演员为例,他们中有的是中国舞出身的中芭领舞演员,有的是有着丰富表演经验的首席演员,有的仅是团里的群舞演员(他们多因个子矮小,一直在团里没有展露手脚的剧目)……但他们都带着自身的把式、技术、性格和处境,在"老四"这一反角中撑出了不同的锋芒。如同书中描述过的新时期老四扮演者李俊(个子偏矮)——一位有着清一色芭蕾舞科班背景,十多年王子演绎经历的主要演员:一方面,他很难彻底抹除高度内化的"王子"习性,尤其是那种昂首挺胸的身姿和盛气凌人的气质,同时也很难复刻万老师曾赋予这一角色的那种义气凛然的"江湖气"。但在另一面,李俊却有着惊人的身体控制力和脚下速度。对此,他选择保留挺拔直立的上姿,不做刻意改变,而仅是加快行走速度,且赋予行走某种贴近极点的"轻盈",以添增"挺拔"所可能生出的负值。类似武侠小说中那些鬼斧神工般的落地无声、踏雪无痕的"轻功",李俊将老四的神气与不可琢磨(用李俊的话说是"阴森")都表现在行走如飞的功夫上了。总言之,李俊以自己的方式在角色内部打开了另一层机关。类似德勒兹"差异与重复"中的叠奏运动,李俊赋予老四的行走以一种"幽灵性",一种区别于万老师行走中那围绕"重心"而展开的稳、沉、拖,但也依旧赢得观众"叹服"与"畏惧"的矛盾性情感。

就此而言,我们似乎可以说"表演"这一二度创作,在情动生成和感官体验中所炸裂出的差异性力量,具备异常惊人的能量;而个体演员及观众之间那些不可通约的身体质料和感官调性,也使套固在角色之上的意义渐次变得摇晃、模糊乃至无关要害。但若仅仅如此,后革命时期《红》剧的合法性来源就会显得不够沛。直言之,就是《红》剧究竟依靠从哪儿来的力量,才得以在"一切坚固的东西都烟消云散"的时代存活？为此，笔者尝试将政治经济学、历史、话语-主体和本体论的视角都并置起来，以尝试理解此种看似误投或错置了的当代艺术奇观。

至少在时间的历史逻辑上看，"过去"这位幽灵并未走远。换言之，它更像在重新召唤一具鲜嫩的肉身来继续为神话中的寓言配调。就此而言，"记忆""习性""创伤"或是"情感"就显得尤为重要。因为，它大致能解释《红》剧得以延嬗的部分原因，包括新生代对《红》剧感受力的衰弱。但另一方面，它似乎又难以解释为何在某些特殊时段，《红》剧会在国家形象、媒体声音、市场以及少年受教育群体中的升温。例如，在2014年习近平总书记举办文艺工作座谈会后，全国各地院校也纷纷展开学习红色经典与人民艺术的活动，中芭也欣然接受教育部"艺术进校园"的委托，在北京市定点中学进行经典剧目传承，其中就有指定片段——《长青指路》与《万泉河水》。期间国家大剧院的艺术讲堂，也开始倾向召集红色经典的艺术家们汇聚讲堂，传播红色文化的历史价值和当代意义。洪常青扮演者孙杰也于2018年受邀于国家大剧院，参与围绕《红色娘子军》历史记忆和表演实践为主题的讲座。记得当时配合他一起完成讲座的，是他在北舞芭蕾系授课班级上的一名大一学生，面容清秀可人，主要为配合孙杰的讲解来示范动作，尽管动作青涩却还算规范。但更吸引我的还有台下两位激情洋溢的少先队员，她们胸前的红领巾与向阳花般的笑容近在眼前。将近两小时的讲座，她们都似乎在凝神静听，神态炯炯。类似搭在她们腿上的笔记本，被沙沙不停的笔尖给填得鼓胀。直至讲座结束，她们才在腼腆包裹的激动中，动用她们瘦小却能量超常的身躯，才挤到包围孙杰人群的最前方，求得了一个签名与一张合照。

就此看来，这两位少先队员的热情，要远胜于讲堂中明显在数量上占优势的中老年队伍。而后者多是国家大剧院的老会员，只要有空他们十有八九都会参加大剧院的公益讲座。而这两位少先队员则是专程赶来……总之，从她们对《红》剧的爱慕中，我们再次见证政治与审美的完美融合，看到政治信仰如何让人生出一双触角，以接收来自特定政治氛围中的美学震撼；此外，美学的力量也能截获任何一个意外的灵魂，让它在着迷的小径中与它坠入爱河，并自愿跪受为俘虏。

情况似乎是，当我们落实到审美感受，一种在亲近与逃离间的暧昧性激素便会诞生。只不过它有时并非为逃离而逃离，而是要去滋生一种无法扯清的黏稠，一种让人们根本无能为力从中分出它因"正确"才受瞩目，还是因有趣才被追慕的力道。换言之，那种真正令我们抵达"着迷"的东西，那种令我们远远超出心安理得之边界的魔力，只能在官感的"交织"中被擦亮。或是说，只能在可感者-感觉者理性机制的瓦解中被赋权。而这也正是舞蹈中的"编排"(choreography)与"排练"

(rehearsal)会变得如此重要的理由。

书中第五章(舞剧50周年庆典,人民大会堂演出)中的第4、5节,也描述过两位排练者(王才军与黄之勤)与演员间的身体交流过程。而需补充的是,负责女子群舞重排的老师黄之勤属特邀,这是由于平时负责教授《红》剧的老师多为团里的主要演员或老演员。可为了能符合"人民大会堂"庆典演出的象征性期待,中芭特地请出年过"耳顺"的第一代老演员黄之勤来为《红》剧二场"练兵舞""刺刀舞"等女子群舞片段重排。而实际上,黄老师很清楚自己被请来矫正演员动作的意义——即尽可能让这群跳洋芭蕾长大的姑娘们,能从浪漫芭蕾的苍穹中降入凡间。而如此这般的"下降",还得从身体运动的形式与力度入手。

在为期不多的排练中,黄老师只能让群舞演员主攻二场的"圆场步",一个总是被这群芭蕾出身的姑娘们不经意就做成"足尖步"的京剧动作。值得注意的是,这个动作对于老演员而言不是问题,用他们的话说——他们都属于在动作语汇上的"杂食动物",何况当时的"样板团"配备的都是上好的京剧和武术老师,以全力协助舞剧编导和演员的舞剧创作。但对新生代而言,她们在身体技术和知识上的单一性与封闭性,以及新时期艺术团体各自为营且互为竞争的关系,都使她们很难在短时间的紧急排练中叫回"过往"身体的幽魂。可不论如何,用黄老师的话说:"演员的动作至少看起来别太走样""千万别做得只像'娘子',不像'军'"。故为夺回这个形式上的"像",黄老师对演员要求道:把《娘子军连歌》真正唱出来,最好懂得如何喊出来;行军的步伐再放大步子地走出来;眼神里的坚毅也得使足劲儿地表达出来;刺杀的力度和手势、射击的靶位与体态等,这些只有军人懂得的身体纪律要得正儿八经地体现出来……

对于那些上了年纪的观众,尤其是参与过《红》剧创作和表演的那些实践者们,他们不顾身体不便且远道而来的那种"忘我式"参与,更多体现为一种情结,其极致还与恋物相近。是故,他们不会真正计较新生代演员的动作能否还准确、味道是否仍正宗,即便只有他们的双眼才具备甄别隐匿在身体微末中的差异。因为在他们心中,这部剧的真正创造者是"自己",他人的实践不过是对这部舞剧的朝拜,甚至在某种意义上,还是一次注定失真的摹仿。所以在某种意义上,新生代演员演得"越不像",他们在历史中的独一无二性(singularity)便会得到更高额度的彰显。是故,即便那场演出的嘉宾多是须发皆白,有的不是视力不好就是听力不行,但他们的到来,他们的在场,或是说他们历史性的存在,在另一层面上既说出了又否认了当下《红》剧之存在。换言之,他们无需从舞剧表演中侦查出什么真伪来,因为他们的观看为的是一种缅怀,一种对过往创造力及其结果的象征性表达与认同。

而对那些情结不深却又保有好奇的观众,《红》剧又俨如一份闪光的遗嘱,一份被打上历史性、中国性、红色性、正统性、教育性、艺术性和经典性等权威招牌的文化产品。由于其在权威性和历史性上的"光晕",而转世成为世俗性消费的物化之神。所以,对于这群与《红》剧交织不深,而仅是为消费性观看而来的观众,他们更像是体会一次充满不解和陌生感的文化旅行。就此而言,他们的观看很难是虔诚的,执念在其间也会沦为屏障,而终将遭受遗弃与嘲弄。尤其与那些习惯被历史性所召唤的观众相比较,这些观众的观看还携带某种"弹幕"的潜能,它能在漫不经心中打发掉那些冲着"观看"而来的虔诚及褒奖,比如,投入、深度与正确性,且同时还打开另一条感官密道———条能容纳游戏、消遣和发散性的"根茎"世界。诚如这篇书评的题名——"艺术的再驯化"所暗示的那般,艺术不论以怎样的形式,只要诉诸于感官的法则,便会令光和黑夜陷入至永恒的追逐,且不论这样的追逐是在游戏之中,还是在艺术之中。或许这也是书评作者引用朗西埃(Jacques Ranciere)并从中分享其洞见的意图:"艺术可以被驯化,但是很难乖乖被驯服,而恰恰也是这种隐晦的距离和张力构成了社会主义艺术最大的魅力。"

我想,这也正是此篇书评作者以及笔者本人最为警惕之处。可远远不够的是,我在书中却迟钝放过一些可在这方面继续深挖的事件,好在这些事件再次被这位敏锐的作者拦截,以让笔者有机会思考它们在谱系学上的价值:"诉苦"这一经典场景时的舞段有哀婉的"阶级认同"和积怨的"阶级斗争"两种矛盾的策略面向,却同样可以完成对革命合法性的彰显;以及第七章中作者所提,芭蕾的表演在"文革"时期是可以通过"业余"舞者在数月之中完成的,这些热情的实践不仅使他们获得了比"专业"舞者更具革命性的政治资本,而且还可以形塑出他们一生的身份认同和人格类型。

确实,"事件"所撕开的裂口,能让历史褶路得以见光,并由此爆破那假定"革命时期的艺术是被政治决定",与"后革命时期的艺术拥抱自由"的意识形态成见。类似"诉苦"舞段在1967年所形塑的"底层"形象"琼花",与在1970年所锻造的那位"无往不胜"的"清华",这两种女性英雄形象建构,都共同构成了表述上的正统。但更为复杂的是,在挑选"样板戏"唯一女主演时,主要负责人依据的是哪位女演员的芭蕾技术更规范,以及谁的形象在镜头上更好看。这不禁令人深省,当革命意识形态达至自身峰值,它对美学及技术能力的需求也会同步提升。换言之,政治与艺术之间的关系表现出了高度互渗力与动态性。此外,我还必须承认因资料局限,我在书中还悬置了对1976—1990年之间《红》剧实践的分析。我相信那段时期的情况,将会增添我们理解《红》剧谱系学面向的维度。

二

书评《芭蕾舞与新中国》所诉诸的激情，主要放在如何解释《红色娘子军》的"常演不衰"。显然，这确实是个在调研与写作中都无法不去面对的疑念。对此，书评作者也给出了两个启示：其一，选择从"政体—身体"中的合一性潜力出发，以把握作品技术与意义变迁背后那个仿如胎盘般的结构和心性，且认为在难以粉碎的"结构"与同样难以趋同的"演绎"中，还存有一种类似妇唱夫随的动态关系："从历史的角度看，芭蕾舞剧《红色娘子军》在五十年来的改编和演出，始终没有脱离建构'政体'与'身体'、'敌人'与'恩人'的基本叙事结构。是否可以从这个角度来补充解释《红色娘子军》的常演不衰？"

但更有意思的部分，或许还藏在"政体—身体"历史性关系的裂罅与孔隙中。换言之，今日《红》剧在叙述结构与身体感受之间，还存有一个尚未断裂且尤为暧昧的游戏性关系。类似在后革命时代的演员，他们不论是在表演还是言说，都会有意识地抢用艺术的暧昧性来涂抹这部剧在叙事结构中的僵硬线条，同时还自觉地在表演中抢修那些过分溢出而显得不合体统的部分。譬如，用"人神之间"来形容这种暧昧性关系的洪常青扮演者孙杰，就在为新演员的排练中强调——"凡人世界的英雄，需在崇高与平凡间找到一个温婉的过渡。太'王子'了，《红》就不'红'了；但太革命、激进，今天的观众也会被吓跑。"私聊时，他也常说："新演员都会带着王子的身段、细嫩的面容进入，所以排练就是让他们经历的一次脱胎换骨，特别在身体的使用方式和精神气质方面……尽管最后的呈现总会有许多不尽人意处，但这些问题总能在一遍一遍的演绎和用心的总结中慢慢克服。但蹊跷的是，唯独在技术能力上，新演员不会向'过往'致敬。因为，今天的演员从客观上讲，都有着上好的身体条件和精湛的芭蕾技术，如何将他们高超的芭蕾技巧运用在这部舞剧的演绎中，让舞剧增添吸引今日观众叫好的美来，可以说是新一代演员追求的目标，也是我们能超越过去的地方。"

可以说，人类学在身体技术的理解上，是最看重技术中的文化意涵，也最乐意读解文化中的身体分量。不论是马塞尔·莫斯（Marcel Mauss），还是其后的布尔迪厄，都极为讲究身体技术和感官中私藏的惯性与德性。这或许也是这篇书评作者提示从"身体与政体"，来继续关照这部舞剧之历史和当下的缘故。对此，我也在研究中感触到身体与政体之间的交合、错位与碰撞，能在社会变迁的意义上对舞剧的变与不变赋予一个稳妥的切入。同样，二者在历史中的纠缠不清，也使舞剧得以在磕磕碰碰的历史、起伏不定的社会情绪与狂欢的大众文化中，再度以"借尸还魂"的方式存活于世。

此外,作者给出的第二个启示也十分有趣:"在《情感与形式》中,苏珊·朗格认为,舞蹈是一种虚幻的力的表演,舞蹈者就是个幻影。而芭蕾舞所造成的最重要的幻想就是从地球引力中解脱出来的自由感。那么,是否可以说,这种自由感被挪用到新中国关于阶级解放、性别解放的国家神话中,让一代又一代舞者和观众,从足尖的轻盈舞动中真切地看到解放之力的幻影,并为之欣悦、震撼?"了不起的是,书评作者敏锐地选用了苏珊·朗格的妙笔,点出舞蹈在缔造虚幻性力量上的能耐,以解释艺术内在"潜力"对不同时代命运的救赎。而实际上,拾回舞蹈本体论的目光,也正是我写作这部作品的隐蔽动机,但也是我做得远远不够之处。换言之,这一建议是在"身体与政体"之外,补充了一个本体论的维度,一个聚焦于舞蹈、美感与感官层面的视角,一个能将"舞蹈之身"托起,以探寻一条超越身体与政体格局的第三条路。

但更为有趣的是,当我们强调从舞蹈本体出发,以发觉其所具备的穿越意识形态之禁锢的虚幻之力时,我们还应关注不同力之意象的历史差异性,尤其是这些力之差异关系如何迎合却又同时模糊不同时代的精神期许。毕竟"舞动"(dancing)之力的乍现,超出了舞剧文本的框定。或是说,落实在"表演中"的舞蹈,首先是一场活生生的现场演出,是演员、观众及环境一起"交织"出的震撼。就像过去的演出队有时会被派到厂房演,有时直接在村里的土台上演。而由不同环境、季节、气候及地面所构成的"扩伸的身体"(extending body)及由此生出的现场感受,都在持续刷新舞剧表演的生命效果。据老演员表述,当时的演出队到过凹凸不平的泥巴地与稻田边上演过,还体会过在钢板铺就的舞台上那失控的跳跃与旋转……总之,不同的演出场地和环境,使他们力的差异性传达更近似一场"事件",而非一套等式。因此,我们很难用"名词"的方式,形构出一副单一的舞剧肖像,毕竟对感官交流的艺术而言,现场的感知觉碰撞要比话语的着装更切实。

三

书评《追逐意志的幽灵》带给我太多研究的动力与激情,其锐利的视角与劲道十足的发问,让我能从停笔后的短路状态中跳脱。这要归功于这篇书评对《红》剧"女性"性别意味衍变的焦点关注,尤其是对《红》剧复排究竟是"复归"了,还是再度"剥夺"了女性性别身份的发问:"在我看来孱弱和无助是任何一个'人'在遭遇困境时都可能体现的特质,和女性的性别色调并不见得有多大的关联。相反,由于舞剧的叙事需要,'革命者'依旧是琼花的主要身份,而革命者的政治身份即便在当代的舞剧演绎中也覆盖着人的性别身份。琼花的身体依然是没有性别的,或者说她的角色设计不允许她保有除了革命意志外的私情。——她作为女性的欲望、情感仍然被意志的幽灵驱赶而藏匿于自觉避让男女互动的暧昧、坚毅的目光和'拳头的江山'里。因此在我看来这一瞬间的'男强(阳刚)/女弱(阴柔)'性别色调调整是极细微的、甚至极其容易被忽视的。如若要关注琼花的'女性'色调我认为可能需要更多的分析男女之间的互动,或者双人舞中的动态关系。"

毋庸置疑,关注舞剧在身体语言上的性别化操制是我必须处理的理论问题。因为不论是作为神话意义上的《红》剧,还是作为历史回忆与日常实践中的《红》剧,都创造性地在为几代民众兜售有关性别身份、调性及幻象上的正统形象。故要探究《红》剧在跨世纪中的意义延异,便无法省略"性别"这一重要的神话元素。尤其当笔者企图以"身体"的方式,来把捉舞剧在历史脉动中的意义流变时,"性别"维度的切入就更是显得关键和必要。只不过在分析性别身份在"革命"与"后革命"时期的微妙过渡时,民族志材料还给出了一种"错位"、一种镜中之镜的误认,而非那种结构化的对称关系。例如:那种假定革命时代女性角色的"无性化"与"去性化"。对此,我在第一章中也谈到编导李承祥在参与商讨编排革命剧时,给出过选择《红》剧的几点理由,其中涉及性别方面的内容就有:《红》剧的主体是"娘子军",它首先是一群"女性",这无疑对芭蕾舞剧而言是合适的,因为编导能从"娘子军"这个群像中弄出几段"女子群舞",并在舞蹈时能出"脚尖"。在某种意义上,我们甚至可以说正是"脚尖"与"刀尖"的精彩结合,以及"倒踢紫金冠"的绝妙添入,成就了《红》剧在革命时代的高度辉煌。此外,还有"军短裤"这一极富创造性的舞服,这一曾被李承祥有意解释为"因地制宜"的艺术选择。试想,它之所以没招来上级的反对,多少是因为当时的领导也清楚,芭蕾若没为演员的长腿留出余地,就无异于等同撤销芭蕾语言的质地与华服。故转用一个"海南风俗"与"军短裤"这样一个瞻前顾后的说辞,多少能平息"短裙"所可能卷起的政治风波,更别说当年不少男性观众对《红》剧的追慕,多与"大腿"引发的多巴胺效应相关的那些逸事了。对此,书评作者给出了一个相当具有建设性的建议:"应关注和分析《红》剧中男女互动及双人舞中的身体关系。"对此,我们才能发现更多隐匿在身体技术和装饰上的性别策略。而这也是笔者做得不够充分、不够使劲且还留有余地的地方。

另外,就后革命时期《红》剧是否真的赎回了一个女性位置的问题,或转译书评作者的话,就是笔者所自认的那个"人的维度",会不会反倒是一种对"女性"这一造物所实施的更为曲折与隐蔽的屏蔽。进一步说,就是后革命时期的"自由"话语,果真取消了阉割的递进么?那个所谓"人的有限性"会不会是再度遮蔽和取消女性位置的机关？可以说,此种福柯似的提问,是为提醒笔者不要陷入历史主义的迷雾中,不要低估历史狡诈与神话结构之间的持续性串谋。为此,书评作者一方面引入本雅明的弥撒亚秩序,以提示笔者历史主义迷信的风险;另一方面,她又将福柯的谱系学眼光带入,提醒笔者要对那些掩藏在话语之下,让人习而不察的权力策略保持警惕。

必须承认,将人(man)的维度等同或包裹于女性的维度,无疑会触犯女性主义的大禁。更重要的是,它还容易让我们忽略"人"的维度,是何以重新吞咽并吐出"女性"这一始终被历史所操演的"他者"来。但除了尊重女性主义的政治自觉外,同样不能小觑的还有"人"的世俗维度及其美学,在后革命时期所呈现出的"阴性化"转向。对此,书评作者也写道:"规训力量屈尊于消费主义的导向力量。娘子军的塑造者们需要顺应父权社会审美需求的'白、幼、瘦'而削弱革命话语中'高、大、全'的崇高向度。演员们也得以在表演过程中将自己对角色的理解结合'日常'经验对娘子军形象进行当代的再书写,以求让当代观众不被激进的革命话语劝退。"确实,这样的"阴性化转向"还同时体现在今日演员的任用上。一个明显的变化是,今天演员的性别形象不再苛求与正典贴近,甚至也不太在乎演员身体技术中的"中国舞"含量。因为今天演绎《红》剧的演员们,多是因在其位而施其职,更不用说在身体技术上,这些演员都是西洋大戏出身,都属于北京舞蹈学院芭蕾舞系"教改"后(在课程中高度压缩了中国舞的课时)的现成品。关键是,在这些学员们的意识中,"芭蕾"从来都是"西方"的。

最后,对此种"阴性化"转向的确认,还能从观众的言说与感受中得到回应。而就接受层面的思考,书评作者也给出了一个切中要害的提醒,即不能忽视观众群体中的代际差异。因为对"革命者"意义之读取,会受到表演技艺外的其他因素干扰,比如,记忆、情感和话语等。对此,笔者也在将近几十场的观众访谈中,发现年纪稍大的观众,尤其是那些看着或演着"样板戏"长大的观众,总是带着一种"事关己任"的态度,或那种"只有我有资格跟你聊聊"的文化持有者之自信,来对今日《红》剧评头论足:"今日的娘子军,只剩'娘子',不见'军'了";但也会时不时补充:"她们的动作比过去美了不少,这其实也挺好,要不过去的太革命了";而年轻的观众群,大多是带着"观看"而已,绝非"怀念","学习"而已,绝非"欣赏","好奇"而已,绝非"沉迷"的状态看剧,并总是勉为其难地接受我的采访,但也给出过不少五花八门的解释:"这些女人很汉子,各个都能舞刀弄枪""很酷啊,像电游里的美少女战士""很无聊,像木偶戏",等等。对此,书评作者也有分析:"有趣的是,在今天,娘子军们似乎很难再拉拽这个女性'身份幻象'的缔造,反而,今天她们缔造的'幻象'受到了来自市场、受众的审美拖曳,英雄人物的形构走出高高在上的圣殿,反倒更增添了'人'的意味。"

但该篇作者更为深刻的提问是:"革命者"背后的神话逻辑果真隐退了吗?或"革命者"这一"无性别"与"去性别"的神话装置,果真被后革命时代的"福尔马林"给漂白了么?以及我能否仅从冯英在"诉苦"舞段——这一尚未正式加入娘子军,成为革命者的舞段之身体分析中——读取一个后革命时代之"革命者"已殁、崇高性已死,而"人"(如果"女人"也在其中,且不愿被放过的话)之复归、世俗化时代已全面到来的意义……而忽视了神话结构与意义读取之间的那个"岔口"与"伤痕"。

显然,这个宝贵提示背后还藏有一个更大的担心,即那种倾向认为《红》剧已被消费主义逻辑所全面侵占,而错误地将今日《红》剧的"复排",认作是对"原作"的复归或以"原作"为"样本"的修缮。对此,笔者也在书中指出了这种历史主义的误读,如何悬置了今日《红》剧的两难性处境,而这不仅体现在围绕《红》剧版权所引来的官司,还有演员在人神关系中的踌躇,以及第一代编导和演员要"回到1964"的诉求和在实际重排中那种"回不去"之无力等,都显然被这篇书评作者给抓住,并在酝酿已久的尾声中精彩抛出:"如何看待1964版《红》与后期复排作品间的关系?显然,二者之间不能用简单的'原版'与'复制版'进行简单的区分……复排的众版本似乎更像是用当代的'手'伸进1964年的手套,然而当代的'手'似乎有更宽的'指扩'和更精巧的'骨架',要求更多元化的表达和更柔和的包裹。那么这时候'手套'该何去何从?是仅作为文献档案存放在布满灰尘的书架上,还是随着当代之手的摆弄被撑开、打上补丁,再缝合?"

恰如这篇书评的题名"追逐意志的幽灵"所给出的暗示,让我无法不去思索这双追逐"手套"的"手",之所以会对"手套"念念不忘的缘故,是否是因为这只"手套"还能让游走的"幽灵"再次附身,让塞入手套的"手"继续追逐权力的意志(即便这样的追逐有可能会变得磕磕碰碰,断断续续乃至心不由衷)?而不论"手套"是被"手"置入书架,成为布满烟尘的"档案",还是像当代艺术的命数那般,在严肃和欢腾的搅拌中等待被撑破、反转与拼贴,"手套"似乎也是在不同"手"的礼待下,一次次成为属于它的"之所不是",并同时让活生生的"手"在"手套"这一浓缩的神话装置中,与还未完成的"过往"及已然抵达的"未来"交织起来。

作者简介

何　平	南京师范大学
金　理	复旦大学
陈年喜	作家
黄　灯	学者
郭　爽	作家
雷　磊	非虚构写作专栏自媒体人
严　飞	清华大学
周立民	巴金故居
山口守（Yamaguchi Mamoru）	日本大学（Nihon University）
孙若圣	东华大学
吴天舟	复旦大学
邝可怡	香港中文大学
肯尼斯·雷克斯罗斯（Kenneth Rexroth）	美国作家
黄雨洁	复旦大学
王次炤	中央音乐学院
傅光明	首都师范大学
刘志荣	中山大学
吴雅凌	上海社会科学院
张　霖	北京外国语大学
刘梦璐	爱丁堡大学（The University of Edinburgh）
许　瑶	天普大学（Temple University）
刘　柳	中央民族大学

《文学》稿约启事

陈思和、王德威两位先生主编《文学》系列文丛,每年推出"春夏""秋冬"两卷,每卷三十万字,力邀海内外学者共同来参与和支持这项工作,不吝赐稿。

《文学》自定位于前沿文学理论探索。

谓之"前沿",即不介绍一般的理论现象和文学现象,也不讨论具体的学术史料和文学事件,力求具有理论前瞻性,重在研讨学术之根本。若能够联系现实处境而生发的重大问题并给以真诚的探讨,尤其欢迎;对中外理论体系和文学现象进行深入思考和系统阐述,填补中国理论领域空白,尤其欢迎;通过对中外作家的深刻阐述而推动当下文学创作和文学理论发展,尤其欢迎。

谓之"文学理论",本刊坚持讨论文学为宗旨,包括中西方文学理论、美学、中国现当代文学及外国文学的研究。题涉中国古代文学研究者,如能以新的视角叩访古典传统,或关怀古今文学的演变,也在本刊选用之列。作家论必须推陈出新,有创意性,不做泛泛而论。

《文学》欢迎国内外理论工作者、现当代文学的研究者将倾注心血的学术思想雕琢打磨、精益求精、系统阐述的代表作;欢迎青年学者锐意求新、打破陈说和传统偏见,具有颠覆性的学术争鸣;欢迎海外学者以新视角研究中国文学的新成果,以扩充中国文学繁复多姿的研究视野。

《文学》精心推出"书评"栏目,所收的并不是泛泛的褒奖或针砭之作,而是希望对所评议对象涉及的议题,有一定研究心得和追踪眼光的专家,以独立品格与原作者形成学术对话。

《文学》力求能够反映前沿性、深刻性和创新性的大块文章,不做篇幅的限制,但须符合学术规范。论文请附内容提要(不超过三百字与关键词)。引用、注释务请核对无误。注释采用脚注。

稿件联系人:金理;

电子稿以 word 格式发至:wenxuecongkan@163.com;

打印稿寄:上海市邯郸路220号复旦大学中文系 金理收 200433。

三个月后未接采用通知,稿件可自行处理。本刊有权删改采用稿,不同意者请注明。请勿一稿多投。欢迎海内外同仁赐稿。惠稿者请注明姓名、电话、单位和通讯地址。一经刊用,即致薄酬。

《文学》主编 陈思和 王德威